꿈을 파는 로또

꿈을 파는 로또 ❶

초판인쇄 2005년 8월 16일 | 초판발행 2005년 8월 22일 | 지은이 정산홍 | 펴낸이 장주진
펴낸곳 경향미디어 | 디자인 김은영 | 전화 02) 304-5612 | 팩스 02) 304-5613
http://www.kyunghyangmedia.com | 등록 제22-688호

ISBN 89-90991-27-7
ISBN 89-90991-26-9 03810 (전2권)
잘못된 책은 교환해 드립니다.

꿈을 파는 로또 ❶

정산홍

경향미디어

책머리에

요즈음 로또 복권에 대한 열풍이 뜨겁게 불고 있다. 각종 매스컴마다 로또 복권에 얽힌 이야기를 다루며 흥미를 자아내게 한다. 어디에 사는 누가 인생역전을 만들어 주는 몇십억 짜리 1등에 당첨되어 어떻게 되었다는 이야기는 세상 모든 사람들의 관심거리다.

그러기에 로또야말로 일확천금을 꿈꾸며 살아가는 서민들에게는 일종의 꿈이다. 그러나 사람들은 그런 꿈이 역사적으로 과거부터 현재까지 서로 연관성이 있고 다른 이름으로 이어져 온 사실은 알고 있지 못하다.

동양과 서양의 복권은 만들어진 배경이나 목적은 거의 비슷하다. 중국이라는 곳에서 만들어진 채표(복권)는 일반 서민들의 일확천금에 대한 사행심을 이용하여 국가에서 만든 최초의 복권으로 지금도 그 열기가 대단하다.

본 작품에는 우리나라 최초의 복권인 채표에 관한 다양한 이야기가 실려 있다. 누구나 꿈을 팔았다는 이야기는 알고 있다. 하지만 실제로 꿈을 팔고 샀다는 역사적인 사실은 모르고 있다.

이 소설은 국가가 주관하고 허가한 사행사업인 복권이 아닌, 민초들 사이에서 중국으로부터 탈출하면서 갖고 온 채표놀이를 통한 최초의 복권(채표, 로또)에 관한 이야기이다. 음성, 인천, 안동 지역을 중심으로 생존한 사람들의 경험담과 사연들을 중심으로 소설로 만든 것으로 작품 이해를 돕기 위해 몇 가지 사실을 알려 주고자 한다.

첫째는 중국 진시황 시대에 만리장성을 축성하는 데 부족한 재정을 해결할 목적으로 공주가 만들었다는 채표(로또, 복권)는 1930년대에 우리나라에 전파되어 약 30여 년간 실제로 행해졌다는 사실이다. 민속사전에도 기록이 있으며 생존한 분들의 증언에 의하면 그 열기가 대단했다고 한다.

둘째는 숫자를 맞추거나 조합해서 일치되는 자에게 당첨금을 주는 것과는 달리 오직 누구나 쉽게 꿀 수 있는 꿈을 사고팔았다는 점이다. 로또 복권의 시조인 채표는 하루에

두 번씩 꿈을 가지고 해몽을 돕는 통표, 등짝, 배짝, 일진상충도를 이용하여 복지라는 종이에 써서 건 돈과 함께 심부름꾼인 통수를 통해 자본을 투자한 물주와 함께 당첨자를 뽑는다. 중국에서 전래된 탓에 어려운 한문으로 되어 있고 생소한 용어가 있다.

셋째는 인체와 꿈, 인생살이와 꿈, 숫자와 꿈을 조합하여 흥미를 끌고 있다는 점이다. 다양한 삶의 이야기를 꿈과 연결하고 당첨되는 확률이 1/36로 지금의 로또 복권과는 많은 차이가 있다.

넷째는 꿈을 팔던 채표는 숫자를 조합하는 로또 복권의 원조라는 점이다. 과거와 현재가 하나로 통하는 채표와 로또는 명칭만 다를 뿐 내용은 비슷하다. 채표의 물주는 로또의 국가 기관과 같고 통수는 은행과 로또 판매점이고 타점사나 계산사는 방송국이며 복지는 로또 종이와 같다.

채표는 각 동네에서 걷어드린 돈과 복지를 모아 약속된 장소에서 물주가 써온 꿈 해몽과 같은 꿈을 써낸 사람에게는 30배를 태워 준다. 6은 심부름꾼인 통수 몫이다. 꿈을 가지고 1에서 36까지 숫자를 배합하거나 일확천금을 노리는 사행심 그리고 진행 방법이나 여기에 얽힌 사연들은 지금의 로또 복권과 똑같다.

인생역전의 꿈을 갖고 살아가는 이들에게 꿈을 반드시 이루어진다는 말처럼 여전히 로또 복권은 우리를 기다리고 있다.

2005년 7월
정 산 홍

꿈을 파는 로또 ❶

- 4 · 책머리에
- 7 · 채표와 로또복권으로 인생역전을
- 14 · 돈이 뭐당가?
- 19 · 먼저 알아야 돈이제
- 32 · 거시기를 허는 합동
- 45 · 금이랑 꿈이랑
- 54 · 채표엔 꿈과 돈이 있어유
- 73 · 겁나게 활약하는 마 이장
- 88 · 꿈은 정성이 최고여!
- 103 · 일꾼이 필요혀
- 120 · 건달두 필요허구먼
- 128 · 삼십육계 줄행랑이 최고여
- 137 · 헐리는 지붕
- 153 · 지게에 추억을 싣고
- 161 · 보국대에 끌려가다
- 170 · 북으로 가는 기차
- 177 · 다리공사
- 189 · 계속되는 어려움
- 202 · 탈출
- 224 · 이국땅의 생활
- 233 · 처음으로 보는 채표
- 245 · 알면 알수록 신비한 36문

채표와 로또 복권으로 인생역전을

"참으로 알 수 없는 것이 돈이구 꿈이랑께. 손바닥을 뒤집는 것 매냥 수시로 주인을 바꿔가는 모습이 마치 날개 있는 새처럼 이리저리 날아다니는 걸 보믄 말여."
"그라니께 신문에 보믄 돈에다가 날개를 그려놓구 물가가 올라가거나 변화무쌍헌 돈을 그리는 게 아닌 겨."
"허긴 그려. 그놈에 돈이야 있다가두 없는 뱁이구 없다가두 하루아침에 돈 방석에 앉는 뱁이제. 안 그런가?"
"말이야 바른 말이지만 서두, 인생역전 꿈을 로또 복권으루 맨드는 사람두 있구먼. 사람 팔자를 고칠 수 있는 로또야말로 유일한 내 꿈이구 최고지."
방송에서 로또 복권으로 소위 팔자를 고쳤다는 1등 당첨자에 관한 이야기를 시청하고 있다. 오랜만에 소주잔을 기울이며 오래된 채표 이야기와 로또를 번갈아 가면서 추억과 경험을 비빔밥처럼 섞어 품어대고 있다.
로또 판매점을 운영하는 용호 집에서 오랜만에 친구들이 모여 있다.
"그라니께 말두 많구 탈두 많다구 하는 게 아닌가?"
"맞구먼. 뭐든지 간에 인기가 많으면 말두 많어지구 탈이 생기게 마련이지."
"허긴, 세상에서 돈이 옮겨 다니는 일보다두 더 관심을 끄는 게 뭐가 있겠는가? 돈이야 장사꾼들이 10원을 보구 십리 길도 걸어간다는 말두 있잖어."
"그려. 눈이 시뻘건해져 가지구 달려드는 것을 보믄 저 사람들은 아무것두 아니구먼."
"꼭 그러네. 꿈을 팔아서 채표를 했던 그때 매냥 똑 같구먼."
"진짜루 그러네 그려. 1등 당첨자를 일곱 번이나 냈다던 저 집 좀 보게나."
"참말루 대던허구먼. 웬 놈에 차들이랑 사람들이 저렇게 줄을 짓고 있는 겨?"
"보믄 몰라 이 사람아! 아, 옛날에두 그랬잖어. 물주랑 같은 꿈을 꿔서 입산을 했다 허면 서른 배를 태워 주는 채표랑 영락없이 같구먼."

"맞어. 기억이 나는구먼. 아낙네들이 물주랑 같은 꿈을 꾸게 해달라구 을마나 별짓을 다 했는가? 지금보다 더 했으면 했지 덜 허지는 안 혔을 거구먼."

"저 줄 좀 봐. 한 백 미터는 족히 될 거구먼. 옆 상점은 파리를 날리는 디 저 집만 장사진을 치구 있구먼. 돈이 좋기는 좋지."

"참, 전 번에 이 가게에서 1등을 두 번이나 먹었지?"

"먹으면 뭘 혀? 내야 심부름이나 해주구 구전이나 받어 먹는 통수나 매찬가진디."

"허긴 지금이나 그때나 돈을 버는 놈은 따루 있구 심부름만 죽어라 허는 나 같은 놈은 따루 있지만 서두, 그것으루 만족해야지."

"근디, 사백 십육억이나 되는 대산질을 낸 그 양반 집은 로또 복권을 꿈꾸는 사람들에게는 성지처럼 여기구 있더구먼."

"그럴 거여. 그 마을이 시골인디 땅값이 엄청나게 올랐다는구먼."

"땅값만 올린 게 아니구 마을이 온통 관광객들루 북적댄다는구먼."

"하루에두 1등이라는 꿈을 싣구 찾아오는 자가용으루 북적댄다는 거여."

"그것뿐만 아니구먼. 복부인 같이 생긴 여자들이 하두 그 집 주변에 있는 밭에다가 기를 받는다구 입맞춤을 헌다나."

"입내 난다구 지 냄편들헌테는 키스두 안 허는 년들이 웬 땅에다가는 정성껏 키스를 헌데여? 다들 미쳤구먼, 미쳤어."

"미친 게 아니구 꿈과 돈을 찾아 떠나면 다 그렇게 되는 뱁이여."

"그것뿐만 아니여. 1등으루 당첨된 사람을 따라 허느라구 신을 받드는 격이래. 그 사람이 으떻게 혀서 1등으루 당첨이 되었다는 소문만 돌면 그대루 헌다는 거여."

"대박을 꿈꾸구 인생역전을 노리면서 쥐구멍에두 볕들 날만 기다리는 불쌍헌 서민들이야 로또 복권이 최고지. 하루아침에 갑부루 변헐 모습을 그려봐. 나래두 그럴 거구먼."

"스타가 따루 있나? 출세를 허면 스타제. 로또 1등이야 마을에서 아니 전국에서 스타루 출세를 허는 것과 같구먼. 누구든지 헐 수 있는 로또야말루 채표처럼 부자루 만드는 일과 똑같은 거여."

사실 과거에도 로또 복권과 똑같은 노름이 있었다. 지금은 숫자를 배합하여 만들거나 숫자에 일련번호를 스스로 찍어서 당국이 제시한 것과 일치하면 그 사람에게 약속된 금액을 태워주지만 채표라는 놀이는 당첨 확률이 높다.

로또 복권에서 꿈의 1등에 당첨될 확률은 1/8,210,000만이나 되어서 마치 낙타가 바늘구멍을 뚫고 지나가는 것과 같이 무척이나 어려운 일이다. 하지만 꿈을 팔아서 로또 복권처럼 조합을 하거나 물주가 쓴 것과 같을 경우는 당첨 확률이 무려 1/36이나 되니 돈을 투자한 물주에게는 무척이나 불리한 놀이이다. 어쩌면 과거의 물주보다는 법적으로 공적자금을 만든다는 명목으로 허가 난 당국이 더 서민들의 호주머니를 노리고 있는 셈이다.

당시에는 허가받지 못한 관계로 산속이나 들판에서 숨어서 당첨자를 뽑았지만 당첨되는 입산자들은 훨씬 더 많이 있었다. 그때나 지금이나 돈이 없고 힘없는 가난한 서민들이 달려드는 것은 너무도 닮은 모습이다. 또한 숫자 대신 꿈을 꿔서 그 꿈으로 걸거나 심지어 다른 사람의 꿈을 사거나 팔아서 채표에 참여하는 방법도 너무나 비슷하다. 단지 돈이 있는 자본가라고 하는 사람이나 건달들이 물주를 하는 점이 현재의 정부라는 역할만 다를 뿐 뽑는 방법이나 당첨자를 내는 방법은 너무도 똑같다.

공공의 이익을 목적으로 사행심을 잠재우며 그런 허황된 꿈을 찾아 헤매는 사람들의 심리를 이용하여 돈을 빼앗아가는 당국으로부터 허가를 받은 기관에서 하는 복권노름의 시초는 바로 채표라는 것에 그 뿌리가 있다. 사실 1에서 45라는 숫자를 조합해서 만든 로또는 36개나 되는 꿈을 가지고 해몽을 하며 일진도와 등, 배짝을 맞춰서 복지에 꿈이름과 함께 돈을 걸어서 당첨자를 내는 것과 방법의 차이만 있을 뿐 실제로 같은 원리이다. 단순한 꿈을 가지고 복지에 쓰는 것과 숫자를 응용하여 당첨 확률을 인위적으로 낮게 만들어 당첨금을 적게 하려는 목적으로 만들어진 서양의 로또와는 비슷한 점이 많다.

"근디 말여. 웃기는 일두 있더구먼."
"그게 뭔디? 뭐 특별헌 야기라두 있는가?"
"로또 복권에서 1등을 허면 다들 야밤중에 도망을 친다는디, 으째서 도망친 집 주변에는 사람들이 북적되는 거여? 알다가두 모를 일이여."

"그야, 꿈을 찾아 사려구 허는 채표랑 같은 이치여. 누가 어떤 꿈을 팔아서 1등인 대산을 했다는 소문이 돌면 물주랑 같은 꿈을 꾸게 해달라구 을마나 몸살이 심했던가? 기억나제."

"그 말을 들으니깐 조금은 이해가 가는구먼. 1등을 한 사람이야 찾아가는 사람에게는 신이나 마찬가지지."

"맞어. 바루 채표신에게 을마나 빌었던가. 물주랑 같은 꿈을 꾸게 해달라구 별의별 짓을 다 했잖어."

"허긴 내 마느라두 을마나 야단법석을 떨었던지 가끔 그 이야기를 하는구먼."

"다들 로또 복권의 시초가 채표라는 것은 모르고 있더구먼."

"그럴 거여. 우리같이 직접 꿈을 팔고 사면서 채표를 했던 사람들이야 아! 이것이 그렇게 바뀐 것이구나 생각허지만 다른 사람이야 오직 돈만 찾아다니는 사람들이지."

"근디 지금보다는 그때가 훨씬 더 재미가 있었지. 아낙네들이 이고 오는 막걸리에 안주를 먹으며 대산을 한 사람들 축하해 주고 마시고 놀면서 서로 즐기던 채표는 인간적이고 정감이 넘치는 노름이지만 지금의 로또는 을마나 삭막허구 그러는가?"

"무슨 꿈이 있는가? 아니면 서로 눈치를 보며 꿈을 팔구 사는 그 재미랑 마을을 돌아다니며 꿈을 팔구 사는 분주한 아침과 저녁 시간보다 사는 맛을 느낄 때가 으디 있는가?"

"그것만이 아니지. 통수들이 마을을 다니면서 통수 표정과 모습만 나타나면 달려드는 아낙네의 표정, 아이들까지 푼돈으루 할 수 있는 복지며 하루에 두 번씩 온 마을이 채표로 들끓고 돈을 잃은 사람과 딴 사람의 엇갈린 얼굴들이 생각나는구먼."

"낸 말이여, 가장 재밌던 야기는 야밤에 도망치는 방앗간 양반이 생각나는구먼. 그 양반이 아마두 1등으루 당첨되믄 보띠리만 싸들구 아무두 모르게 도망치는 사람의 원조일 거구먼."

"그때나 지금이나 돈이 있다는 소문이 돌면 일가친척들이 그냥 놔두지 않는 것은 똑같어. 한 푼이라두 보탠 적이 없던 사람들이 벌떼처럼 달려드는 것을 보믄 사람 맴이야 다 같은가봐."

"그것두 서울루 도망쳐서 쌀집을 차렸거나 집을 산 사람들은 그 돈을 건졌지만 남아서 술이나 먹구 지집질을 헌 놈들이야 다 망허구 말았지."

"내가 알구 있는 분은 친척들헌티 돈을 인심을 쓰느라구 빌려주다가 그만 나중에는 칼침을 맞아서 죽는 사람두 보았구먼."

"맞어, 돈이란 처음부터 내 것이 아니지. 잠시 빌려 왔다가 빌려주는 것이 돈인디 그냥 내 것이라구 꼭 쥐구 있으면 돈의 가치가 없는 뱁이지."

"허긴 돈이야 자주 돌고 돌아야 경제적인 가치가 만들어지고 좋은 일이여."

"그것을 모르는 사람들은 항아리에 꼭꼭 넣어서 땅속에 묻어 두거나 벽에 넣구 벽지루 몇 겹을 발라서 숨겨 두었다가 불이 나서 홀딱 잃어버리는 사람두 있었지."

"참, 그때두 1등으루 대산을 허면 일부는 가난헌 사람들에게 조금씩 나눠주구 떡이나 술루 잔치를 벌여서 인심을 잃지 않으려구 머리를 쓴 사람두 있었지."

"맞구먼. 지금두 몇 억을 기부금으루 내구선 조용히 아무두 모르게 다른 곳으루 이사를 가는 당첨자를 보믄 어쩌면 채표에서 허던 짓을 그대루 모방허는지 우습구먼."

"마작이나 골패, 화투보다야 채표놀이가 훨씬 재미가 있었지. 안 그런가?"

"그려. 지금은 노름을 합법적으루 인정허구 관에서 지정된 곳에서는 아무나 헐 수가 있지만 그때야 정부 역할이 뭔가 있었는가? 다들 숨어서 몰래 허다가 들키면 지서에 붙들려가 매를 맞구 돈을 뺏기구 허면 다지."

"그래두 순사들이 많이 봐줬지. 털면 뇌물이 들어오는디 상부루 안 넘기지. 넘기면 지 용돈이 없어지는데 누가 넘기겠어?"

"그래서 똥파리라는 말이 그때 만들어졌나 봐."

"아무리 그래두 꿈을 찾아 꿈을 꾸고 꿈을 팔던 채표 놀이는 잊을 수가 없구먼. 지금두 그런 놀이가 다시 만들어졌으면 좋겠어. 저녁이면 아침에 좋은 꿈을 꾸기 위해 베라벨 짓을 다 허구 아침이면 생각나지 않는 꿈을 기억해 낼려구 을마나 몸부림을 쳤던가?"

"동네 사람들이 한때는 꿈에 젖어서 꿈을 꾸며 꿈을 위해 살던 때가 좋았지. 그 꿈이 이루어지는 주인공이야 몇이지만 들러리를 서는 사람들이 더 좋아하고 다함께 축하해 주며 먹고 마시고 춤을 추던 일들이 생생허구먼."

"어쩌면 지금두 그런 분위기이지. 부러운 눈으루 바라보는 마음이야 같지. 단 한 번의 복권에 찍은 숫자 노름으루 푼돈을 걸어서 몇 백 년을 다 해두 못 벌 거금을 손에 쥐는디 누가 안 허겠는가?"

"그래서 1등을 많이 낸 상점마다 북새통을 이루고 몇 시간씩 차를 몰고 그곳으로 달려오는구먼. 부산에서 다섯 번을 했던 청주로 춘천에서 일곱 번을 냈던 서울로 오는 것이지."

"몇 십 억을 번다면야 몇 시간을 달려서 어딘들 안가겠는가? 몇 십 만원, 몇 백 만원 어치를 한꺼번에 그 집에서 사서 1등만 된다면야 고게 땡이제."

"인기가 있으면 말두 많구 탈두 많은 뱁이여. 인생역전 드라마를 만드는 것이 으디 쉬운 일인가? 그만큼 옛날처럼 꿈을 꾸고 숫자를 조합허는데 정성을 기울여야지."

"순간의 선택이 평생을 좌우헌다는 광고문구 같이 때만 잘 만나구 장소만 잘 찾으면 대박을 터트릴 수가 있제."

"로또 복권의 원조인 채표놀이에서 얻어진 상식과 교훈이 지금 생각혀봐두 단 하나두 틀린 게 없다는 것을 깨달았구먼."

"그런가? 다 진리는 하나이구 같은 뿌리라는 말이 생각나네. 말은 많지만 서두 통하는 길은 같은 길이여. 채표나 로또 복권이야 이름만 다를 뿐 속내는 다 같은 이치이여."

"저러케 방송에서 로또 복권 1등헌 분을 취재허구 얽힌 이야기가 세상 사람들 입방아에 오르내리는 것을 보믄 옛날 채표를 헐 때두 을마나 말들이 많았는가?"

"그때는 아침에 마을 우물가는 채표 이야기루 아낙네들이 모여서 떠들구 사랑방은 꿈과 채표 이야기루 하루를 보낸 적이 하루 이틀이 아니지."

로또 복권에 대한 사연들이 방송을 타고 전국을 흔들고 있지만 정작 주인공의 얼굴을 모자이크 처리를 하거나 얼굴을 가리고 인터뷰를 하는 모습은 왜 그럴까? 그들이 시청자를 두려워하고 있거나 돈에 대한 불안감 때문일까?

아니면 반 이상이 불행한 길로 갔다는 사실을 대신 보여주는 것인지는 모르지만 여전히 허가 난 노름이나 허가를 받지 못해서 아니 그럴 정도로 허술하기 짝이 없던 정부 밑에서 서민들이 꿈을 갖고 사고팔아 거금의 꿈을 품다가 관의 단속으로 사라졌던 채표놀이나 다 같은 길을 가고 있다는 생각뿐이다.

 어쩌면 불과 몇 십 년 차이 밖에 나지 않는 시대적인 아픔과 애환이 서려 있는 가난하고 힘이 없어 인생역전을 할 수 없던 서민들의 꿈을 보여주는 것인지도 모른다.

돈이 뭐당가?

"야, 임마! 넌, 망꾼을 으떠케 보는 거여?"
"시방, 저를 두구 말씀허신 건가유?"
"그려, 임마. 너 말구, 또 누가 있어? 임마."
"말끝마다 임마 임마허지 말더라구."
"이래뵈도 한때는 잘 나가던 낸디. 너무 몰아세우지 말더라구."
 존칭이 사라지고 반말로 바뀌면서 멱살을 잡고 한 바탕 쌈질이다. 용호는 돈을 주고 건달인 강식이를 망꾼으로 순사들이 오는지를 지키고 있다. 그런데 망꾼이 볼 일을 보러 잠깐 나간 사이에 저 쪽에서 이상한 사람이 오는 것을 보고 망꾼을 나무라고 있다. 평계를 잡기 위해 기다리던 그는 이번 기회에 본때를 보여주기로 작정을 한 모양이다.
"이 새끼야. 넌 돈이 그러케 존냐? 으떠케 해 처 묵을 게 없어서 과부 밑천을 빼 묵어 이 새끼야. 죽어두 육시럴 놈 같으니라구. 너 같은 놈은 꽉 쇠창이루 찔러서 대나무에 매달어야 혀. 그래야만 까마귀들이 비웃고 욕허지."
"니놈이 내가 헐 소리를 허는구나. 임마. 네놈일랑은 가죽 망방이를 꽉 벗겨서 등짝이 벗겨질 때꺼지 거시기루 패딱거려야만 속이 좀 풀리것는디."
"그래두 이놈이 주둥아리는 살아가지구. 야, 이 새끼야 한 방 묵어봐라."
 순간 주먹이 날아가고 윽 하는 소리와 함께 쓰러지고 만다. 눈 위에는 뻘건 핏자국이 물감을 뿌린 듯이 여기저기에 보인다. 넘어져 있던 한 남자는 눈을 감고 움직이질 못하고 있다. 그 남자의 일그러진 얼굴을 내려다보는 남정네는 연신 씩씩거리고 있다. 누워 있던 남자는 입안에서 붉은 핏덩어리를 눈 위로 퉤! 하며 뱉는다.
"뭐시라우. 내가 으쨌다는거유? 과부년 돈 좀 갖구 갔다구 성님이 와 나선다유?"
"야, 이놈아, 니가 정신이 있는 거냐? 아무리 깡패라지만 뺏을 게 따루 있지. 불쌍헌 년

밑구멍으루 번 돈을 훅 허니 갖구 가면 으떡 헌단 말이여."

"그놈에 의리가 뭐 밥을 맥여 준답디까. 그냥 잠시 빌린 것뿐인디."

"무라구. 빌렸다구? 니놈이 그따위루 씨부렁거리니께 얻어터지는 거여. 짜식 같으니라구. 아직두 정신을 못 차렸구만 이 존간나새끼!"

겨우 자리에서 일어난 남자는 연신 울먹이며 코피를 닦아낸다. 같은 패거리는 아니지만 이들은 같은 동네에서 자란 강식이가 어제 과부인 도연이라는 과부댁에서 돈을 훔친 것에 대해 부탁한 것을 보복하는 것이다. 기둥서방인 용호는 보복을 해달라는 도연의 부탁을 받은 것이다. 그 당시는 같은 동네에서 나이에 따라 으레 형님과 동생으로 부르는 것이 관습이다. 도연은 이웃마을에서 혼자 살고 있는 과부로서 남정네를 꽤나 밝히는 색녀 같은 여자이다. 남자들 사이에서는 옥녀니, 여근혈이 섰다느니, 긴짜꾸라는 별명이 있다.

여기에 매를 맞고 쓰러진 강식이는 거시기에 대한 별명이 여러가지가 있다. 그에게는 끝내준다, 디딜방아라느니, 문풍지도 뚫어버리는 거시기라는 둥 강쇠 같은 힘을 은근히 생각나게 해주는 수식어구가 여러 개이다. 하지만 싸움을 하는 힘과 거시기하는 힘은 다른지 밤일과 낮일은 영 딴판이다. 자신감이 넘치는 밤일에는 기차 바퀴처럼 지칠 줄 모르는 강식이도 이상하게도 낮일을 할 때는 별로 힘 한 번 써보지도 못하고 꼼짝을 못하고 맞고 있으니 이상한 일이다. 그도 그럴 것이 엊저녁에 도연과 무려 아홉 고개를 넘었으니 남아날 힘이 어디 있겠는가.

채표 놀이에서는 다른 별명이 붙어 있는데 아는 사람들은 그를 질라이라고 부르고 있다. 질라이는 속임수에 도가 텄다는 말로서 남을 노름판에서 속이고 등쳐먹는 일에는 둘째가라면 서럽다고 우는 자다. 도연이라는 과부댁이 질라이 노름꾼한테 당하는 것은 어쩌면 당연한 일이다. 기둥서방을 자청하고 나선 용호 물주는 과부댁을 살리는 셈치고 타점을 하기 전에 약조한대로 36문중에서 뼈꾹을 할 수 있는 비밀을 미리 알려주고 말았다. 그것은 여자만이 갖고 있는 무기인 살보시를 이용하여 배치기로 받아낸 대가였다. 그러니 성매매나 마찬가지로서 비록 기둥서방이지만 살림살이가 궁핍한 것을 걱정하여 스스로 만든 일이다.

"드런 짐승 같은 놈이구먼. 아무리 제 것이 쎄다구 하드라두 밤새도록 잠두 못 자게 들볶더니만 밑구녁으로 몸부림을 치면서 씹 값으루 맞춘 꿈 값을 그러케 뺏어간단 말이여. 집안 망쳐 먹을 놈 같으니라구. 개뼉다구로 찔러서 눈알을 콕 매달아 질근질근 씹어 먹을 놈 같으니라구. 너 이놈 어데 두구보자구. 내가 가만있는가. 죽어서두 니놈 손톱까지 아장아장 뜯어먹을 놈아! 좆대가리만 센 저 놈을 잡어 먹는 귀신은 다 어디 간 거여."

버럭버럭 소리를 질러대며 입에 거품까지 보이는 것을 보면 어지간히 속이 상한가 보다. 하긴 과부가 어렵게 살아가다가 기둥서방한테 살보시를 하여 만든 돈을 하루아침에 힘센 남정네한테 거시기 값으로 말이 빌린다지만 그것이 언제 빌리는 건가? 다 그렇게 해놓고 차일피일 미루다가 슬그머니 없던 일로 그만두는 일이 아닌가?

이불을 방 한쪽으로 제쳐두고 용호는 과부댁을 달래고 있다. 담배 한 모금을 빨아서 허공에 원을 그리며 사라지는 장난을 치면서.

"어따매 나는 이제 뭘 먹구살라구 허는지 원. 집구석 돌아가는 꼴이 이게 뭐람."

"괜찮을 거구만. 내가 옆에 있잖여. 강식이 거 몹쓸 놈 같으니라구. 등쳐먹을 데가 없어서 혼자 힘들게 사는 여자를 등쳐묵어. 나쁜 개자식 같으니라구."

아무리 달래보고 욕을 해대지만 도연 과부댁은 계속 눈물을 흘리고 있다. 가슴을 만지고 있던 용호는 흐르는 그녀의 눈물을 수건으로 닦아 주고 있다. 여자가 흘리는 눈물은 남정네를 약하게 만들고 동정을 얻어내는 데 그만이다.

도연은 갑자기 강식이와 밤일을 마치고 그가 말했던 것이 귀에 생생하다.

"그러니께 니년이 으떠케 혀서 과부가 되었는지 알것구먼. 고거시 암만 해두 그리 색을 써대니 온 집안이 무너지는 소릴 들어봐. 산신령님이 자다가도 일어날 거구먼. 그러니께 으떤 놈팡이가 니년을 당허겄냐? 니년 소문이 짜한 모양인디 아마두 거시기 자랑허는 놈들허구 씹올림픽을 해보라구. 다 나가떨어질 거구만. 아무리 쎄다구 큰 소리를 쳐봤자 으떠케 여자를 이긴디여."

'굶어본 사람은 다 알 것이구먼. 거시기한 일을 참는 다는 것이 얼마나 고통 그대로인지를 말이여. 다들 만날 밥을 먹어야 배가 부르듯이 거시기도 풀어야만 병이 없어지는 것인디 허구한 날 혼자서 기와집 열 채를 지었다가 허물었다 허면서 밤을 지새우는 불

쌍한 그녀가 아닌가. 그라니께 혼자는 힘든 거여'

도연은 속으로 중얼거린다.

"그려. 으떤 서양 놈들이 요상헌 실험을 했다는구먼."

"그거시 뭔데 그래유? 거시헌 이야기이지유?"

"어디 한번 말혀 봐유. 서양 놈들은 거시기가 으떠케 생겼데유?"

"뭐 알구시퍼. 거시기가 허물럭헌 말 좆같다더구먼."

"그래유. 엄청 크면 여자가 힘들것내유."

"더 웃기는 일은 말여. 아무리 남자가 거시기 해두 여자를 이긴다는 건 그짓말이라구."

"으째서유? 힘쎈 남정네들 보면 지네들이 뭐 몇 탕을 했느니 끝내준다느니 허는 말들이 다 그짓뿌리구먼유. 으쩐지 싸면 그것으루 끝인 게 거시기허네유."

"그려. 아무리 힘쎈 남정네두 여자를 못 이기는구먼. 공알이야 끝이 있는가? 허면 헐수록 더 원허는 게 공알이구먼. 으떠케 여자를 이겨? 그런 말 허는 놈들은 다 별 볼일 없다는 것을 알믄 고게 답일 거구먼."

"양각시를 품에 안아 본 적이 있슈? 그것들은 거시기가."

"궁금허지. 나두 못 봤으니께. 뭔 백마 흑마두 있다던디 언제나 한번 타봤으면."

"그 양반 밑구녁은 되게 좋아허네 그려. 그년들이 어디 준답디까. 밝히기는."

강식이는 그녀를 만족시키는 대가로 뭔가를 요구하는 이상한 버릇이 있다.

그러던 그가 채표 물주로부터 어렵게 몸을 팔다시피 하여 삐꾹한 것이다. 대산질인 거금을 만지지는 못했어도 쌀 5가마를 살 수 있는 큰돈을 벌었다. 그런 돈을 빌려간답시고 홀딱 한 입에 삼키고 나 몰라라 하는 그가 밉기도 하다.

"남에 금 같은 돈을 받아 묵구서 글씨 모른 척허니 저 지랄 맞을 놈. 육시럴 해두 모자랄 놈이 나를 이토록 힘들게 허는 거여."

"이제 그만혀. 기다리면 줄 거구먼."

"줄 놈 같으면 벌써 줬게유. 암만 해두 몽땅 털린 것 같아유."

"내가 해결해 줄 테니께 쪼끔만 기다려봐. 알았지."

흐느끼는 그녀를 간신이 달랬다.

"그놈의 거시기가 을마나 쎄서 꼼짝두 못 허구 빌려준 거여?"

"고거시. 그렇구먼유."

"으디 한번 말혀 봐 듣구 싶구먼."

창피하다는 듯이 고개를 들지 못하는 도연은 입을 열기 시작한다.

"그 양반이 한 번 나를 붙들고 허면유 내가 꼼짝을 못 헐 정도루 죽여주는구먼유. 착살맞게 달라붙어서 아랫배가 아플 때까지 디딜방아를 찧어대는 것이 마치 뼈가 흐므러지는 것 같아유. 어떤 때는 아랫다리가 축 늘어지구 힘이 쭉 빠지는 데두 안 내려오구 그짓을 해대는 통에 며칠을 어지러워서 일을 못 헐 때두 있었구먼유."

"그려. 그러케 쎈 놈이여. 대단허구만. 말로만이 아니구먼."

"남헌테 말허지 말아유. 다른 년들이 알믄 줄을 설테니까유."

"뭐라구. 줄을 선다구. 야, 이거 나두 뭔가를 해야겠는디."

"물주 양반은 거시기를 좀 혀야겠지유."

그녀는 두 남자들의 밤일이 너무도 다르다는 것이 이상하다고 생각한다. 어쩌면 극과 극인 것을 신기하게 여기던 그녀였다. 결국 용호는 이런 식으로 돈을 떼어먹은 강식이를 혼쭐내주고 있다. 돈이 얼마나 좋았으면 불쌍한 과부댁이 힘겹게 벌어놓은 것을 빼앗을까?

"그놈이 말여. 다음 타점일까지 돈을 태워 준다구 했구먼."

"고마워유. 전 거시기도 좋지만 지금은 전이 더 필요허구만유. 전을 받으면 만나 뵙구 인사라두 드려야지유."

"인사는 무슨 놈의 인사랑가. 다시는 만나지 말드라구. 또 당허면 으쩔려구."

"아니구라우. 다음에는 돈은 절대루 안 줄거구먼."

"그람 돈만 빼구 다른 것은 또 줄 거란 말이여?"

"무슨 말씀을 거시기 허게 하신데유. 그때그때 다르구먼유."

먼저 알아야 돈이제

시간이 흐를수록 집집마다 나아지는 것은 없고 새로운 세상에 대한 기대감은 절망감으로 바뀌고 있는 실정이다. 그러는 가운데 아주 쉽게 그것도 누구나 꿀 수 있는 꿈을 가지고 서른 배나 되는 돈을 탈 수 있다는 채표 놀이는 모든 사람들에게 희망이요 꿈 그 자체이다.

꿈을 팔아서 돈을 번다는 단순한 놀이이지만 돈과 꿈으로 엮어진 이상한 소문은 꼬리에 꼬리를 물고 있다. 돈 냄새를 맡은 신흥 건달들인 뻐꾸기들이 다른 둥지를 넘보고 있다. 누구나 좋아하는 전이 있으면 여자와 노름, 음식이 따라다니는 것은 인지상정일 것이다.

"어이. 똥파리들이 똥 냄새를 맡은 것 같으니께 조심들 허라구. 알았는가?"

"야. 알것슈. 잘 헐 거구먼유."

"말로만 허지 말구 몸으로 때우라구. 망꾼이 딴 짓을 허면 우린 다 끝장이여."

순사들과 면서기들이 노름꾼을 잡으러 갑자기 덮치는 일이 연이어 생기자 물주와 통수들은 몸이 달았다. 아직도 질서가 잡히지 않은 시대적인 상황과 보잘것없이 살다가 겨우 자유를 만끽하려는 자들 사이에 벌어지는 장면이다. 툭하면 무슨 단속이니 트집을 잡고 돈을 뜯어내는 경우가 심해지자 사람들은 그들을 똥파리라고 별명을 붙여 주었다.

만석은 미리 매수한 순사를 통해 오늘 타점을 덮칠 것이라는 정보를 알고 있다. 만반의 대비를 하고는 있지만 믿을 수 없는 것이 사람의 마음이 아닌가. 물주 노릇을 잘 하면 한 번에 쌀 서른 가마는 쉽게 벌 수 있다. 만약 채표를 하다가 지서로 잡혀가면 쌀 열 가마는 줘야만 빠져나갈 수 있고 감시를 받아야 하는 것을 더욱 싫어하는 그이다.

돈 10원을 찔러주자 오 순사는 슬그머니 연통을 넣어 정보를 알려 주었다. 10원이면 쌀 한 가마를 살 수 있는 큰돈이다. 하루 종일 일을 해도 겨우 쌀 한 되를 받는 것에 비하면 엄청나게 많은 돈이다. 그래도 그런 돈이 아깝지 않은 것은 대가가 더 크기 때문이다.

"야, 짜바리 귀에 들어간 거여?"

"짜바리인 순사들이 알 리가 있나유?"

"그람, 으떠케 여길 안걸까?"

"글쎄유. 지두 잘 모르거구먼유. 참으루 요상허구먼유. 이런 골짜기를 으떠케 알아냈을까? 허긴 정보허면 저 놈들이 누군디."

"첩자가 있는 게 틀림없구먼. 안 그러면 으떠케 똥냄새를 맡았을까?"

"자, 쪼금만 기다리다가 뛰자구."

채표가 꿈을 팔아 돈을 벌고 잃는 놀이로서 노름에 해당은 되지 않지만 한꺼번에 돈을 많이 잃거나 따는 일들이 많아지자 단속을 시작한 것이다. 하루 밤 사이에 논 몇 십 마지기가 왔다 갔다 한다는 소문이 결국 지서에까지 전해진다. 봄부터 뼈 빠지게 일을 하고 쉬는 겨울 동안에 할 일이 없던 그들에게 채표는 정신을 빼 갈 정도로 점점 심해지고 있다.

꿈을 해석한 것을 써서 돈과 같이 갖고 온 통수들이 타점을 계속하고 있다. 용호는 만석을 도와 거금을 투자하여 함께 채표 주식회사를 운영하는 중이다. 그들이 만든 자본 이래야 땡전 한 푼 없이 남의 돈을 잠시 빌린 것이나 마찬가지다. 그만큼 꿈을 팔고 사는 것은 꿈을 심어 주기에 충분하다.

꿈을 이용하여 지금까지 벌어들인 돈이 무려 쌀 120석이나 된다. 처음 채표를 할 때는 손해가 많았지만 점차 요령이 생기고 수법이 다양해지면서 입산자인 꿈으로 돈을 거는 일반인들과의 한판 대결에서 이겼다는 증거이다. 하지만 이런 승리가 언제까지 보장된다는 법도 없으며 그럴 가능성이 점차 줄어들고 있다. 그것은 사람들이 처음에는 잘 알지 못해서 당하는 처지였으나 지금은 너무도 머리가 잘 돌아가고 건달과 깡패, 순사와 면서기들이 끼어드는 바람에 고전을 면치 못하고 있으니.

세상사 참으로 힘에 겹다는 이야기가 실감이 나니 원, 안 할 수도 없고 하자니 돈을 이리저리 빼앗기고 대낮에도 눈을 새파랗게 뜨고서 마치 제 것인 양 기다리는 기생충들이 얼마나 많은지 그때가 좋았지. 뭐든지 사람들이 모르는 가운데 등을 처먹어도 먹어야지 이거 참 큰일이구먼. 중국에서 온갖 어려움을 이겨내며 어렵사리 훔쳐 온 채표 놀이가 자신들을 매달은 목걸이처럼 안하자니 배는 고프고 먹자니 너무 뜨거워서 데일 것 같은 뜨거운 감자가 되다니.

물주를 하면서 처음 몇 번은 잃어주면서 환심과 관심을 산 다음에 지금까지 돈을 챙기고 있던 그들에게 건달과 순사들의 등장은 앞으로 나아가는 데 방해물인 암초와 같다.

"열심히들 지키라구. 뭔가 낌새가 보이면 말여, 금세 깃발을 흔들어야 혀. 알았지?"

"야, 잘 알 것구먼유. 염려를 푹 놓으시구 타점이나 잘 허세유."

"그람 믿구 가는구먼. 깃발을 흔들구 아랫동네로 오라구. 알것냐?"

"알았슈."

이런 숨바꼭질이 언제까지 계속될지 두 눈이 마치 바윗덩어리처럼 무겁게 느껴진다. 경비인 망꾼을 몇 명 세우고 순사나 면서기들이 들이닥칠지도 모르는 판국에 돈이고 나발이고 다 팽개치고 싶을 뿐이다. 그러나 귀국을 하여 돈벌이를 할 수 있는 일은 별로 없고 그렇다고 광산으로 금을 캐러 들어갈 수도 없는 노릇이다.

금을 캐던 사람들이 하나 둘씩 폐병으로 죽어가는 꼬락서니가 여기저기서 보이기 시작하니 참으로 금을 캐러 땅속으로 들어갔다가 돌먼지를 들이마시고 맥없이 쓰러지는 광부들을 보자 그들은 금맥은 땅속에 있는 것이 아니라 땅 위에도 만들기 나름이라는 생각이 굳어졌다.

사실 꿈을 팔아서 돈을 너무도 쉽게 만질 수도 있고 물주라는 허세를 부리면서 온갖 못된 짓을 할 수 있는 지금이 얼마나 좋은지 과거와는 비교도 안 된다. 난 이렇게 하다가 죽어도 한이 없다는 말을 자주하는 것을 보니 채표 놀이가 어지간히 매력이 있긴 한데 그것이 얼마나 오래갈지 두고 볼 일이다.

"아니, 그러케 찔러 줬는디 그 새끼들이 미쳐두 진짜 미쳤구먼. 낯짝두 양심이 있는 것인디 으째 그런당가? 내가 지금 환장헐 노릇이구먼."

"성님, 그게 좀 거시기헌디 조금만 참는 게 좋겠슈. 우리가 어디 한두 번 당했어라우."

"하여튼 똥파리들이 문제구만. 돈 냄새만 맡었다 허믄 으떠케 날아오는지 내가 못살 것 구만."

그는 고릴라처럼 주먹으로 가슴을 친다.

"아따. 성님두 원. 여태껏 모아놓은 것을 갖구 튈까유?"
"그게 지금 무시기 소리여? 여기까지 맨드느라 을마나 고생을 혔는디, 자네가 고것을 잊어뿌렸는가? 으찌 약은 척만 헌당가. 의리가 째끔은 있어야지. 우릴 믿구 여기까지 온 양반들을 보라구. 한 200명은 될 거구먼."
"허긴, 성님 말씀두 일리가 있구먼유. 지가 좀 생각이 짧아서 그만."
"됐어 이 사람아. 맹꽁이 산으루 올라가는 것 매냥 있지를 말구 싸게 싸게 움직이더라구. 저 짜바리 놈들이 오는 낌새가 보이기만 허면 36개 줄행랑을 치자구, 알었제."
"야. 알것구만이라우."

짜바리라고 부르는 순사들이 곤봉을 옆에 차고 호루라기를 목에 건 두 명이 천천히 올라오고 있다. 이들이 속닥거리는 것은 어쩌면 나름대로의 대비를 위한 비밀회의인지도 모른다. 사실 백수건달이나 다름없는 일들이지만 지금은 엄연히 채표주식회사를 갖고 있지 않은가. 누가 눈깔을 뒤집어놓고 봐도 이들처럼 돈을 뿌려 가면서 돈을 벌고 또 빼앗고 뺏기고를 반복하는 백수건달들이다.

그런 그들이 건달들을 돈으로 매수하고 순사나 면서기들은 금덩어리로 목을 매달아 접근도 못 하게 했지만 지금은 사정이 많이 달라지고 있다. 그것은 다름 아닌 정치적인 사회불안 요소 타파라는 명분에 의해 미신타파, 부정부패 척결, 일 안 하고는 못 배긴다는 원칙이 이곳까지 먹혀들어간다는 증거이다.

새마을운동이야 한참 뒤에 생긴 것이고 현재는 군사혁명이 막 시작된 때인지라 그 위력이 시골 농촌까지 다가오는 것을 이들은 알아차리지 못한 것일까? 자손 대대로 물려받은 가난하고 굶주려 허기진 배를 실컷 하얀 쌀밥이나 먹으며 단 하루만이라도 그렇게 살다가 죽고 싶은 소망이 달성되다니.

그것은 나라님이 해 준 것도 아니고 누가 도와준 일도 없지만 이들은 그저 꿈이라는 놀이를 가지고 서로서로 거금이 이리저리 왔다 갔다 하는 가운데 남의 돈으로 잠시 거부가 되었다가 이튿날이면 다시 가난해지고 또 부자로 돌아서는 신기루를 쫓아다니는 사막의 대상과도 같은 모습이다.

"느그덜 시방 무라구 했는겨? 무식이 짜바리들이 들이 닥치는 중이라구?"

"짜식들, 발바닥에 불이 붙은 거여 아니믄 돈 냄새 때문에 발바닥에 땀이 나도록 뛴 거여. 내 참 미치구 환장허겄구먼. 돈 좀 만질 만 허면 들이닥치구."

"용호야. 얼른 튀자꾸나. 다들 챙기구 다음에 연락헌다구 말혀 봐."

"알았슈. 이런 일이 으디 한두 번인가."

용호는 혼자 투덜거리며 타점하는 곳으로 달려갔다. 망꾼 하나가 헐레벌떡 이곳으로 달려온다.

"뭐시여? 또 뭐가 있는 겨?"

"아이구 물주님 말여! 저기 오는 똥파리들 말구유 저쪽으로 몰래 오는 놈들이 문제구먼유. 인제는 숨어서 작전을 피는 짜바리놈들이."

"대체 이번에는 어떤 똥파리던가?"

"지 눈깔루 본 것으로는 지난번에 덮쳤던 그놈들이구먼유."

"아니 그러케 많이 처발랐는디 양심두 없는 새끼들같으니라구."

"어서 용호헌테 알려라. 그라구 뒤처리는 느네들이 알어서 혀. 알았는가?"

"야, 지들이 콩밥을 먹지라우. 며칠만 참으면 또 타점장에서 만날 것인디."

"싸게 싸게 허드라구."

소리를 치자 일행은 잽싸게 산을 넘어 도망을 친다. 그러나 건달들 몇 명은 천천히 걸어가고 있다. 다른 일행이 잡혀가는 것을 막기 위해 만석이랑 사전에 계약을 한대로 돈을 받아먹고 몸으로 때우는 식으로 일하는 깡패들이다.

이리 잡으러 가면 저리 가고 저리 잡으러 가면 저 멀리로 도망치는 숨바꼭질이 계속된다. 처음에는 돈이 모든 것을 해결하는 도깨비방망이였으나 군사독재의 힘이 워낙 거센 탓인지 돈 힘도 먹혀들어가지 못하고 있는 실정이다. 일부라도 알아서 잡혀 들어가야만 다른 사람들이 피할 수 있다. 아니면 매일매일 집집마다 영장도 없이 쳐들어가 괴롭히고 무조건 잡아들이는 관의 횡포가 이만저만이 아니다. 호루라기 소리가 들리고 튀는 척을 하다가 빙빙 원을 돌며 잡힐 듯 말 듯하는 건달들이 마치 망아지를 잡으러 뛰는 방목장 같다.

이렇게 해서라도 채표가 끊어지는 것을 막아야만 된다.

지금까지 따놓은 돈 때문에 그만둘 수도 없고 계속하자니 순사들이 문제였다. 만석은 조금씩 돈을 풀면서 인심도 잃지 않고 돈도 조금은 만져 볼 욕심으로 다음 타점일을 말하고 도망치기 시작한다. 단속이 심한 관계로 매번 장소와 시간을 바꾸어 가면서 타점을 하기 때문에 장소를 사전에 모르는 사람들이 그것을 알아내기 위해 신경을 곤두세우고 있다.

특히 술과 음식을 준비하여 그것을 머리에 이고 와 타점장을 찾아 나서는 아낙네들에게는 더욱 중요한 일이다. 찾아내는 것이 곧바로 돈과 연결되기에 그녀들은 타점장이 열리는 장소와 시간을 알아내려고 야단법석이다.

심지어 그것을 이용하여 다른 목적을 취하는 일도 생겨난다. 여자만이 지니고 있는 성적인 매력을 이용하여 정보를 얻기 위해 계산사를 찾아간다. 계산사는 타점장에서 복지를 쓰며 돈 액수와 꿈 이름을 적고 자금을 관리하는 일을 맡아서 일하는 사람을 부르는 이름이다.

전라도가 고향인 그녀는 입담이 거칠고 생활력이 전라도 여인답게 아주 강하기로 소문이 난 똑순이다. 남편이 있지만 시원찮은 수입에다 몇 달에 한 번씩 들리는 관계로 가족을 위해 스스로 생활 전선에 뛰어든 것이다.

"아직두 안 온 거유? 이번 달에두 건너뛰는 게 아니여?"

"날짜가 며칠이나 지났는데두 으쩐 일인지 안 오는구먼유."

"어디 그거시 쉬운 일이것는가? 뱃일이야 몇 달에 한 번씩 땅 냄새를 맡는 게 아니겄는가? 하여튼 고생이 말이 아니구먼. 잘 되어야 헐 텐디."

"그런디 계산사 양반! 타점이 은제 있슈?"

"알구 싶은가? 현재로선 나만 알구 있는디."

"그래야 밥을 묵고 살지. 이놈에 세상이 으떠케 힘든지 원."

"이번에는 언제 해줄 거여? 지난달 마냥 핑계를 대구 건너뛰지 말라구."

"알았구먼유. 해줄 테니까 싸게 알려주시라구유."

지난번은 슬그머니 이 핑계 저 핑계를 대면서 건너뛰고 말았다. 달거리가 있다느니, 아랫배가 아프다느니, 때로는 몸살이 있다느니, 임신이 될 수 있다는 등의 핑계를 대며 피했으나 눈치를 챈 계근은 달라고 보채는 중이다.
 "으따 거시기 한 번 하기가 이리두 힘들어서야 원."
 "거시기가 뭐 애들 밥 묵듯이 되는 것인가유?"
 "다 인연이 닿구 뭔가 서루 통허야만 살을 맞대구 배치기를 허는 게 아닌가유? 하늘허구 땅허구 맞붙어서 맷돌질을 허는 게 다 전생에 인연이 있어야만 되지유."
 "나랑 몇 년이나 했는디 지금두 그런단 말이여? 자고루 알다가두 모르는 것이 여자 맴이구먼. 허긴 자고루 여자 맴이란 것이 밥상을 들구 문지방을 넘을 때 열두 가지 맴으루 바뀐다는 야기가 있구먼."
 "그래유. 그 정도루 심허게 바뀌나유? 나두 몰랐구먼유."
 "내가 여자에 대해선 박사가 아닌가?"
 "나두 모르는 것을 으떠케 자세히두 안데유?"
 "들어서 아는구먼. 그걸 알구부턴 여자를 대허기가 힘들구먼."
 "맴이 통허야만 뭔가를 느낄 수 있다는디 고거시 영 그러네."
 결국 타점일을 알아내려는 장성댁은 요구하는 것을 들어주기로 한다. 어쩌면 꿩도 먹고 알도 먹는다는 식으로 생각하는지도 모른다. 굶었던 남자 살맛을 느낀 것이 그 언제인지 희미할 뿐이다.
 가끔은 온몸이 이유도 없이 아프고 열이 오르기도 하는 것이 이상하다고 생각한다. 아플 때는 며칠이고 앓아누워 있어야 겨우 몸을 다스려서 일을 할 수 있을 정도이다. 어떤 이유인지 잘은 모르지만 달거리를 하거나 그 직전에 항상 생기는 현상이다. 여성이야 생리 전이나 후에 가장 성욕이 왕성해지는 것은 어쩔 수 없는 생리적인 현상이지만 계근이라는 남자를 알고부터는 그것이 더욱 심해지고 있다.
 거기에다 할 때마다 느껴지는 그 오르가슴은 구름을 타고 두둥실 날아가는 느낌은 때로는 말로 형용할 수 없을 정도로 달아오르는 것을 참지 못하고 스스로 해결하는 자위행위까지 하고 있는 자신이 놀라울 뿐이다.
 남자의 맛을 느끼게 해준 계산사이지만 그것보다는 돈을 더 중요시하는 입장이다. 물론 공짜로 준 적은 단 한 번도 없다. 돈을 받거나 날짜를 미리 알아내는 일 복지에 어떤 것을 써야만 뻐꾹을 할 수 있는지에 대한 정보를 몸을 통해 알아내는 능력이 탁월한 여인이다.

"으따매. 내삼 고거시 문제랑께."

"뭔데 그런데유?"

"타점을 은제 허는지 알 수가 있어야지. 알아야만 물건을 떨게 아닌가."

"으째서 그 양반이 알려주지 않는데유?"

"맴이 변헌 건지 아니믄 딴 구멍을 만든 건지 이상허게두 요샌 쌀쌀맞구먼."

"언니가 맹그러야지. 남정네야 살맛을 슬그머니 풍기면 달려드는 고거시 뭐랄까 키포인트던가 끼뽀인트던가 그런당께."

"니가 으떠케 고런 거시기를 안다여. 아따, 별스럽구먼. 그것을 쪼개 안다구 함부러 지껄이지 말라구. 고거시 말허구 같은 뱁은 아니구먼. 을마나 요상스런 것이 그건디 알기나 혀?"

"나두 여잔디 거시기를 모를 리가 있간디. 척 하면 입맛이요 뚝 허면 호박 떨어지는 정도는 아는구먼."

결국 장성댁은 끈질긴 노력으로 계산사를 만나 이번에도 몸을 때우고 장소를 알아내는 데 성공을 한다. 목구멍이 포도청인 것인지 살맛이 더 좋은지는 아무도 모르지만 채표는 사랑도 나누고 돈도 버는 놀이라는 것을 느끼게 해준 이야기다.

또한 순사를 매수하여 사전에 덮친다는 정보를 알아내어 타점장을 바꾸는 일도 있다. 어떻게 보면 정보를 누가 먼저 알아내느냐에 따라 타점의 성공 여부가 결정된다. 정보를 물주가 먼저 알아내면 입산자들 입장에서는 성공이지만 순사나 면서기들이 먼저 선수를 치면 영락없이 잡혀 들어가고 돈을 잃게 된다. 그래서 물주와 통수들은 순사들이 언제쯤 어디를 갈 것인지를 미리 알아내려는 치열한 싸움이 벌어지곤 한다.

순간적인 재치와 대처가 거금을 잃거나 얻기도 하는 일들이 이곳저곳에서 일어나는 것을 보면 관이라는 입장이 훨씬 더 세다. 하지만 도둑 놈 한 명을 순사 열 명이 잡기란 그리 쉬운 일이 아닌 것처럼 망꾼과 매수, 친구들을 동원한 물주들의 집요한 방해 공작은 계속 이어지고 있다.

빠릿빠릿한 망꾼은 노임이 가장 비싼 관계로 눈치가 빠르거나 머리 회전이 잘 돌아가는 남자들에게는 인기가 있다. 타점장이 있는 곳에서 눈알에 쌍심지를 돋우고 빠릿빠릿한 자세로 서 있는 그들이 있기에 오늘도 타점이 가능하다. 망을 보기에 용이한 언덕 위나 나무 꼭대기, 길목에서 오직 붉은색 천으로 만든 깃발 하나를 들고서 보초 역할을 하는 모습이 제법 당당하다.

"어이 저기 대빵이 오는구먼. 대장질 해묵기두 힘들 거구만. 돈을 받어 묵으니까 어쩔 수도 없을 거구만. 잘못허면 우리 대빵 성님 야마가 팍 돌아서 몇 대 맞겠구먼."

"얌마, 윗대가리가 튼튼허야만 되는 거구먼. 잘못 허면 말이여, 우리 패거리는 똥싸구 뭉개는 꼴일 거구먼."

"잘못 허면 국 쏟구 거시기 데이구 귀싸대기 맞고 치마 버리고 아침을 굶는 꼬락서니가 되지. 아무리 돈만 있으면 귀신두 부린다지만 이거 원 오금이 저려서 서 있을 수가 있겄는가."

"여태껏 핵교 국기대마냥 잘 서 있었는디 무슨 소리랑가. 째끔만 기다려봐. 저쪽에서 신호가 오면 튀자구. 오늘은 저쪽 놈들이 지서루 갈 차례지?"

"그렇구만. 저번에 들어갔다가 허벌나게 으더터지구 좆뺑이치구 왔구먼."

"야이, 좆방망이루 밤송이를 깔 놈아! 허면서 소거시기를 말려서 만든 가죽 띠루 패는디 이거 원, 지옥이 따루 없더구먼. 허긴 그 대가루 쌀을 한 가마 받어서 잘 묵고는 있소만."

"안 그래봐 이 사람아. 이 짓이라두 안 허면 지금쯤 두 쪽 불알만 달랑 차구 탱자 탱자 허면서 백수 노릇이나 헐 거구먼."

"일부러 깃발을 흔들면 으떠케 되는 겨?"

"야, 여드레 삶은 호박에 이빨도 안 들어갈 소릴랑 허지를 말게나. 대빵이 알거나 물주가 나중에 알게 되믄 그땐 끝장이 아니겠슈."

"그런 말 허지 말구 눈 짝에 쌍불을 켜구 지키구 있다가 도망칠 땐 눈썹이 휘날리도록 뛰라구. 알았는가?"

"까짓것 다들 등짝을 빼묵을려구 오는 놈들헌티 무슨 경우여. 적당히 빼먹구 도망이나 치면 구만이제."

이들은 망꾼으로 충주에서 이곳까지 일하러 나온 자들이다. 일종의 계약을 하고 망을 봐주는 대가로 일당 쌀 한 말을 준다. 쌀 한 말이면 열흘은 일을 해야 받을 수 있는 품삯에 해당되는 돈이다. 그저 서 있다가 순사가 오거나 이상한 것이 감지되면 곧바로 깃발만 흔들며 알려주거나 옵션을 걸 경우는 일부러 잡혀가는 조건으로 쌀 한 가마를 나중에 집으로 가지고 간다. 몸으로 때우고 돈을 벌어들이는 망꾼 건달들은 가끔 복지에 직접 써서 넣는 자통으로 큰돈을 챙기며 물주 노릇까지 하는 사람도 있다.

"그러나저러나 저 놈들이 누구당가?"

"이상헌 옷을 입구 오는구먼. 뭔가? 혹시."

"맞구먼. 음성 깡패들이 몽둥이를 들구오는구먼. 큰일이구먼."

"그러구 있지 말구 어서 깃발을 흔들어. 순사가 아니니께 노란색이구먼."

노란색은 붉은 깃발 다음으로 위험하다는 표시다. 깃발이 흔들리는 것을 본 만석 물주는 눈치를 채고 잽싸게 타점을 멈추고 돈을 챙겨든다. 순사가 아니라면 무조건 기다리는 것이 상책이다. 같은 깡패들끼리 타협을 하든지 아니면 싸움을 통해 해결을 해야 할 상황이다.

"이번에는 쉽게 안 끝나겠구먼. 저놈들이 우리보다 쪽수가 훨씬 더 많은 것을 보면 말여. 저것들은 만만헌 것들이 아닌 것 같구먼."

"손이 근질 근질헌디 한 번 힘 좀 써 불까. 짜식들 여기가 으디라구 강아지 얼음 먹는 소리를 허면서 범 무서운 줄 모르구 함부로 다가오는 거여."

"짜사, 이판에 확실허게 보여주자구. 여가 으디라구 개꾼들이 개를 잡으로 오는 것 마냥 힘주구 오는 거여. 오늘 우리 대빵 솜씨 좀 봤으면 좋겠구먼. 소문이 그런지 아니믄 진짜루 쳤다허믄 뻗는지 말여."

"부대빵만 주먹질 허는 것을 봤제 오야봉은 못 봤구먼. 들리는 소문은 겁나게 힘이 쎄다는디. 이단 옆차기랑 돌려차기는 끝내 준당께. 연습헐 때 봤잖여. 서너 명 쯤은 느끈허게 해치울 분이시랑께."

"그거 재미가 솔솔 허것는디. 택견이랑 발길질이 만나믄 뭣이 이길껴?"

"부드러운 택견허구 힘으루 밀어붙이는 발길질이 여기서 한판 붙었구먼."

이들은 몸을 푸는 시늉으로 주먹질과 발길질을 연신 해본다. 주먹질과 택견의 대결을 눈앞에 둔 타점장은 깡패들의 싸움장으로 변하기 시작했다.

"니, 대빵 어딨나? 우리랑 한판 붙자구 혀봐."

소리를 버럭 지르며 패싸움이 마치 영화의 한 장면처럼 펼쳐진다.

발차기의 일인자와 충주 택견의 일인자가 대표로 나서는 싸움판에 양쪽의 부하들이 앉아서 숨을 죽이며 그 결과를 기다리는 타점장은 싸움판장으로 변한다.

택견의 동작에는 4가지가 있는데 굼실굼실은 몸의 중심을 유지하고 있는 다리를 굽혔다 폈다 하는 운동이고 굴신 운동과 능청능청은 몸을 활처럼 휘게 하여 탄력적으로 움직이는 운동이며 우쭐우쭐은 굼실거림과 능청거림이 복합되어 있고 몸 전체가 율동적으로 움직이는 모양이다. 으쓱으쓱은 몸을 가라앉혔다 일으켜 세우면서 기운을 추슬러 올리는 동작이다.

이런 동작은 마치 고양이나 사자들이 사뿐사뿐 걸어오거나 나비들이 마음 편히 부드럽게 춤을 추는 것과 같은 동작이다. 이에 비해 태권도를 배웠다는 오야봉은 뭔가 딱딱하고 경직된 동작으로 발길질만을 계속하고 있다.

충주의 택견과 장호원의 태권도는 한판을 준비하며 거센 바람을 일으키고 있다. 이 싸움에서 이기는 자는 타점장에서 큰 소리를 칠 수 있고 주도권을 빼앗을 수 있는 자격이 묵시적으로 주어진다.

한참을 붙었다 떼었다 발길질과 발길질이 부딪치며 주먹이 머리를 갈기고 상대방을 잡으려 하다가 빼고 찌르고 피하는 동작이 계속될 때마다 양쪽으로 나누어 지켜보던 패거리들은 숨을 죽이며 동작 하나 하나에 약속이나 한 듯이 신음 소리를 내며 중계방송을 하고 있다.

그것은 대빵이 던져주는 의미가 너무도 자신들의 생계와 밀접하다는 것을 누구보다도 잘 알고 있기 때문이다. 무너지면 망하는 것이고 이기면 차지하는 냉정한 승부의 세계가 펼쳐지는 현장은 긴장감이 가득 채워지고 있다. 음식 장사꾼은 물론 타점 장면을 지켜보다가 도망치던 사람들까지 구경꾼이 되어 마치 투우장에서 소리를 지르며 열광하는 관중으로 변해서 편을 갈라서 응원까지 하고 있으니.

"으따매. 고시기 쌈박질이 요러케 재밌당가. 만날 이런 것만 보면 좋겠네."

"아이 속창아리 절인 사람같으니라구. 고따위 소릴 허지를 말어. 누구 송장치우는 꼴을 보고 싶은가?"

"요런 쌈박질은 평생 첨보는디 솔찬히 껄쩍찌근 허지만 껄렁패인 자네들이야, 그거시 업이 아닌가. 아따매 으디서 고러케 허는 발길질을 배웠더? 끝내 주는디."

이들은 전라도 출신으로 돈을 벌기 위해 장을 돌아다니는 장돌뱅이이다. 한 남자는 꿈을 팔아서 약간의 목돈을 만지는 바람에 장호원의 건달패거리로 활약을 하고 있다. 어쩌면 원정을 왔다가 눌러앉은, 돈을 따라다니는 철새나 다름없다.

"우리 장사치들 말여. 전만 있으면 된당께 으떤 놈이 무시기 소릴허두 전이 최고구면."

"이 쌈박질이 누구 손을 들어줄 건가? 으따매 고거시 궁금허네 그려."

"겁나게 무섭구면 그려. 같은 태자인디 쌈은 무지허게 틀리구만."

"전번 마냥 거시기를 만들어 주면 될 틴디. 무슨 난리랑가."

"자네 그거 말허는 거제. 거, 뭐냐. 순사헌티 여자 맛을 보게 허구 타점을 다른 쪽에서 했던 걸 말허제."

"맞구먼. 그라니께 살보시 뇌물이 거시기를 확실허게 잡은 게지. 순사 놈팽이가 섹을 쓰는 동안에 저쪽에선 타점을 찍는디 말여, 으떠케 가슴이 맹굴맹굴 허던지 간뎅이가 콩알만 헌 적두 있구면."

"가시나가 뭐 세 탕이나 배치기했다구 자랑허더구먼. 섹을 쓰는 소릴 들으믄서 돈두 벌구 재밌었구먼. 으떤 놈은 몰래 숨어서 보다가 쌌다는 거여. 을마나 축축 헛겄어."

"그놈은 딸딸이를 안 처부럿나 어째서 그것보구 싸부려. 틀림없이 조루증이구면. 쯧쯧 불쌍헌 놈 같으니라구."

"순사 같으면 야, 거시기가 통허지만 지금은 오야봉끼리 맞짱을 까는디 살보시가 뭣 땜시 필요허겄는가?"

"으따 자네는 내삼 그런 말두 못 헌당가. 그건 그렇구 구경이나 험세."

둘은 엉키고 피가 흐르면서 일그러진 얼굴이 피투성이로 범벅이 된다. 지친 나머지 진흙탕에서 나온 사람마냥 온몸에 흙이 묻어 있다. 결국 둘은 무승부로 게임은 끝나고 얼은 것도 잃은 것도 없이 돌아간다.

  다음을 약속했으나 군사 독재의 칼날 앞에 그 약속은 깨지고 말았다. 폭력배소탕작전이라는 명목으로 대대적인 검거 선풍이 불고 지서와 교도소마다 깡패와 건달, 미신을 숭배하는 자들로 만원이 되는 날도 멀지 않다.

거시기를 허는 합동

"집안 노름이 곧 채표이고 서로 다정하게 상의해서 싸우면서 망한다"는 말이 생길 정도로 꿈을 현실로 바꾸기 위한 몸부림은 계속되고 있다.

"어미야, 너 밤새 무슨 꿈을 꿨냐?"

매일 아침이면 엊저녁에 꾼 꿈을 기억하느라 애를 쓰다가 밥상에 앉아 눈치를 살피며 꿈을 묻는 일로 하루가 시작될 정도로 꿈에 미쳐 있다.

박 노인은 밥을 먹으면서도 옆에 통표와 배짝을 놓고 생각을 하고 있다. 밥상을 물리고 통표에 그려져 있는 36문을 머리 부분부터 읽기 시작한다. 필득과 천양을 발로 삼아 서 있는 통표는 인체 각 부위마다 나이와 이름, 성으로 되어 있다.

빛나는 이마에는 광명과 귀에는 태평과 간옥이 있었고 입으로 내려가면 지득이 보인다. 양어깨는 점괘와 판계가 있고 봉춘과 강사인 배를 지나서 배꼽으로 내려가자 월보가 있다. 생식기에는 원귀가 있고 오른쪽 허벅다리로 내려가자 합동이라는 한문이 있다.

"자, 오늘은 채표 타점날이구먼유. 밤새 꾸셨던 좋은 꿈을 복지에 써서 지헌테 주세유."

박 노인은 각 마을을 돌아다니며 복지를 걷고 다니고 있다. 아침과 저녁으로 열리는 타점 시간을 맞추기 위해 부지런히 돌아다니고 있다. 노름과 채표 물주로 날려 버린 문전옥답을 찾고자 열심히 다니고 있다.

"여기 우리 집 사람들이 밤새 꾼 꿈이 적힌 복지가 있구먼. 이건 채표에 건 돈인데 물주님께 전달해서 뻐꾸기가 나 헌테두 오게 좀 해주게나."

하며 복지를 건네준다.

"오늘 타점은 어데서 헌데유?"

민자 엄마가 묻는다.

"아마두 순사들 때문에 오대산 진골에서 헌다구 하더구먼유."

"그래유, 지가 직접 자통을 할 테니까 오늘은 그냥 가세유."
"지난번처럼 좋은 꿈을 꾸셨슈?"
"그건 아니구유, 예감이 있어서 자통을 하구 싶구먼유."
"그래유, 허기사 지난 번 타점에서는 자통한 사람이 대산질을 했구먼유."
"잘만 하시면 야, 자통두 좋긴 좋지만 저 같은 통수는 별 볼일이 없어서⋯⋯."
 사실 채표에서 통수를 거치지 않고 입산자 스스로 꿈을 써내는 자통이 많아지면 구전을 얻어먹는 통수들 입장으로는 좋은 일은 아니다. 통수들이 먹는 구전도 없고 타점장에 와서 들리는 소문이나 분위기를 눈치 채고 즉석에서 써내는 자통을 물주도 반가운 일은 아니지만 자통도 분명히 채표에 있는 규칙이다.
"참, 만석씨 말여. 한 가지 물어볼 것이 있는데유. 엊저녁 꾼 꿈을 갖구서 통표와 등. 배짝에다 맞춰 보니까 하두 헷갈려서 여태껏 기다렸구먼유."
"아니, 무슨 꿈을 꾸었는데 그런데유?"
"소 꿈을 꾸었지유. 그래서 통표에 맞춰 보니까 해몽이 두 군데나 있더구먼유."
"아, 통표에서는 한운과 청원이 소 꿈에 대한 것인데 둘 중에서 하나를 고르면 될 텐디유, 뭐 어려운 일이라두 있나유?"
"글쎄유. 저 같은 사람이야 아직두 영 잘 모르겠구먼유. 통표나 등배짝을 볼 때마다 확실하게 구분이 안서니 원."
"대체 어떤 소 꿈을 꾸셨는데유?"
"소를 몰고 오다가 길가에 있는 옹달샘으로 갔구먼유. 물을 마시구 하늘을 쳐다보니까 구름 위에 힘센 장사가 앉아 있는 꿈을 꾸었지유. 그런디 통표에 있는 36문중에서 으디에다가 맞춰서 복지를 쓸지 헷갈리는구먼유."
"지 생각으로는 한운과 청원도 걸리구 옹달샘이니깐 정리에두 해당되는구먼유. 그람 혹시 힘센 장사가 몇 살이나 먹어 보이던가유?"
"아마두 서른 살은 되어 보였구먼유."
"그렇다면 해몽이야 간단허지유. 나이가 서른이면 한운이구 그 장수는 성이 이 씬가유?"

그 말을 듣자 자신이 너무도 채표를 모른다는 생각이 든다.

"나이를 보믄 될 것을 괜스레 물어봤구만 이거야, 원."

"꿈을 통표에 맞추기가 그리 쉬운 일이 아니지만 잘 생각허면 찾을 수 있지유."

"그라믄 일진 상충도나 등배짝을 보믄 말이여. 으떤 때는 여러 개가 걸리는구먼. 그땐 전부 쓰면 좋을 것 같은디유."

"맞는 말씀이구만유. 대개 해몽을 할 때는 입산자 자신이 꾼 꿈을 가지구 일진과 문구, 나이, 성을 배짝에다 나누어 배열한 다음에 몇 장을 같이 쓰지유."

"그라니께, 지 같은 경우엔 한 장만 쓰지 말구 여러 장을 쓰는 편이 낫다는 뜻인가유?"

"그렇구 말구유. 그래야만 그중에서 뻐꾸기가 울 수도 있지유."

박 노인은 동네를 다니면서 복지도 걷고 해몽을 해준다. 당첨된 입산자가 있으면 물주와 입산자한테 2할을 구전으로 받는다. 타점장에서 대산질을 한꺼번에 맞는 바람에 그만 건 돈의 서른 배를 채워 주고 만다.

큰돈을 마련하기 위해 소도 팔고 문전옥답까지 판 처지다. 그 뒤로 전주 노릇을 그만두고 통수라도 해야만 잃어버린 소와 논밭을 찾을 수 있다. 채표에 너무 빠져 있을 때는 마을에 밥을 해먹는 연기가 보이지 않는 경우도 있다.

며느리인 영란은 시아버지가 채표에 너무 빠져 있는 모습이 너무도 안타깝다. 겨울이면 온전히 채표에만 관심을 두시고 집안일은 뒷전이다. 하루 일과가 꿈 얘기로 시작하여 꿈 얘기로 마감하는 경우가 대부분이다. 시집을 온지 불과 석 달밖에 되지 않지만 재치가 있고 속이 깊은 그녀는 오늘도 시아버지께서 묻는 말에 어쩔 수 없이 꿈을 말해야 한다.

"매느라, 엊저녁에 무슨 꿈을 꾸었더냐?"

박 노인은 밥상을 들고 나가려던 며느리에게 묻는다.

"예, 아버님유. 요즘은 채표님이 꿈을 안 주시는지 꿈이 없구먼유."

"그라믄 말이다, 어제 상리에서 들은 얘긴디, 어떤 여자가 좋은 꿈을 꾸게 해달라구 상여 집으로 갔다는구나."

"아니, 꿈 때문에 상엿집까지 밤중에 갔데유?"

옆에 있던 아들이 묻는다.
"정말루 그랬다는 거여. 그라니께 잘 생각혀봐."
"으떠케 했는데유?"
"부엌칼루 상여를 두들기면서 채표님께 좋은 꿈을 달라구 주문을 외웠다는 거여."
"그래서 좋은 꿈을 꾸었데유?"
"그 여자가 새벽에 꿈을 꾸었는디 그게 대산을 했다는구먼."

이야기를 듣고 있던 아들과 며느리는 놀래며 입을 벌리고 있다.

서른 가마나 되는 쌀을 채표로 벌었다는 얘기가 꼬리를 물고 퍼져나간다. 계산사는 복지와 돈을 접수하는 일을 맡고 사람 모습을 그려 놓은 종이에 이름과 건 돈을 써넣으면 타점사는 복지에 적혀 있는 돈과 입산자를 부르며 확인한다. 통수들과 모여 있는 사람들이 이의가 없다고 하면 물주는 쌈지를 나무나 벽에 걸어 놓고 끈을 풀면 그 속에 물주가 쓴 해몽 문구가 풀리면서 보인다. 물주가 쓴 해몽과 똑같은 것이 있으면 뻐꾹 했다고 하며 그 복지는 건 돈의 서른 배를 물주가 태워서 응시한 입산자에게 준다.

드디어 타점 시간이 다가 오자 통수들과 구경꾼들이 매봉산 기슭으로 모이기 시작한다. 아침이면 서로 꾼 꿈을 묻고 식구들끼리 상의해서 한 가지를 선택하여 고르기도 한다. 오늘도 김 진사는 일어나자마자 식구들에게 꿈을 물어봤지만 손자만이 혼자 외딴집에 심부름을 갔었다는 이야기를 듣자 안사라고 써서 통수에게 전달하고 타점장으로 향한다.

유난히 날씨는 맑고 포근했지만 아직도 녹지 않은 눈들이 여기저기에 있다. 소문을 듣고 이곳까지 장사꾼들이 하나씩 모여들고 있었고 머리에 떡과 술을 이고 가는 아낙네도 있었고 삶은 돼지고기를 짊어지고 오는 사람도 있다.

"아니, 성님이 어쩐 일로 타점장까지 가신데유?"

반갑게 김 진사가 묻는다.

"나야, 채표로 말하면 원로가 아닌가?"
"그야 그렇지만. 물주까지 하신 분이신 데."
"지금이야 통수를 하고 있지만 기회가 된다면 야, 물주를 하고 싶구먼."
"성님이야, 물주를 하시다가 본전까지 까먹었지만 기찬이는 큰돈을 벌었데유."

"속상헌 얘기는 허지 말게나. 그 때 생각허면 속이 뒤집어지는구면."
"워낙 재주가 뛰어나시니까 다시 물주 할 날이 있을 거유."
"그란디, 뭐 좋은 꿈이라두 꾸셨슈? 타점장에 그러케 급히 가시니."
"꾸긴 꾸었는디. 구경도 하구 떠도는 소문이 있으면 자통 좀 해 볼까 해서."
"자통을 잘 안 받는다구 허던디유. 물주가 으떠케 나올지는 모르지유."

엊저녁에 좋은 꿈을 달라고 빌기 위해 목욕을 하고 무섭다는 상엿집으로 간다. 무시무시한 시신을 마지막으로 운구하는 상엿집은 감히 누구도 들어가려고 하지 않는 곳이지만 돈에 눈 먼 그 여인은 아무것도 두렵지 않다.

온갖 천이며 오래된 나무 막대, 누군가를 마지막으로 보내고 남겨진 꽃상여 흔적들이 무섭게 눈에 들어온다. 옆 동네에 살고 있는 부산댁이 전해준 대로 하기로 작정을 한 것이다. 상엿집에서 빌고 난 뒤에 꾼 꿈으로 대산을 했다는 말을 들었다.

마음을 가다듬고 눈을 감자 장례식에 보았던 장면들이 눈에 선하다. 저승으로 보내는 길잡이들이 부르는 구슬픈 노랫소리, 뒤에서 따라하는 사람들의 합창 소리, 뒤에서 우는 가족들의 울부짖는 소리들, 상여 앞에 매달려 있는 저승 노잣돈이 바람에 휘날리는 모습, 종을 울리며 길을 인도하는 모습, 죽은 사람들의 얼굴이 하나씩 스쳐지나가지만 왜 그리도 무섭다고 느꼈던 이곳에 식칼까지 들고 들어오다니.

촛불을 들고 부엌칼로 상여를 두들기며 빌고 또 빌고 있다. 한 시간을 혼자 중얼대며 주문 아닌 주문을 외우고 있다.

"지헌테두 좋은 꿈을 주세유. 채표신님! 채표신님! 저두 잘 살구 싶구먼유. 지발 꿈 하나만 뚝허니 주세유."

밤새 잠을 못 이루다가 겨우 새벽녘에 꾼 꿈이 달빛 아래서 상여 나가는 꿈이다. 틀림없이 월보라는 생각을 하고 그것을 오늘 자통으로 낼 생각이다. 겨우 비상금으로 남겨둔 30원을 주머니에 넣고 간다. 타점장은 계산사와 타점사가 타점을 위해 바쁘게 움직이고 있다.

"자, 지금부터 물주님의 개회 선언이 있겠구먼유."

타점사가 큰소리로 외치자 물주는 인사를 한 뒤에 "개문(開門)이요!"라고 외친다. 이어서 정리된 복지를 타점사가 이름과 건 돈, 꿈 해몽을 부르며 계산사는 인체 각 부위에 붓으로 쓰고 통수는 자신이 걸어 온 복지를 일일이 확인한다.

"제1통인 삼성리 복지는 총 30장이구 1복에 김석봉 씨가 삼괴에 20원이요. 2복에 마장리 오인석 씨가 월보에 40원이고 3복에 금왕읍 김삼식 씨 판계에 10원이요… 제1통에 건 돈은 전부 1,200원이네유."

타점을 부르는 타점사의 목소리가 오늘따라 크고 명쾌하게 들린다. 돈과 자리란 검불과 같고 자고 나면 주인이 바뀌기 마련이다. 오늘도 여기에 걸어놓은 돈은 분명 다른 사람 수중으로 들어갈 것이다.

"자, 마지막으로 제9통이유."

제9통을 맡고 있는 만석은 마지막으로 자신이 걸어 온 복지를 부르는 소리가 들리자 빈 복지를 만지며 긴장을 하고 있다. 오늘은 이상하게도 타점장에서 흔히 들을 수 있는 이상한 소문조차 들리지 않는다. 유언비어는 기대와 실망, 공포를 주는 것으로서 증권가에서 큰손들이 일부러 소문을 퍼트리듯이 채표에서도 가끔 물주가 사람을 시켜 엉뚱한 헛소문을 퍼트리기도 한다.

물주는 월보에 비상금 30원을 걸어 김 노인에게 주며 접수를 부탁한다. 오늘 접수된 복지를 보면서 몰래 똑같은 쌈지 두 개를 준비한다. 옛날 물주 밑에서 타점사로 일하면서 배워 둔 방법을 쓸 작정이다. 이렇게 하면 대산질을 당한다 해도 손해를 적게 볼 수 있다.

접수된 복지의 총액과 수를 사람만이 아는 신호를 보냈다. 오늘 접수된 복지는 총 310장이고 건 금액은 2만 원이나 된다. 아무리 돈이 없다고 아우성을 쳤지만 어디서 그런 돈이 나오는지 알 수 없다. 겨우 5,000원을 가지고 시작한 자본금이 지금은 3만 원이나 되었지만 불안한 마음이 든다. 여기서 대산자가 몇 명만 나와도 물주는 적자를 보게 된다. 순간적인 판단 착오로 거금을 날리고 하루아침에 빚더미 위에 앉을 수도 있다.

타점사는 약속대로 헛기침을 두 번 하는 소리가 들린다. 이를 알아차리고 왼쪽 주머니에 있던 쌈지로 바꿔치기 한다. 오른쪽 쌈지에는 월보가 있고 왼쪽에는 봉춘을 쓴 복지가 들어 있다.

"그럼, 물주께서 직접 쌈지를 풀기로 하겠구만유. 다들 조용히들 허세유."

자리에서 일어나 품안에 있던 황금색 비단으로 쌈지를 꺼낸다. 그곳에 모인 모든 사람들의 시선은 노란 쌈지로 쏠린다. 지금까지 기다리던 타점 행사의 절정의 순간이 다가온 것이다.

쌈지를 여유 있게 뒤에 있는 나뭇가지에 걸어 놓는다.

"채표님! 채표님! 오늘 저희들에게 물주님을 통해 좋은 꿈을 주세유. 모든 꿈을 주시는 채표님께서 누구나 좋아하는 꿈을 주세유. 누가 대산질을 허던 지간에 올해두 풍년들구 건강하게 해주세유."

타점사의 말이 끝나고 쌈지를 향해 크게 절을 한다.

끈을 살짝 풀자 쌈지는 위에서 아래로 풀려지면서 글씨가 뚜렷하게 보인다. 여기저기서 들리는 탄성과 아쉬움 소리가 터져 나왔고 좋아서 서로 얼싸안기도 한다.

오늘 타점 문구는 꿈에 여자나 꽃을 보면 쓰는 봉춘이다.

물주의 농간으로 대산자는 나오지 않았고 적은 금액만 당첨된 입산자는 일곱이다. 계산사가 당첨된 통수들과 입산자들의 이름을 부르고 구전과 당첨된 돈을 나눠준다. 통수는 물주와 입산자한테 2할에 해당하는 150원을 구전으로 받는다.

"그냥 가시지 마시구유 술과 안주가 있으니께 목이나 축이시구 가세유."

"참, 한 가지 좀 물어보겠는데유. 다음번 타점일은 언제유?"라고 묻는 소리가 들린다.

"아, 그거유. 요즘 읍내에 있는 순사들이 어찌나 설쳐대는지 통 불안해서 열흘 후인 보름날에 헐 거구만유. 그날은 저녁때만 허니까 잊지들 마시구 많이들 오세유."

채표 타점장은 술이 돌고 꿈 얘기로 꽃을 피우고 있다.

"성님께서 이번에 도와주셔서 고맙구먼유."

"자네두 많이 늘었구먼. 나두 못 써먹은 바꿔치기까지 하는 걸 보면 말여."

"그거야 다 성님께서 지한테 가르쳐 주신 것이 아닌가유?"

"그래두 이 사람아, 내가 보는 앞에서 멋지게 해치우는 솜씨가 놀랍구먼 그려."

"나두 몇 번만 통수를 해서 전이 생기면 물주를 하고 싶구먼. 이놈의 통수 노릇을 하다 보니까 다리도 아프고 물어 보는 사람이 왜 그리도 많은지 원."

"좀 힘드셔두 참고 허세유. 그런데 아까 보니까 자통을 하신 것 같은디."

"뻐꾸기야 항상 봄이 돼야 날아오는 법이 아니여? 언제나 봄이 오려는지 원."
 마을은 오랜만에 열리는 타점으로 새벽부터 활기에 넘쳐 있다.
 며칠 동안 채표가 없었던 탓인지 시아버지는 집안에 계시면서 새끼를 꼬시며 나무를 하는 모습을 지켜본 며느리는 너무도 고마운 생각까지 든다. 시아버지께서 저런 모습으로 사시면 얼마나 좋을까 하는 생각을 한다.
 "매느라! 혹시 좋은 꿈이라도 꾸었냐?"
 여물을 쑤던 시아버지가 물었다.
 부엌에서 불을 때던 며느리는 그 자리에서 일어나 인사를 했지만 입에서 영 대답이 나오질 않는다. 하고 싶어도 말할 수 없는 입장으로 그저 망설이고 있을 뿐이다.
 "저어…."
 "뭔가 좋은 꿈을 꾸긴 꾼 겨?"
 "글쎄유, 새벽에 꿈을 꾸긴 꾸었는데유."
 말을 흐리자 시아버지는 더욱 자세히 묻기 시작한다.
 "꿈은 말이다. 일어나자마자 복지에 쓰는 게 제일이구먼."
 "엊저녁 꿈이 영 생각이 나질 않네유."
 "너두 알다시피 오후에 타점이 있잖니. 근디 식구 중에선 너만 꿈을 꾼 것 같구나. 그런디 생각이 안 난다구허니 원."
 "제가유, 이따가 잘 생각혀서 말씀드릴 게유."
 "그려, 찬찬히 생각혀 봐 지난번에두 타점에 찍힌 적이 있으니께 꼭 될 거구먼."
 며느리는 과연 어떻게 해야만 시아버지가 채표를 그만 두고 집안에 계시도록 할 수 있을까를 곰곰이 생각하고 있다. 이미 남편은 채표에서 손을 떼고 집안 살림에만 신경을 쓰고 있다. 여전히 계속되는 시아버지의 채표 꿈 이야기는 집안 모두에게 걱정거리다.
 해방 이후로 계속되어 온 채표 놀이가 요즘은 된서리를 맞으며 점차 시들해지고 있다. 벽에는 혁명 위원회의 공약이 붙어 있었고 각 마을에 있는 성황당이나 산에 있는 암자가 불에 태워지고 점쟁이나 가짜 중들이 지서로 붙들려 가는 일들이 많아졌다. 그 정책의 일환으로 투전이나 노름 같은 것을 금하고 여기에 채표도 포함되어 있다.

"매느리 있냐?"

"예, 아버님 부르셨어유."

"타점이 곧 시작되는디 꿈은 기억해 냈냐?"라고 묻자 며느리는 고개를 숙인다.

"아니, 무슨 좋은 꿈을 꾸었기래 그렇게 말을 못하는 거냐?"

"아버님두, 말씀드리기가 곤란해서유. 창피해서 일부러 기억이 나지 않는다구 했구먼유."

"아니, 그람 알면서두 아침에 기억나질 않는다구 했다는 거여?"

"죄송해유. 분명히 좋은 꿈은 꿈인디 저와 아버님만이 아셔야 할 꿈이구먼유."

"그려 알것다. 아무런 꿈이면 으떠냐 니 꿈은 효험이 있는 꿈인디. 어서 말해 보거라."

"지가 이런 꿈 얘기를 해도 되는지…."

고개를 숙이고 있던 며느리는 무슨 결심을 했는지 입을 열기 시작한다.

"사실은유. 하지만 어떤 꿈 이야기를 드려두 이상허게 생각하지 마세유."

"알았구먼. 나만 알구 있겠구먼. 근디 무슨 꿈이여?"

"지가유. 새벽에 꿈을 꾸었구먼유. 근디 을마나 이상허던지. 창피두 허구유. 저랑 아버님하구 참외를 따러 갔구먼유. 그런디 갑자기 비가 와서 외딴 원두막으로 올라갔지유."

"그람 외딴집이면 안사구먼."

라고 말하며 옆에 있는 통표에 표시를 한다. 너무도 자신의 속마음을 모르는 채 그저 꿈과 돈만을 아시는 시아버지가 안쓰러울 뿐이다.

"그게 전부여?"

"꼭 다 말씀을 드려야 허나유?"

"여기까지만 듣구 안사를 쓰면 채표님이 노하셔. 꿈은 말이여 암시허는 것이 꼭 있구먼. 그리구선."

"그건 분명 채표님이 주신 것이 분명하단다."

"그건 그렇지만 이번만은 좀…… 그러네유."

"어서 얘기를 혀봐."

"그런데유, 원두막에서 아버님과 지가 그만 거시기를 허는 꿈을…."

며느리는 더 이상 말을 못하고 그저 고개만 숙인 채 시아버지의 반응을 살피고 있다.

"아니, 그람. 네 꿈이 합동이란 말이냐? 그것두 있을 수 없는 일이 꿈에 나타났으니 예삿일은 아니구먼."

시아버지는 긴 한숨을 내쉰다.

"아버님 죄송해유. 말씀을 드리지 않을려구 했는디. 하두 물어 보셔서 그만."

"잘 알았구먼. 그만 나가 보거라."

"예, 아버님."

말이 그렇지, 시아버지와 딸 같은 며느리가 거시기를 했다는 꿈은 분명 뭔가 할 말이 있는 것 같다는 생각이 든다. 아무리 채표에서 돈을 벌려고 미쳤다 해도 이런 이야기를 며느리한테 듣는 순간 머리는 돌로 맞은 것처럼 멍하다. 타점장을 향해 걸어가면서도 며느리가 했던 이야기가 귓가에서 맴돌고 있다.

"이제부턴 채표도 맘 놓구 헐지 모르겠구먼?"

"글쎄 말이여, 군사혁명위원회에서 미신 타파라는 명목으루 마구 잡아가니 원."

"얼마나 썩었으면 군바리들까지 정치를 헌다구 나서겠어유?"

"허긴 민주당이 얼마나 무능했으면 그랬을까만 누가 그놈에 속을 알 것인가?"

"순사가 설치는 것을 보면 망꾼을 더 세워야 겠구먼."

"그려, 그놈들이 냄새를 맡고 올 수도 있으니까 필요할 거구먼."

"아마 벌써 물주가 준비했을 거유."

타점장은 마치 게릴라들이 모여서 작전을 하는 것 같다.

순사의 눈을 피하기 위해 한 사람씩 모여들고 있다. 지게를 지고 나무를 하는 척 하거나 약초를 캐는 옷차림도 있다. 어떤 사람은 장을 보러 갔다가 이곳으로 오는 사람도 있다. 망꾼 두 명이 양쪽 산꼭대기에서 망을 보았고 물주를 지키고 만약에 있을지도 모르는 깡패나 상이군인의 출입을 막기 위해 팔짱을 낀 채로 서 있다. 오늘도 광주리에 간단한 안주를 이고 오거나 지게에 술독을 짊어지고 오는 사람도 있다.

쉽게 번 돈을 쉽게 쓰려는 풍조가 여전하다. 벌써 술판이 벌어지고 먹고 마시며 떠들고 있다. 오늘 타점은 갑자기 시간이 바뀐 탓인지 구경꾼은 적고 통수들이 대부분이다. 자통 복지를 들고 며느리를 생각하며 합동이라고 쓴 뒤에 110원을 걸었다.
"자, 그람 시방부터 타점을 시작허겠구먼유."
물주가 '개문이유!' 라고 외치자 사람들이 웅성거린다. 타점사의 타점 가락과 계산사의 손 빠른 동작이 시작되고 물주는 쌈지를 나무에 매달았다.
"그람, 지금부터 물주께서 쌈지를 개봉하기 전에 몇 말씀드리구 허시니께 조용히들 허세유."
"이렇게 많이 모여 주셔서 고맙구먼유. 갑자기 순사들이 단속을 한다구 해서 부득이 시간을 늦췄구먼유. 많은 이해를 해주세유. 다음번 타점은 보름 후에 이곳에서 허겠습니다유."
쌈지에 묶은 끈을 풀자 속에 들어 있던 글씨가 밑으로 풀려 내려오면서 선명하게 보인다. 눈을 비벼 보았으나 여전히 합동이라는 글씨가 뚜렷하게 보인다.
"오늘 대산질은 합동입니다유."
"물주가 합동을 쓴 걸 보면 말이여, 엊저녁에 거시기를 했구먼."
"하필이면 36문에서 합동이여. 듣기두 좋구 실제루 그랬으면 좋겠구먼."
"오늘 당첨된 사람은 전부다 사연이 있는 사람들이겠구먼. 얼마나 좋을 껴. 거시기두 허구 돈두 벌구 이거 원, 꿩 먹구 알 먹는 거잖아?"
옆에 있던 계산사가 일어나 당첨자를 발표한다.
"오늘 대산자는 두 명이 있구먼유. 그리구 애기패는 일곱이구먼유."
"뻐꾹헌 복지를 갖구 오셔서 통수 분들은 돈을 갖구 가세유. 자통은 조금만 기다리세유. 갈 때는 나무를 허시던 모습으루 가시던지 순사를 피해서 잘 가세유."
"오랜만에 해서 그런지 뻐꾸기가 많이 울었구먼."
"난, 엊저녁 꿈에 마누라 어디를 만지는 꿈을 꾸었는데 조금만 더 있었으면 합동까지 갔을 텐디. 아들놈이 자면서 발로 얼굴을 차는 바람에 깨 버렸구먼."
"아니 그람, 합동은 못 쓰구 여자 속옷이나 어디를 만졌다믄 간옥을 썼겠구먼. 허허."
"그려. 너무도 아쉽구먼 그려."
"그러니께, 돈 벌구 못 버는 것은 채표님이 주시는 것이여."

대산을 하여 거금을 손에 쥐었지만 자리를 떠나고 싶다. 서른 배인 3,300원이나 되는 거금이 무척이나 무겁게 느껴진다. 왠지 마음이 허탈하고 가슴이 답답하기만 하다. 어디든 혼자 있고 싶고 뭔가에 뒤통수를 맞은 기분이다. 권하는 술도 마시지 않고 타점장을 빠져나온다.

'매느리가 그렇게 뜸을 들이면서까지 꿈 이야기를 숨기려고 한 것은 분명 무슨 뜻이 있을 거구만' 이라는 생각이 떠오르자 너무도 창피하다는 생각이 든다. 지금까지 집안을 위해 했던 일이란 별로 없었고 그저 채표를 빼고 나면 주색잡기뿐이다.

저수지 둑에 앉아 돌멩이를 던지며 혼자 앉아 있다. 오늘의 일을 생각하면 할수록 창피하다는 생각이 들고 며느리에 대해 미안하기만 하다. 해가 지자 집으로 돌아온 그는 며느리를 찾아서 돈을 몽땅 건네준다.

"얘야, 니 덕분에 대산질을 했다만 누구헌테두 이런 얘기를 하지 말거라. 사람은 무덤에까지 가지고 갈 비밀이 있단다. 이제부터는 채표에서 손을 끊을 테니 그렇게 알구 이 돈은 네가 알아서 집안 살림에 보태거라."

자못 심각해진 시아버지의 모습을 지켜보던 며느리는 속으로 기쁘기 한량없다. "아버님 고맙습니다유. 이 돈은 제가 알아서 잘 쓸게유" 하며 돈을 받는다.

그동안 얼마나 며느리가 채표에 빠져 있던 자신이 안타깝고 속이 상했을까?

오죽했으면 꾸지도 않은 꿈을 지어내서 자신에게 일부러 알려 주었을까?

생각이 깊어지자 자신도 모르게 죽은 아내가 보고 싶어진다. 그토록 말렸던 아내가 논과 밭까지 팔게 되자 그만 화병을 앓다가 작년에 죽고 말았다.

속주머니에 있던 헝겊을 꺼내어 앞에 펼쳐 놓는다. 하얀 천은 햇빛에 반사되어 마음속까지 비추는 듯하다.

그는 뭔가 생각에 잠겨 있다가 새끼손가락을 입으로 물어뜯는다. 빨간 피가 흐르자 헝겊 위에 일심(一心)이라는 혈서를 쓴다. 선명하게 빨간 색 글씨가 있는 헝겊을 접어서 왼쪽 품에 집어넣는다. 헝겊을 찢어 흐르는 손가락을 감싸고 해가 질 무렵 집으로 내려온다.

저녁을 먹고 발을 씻으려고 나갔던 그는 물이 새끼손가락에 닿자 피가 나오기 시작한다. 방을 닦던 며느리는 문을 열고 나가 보니 시아버지의 손에서 피가 나오는 것을 본다.

"아버님! 무슨 일루 손을 다치셨어유?"

"아무것두 아니구나. 헝겊이 있으면 좀 갖다 주면 좋겠구나."

"예, 아버님."

며느리는 방으로 들어가 가위로 광목을 잘라서 피가 흐르는 손가락을 감싼다.

"어쩌시다가 이렇게 손가락을 다치셨는가유?"

"으, 산에서 나무를 허다가 그만 낫에 비었지 뭐냐. 별로 심허지는 않다만 물에 닿으니까 피가 나온 거란다. 걱정허지 말구 네 일이나 허거라."

골방으로 들어가 중국에서 갖고 온 나무로 짠 조그마한 상자에 헝겊을 접어 넣는다. 그 속에는 중국에서 갖고 온 채표에 쓰이는 통표와 등배짝도 함께 넣어 황금색 보자기로 싸서 보관하기로 작심한다.

금이랑 꿈이랑

　돈에 얽힌 수많은 이야기들이 전설처럼 전해지는 것을 보면 채표 놀이가 얼마나 성행했는지 짐작이 가고 남음이 있다.
　무극은 금을 캐는 광산으로 유명한 곳이다. 한때는 전국에서 생산되는 금의 4%를 차지할 정도로 번창했던 곳이다. 다른 지역보다는 돈이 많이 돌고 노동자들이 먹고 마시며 싸는 일로 북적대고 있다. 어디서 금 노다지가 발견되면 읍내는 밤늦도록 일꾼들이 술, 여자, 담배, 노름, 음식에 취해 있는 모습이 마치 서부개척 시대를 그대로 옮겨 놓은 듯하다. 금맥을 찾아 서부로 서부로 이동을 하면서 겪는 개척자들이 부딪치는 역경이 이곳에서도 마찬가지로 나타나고 있다.
　지하 깊숙이 묻혀 있는 금덩어리는 말 그대로 바위 틈 사이에서 희미하게 누군가를 기다리는 가운데 그것을 찾기 위해 칸델라를 켜놓고 먼지를 뒤집어쓰고 마시면서 곡괭이질을 하는 광부들이 많았다. 깊숙한 지하 바위를 화약으로 폭파시켜 내려가거나 아니면 굴착기로 파고 내려가지만 알갱이로 된 금은 쉽게 자신을 보여주질 않는다.
　이곳은 전국에서 몰려든 광부들로 인산인해를 이루는 곳으로 흥청대는 기분으로 밤을 보내다가 아침이면 멀쩡하게 정신을 차리고 땅속으로 들어간다.
　"어이, 밑구녕을 들춰봐. 잘 딱었지?"
　세관 물품을 아니 마약을 단속하는 순사들처럼 옷을 다 벗겨 놓고 알몸으로 검색을 한다. 당시는 인권이라는 말조차 있거나 통할 수도 없는 시대적인 아픔이며 혼란기였다. 지하 광맥에서 금을 캐다가 가끔은 노다지를 발견한다. 물론 노다지라는 말이 생긴 배경은 두 가지가 있다.
　하나는 금광을 경영하던 미국인들이 하루는 커다란 금맥을 발견하자 그곳에 모인 광부들에게 노터치(No Touch)라는 말을 외치자 아! 그것을 노다지라고 부르는구나 하고 그 다음부터 금맥을 노다지라고 부르게 되었다는 학설과 한곳에서 많이 나오는 물건이나 이익으로 얻는 횡재라는 뜻으로 노두(露頭)가 보이는 장소라는 뜻에서 만들어진 말이다.

막장은 금을 캐는 장소를 가리키며 품삯은 닷새마다 지급되었고 그때 받는 것은 노란색 간쪼 봉투였다.

"근데 아무리 봐두 없구먼. 홈쳐두 갖구 갈 데가 없을 거구먼."

"열길 물속은 알아두 한 치두 못 보는 것이 사람 맴이구먼."

"만날 뒤져두 나오는 것을 보면 하여튼 금은 겁나게 좋은 겨."

"으떤 놈은 말이여 훔칠 줄 몰라서 안 허는 줄 알어."

"금덩어리가 눈에 들어오믄 뵈는 게 없지. 그래두 그러치 으떠케 그리 허술허게 옷 속에 넣구 오는 놈이 있는 겨."

"그래두 우리가 당허는 게 어디 한 두 번인가."

"도둑놈 하나를 열 명 순사가 못 막는다는 말이 있잖어."

"찢어지게 가난허면 무슨 짓을 못 허겠는가. 목구멍이 포도청인디 적막강산두 처묵어야 눈에 들어올 게 아니겠는가?"

일을 마치고 돌아오는 광부들의 몸을 수색하던 전라도에서 온 석호는 연신 혀를 찬다. 너무 자주 보았던 사람들의 뒷모습이 아니 금을 감추고 찾는 일에 지친 그로선 당연한 반응일 것이지만 똥구멍은 물론 머릿속, 옷 속, 신발 밑창은 물론 심지어 삽이나 곡괭이 자루에 홈을 파서 훔치는 경우도 있다.

그래도 가장 힘든 것은 막장에서 노다지를 캐면 인부들은 그것을 몰래 가루를 낸다. 캐낸 금 덩어리는 수은을 이용하여 몰래 가루로 만든다. 그 다음으로는 창호지로 아말감을 만들어 양초를 바르고 돌돌 말아 매끄럽게 만든다. 그러면 초 때문에 매끌매끌한 덩어리를 억지로 똥구멍 속으로 집어넣고 치질 환자처럼 양 다리를 벌리고 걸어 나오는 경우도 있다.

혀를 내두를 정도로 금을 밀반출하는 광부들의 수법은 치밀하고 대담해진다. 여성들은 마약이나 금을 거시기 속에 몰래 넣고 빠져나오는 일은 있지만 남자들은 오직 이용할 수 있는 구멍은 그곳 밖에는 없다.

"어이구 배 아퍼 죽겠구먼."

"또 그 짓을 헌거여? 돈두 좋지만서두 그러다가 죽으면 으떡헐라구."

"죽것는디 무슨 놈의 얼어 죽을 잔소리여."

"이일을 워쩐디여. 토허던지 싸던지 해야지 큰일 났네 그려."

"내는 분간을 못 허것슈. 웨쩌다가 요 꼴이 났대유?"

"몰라서 묻는당가. 돈이 읍스면 무슨 소용이여."

"안 되유. 절대루 안 되는구먼유. 몸이 첫째구 그 다음에 돈이구먼유."

"그러다 병나서 죽으면 그만이지 뭐."

"아녀유. 시방 급허니께 얼른 의원님을 불러올게유. 니들 시방 뭐하능 겨? 싸게 싸게 저 방으루 건너가거라. 아부지가 아프시단다. 알았냐."

 결국 의원이 오고 삼켰던 금덩어리는 그 다음날 아침에 똥과 함께 배설되었다. 텃밭에서 남 몰래 똥을 누고 막대기로 뒤적이며 초로 싼 덩어리를 들고 주변을 두리번거리던 그녀는 물로 씻어서 펼쳐든다. 창호지가 벗겨지자 누런 금가루가 보이기 시작하자 똥 냄새도 잊은 채 흐뭇한 미소를 짓고 있다.

 역시 똥 꿈을 꾸면 돈을 만질 수 있다는 말은 이렇게 생긴 것일까.

 하루는 전기가 갑자기 나가는 바람에 지하 갱도는 암흑천지로 변한다. 금을 캐던 광부들은 놀란 나머지 엎드려 기면서 밖으로 기어 나온다. 덕팔이는 광산에서 일하면서 금을 자주 훔쳐서 살림 밑천에 보태어 쓰거나 밭을 샀다. 금덩어리를 팔면 작으면 몇 달치 임금에 해당되고 재수가 좋으면 큰 것을 갖고 나와 팔면 논 몇 마지기는 살 수 있는 거금이다.

 어쩌면 팔자를 고칠 수 있는 금이지만 갖고 나오기가 무척이나 힘이 드는 일이다. 막장에서 일하다가 몇 명이 짜고 소위 노다지를 캐자 수은으로 아말감을 만들어 땅속 깊숙한 곳에 감춰 둔 것이 있다. 다른 친구들은 떨어진 곳에서 일하고 있으나 그는 숨겨 놓은 갱도에서 가장 가까운 곳에서 일을 하고 있다. 뇌두라는 금맥을 따라가다가 커다란 금맥을 발견하여 만든 것이다. 물론 뇌두는 끈이나 가느다란 천으로 된 줄을 이용하여 표시를 해둔다.

그것은 언젠가 전기가 끊어지면서 컴컴해지는 그 틈을 타서 밖으로 갖고 갈 생각이다. 불이 없으면 지하 세계는 혼란해지고 아무것도 볼 수가 없는 암흑천지가 된다. 아무리 그곳 지리를 잘 알아도 본인만이 아는 그곳은 하루에도 몇 번씩 지나가면서 손으로 슬쩍 만지며 확인을 하곤 했다.

혹시 누가 만지거나 숨겨 놓은 근처에 있으면 괜히 신경을 쓰기도 했던 금덩어리를 드디어 만질 수 있고 세상으로 빛을 받을 수 있는 절호의 기회이다. 지하 몇 십 미터를 밑으로 옆으로 뻗어나간 만들어 놓은 갱도를 희미한 전구를 따라 가는 것도 숙련된 사람이 아니면 힘든 일이다. 다들 겁이 났는지 급하게 막장을 빠져나가려고 몸부림을 치고 있다.

그는 몰래 빠져나와 감춰 놓은 곳으로 향한다. 엉금엉금 기어가자 무릎이 벗겨지고 손가락이 찢어진다. 어떤 고통도 이겨내겠다는 각오로 시작했으나 컴컴한 갱도를 기어 다니는 일이 그리 쉬운 일이 아니다.

갑자기 쿵하는 소리와 함께 웅덩이 속으로 그만 떨어지고 만다. 머리가 깨지고 살이 찢겨진 그의 시신은 전기가 들어오고 며칠 후에 수습할 수 있었다. 채표에 대한 관심이 높아지고 돈과 연관되는 꿈을 꾸려는 나름대로의 노력이 별의별 수단과 방법을 다 사용하고 있다.

그러다 보니 꿈은 채표신이 주관하고 다스린다는 소문이 퍼지면서 채표신에게 잘 보이려는 정성을 나름대로 연구를 하는 모습이 가히 불쌍하다고 말해야 할지.

신비한 생각으로 살다 보면 모든 것이 붕붕 떠다니는 느낌을 갖게 되고 마치 통표에 나오는 이름이나 배짝에 있는 장군들의 이름이 곧 나타날 것만 같은 착각을 하기도 한다. 사호장은 칼을 들고 만리장성을 쌓을 때 서쪽을 지키던 유명한 장수 이름이다.

마성리에 사는 김 진사는 꿈을 꾸는 일에 미쳐서 그런지 연신 돈을 버는 꿈을 꾸려고 몸부림을 치고 있다. 대나무 점, 복숭아 점, 식칼로 원을 그려 놓고 그 안에 숫자를 써놓고 집어 던지면 칼이 꽂히는 숫자를 써서 내기도 한다. 사호장은 태평, 구관, 합해, 삼괴가 한 짝으로 이루어진 통표이다.

그는 꿈에서 임 씨라는 친구와 함께 낚시를 하여 두 마리 붕어를 잡는 꿈을 꾸었다. 분명 낚시나 고기를 잡는 천렵, 어부를 보는 것은 태평에 해당하며 거기다 임씨는 분명 태평성씨요 숫자 2도 태평임에 틀림이 없다. 그래서 아침이 되자 복지에 쌀 두 가마에 해당하는 돈을 걸었다.

꿈에 본 그대로 통표에 맞춰 통수에게 건네주었으나 오후에 나타난 통수는 빈손으로 돌아왔다. 화가 머리끝까지 난 그는 태평 임씨 등이 살고 있는 지역을 지키는 장수의 이름인 사호장을 부르며 마구 욕을 해댄다.

"이런 육시랄 놈에 새끼야. 인제 내 손에 잡혔으닝께 죽어봐라."

사호장 얼굴을 그려 놓고 소나무로 치면서 분풀이를 하고 있다. 밑천으로 모아 놓은 돈을 홀딱 잃어버렸으니 사호장에 대한 원망이 이만저만이 아니다.

"원제 왔디아, 육시럴 허게 딥구먼 그려. 봐라 이 사호장 놈아 니놈이 내헌테 우째서 고런 꿈을 준 겨? 줄라믄 겁나게 좋은 것을 줬으면 이런 짓은 안 허지. 육시를 해두 속이 뻥 뚫리지 않을 놈아. 우째서 하필이면 고러케 무심허당가. 육젓을 담어서 개나 줄 놈아."

화가 안 풀리는지 화상이 찢어지고 있다.

"허벌나게 찢어서 이놈에 종이때기를 홍싸리 껍데기보다두 못헌 게. 실상은 니 때문에 잠시 홍콩을 생각혔다만 이젠 다 잊어뿌렸구먼. 한때는 꿈에 미쳐 부려서 싸돌아다녔지. 그땐 엉덩이루 밤송이를 까라 해두 깠제. 그거시 근질근질헐 때까지 돌아다녔지만 인제 옷벗구 거시기를 벌리구 씹을 하라해두 안 믿을 거구먼."

화상이 자신을 겨우 쑥으로 봤을 것이라는 원망과 후회하는 울부짖음이다.

한때는 매일마다 꿈으로 마음을 쑹쑹거리게 만들어 놓고 신세가 쇠똥에 미끄러지고 개똥에 코를 박혀서 얼굴 화상에 뻘건 피가 흘러내리는 몹쓸 신세만을 생각한다.

"무슨 얼어 죽을 꿈이랑가. 니놈의 쌍판때기는 찢어진 꽹과리 같구 썩은 시궁창 냄새가 풍기는디 무슨 놈에 개뼉다구란 말이여. 니가 그러니게 만리장성이 꽉 무너지제."

연신 미친 듯이 화를 입으로 저주로 양념을 한 욕을 하면서 화상에 똥을 칠한다. 얼마나 화가 치밀었으면 지독한 냄새를 맡으며 나뭇가지에 묻혀서 저주를 내리겠는가. 물론 모든 것을 걸고 믿었던 기대감, 희망이 무너진 대상에 대한 몸부림이다.

"음매, 무슨 짓이여? 그분헌티 그랬다가 으떠케 될려구 그란디여. 참말루 겁나게 무섭구만. 장수님 화상에다 똥까지 칠허니 으째할려구... 쯧쯧."

옆에서 지켜보고 있던 할머니가 걱정이 되었는지 혀를 찬다.

하지만 더욱 비참한 일은 그 다음날 아침에 일어나고 말았다. 밤새 마신 술이 덜 깬 방석은 엊저녁 일이 걱정되어 친구 집으로 갔다. 아침 해장술을 한잔 더 하면서 친구를 위로해 주고 싶다.

그러나 방문을 여는 순간 너무도 놀라운 일이 일어나고 만다. 방 안에는 밤새 토해 놓은 오물로 뒤덮여 있고 너저분하게 놓인 이부자리며 옷들이 밤새 고통을 말해 주는 듯하다. 그토록 미워했던 사화상 그림은 갈기갈기 찢어져 방 한쪽 구석에 있다.

방문을 열어도 인기척이 없는 것을 이상히 여긴 그는 친구를 흔들며 깨워 본다. 하지만 전혀 반응이 없자 불길한 생각이 든다. 순간 싸늘해진 친구의 시신을 붙들고 흐느끼고 있다. 너무도 황당하고 믿기지 않는 광경에 어안이 벙벙할 뿐이다.

아무리 생각해도 멀쩡했던 친구가 하룻밤 사이에 죽게 되다니.

시신을 붙들고 한참동안 멍하니 있다가 핏자국이 이불 위에 보이자 시신을 옆으로 돌린다. 옷은 찢겨진 흔적은 보이지 않지만 이상하게도 핏자국이 선명하게 보인다. 그것도 혼자 힘으로는 도저히 칼로 자해를 할 수 없는 곳인 등 부위에 대각선으로 어깨부터 엉덩이까지 엑스자로 예리하게 베어져 있다.

과연 옷을 전혀 건들지 않고 그런 자국을 어떻게 남길 수 있을까.

이런 사건이 일어난 뒤로 사람들은 채표신의 장군 이름을 모욕하거나 저주를 하면 그것이 곧바로 나타난다거나 죽을 수도 있다는 무서운 소문이 퍼지고 있다. 과연 그가 꿈에서 자화상 장군의 칼에 찔려서 죽었는지 아니면 다른 원인으로 죽었는지에 대한 정확한 답은 여전히 아무도 모르고 있다. 채표에서 좋은 꿈은 돈을 가져다준다는 믿음은 허황된 꿈인지 아니면 실제로 그렇게 되는지는 아무도 알 수도 없고 어떤 근거도 없는 것인지는 모르지만 그 정성만큼은 대단하다. 부모님이나 자식한테 그렇게 정성을 기울였으면 효자니 좋은 아버지라는 칭송을 받았을 것이다.

어디 눈에 보이고 급한 것이 중요하지 명분에 신경을 쓰는 것이 중요한가.

명분이 먹고 살 길이 막막하고 아무런 보상도 없다면 가치가 있겠는가.
오직 머릿속에는 돈과 꿈이라는 두 가지가 그들을 지배하는 세상이 싫은 것이다. 마땅히 일을 할 수 있는 곳도 없고 겨울이면 놀고먹는 실업자나 마찬가지인 당시로서는 인구의 80%이상이 농촌에서 농사일을 하며 생계를 유지하고 있는 실정이다. 그러니 돈이 될 만한 곳이 있으면 달려들기 마련이고 이런 현실에서 쉽게 목돈을 만질 수 있고 걸 수 있는 곳은 오직 채표판밖에 없다.
참으로 기다리고 기다렸던 구세주 같은 채표 놀이야말로 환심을 사기에 충분하다. 어떤 돌파구도 어떤 희망도 보이지 않는 세상살이에 지친 민초들의 울부짖음이 대통령이 들을 수 있을는지 오직 관심은 호구지책이다. 가난은 나라님도 어떻게 할 수 없다는 말처럼 대대로 가보처럼 받아 온 그것을 벗어날 길이 없어서 빠져들 수밖에 없는 현실이 안타까울 뿐이다. 심지어 채표 타점을 하는 곳에서 눈을 뒤집고 죽는 경우도 있다.
"몇 시에 타점이 있니?"
"한, 두 시쯤 헌다는 야길 들었구먼."
"그래 알았어. 그때 보자구. 오늘은 대산질이라도 할 수 있을는지."
서울에서 살다가 폐병으로 시골집으로 잠시 요양을 온 영우는 말한다.
이곳에서 살면서 요즘처럼 이렇게 재미를 느낀 적은 없다. 아침마다 꿈을 꾸며 그 꿈을 가지고 식구들끼리 모여 앉아 밤새 꾼 꿈에 대한 이야기를 하는 것도 좋고 가끔 대산은 아니지만 뻐꾹을 해서 약간의 돈도 만지고 한 잔씩 하는 재미가 쏠쏠하다.
가끔 동네 사람들은 그를 보고 이렇게 말한다.
"저 죽을병정이 채표에 미쳤구먼. 으째서 채표신은 우린 안 주구 서울 놈만 주는 겨?"
이런 말을 들을 때마다 서울 사람과 시골 사람을 구별해서 말하는 것이 서글펐다. 죽을병정이란 폐병쟁이라는 즉 결핵을 앓고 있는 사람을 가리키는 속어이다. 결핵 환자가 너무도 많았던 당시로서는 피를 토하며 죽어가는 사람들도 많이 있었다.
"밭에서 인분을 치우시던 아저씨는 가셨나?"
"그 양반이 누군디 안가겠는가. 후딱후딱 가드라구. 오늘 물주 양반은 누군겨?"
"저두 모르겠어요. 하도 자주 바뀌는 바람에."

"그려. 우리랑 한 바탕 쌈박질을 해서 몇 번을 졌으니께 물주 양반이야 거덜이 났겄제. 돈이 있으믄 얼마나 있겄는가. 그 많은 돈을 다 태워주다 보믄 뼈골이 빠지겠지. 안 그런가?"

"맞는 말씀입니다. 물주도 돈을 벌지만 가끔 잘못 짚으면 망허지요."

"밥만 묵으면 채표 얘기만 허시니. 첨에 쪼개 만졌으면 후딱 손을 털어야지 뭣 땀시루 고것에 빠진대여. 알다가두 모르겠구먼. "

"그걸 안다면 제가 신선이나 도사지요. 돈이 걸린 노름은 중독성이 있어요. 한 번 발을 들여놓으면 빠져나가기가 힘들죠. 빨리 제자리로 돌아가서야 할 텐데. 걱정입니다."

"아니, 저건 홑이불이 아니여? 무슨 일이라두 생겼나."

마을 입구에는 사람들이 웅성거리며 모여 있다. 누군가 홑이불을 품에 안고 땅 위에 앉아 발을 굴리며 흐느껴 울고 있다.

"뭣 땀시루 그런데여. 돈이 좋으면 을마나 좋다구 거기서 가신대여. 나는 으떡하라구 혼자만 가신대여."

이미 숨을 거둔 이 영감은 싸늘한 모습을 한 채 가마니 위에 누워 있다. 시신을 수습하느라 마누라가 홑이불을 들고 타점장으로 달려 온 것이다. 몇 번이나 꿈을 잘 꿔서 목돈을 손에 쥔 마 영감은 손이 커지고 번 돈으로 집도 장만했다. 오늘 타점에도 꿈을 갖고 복지에 판계을 써서 800원을 건다.

타점장은 계산사와 물주가 맨 위에 앉아 있고 주변에는 통수와 자통을 한 사람들이 모여 있다. 타점사가 계산사와 동시에 꿈 이름을 부르면 종이 위에 점을 찍으며 확인을 한다. 통수를 믿지 못하거나 바쁠 때는 자기 스스로 복지에 꿈을 해석한 것을 써서 타점장으로 직접 갖고 가는 규칙이 있는데 지금의 즉석 복권과 비슷한 것이다.

이 영감은 몸이 불편하여 매일 마누라가 만들어 준 미나리 즙을 마시고 있던 중이다. 마누라 몰래 자통을 하러 타점장에 갔으나 몸이 말을 듣지 않는 것을 생각하지 않고 찬 바람을 맞으며 땅바닥에 앉아 기다리고 있다.

햇살이 따스하게 비춰는 언덕에서 타점이 한창 무르익어 가고 있다. 드디어 물주가 써 온 꿈 이름을 쌈지에서 여는 도중에 갑자기 이 영감이 윽! 하는 소리와 함께 땅바닥에 꼬꾸라지고 만다. 눈알이 뒤집어지고 코와 입에서는 피를 흘리며 의식을 잃자 주변에 있던 사람들이 가마니 위에 눕힌다. 이미 숨을 거두고 만 이 영감은 무엇이 아까운지 복지와 돈을 꼭 쥐고 있다.

이렇게 타점장에서 갑자기 죽는 일까지 있다.

도대체 돈이 무엇이기에 죽음도 두려워하지 않는 것일까. 돈만 있으면 귀신도 마음대로 부릴 수 있다는 것처럼 돈이 그리도 좋은지.

채표엔 꿈과 돈이 있어유

　관심을 갖던 이야기가 나돌면 곧바로 마을 전체로 퍼져나간다. 비록 발은 없지만 입이란 참으로 그 위력이 대단하다. 여기저기로 옮겨 다니면서 산 위에서 굴러 내려오는 눈덩이와 같다. 온갖 지저분한 것이 달라붙는가 하면 때로는 살이 붙고 뼈까지 덩달아 생겨난다.

　그것은 마치 엄청난 일이 벌어질 것만 같은 공포심과 호기심을 일으킨다. 누가 어디서 어떻게 넘어져서 다쳤다는 말도 나중에는 죽었다는 엉뚱한 말까지 나돈다. 그런 유언비어는 돈이 걸린 채표에서는 더 강한 힘이 실린다. 이번에 돈을 번 사람들에 대한 이상한 소문들이 꼬리에 꼬리를 물면서 삽시간에 동네 전체로 퍼지고 있다. 누가 어떤 꿈을 꾸고 얼마의 돈을 벌게 만들었다는 소문은 이상한 말까지 붙기도 한다.

　어떤 특별한 이야기만 있어도 억측과 관심을 기울이기 마련이다. 이런 현상은 남에 대한 질투심과 호기심이 이러한 결과를 만든다. 그것도 진골에서 처음으로 열렸던 채표야말로 최고로 큰 뉴스이다. 처음이라는 위력은 더욱 관심을 끌 수밖에 없다.

　누구나 할 것 없이 다음 채표에 대한 추측과 억측이 돌기 시작한다. 뭔가 남이 자신보다 더 나은 것이 있거나 잘났다고 생각하면 가차 없이 새순을 잘라 버리듯이 그것을 두고 못 보는 이들도 있다. 그것은 바로 채표에서 큰돈을 단숨에 손에 쥔 대산자라는 사실은 대단한 화젯거리다.

　특히 채표 타점장에서 하나부터 끝까지 타점 장면을 바라보고 있었던 사람들은 너무도 재미있고 긴장감마저 돌았던 그 광경이 잠을 잘 때마다 눈에 아른거린다. 나중에 자신에게도 올 수 있다는 그림을 그리면서…….

　이런 소문은 다음 채표에 대해 관심과 분위기를 높이는 계기도 된다.

　누구나 밤새 꿀 수 있는 꿈을 갖고 거금을 하루아침에 만질 수 있다.

그런 기대감으로 온통 마을은 설레는 분위기다.

이제는 채표야말로 누구나 관심과 호기심을 끌 수밖에 없는 존재로 바뀌고 말았다. 이런 분위기는 처음에 채표에 대한 장소를 결정할 때 이미 예측했던 일이다. 처음 중국에서 처음으로 보았던 채표에 대한 놀라움은 지금도 눈에 아른거린다.

이곳은 처음이라서 그런지 채표를 타점하는데 아무런 장애물이 없다. 이런 좋은 기회가 얼마나 오래갈지는 아무도 모르지만 현재까지는 관에서 단속이 없다는 것이 일종의 매력이다. 앞으로 세 번 정도만 이런 타점을 통해 여러 사람들에게 선전을 해볼 생각이다. 다음부터는 장소도 옮겨야 되고 돈을 뿌려서 흥을 돋우는 일도 중단해야 한다. 이번에는 그저 관심만 보일 생각이다.

여태까지는 별다른 불만이 없지만 만약 돈을 잃어서 채표 문제로 다투거나 불만이 쌓인다면 문제가 달라질 수 있다. 가능한 빠른 시일 내에 돈을 벌었다는 선전을 많이 할 생각이다. 그래야만 본전도 뽑고 큰돈을 벌 수 있다는 생각에서 마 이장을 특별한 손님으로 대하고 있다. 어쩌면 꼬이기까지 해서 채표에 입문을 시킨 것이다. 마 이장은 그런 만석의 속셈을 전혀 눈치를 채지 못하고 있다. 그는 돈을 벌게 해주었다는 사실에 대해 고마울 따름이다.

마을을 돌며 그가 겪었던 대산자 이야기를 입이 마르도록 떠들고 다닌다. 대산자가 나왔다는 이야기는 삽시간에 여기저기로 퍼져나가고 있다. 도대체 어떤 꿈으로 그렇게 많은 돈을 벌었는지 알고 싶어 하는 사람들의 호기심을 최대한 이용할 생각이다. 그렇게 함으로써 다음 채표 타점에서는 많은 사람들이 몰릴 것으로 생각한다.

마 이장이 불과 쌀 한 가마니를 갖고 대산자가 되었다는 망상을 심어주고 싶다. 쌀 서른 가마는 논을 열 마지기를 살 수 있는 거금이다. 그 일은 마을을 돌아다니며 복지를 걸고 심부름을 해주는 통수 강석과 함께 다닌다. 이미 강석은 특별히 수고비까지 받았다.

부업이라야 산판 벌목이나 광산에서 일을 해야만 겨우 돈을 만질 수 있다. 하루 종일 어깨가 빠질 정도로 일해도 겨우 일당이 고작 2원이다. 2원이면 쌀이 한 되 정도다. 서른 가마면 적어도 6,000원이나 되는 거금이다. 그 돈이면 논을 열 마지기는 충분히 살 수 있는 돈이 아닌가?

그놈의 지긋지긋한 가난을 벗어나고 싶다. 자손대대로 내려오는 그 운명을 벗어나기가 얼마나 힘든 일인가? 그런 굴레를 벗어나려고 몸부림치는 이들에게는 채표는 꿈을 넘어선 신기루이다. 가는 곳마다 채표에 대한 여러 가지를 묻고 다닌다. 꿈을 파는 방법과 절차, 돈을 걸고 버는 일부터 전부를 꼼꼼하게 묻지만 다른 통수들은 시원한 대답을 하지 못하고 있다. 그것은 아직도 마을 사람들에게는 생소한 놀이였기 때문이다.

한자를 잘 읽지 못하는 사람들에게는 중국에서 전해져 온 놀이가 어렵게만 느껴진다. 어떻게 해야만 꿈을 잘 꿀 수 있으며 풀이는 어떤 방법으로 하는지에 대해 알고 싶다. 또한 타점을 어디서 하고 참석할 수 있는 것까지 물어보지만 알고 싶은 대상에 대한 신비함이 더욱 깊어만 간다. 손에 잡히거나 눈에 확실하게 보이지 않으면 더욱 신비스럽게 느껴진다.

입에서 입으로 전해지는 채표 놀이에 대한 이야기는 밤이 깊어가는 줄도 모르고 방 안에서 주요 화젯거리다. 어떤 사람들은 이런 꿈은 사람의 힘으로 되지 않는다고까지 생각한다. 그렇게 큰돈을 벌게 해준 꿈이라면 분명 채표신이 뭔가를 보여주었을 것이라고 여긴다.

만석과 마 이장은 사람 모습을 그려 놓은 창호지 위에 각 부위별로 주어진 36문을 한자로 쓰면서 설명을 하고 있다.

"인생은 바로 36개요, 길흉화복도 여기에 다 있어유."

"그게 무언가유?"

구경을 하던 남자가 묻는다. 생전 처음으로 보는 그림은 마치 불당에 있는 탱화를 아무렇게나 그려놓은 듯 하다.

"이거유. 채표에 쓰이는 36문이구먼유."

"36개 줄행랑두 거기서 나왔슈?"

"맞구만유. 으떻게 그란 것을 벌써 아셨데유?"

만석은 속으로 중얼거린다.

"이거 큰일 났구먼. 이건 나만이 아는 비법인데."

물주가 써놓는 꿈을 꾸려면 어떤 특별한 정성을 들여야겠다고 생각하고 있다. 적당한 신비감과 호기심은 다음 일을 쉽게 할 수 있다. 자고 일어났더니만 어느 날 갑자기 유명인사가 된 듯한 자신. 아무도 전혀 관심을 기울이지 않았지만 부러워하는 모습에서 격세지감을 느낀다.

"그렇구먼. 돈이 있던지 출세를 해야지 사람대접 받고 살지…."

하고 중얼거린다.

돈이야 벌 수 있을 때 왕창 버는 것이 좋은 게 아닌가?

또한 요행이 뒤따른다면 처음에 하는 것이 가장 좋고 나중에는 너나 할 것 없이 채표를 한다면 별 볼일이 없는 일이다. 불을 보듯 뻔한 일로서 편법과 싸움이 벌어지고 돈에 눈이 벌겋게 달려드는 모습이 보이는 듯하다. 처음에는 약간 손해를 보면서 과감하게 달려드는 것이 좋다고 생각한다.

아침에 소에게 여물을 주기 위해 외양간으로 간다. 이른 아침에 찬 공기를 들이마시며 소의 코에서 하얀 입김이 힘차게 내뿜으며 주인을 알아보는 듯이 고개를 좌우로 흔들자 풍경 소리가 들린다. 이 소야말로 가장 귀중한 재물이며 일꾼으로 농사철을 위해서 겨울이면 쌀겨를 푹 삶은 여물에 참기름처럼 덮어서 먹인다. 집에서야 소보다 귀중한 재산 목록 제1호가 어디에 있겠는가. 목에 달려 있는 풍경 소리야말로 안심을 주는 징표로서 항상 소가 외양간에 잘 있다는 소리로서 그저 마음을 든든하게 해준다.

사랑방에 검불을 때서 콩깍지, 왕겨와 짚을 넣어 여물을 주고 부엌으로 들어간다. 조치원 댁은 머리에 수건을 감은 채로 쭈그려 앉아 불을 지피고 있다. 아직도 잠이 덜 깨었는지 연신 하품을 한다. 비록 수건을 쓰고 밥을 하지만 뒤에서 하품하는 마누라 모습이 예쁘게 보인다. 옆에서 손을 녹이며 불을 쬐고 있던 마 이장은 옆 눈질로 마누라를 바라본다. 엊저녁은 오랜만에 막걸리를 실컷 마신 날이다. 채표에서 받은 쌀을 읍내에서 돈으로 바꿔서 막걸리와 고기를 사온 것이다.

마 이장은 부지깽이로 불타는 나무를 연신 뒤집고 있다.

"나, 오늘 이웃 마을을 돌면서 채표를 선전하러 가는구먼."

졸리는 듯한 얼굴로 고개를 돌리며 별다른 관심이 없다는 표정이다.

"알았슈."

"혹시, 찾아오는 사람이 있거들랑 그렇게 말허라구."

내심 불안한 마음이 드는 이유는 수중에 돈도 없고 벌 수도 없는 처지 아닌가. 이쯤에서 슬쩍 그만두었으면 하는 눈치다. 혹시 돈을 벌었다고 무슨 해나 당할지 불안하다. 겨우 눈을 뜨고서 마 이장을 바라보며 퉁명스럽게 말한다.

"이제부터 본격적으로 할거유?"

"아니구먼. 내가 대산질을 했다구 물주께서 특별히 부탁을 헌 거여. 덕분에 돈을 벌었는데 그냥 모른다구 할 수가 없잖는가?"

걱정했던 일이 벌어지는 것인가. 큰돈을 만지기는 했지만 이 세상은 공짜란 절대로 없다.

"언약을 했으니까 한 이삼일만 다닐 거구먼. 어차피 내가 써낸 꿈이 첫 번째 대산자로 결정된 뒤로 매일 찾아와서 묻기까지 하는데, 내가 직접 뛰는 게 낫지. 통수 양반인 강석과 함께 다닐 거구먼."

"그래도 그렇지유. 그 돈을 벌구 난 뒤부터는 어쩐지 불안허기까지 하네유. 큰 수고도 허지 않구 그런 돈을 벌게 되면 사람들이 찾아오구 심지어는 뛔 달라는 사람도 있잖유."

"무슨 쓸데없는 걱정은."

"암만 생각해두 그러네유. 몰라유."

"알았구먼. 그래서 100원만 남겨 놓구 서울로 보낼 생각이여. 그래야 도정 공장을 세워서 돈도 벌구 서울로 이사를 갈 거니까."

"노름은 아니지만 한 번에 큰돈을 벌면 빨리 손을 떼는 게 좋지 않겠슈?"

"하긴 그려. 세상사가 다 내 뜻대루 되는 것은 아니니까."

"맞아유. 그래야만 그 돈이라두 살아 있을 거구면유. 안 그러면 자꾸 욕심이 생겨서 본전까지두 물거품이 되고 말거유."

"알았구먼. 물주가 부탁을 한 거니까 이번 일만 끝나면 돈을 갖구 서울로 올라가자구."

"그렇게만 헌다면야. 좋지유."

아내는 안심이 되었는지 긴 한숨을 쉬고 있다. 돈이란 안개와 같은 것이 아닌가. 가능한 남에게 말하지 않는 것이 상책이지만 모르는 사람들이 없을 정도로 이미 소문은 나 있으니 그 방법밖에는 없다고 생각한다. 모르는 척하던 사람들도 돈이 생기니까 그 돈을 꿔달라고 하는 것을 보면 역시 돈은 귀신도 움직인다는 말이 생각난다.

"누가 찾아와서 묻거들랑 당신이 알아서 적당히 대답허구. 더 궁금헌 것이 있으면 저녁에 다시 오라고 혀. 복지가 보구 싶다면 사랑방에 있으니까 보여주라구."

"알았어유. 일이 끝나면 집으로 곧장 들어오실 거유? 또 약주를 드시다가 늦게 오지 마시구 집에서 술을 잡수시면 더 좋잖수."

"만날 집에 붙들어 놓구 싶은가 보구먼. 술이란 말여, 밖에서 맘 맞는 사람허구 마셔야 재미가 있지 집에서 먹으면 맛이 나는가? 좀 늦게 올지도 모르니까 그렇게 알구 저녁을 먹으라구."

마 이장은 아침을 먹고 강석이가 있는 집으로 찾아간다. 강석은 사랑방에서 새끼를 꼬며 기다리고 있다. 마 이장의 헛기침 소리에 반갑게 문을 연다.

"어서 오세유. 밖이 추운데 얼른 들어오세유. 그렇지 않아두 기다리구 있었구먼유."

"가마니를 짜구 계셨구먼. 새끼를 가늘게 꼬는 것을 보니 솜씨가 여전허구먼."

"심심해서유. 어차피 가마니를 겨울에 많이 짜 놓아야 추수 때 쓸 것 같아서유."

"그려. 가마니가 없으면 일을 못 허지 뭐. 곡식두 담구 비가 와서 둑이 무너지려고 허면 가마니보다 좋은 게 어디 있는가. 흙을 담아서 막으면 어지간한 비는 막을 수 있지."

"올해는 서른 장만 짤 생각이어유."

"바쁘것구먼. 채표일 하랴 가마니 짜랴. 그래두 꿈을 팔아서 돈 버는 것이 훨씬 나으니까 열심히 하자구."

"맞구먼유. 그래서 오늘은 하루 종일 마을을 돌아다녔슈. 더 많은 사람들이 찾아오면 홍도 나구 돈도 더 벌 수가 있을 거구먼유."

"그렇게 될 거구먼. 채표에 대한 돈 맛을 보아야만 우리 뜻대루 되지. 우리가 돌아다니지 않아두 지난번보다는 더 많이 올 것 같지?"

"그런 생각을 허구 있슈. 소문이란 참으로 무섭더라구유."

"역시 잔칫집에는 사람들이 많이 모이구 음식과 술이 있으면 그것만으로두 반은 성공했다구 봐야지. 우선 모이구 보면 그 다음부터는 일이 자연적으로 풀리지. 이 세상에는

다 풀 수 있는 길과 방법이 옆에 있지만 그걸 못 찾구선 당허는 것뿐이지 안 그런가?"
 두 사람의 눈빛은 마치 금방이라도 무엇을 잡을 것만 같이 반짝이고 있다. 채표 놀이를 통해 돈을 벌 수 있다면 어떠한 일도 마다하지 않겠다는 눈치이다.
 "통수인 저보다는 마 이장님께서 더 관심을 갖구 열심히 뛰시는 것을 보니까 마음이 든든해서 좋네유. 만석 씨와 용호 씨가 백방으로 뛰는 것에 비하면 아무것두 아니지유. 우린 그저 즐기면서 돈까지 벌지만, 두 사람은 채표를 위해 태어난 사람 마냥 메뚜기 마냥 이리 뛰고 저리 뛰니 원."
 "그러니까 우리가 그 일을 돕자는 것이구먼. 처음부터 신작로가 어디 있었어? 누군가 고생을 해야만 뭐가 되지. 그런 것이 바로 누이 좋고 매부 좋다는 것이지."
 "참, 이번에 대산질을 하시구서 집안과 마을에서 큰 환대를 받으셨겠슈. 돈을 쥐구 집에 들어가실 적에 얼마나 가슴이 시원허구 마음이 흐뭇했겠슈?"
 "세상에 태어나서 그런 대접은 처음이었지. 살맛이 금덩어리를 입에 물고 하늘을 쳐다보는 격이었지. 돈이라면 다 눈을 부릅뜨구 찾아다니는 판국에 큰돈을 손에 쥐었으니."
 "목돈을 한꺼번에 손에 쥐셨는데 어디다 쓰실 건가유? 보통 큰 힘들이지 않구 돈 벌면 허구한 날 똥갈보 밑구녕 찾아다니다가 망한 사람도 있다던디."
 "나두 들었구먼. 돈만 있다면야 계집이나 끼구서 술 퍼마시는 일보다야 더 좋은 게 있겠는가. 잘 써야지. 생각중이구먼."
 강석은 돈을 빌리고 싶은 마음으로 슬쩍 떠보는 말이다. 그저 지나가는 말로 슬그머니 운을 떠보며 마 이장의 눈치를 살피고 있다. 돈을 급히 빌려서 몸이 편찮으신 어머니를 모시고 서울로 수술을 하러 가야 할 판에 시골에서 목돈을 빌리기가 그리 쉽지 않다.
 "서울 처남이 방앗간을 하나 해볼 생각이 있다더군. 거기에 투자하면 좋다구 해서 그렇게 했지."
 마 이장은 얼굴에 힘을 주며 말한다. 시골에서 서울로 돈을 벌기 위해 투자를 한다는 사실 하나만으로 기분이 우쭐해진다.
 "그래유. 서울은 눈떠 놓구 눈깔을 빼먹는 곳이라던데……."
 "내사 모르니께. 처남을 믿구서 허는 일이여."

"목돈이 집에 있으니깐, 골치두 아프구먼. 거기다가 헤프게 쓸 것 같아서 이튿날 서울로 갖구 올라갔지. 처남 싸전에서 돈을 굴리면 큰돈을 벌 수 있겠더군. 시골 벼를 싸게 사서 도정해서 서울에다 내다 파는 일을 하는구먼."

강석은 약간 실망했다는 표정이다. 그래도 얼마는 남아 있을 것이라는 생각이 계속 이어진다.

"돈을 움켜쥐면 눈에 아무것두 보이질 않는다는데, 이장님은 다르네유."

"아니구먼. 푼돈이야 남겼지. 다음번에 복지를 내 볼 생각으로 밑천을 조금 갖구 있지. 큰돈을 벌었다구 끊으면 사람들이 날 뭐로 보겠어?"

"참으로 알뜰두 허십니다유. 그렇게 쉽게 벌어들인 돈을 사업하는데 쓰신다니 놀랬구 또 채표를 하신다는 말씀이 대단허시다는 생각이 드네유. 노름에서 딴 돈은 빨리 써 버리는 것이 좋다는 얘길 들었습니다만 이장님은 참으로 특이허시네유."

사실 서울로 간 일은 없지만 어쩔 수 없이 거짓말을 하는 자신이 이상하다. 그 돈이 있어야만 도정 공장을 만들 수 있다. 또한 이런 식이라도 말을 해서 돈이 없다는 엄살을 부려야만 인심도 잃지 않고 돈을 고스란히 보존할 수 있을 것이 아닌가.

"또 뻐꾹허시면 안 되유. 저에게두 기회를 주셔야지유. 돈을 벌었다구 노름판에서 손털구 슬그머니 일어나는 사람이 사람이라구 헐 수가 없지유. 그놈의 본전 생각허다가 그만 신세 망허는 사람들이 으디 한둘인가유? 노름은 얼른 손을 떼는 것이 돈 버는 일이지유."

강석은 정색을 하며 말한다.

한 편으로는 부럽기도 하지만 경험을 듣고 싶다.

"사실 그렇게 큰돈이 나에게 올 것이라곤 전혀 생각을 못 했구먼. 갑자기 큰돈을 손에 쥐니까 마음이 이상 허기도 했지. 꿈인지 생신지 모를 정도로 한 동안 멍했었지만, 지금 생각허니까 행운이란 바로 노력하는 사람에게 돌아간다는 말이 맞는다는 생각이 드는구먼."

지나간 일들을 생각하며 얼굴에는 미소를 지으며 말한다.

"참 알구 싶은 게 있는데유, 어떻게 해서 그런 꿈을 꾸셨구 대산질까지 하셨는지 좀 알

러주셨으면 좋겠구먼유. 그 점이 궁금했거든유."

사실 그 광경을 처음부터 끝까지 지켜본 사람들은 과연 꿈을 꾸기 전에 어떤 행동을 해서 물주와 똑같은 꿈을 꾸게 되었는지에 대한 궁금증을 많이 갖고 있다. 그 점에 대해 모든 사람들이 먼저 알고 싶어 한다. 강석은 다른 사람보다 먼저 듣고 싶은 이유는 바로 무엇이든지 먼저 시작하는 것이 유리하다고 생각했기 때문으로 그것은 남을 앞설 수 있는 비결이다. 바로 그 점을 노리고 있던 그는 마 이장의 입을 응시한 채 귀를 세우고 듣고 있다. 어쩌면 다음 타점에서 똑같은 방법을 사용하면 대산질을 할 것 같은 생각이 든다. 마 이장은 옛일을 생각하려는 듯 담배를 한 모금 빨면서 뭔가를 생각한다.

"글쎄 말이여. 채표라는 것은 나두 처음으로 들어보는 얘기라서 어떻게 꿈을 꾸구 또 그 꿈을 어디에다 해몽을 해야 하는지 알 수가 없더구먼. 그래서 일단 세상일처럼 채표두 정성을 다하구 노력하는 사람이 차지할 것이라는 생각에서 정성을 더 들인 것밖에는 다른 일은 없었구먼."

"이장님 정성이 채표님을 움직였구먼유. 그래서 대산질을 받으셨나봐유."

신비스럽다는 표정으로 쳐다본다. 마 이장은 헛기침을 한 번 하면서 말을 잇는다.

"좋은 꿈을 꾸기 위해서는 무엇보다두 정성이 최고여."

"이장님은 무슨 정성을 드렸슈?"

눈과 귀의 모든 신경이 한 곳으로 쏠리는 듯하다. 돈 버는 비법을 전수받고 싶다. 꿈을 팔아서 서른 배나 되는 돈을 번다는 꿈이 현실로 다가오기만을 상상하며 기다리는 마음으로.

"나야, 마음과 정성이 오직 그곳으로만 갔구먼. 밥을 먹으나 일을 하다가도 심지어는 헛간에 볼일을 가서두 꿈 생각만 허면서 지냈지. 때로는 목욕으로 몸을 정갈허게 헌 다음에 하얀 쌀밥을 해놓구 빌었지."

"그렇게 정성을 하셨구먼유. 그런디 언제 꿈을 꾸셨나유?"

"새벽에 꾸었구먼. 꿈속에서 하얀 백발노인 세 분이 정자나무 아래에서 장기를 두더구먼. 하두 이상해서 그 옆으로 갔지. 그런디 그분들이 하는 말씀이 이상했구먼."

"뭔가유?"

"글쎄 말여. 머리와 수염이 긴 분들이 나이가 겨우 스물일곱 살이라는 말을 듣구 놀랬구먼."

"참으로 이상헌 꿈을 꾸셨구먼유. 혹시 그분들이 채표신이 아닐까유?"

"지금 생각허니까 그런 생각두 드는구먼. 그날 아침에 일어나서 통표를 찾아봤지. 그게 바로 삼괴(三槐)라구 써 있더구먼. 또한 이상헌 것은 말여, 아침을 먹구 마루에 앉아 있는데 순사가 집으로 찾아왔더구먼."

"아니, 무슨 일로 순사가 이장님을 찾아오셨슈?"

"군대 간 아들한테서 급한 연락이 왔다구 했지."

"무슨 일이 생겼어유?"

"글쎄, 호적등본을 붙여 달라고 하더구먼. 아들이 장교로 선발되었는데 신원조회를 하기 위해 집으로 왔다는 거야. 이건 틀림없이 삼괴라고 생각하구 바로 용호를 찾아갔지."

"백발노인, 그리구 스물일곱에 순사라면 영락없이 삼괴가 틀림없네유. 신기하기두 하네유. 으떻게 그렇게 알려준대유? 역시 채표신은 영험허시네유."

"나두 처음에는 놀랐구먼."

"그래서 삼괴를 써서 대산자가 되셨구먼유."

"아침인데두 어떻게 꿈이 생생헌지 마치 영화를 보는 듯했구먼. 그래서 이것은 틀림없이 삼괴라는 말을 듣구서 돈을 몽땅 털어서 사호장에 속해 있는 장 삼괴에다 복지를 써서 걸었구먼."

"어떻게 거금 40원을 한꺼번에 삼괴에다 걸었는지 궁금허네유. 생전 처음으로 시작했던 채표인데 영 이해가 가질 않는구먼유."

"화끈한 성질 때문에 그랬던 게지. 뭐든지 이거다 싶으면 집중하는 성질이 있잖은가. 그놈의 성질이 큰돈을 벌게 해준 거여. 마누라한테 급히 쓸 일이 있다는 거짓말까지 해서 받은 돈을 몽땅 걸었구먼. 그때 내 심정이 어떤 줄 아는가? 들어가는 입이 커야만 나오는 똥도 크다는 말이 있듯이 난 그 말을 믿구 달려들었지. 그게 바로 적중했으니 채표님이 날 꿈을 통해 도와주신 거라고 지금두 믿는구먼. 채표님을 향한 마음허구 정성이 합해진 덕분에 그것이 온 것이여."

강석은 배짱으로 큰돈을 벌었다는 이야기에 너무도 귀를 기울이고 있다. 자신이 생각했던 해답이 이렇게 풀리다니…. 가슴이 설레고 금방이라도 돈이 손 안으로 올 것만 같은 기분을 억누르며 듣고 있다.

"배짱과 운이 맞아 떨어졌구먼유. 역시 돈 버는 분은 뭔가 틀려도 틀린 것이 있네유. 나 같은 사람두 그런 꿈을 꾸고는 있지만 언제쯤이나 채표님이 도우셔서 그런 일이 일어날지 알 수가 없구먼유."

"채표신이 돕지 않으시면 대산자는 물론이구 애기패두 나타날 수가 없다구 했구먼. 채표는 영감을 얻어야만 되구, 모든 꿈은 채표신으로부터 나온다구 들었구먼. 아마 꿈에서 어떤 계시가 없었더라면 삼괴를 감히 맞출 수가 있겠는가?"

"지가 생각해두 뭔가 통해야만 같은 꿈을 꿀 수가 있구먼유. 물주님과 대산자님헌테 개평으로 2할인 24원을 받았지만 어찌나 기분이 좋았던지 마누라한테 고기나 사 먹으라구 10원을 주었구먼유. 저에게두 그런 기회가 있다면 이장님처럼 화끈하게 써내구 싶어유."

불과 24원이라는 개평이었지만 공짜로 돈을 벌었다는 경험담을 말한다. 어쩌면 이렇게 만나게 된 것도 채표님이 보이지 않게 작용했다고 믿고 있다. 꿈에 관한 모든 것은 채표신이 주관하며 절대적인 능력을 행사한다고 믿는다. 어떤 정성을 들이느냐에 따라 꿈이 결정된다고 생각한다. 이런 이야기는 삽시간에 온 동네로 퍼져나가고 있다. 누구나 꿈은 채표신이 허락하지 않으면 올 수 없다고 생각하기 시작했다. 그것은 채표신에 대한 신비스러운 믿음까지 일어나기에 충분하다

채표 타점은 삼 일에 한 번씩 장소를 옮기며 열리고 있다. 하루는 밭에서 일하던 여인들이 막걸리와 안주를 들고 찾아온다. 남보다는 자주 대산자질을 해서 거금을 만졌다고 소문이 난 강석이도 옆에 있으니 기를 조금이나마 받고 싶은 심정이다. 마치 사랑하는 여인 얼굴을 바라보는 표정으로 이야기를 듣고 있다.

"이장님유. 시원헌 막걸리를 마시구 꿈 얘기를 좀 해주세유."

"만날 그 얘기가 그 얘긴디 또 허란말이유?"

"우린 들어두 만날 좋구먼유."

너무 많이 알려진 자신이 한 편으로는 우쭐되지만 걱정이 앞선다.

사람들에게 꿈을 심어주는 것은 좋지만 귀찮다는 생각도 든다.

"지난번에두 채표님은 어떤 영감이 있다는 말씀이 사실이구먼유. 이번 타점장에서 사람들이 의외로 놀기 좋아하구 돈에 관심이 많다는 것을 알았구먼유."

"허긴, 누가 돈을 싫어허는 사람이 있겠슈? 단지 그럴 만한 기회가 없구 밑천이 없어서 못 허는 것이지 안 그래유?"

"언제나 그런 목돈을 만져 볼 것인지. 원."

순천댁은 긴 한숨을 쉬며 하늘을 쳐다본다.

"그놈의 돈이 날개가 달렸는지 나한테는 안 오구 만날 날아만 가니."

"정성을 드리세유."

"아무리 정성을 다 해두 안 되는구먼유."

"돈이란 주인이 따로 없는 법이제. 아무나 맘만 먹으면 주인이 될 수 있지만 돈이란 놈은 날개가 없어두 날아가버리구 용모두 허물면서 굳게 다문 입까지 저절로 열게 만들어유."

마 이장은 나름대로 갖고 있던 돈에 대한 자신의 생각을 말한다. 성공한 사람의 경험은 보이지 않는 힘을 갖고 있기 마련이다.

"타점장에 모인 사람들을 보면은 다음번에는 더 많이 모일 것 같구먼유. 게다가 마 이장님께서 대산질을 질러서 큰돈을 벌었다는 소문이 크게 난 뒤로는 더 관심들을 갖고 있어유."

"강석이 말이여. 우리가 돌면 사람들이 더 많이 몰리겄구먼."

"알았구먼유. 다른 동네두 같이 돌아유."

"묻는 사람이 늘어나는 것을 보면 다음번은 큰 판이 틀림없구먼."

동네를 한 바퀴 돈 그들은 집으로 돌아왔다. 돈을 번 뒤로는 선전을 하러 다니는 남편을 막지는 않는다. 역시 돈이 힘을 실어 준 것일까. 뜨끈하게 데워 놓은 술과 김치찌개를 먹는다.

광산 근처에 있는 부영리로 가기 위해 자리에서 일어선다. 이곳은 금광에서 일하는 덕분에 현금이 다른 마을보다는 많이 돌고 있다. 금광 영향으로 일확천금을 꿈꾸는 사람들에게 채표는 매력을 끌기에 충분하다. 거금을 손쉽게 손에 쥘 수 있는 멋진 꿈을 꾸는 사람들의 가슴으로 파고들고 싶다.

부영리에서 대산자와 통수라는 묘한 인연으로 가고 있다. 그들이 함께 마을을 돌며 알리는 것은 서로에게 유리하다는 생각 때문이다. 처음으로 만들어지는 놀이 문화에서 그들은 고지를 선점하고 싶다. 다음에 있을 타점 날짜와 장소를 알리고 각 마을에 있는 대산자들을 직접 만나고 싶다. 어떤 꿈을 꾸어서 대산질을 했는지 눈으로 직접 확인하기 위함이다.

찬바람은 온 동네를 휘감고 돌면서 느껴지는 고요함은 차가운 햇살에 더욱 깊어간다. 다음 타점을 위한 잔잔한 바람은 여기저기에서 불기 시작한다. 햇살에 녹았다가 다시 얼어붙은 고드름이 처마에 주렁주렁 달려 있다. 신작로는 미끄럽지만 그들의 발걸음은 너무도 가볍게 느껴진다. 밤새도록 세찬 바람이 만든 눈은 낮은 언덕과 논·밭고랑 사이에 수북하게 쌓여 있다. 논바닥은 추수하고 남은 벼의 그루터기만이 쓸쓸하게 남아 있다.

두 사람이 눈 위를 걸을 때마다 뽀드득 소리가 난다. 논길 사이엔 바람에 갈대들만이 고개를 숙였다 펴며 그들을 반겨 주었고 논에 쌓아 놓은 볏단만이 우뚝 솟아 있을 뿐 한가한 농촌 풍경이다.

한없이 펼쳐진 하얀 눈길을 따라 그들은 추위를 피하기 위해 목도리로 눈만 내민 채 호주머니에 손을 집어넣고 걷고 있다. 부영리 통수인 오동환 집으로 채표 놀이를 알리기 위해 간다고 며칠 전에 약속을 했다. 마을 통수는 아침부터 마을을 돌아다니며 사람들을 모이게 하는 일을 하고 있다.

아침 10시에 만나기로 미리 약속을 했다. 한 시간이 지나자 마을 입구에 있는 언덕이 보인다. 옹기종기 모여 있는 작은 초가집 사이에서 개 짖는 소리가 들린다. 은빛 눈으로 뒤덮여 있는 마을은 마치 반짝이는 설국이다. 언제보아도 눈 내린 마을 풍경은 아름답기만 하다. 그저 바라만 볼 뿐 인간의 어떤 힘으로도 전혀 간섭을 할 수 없는 자연의 힘을 느낀다. 이렇게 환상적인 설국에서 채표를 알리다니 너무도 가슴이 두근거리고 있다.

나무를 하기 위해 지게를 짊어진 두 남자가 걸어오고 있다. 그들이 가까이 오자 인사를 나눈다.

"저, 혹시 지난번 타점장에서 대산질을 하셨던 마 이장님이 아니신가유?"

"그렇소만, 절 아세유?"

마 이장은 약간 당황한 표정이다. 돈이 걸린 타점장에서 보았던 사람으로부터 인사를 받다니. 속으로는 기분이 좋았지만 걱정하는 눈치다. 많은 돈을 자신의 꿈으로 벌었지만 별다른 노력이 없었다는 점이 마음에 걸렸기 때문이다. 그런 돈을 노리는 사람들이 의외로 많이 있다는 것을 누구보다도 잘 알고 있는 그로서는 경계를 하지 않을 수 없다. 빌려 달라거나 몰래 사기를 치러 오는 사람도 있다. 심지어는 깡패나 건달들이 시비를 걸어오기도 했지만 미리 서울로 올려 보냈다고 거짓으로 말을 한 뒤로는 그런 소리도 뜸해진다.

타점장에서 당첨되어 대산자로서 받은 돈이 전부 1,200원이다. 그중에서 1,000원은 내일 서울로 보낼 예정이고 100원은 친구한테 꾸어 주었다. 이미 50원은 쌀과 잡부금으로 쓰고 나머지 50원을 가지고 다음 채표에 걸 돈으로 남겨 두고 있다.

"알다마다유."

"이 마을에는 절 아는 사람이란 별로 없는디……."

"타점장에서 보았지유. 저두 10원을 복지에 써넣어서 300원을 받았슈. 그땐 대산질하신 분이 그렇게 부러울 수가 없었슈. 참으로 영웅처럼 보였구먼유."

"아닙니다. 그저 운이 좋아서 그런 거지유."

"모두가 뭔가 분명히 있어서 그런 큰돈을 만질 수 있다구 생각했지유."

처음으로 큰돈을 벌었던 대산자에 대한 관심이 높기 마련이다. 어쩌면 연예인을 알고 싶어 안달하는 것과 무엇이 다르겠는가. 가장 궁금한 것은 어떻게 해서 돈을 벌어들이는 꿈을 꾸었을까.

"그때 물주께서 선상님을 소개허면서 손을 번쩍 추켜올렸던 모습이 지금도 눈에 선하구먼유. 어찌나 멋지던지 마치 하늘에서 봉황새가 뻐꾹허는 줄 알았슈. 그런디, 이 추운 날씨에 어디를 그렇게 가시는 길인가유?"

"채표를 알리려구 부영리로 가는 길이구먼."

"옆에 계신 분은……."

"아예, 전, 진골에 사는 강석이라는 통수유."

강석은 악수를 하며 반갑게 인사를 했다.

"반갑네유. 얼른 가시지유." 하며 씩 웃는다.

"힘드시지유? 마을마다 돌아다니시느라 고생들이 많겠네유."

"다들 좋으라구 돈 버는 법을 알려 주는디 힘들게 뭐가 있겠슈."

"그래두 일허시는 분이야 고생이지유. 좋은 일을 하시네유."

"마을을 돌면서 채표두 선전하구 대산질허신 분을 소개허면 더 좋을 것 같아서 다녀유."

"그것 참 좋은 생각이구먼유. 저두 알구 싶었슈."

"지난 번 대산질을 허신 마 이장님을 직접 만나 뵙구 궁금헌 것을 물어보세유."

"아, 그렇구먼유. 저두 비슷헌 일로 복지골에 가유. 채표에서 돈을 좀 벌었다는 소문이 돌고부터는 지헌테 물으러 오는 사람들이 있네유. 그런데 삼촌께서 채표를 하시겠다구 연락이 와서 가는 길이지유. 그 동네두 채표 바람이 불었는지 관심들이 대단하다구 들었어유."

"시간이 갈수록 채표에 대한 열기가 높아 가는구먼유. 꿈을 팔아서 큰돈을 번다는 소문이 꼬리를 물으면서 달려드는 사람들이 많았으면 좋겠네유."

"허긴, 저 같은 사람두 간단한 꿈을 갖구 돈을 조금 벌구 나니깐, 채표가 그렇게 좋구 신기하게 생각되더구먼유. 복지골에 가서 이장님을 자랑하구 올거구먼유. 쌀 한 가마니로 서른 가마를 만드는 것이 이 세상 어디에 있겠슈? 이건 도깨비 방망이를 두들겨두 할 수 없는 일이구먼유. 그걸 처음으로 이장님이 하셨으니까 참으로 자랑할 일이 아니겠슈?"

그는 마 이장을 바라보며 침이 마르도록 칭찬을 한다. 사실 가는 곳마다 무슨 영웅이 된 듯 한 착각을 할 정도로 칭찬을 받고 있다. 채표를 생각하면 마 이장이라는 식으로 생각할 정도다. 그런 사실은 기분은 좋았지만 귀찮은 일도 많다. 같은 이야기를 몇 번이나 반복해서 대답하기가 피곤하기도 하다. 마치 병원에 입원한 환자가 자신의 병력을 반복해서 입이 아프도록 설명하는 것과 같이.

마 이장을 만난 그는 복지골에 가는 것을 미루고 부영리로 다시 되돌아간다. 아마도 꿈에 관한 많은 경험을 듣고 싶었기 때문일 것이다. 처음으로 큰돈을 벌어 일약 스타가 된

마 이장으로부터 어떤 비밀 같은 것을 알고 싶다. 비록 애기패로 삐죽은 했지만 채표 제1기 동창생이나 마찬가지다. 적은 돈을 번 애기패와 일약 부자가 된 대산자는 같은 당첨자이다. 주택복권에서 수억 원을 받는 것이나 뒷자리 번호 하나가 틀려서 받는 아차상과 같다.

그들은 길을 걸어가면서 채표에 관한 이야기를 계속한다.

"참, 존함이 어떻게 되나유? 서루 통명이나 합시다유. 우린 벌써 구면이잖슈?"

네 사람은 악수를 하며 서로를 소개한다.

그들은 점점 세상의 잡사가 코 아래 맴도는 것처럼 배짱만 커지는 듯하다. 소가 들어온다는 말처럼 부자가 되고 싶은 욕망을 뒤로 숨기고 있다.

"으떠케 하셔서 그런 멋진 꿈을 꾸셨나유?"

또 그 이야기를 듣고 대답을 해야 하는지 앞으로는 얼마나 같은 말을 해야 하는지. 하지만 어깨가 으쓱해지고 온통 구름타고 하늘을 두둥실 떠다니는 기분 그대로다. 남들이 뭐라고 하든 난 이미 실속은 다 챙겼고 모양새만 부리다가 시간만 가면 그만이지.

"그건 말이유. 뭐 별다른 것은 없었슈."

"그람 으떠케 삼괴를 쓰셨나유?"

사실 삼괴라는 복지가 이장에게는 날아오는 금덩어리를 만든 두 글자이다. 삼괴는 복지에 써넣는 36개나 되는 문구 중 하나에 불과하다. 하지만 타점장에서 물주가 쓴 것과 같으면 무려 30배나 되는 돈을 배당받는다. 삼괴(三槐)는 성은 장 씨요, 나이는 스물일곱으로 순경(순사, 경찰)을 보거나 경찰서로 잡혀가는 일, 그런 사람을 보거나 수갑, 경찰에 관련된 일을 당하거나 일과 관련되면 쓰는 말이다.

"아, 그거유. 다른 일은 없었구, 잠자기 전에 채표님께 정성을 드린 것밖에는 없었슈."

"그럼 그렇지. 뭔가 다르긴 다르셨을 거여. 대체 무슨 정성을 드렸는데유?"

갑자기 사내들의 눈동자가 올빼미 눈처럼 반짝인다.

"사람 눈으로 알 수두 없구 건들지 못 허는 일이 얼마나 많아유. 전 채표를 주관허는 신이 있을 것이라구 믿고 있었슈. 그래서 모든 게 정성에서 나온다고 미덧슈."

"순수한 마음을 갖구 있으면 칠성님이 도와주신다는 말두 있지만."

"그렇지유. 일 년에 한두 번밖에 못 허던 나이지만, 매일 목욕을 하게 되더군유."
 마 이장은 뭔가를 회상하는 듯이 하늘을 향해 긴 한숨을 쉰다. 이를 듣고 있던 자들도 동시에 시선이 하늘을 향한다. 같은 관심은 같은 행동을 따라 하기 마련이다. 어쩌면 그가 하는 행동은 일거수일투족이 돈을 벌기 위한 우상의 대상이 되고 있다.
 "으떠케 하셨는지 자세히 좀."
 "특별헌 것은 없었구, 통표를 동쪽 벽에 걸어 놓구서 빌었슈. 아마 새벽까지 잠 한 숨도 못 자구 빌었을 거구만. 껌뻑 새벽쯤에 잠이 들어 꿈을 꾸었는데, 글쎄 형사 세 사람이 집으로 와서 산에서 소나무를 베었다구 절 잡으러 왔다는 말을 하면서 손에 수갑을 채우려구 했지유. 형사가 수갑을 채우려구 손을 잡으려는 순간에 허벌나게 도망을 쳤지유. 신발이 타서 냄새가 날 정도루 도망을 치다가 그만 웅덩이 속으로 떨어지면서 꿈을 깨고 말았지유."
 그들은 이야기를 다 듣고 고개를 끄덕인다. 뭔가 감이 슬그머니 바짓가랑이를 타고 머리로 올라오는 듯한 표정이다.
 "쩨끔은 머리가 돌아가네유. 그러니까 우리같이 아무 꿈이나 써낸다구 되겠슈?"
 "아니구먼유. 다들 정성만 들이면 채표신이 꿈을 주실 거구먼유."
 "바루 복지에 삼괴를 쓰셨구먼유."
 "바로 안 쓰구 통수한테 찾아갔슈. 통수는 그건 틀림없이 삼괴라구 해서 10원을 걸었지유. 그래서 그것이 서른 배인 300원짜리 애를 배갖구 가슴팎으루 들어온거지유."
 눈을 반짝이며 영웅담 같은 이야기를 꺼낸다.
 "솔직히 재미 삼아서 한번 해본 것이 그렇게 큰돈을 물고 올 줄은 미처 몰랐슈."
 마을 입구에 다다르자 아이들이 눈에서 썰매를 타며 재미있게 놀기도 했고 눈사람을 만들며 놀고 있던 아이들이 호기심 어린 눈으로 그들을 바라보고 있다. 한쪽에서는 고구마를 구워 먹었는지 입에 새까맣게 묻은 아이들이 팽이를 치고 있다. 언제나 시골 겨울은 별로 할 일이 없는 실업자들이 모여 있는 듯한 계절이다. 집집마다 가마니를 짜거나 별 볼 일 없는 사람들은 잡담으로 소일을 하며 따뜻한 봄을 기다리고 있을 뿐이다.
 이들은 단순한 삶을 살고 있지만 진정한 의미에서 역사와 이 땅의 주인이다. 주어진 일을 그저 있는 그대로 받아들이고 살아간다. 국가에서 일어나는 모든 일들이 자신들과는 무관한 것으로 생각하는 것은 당연한 일이다. 통치자의 준 고통을 수없이 받아 왔던 그들로서는 목구멍에 풀칠하는 것이 더 중요하다. 일제 치하의 고통도 아니면 해방이라는 환희도 때로는 선거니 어떤 구호도 그들은 강 건너 불구경을 하는 구경꾼으로 여기고 있다.

오랫동안 흙과 함께 살아온 이들이기에 가난과 어려움을 마치 주어지거나 당연한 일인 것처럼 생각하고 살아왔고 앞으로도 별 볼일이 없을 것이라는 체념이 깔려 있다. 운명이라는 단어 앞에 모든 것을 맡기고 그저 있는 그대로 받아들이면서 살아가는 이들에게는 채표라는 돈을 물어오는 것은 분명 속마음까지 뒤집어 놓기에 충분하다. 그저 숟가락을 놓지 않고 매 끼니만이라도 밥이나 먹었으면 하는 가장 크고 기본적인 욕구조차 해결할 수 없는 자신들이 원망스럽고 한심하다. 먹는 문제가 가장 중요한 일로 여긴 탓인지 인사말은 '진지 잡수셨어요' 이다.

마 이장이 단순한 꿈을 팔아서 논 60마지기를 뼈가 빠지도록 일을 해야만 가을에 만질 수 있는 쌀 30가마를 단숨에 손에 쥐었다는 이야기는 너무도 가슴을 설레게 하기에 충분하다. 마을마다 작은 돈일지라도 공짜나 다름없는 꿈으로 돈을 벌었던 광경을 직접 보았다. 어쩌면 대산자라는 또 다른 일확천금을 꿈꾸고 있다가 말로만 무성했던 소문의 진원지가 나타났으니 마을에는 커다란 화젯거리 그 자체다.

이런 일들이 왜 이제야 생겼는지 안타깝게 생각할 정도로 수천 년 동안 내려온 운명적인 가난과 쪼들림을 이들은 단숨에 채표를 통해 벗어나고 싶어 한다. 꿈이라는 작으면서도 힘들지 않는 노력을 가지고 겨우 용돈이나 여윳돈을 걸어서 여러 사람이 몇 사람에게 한꺼번에 보태 주는 계와 같다.

채표는 중국말로 차이표라는 복권을 말하며 당첨을 해서 몇 사람에게 집중적으로 돈을 몰아주는 복권의 기원이다. 물주는 국가 금융기관이고 복지는 복권이며 타점장은 당첨 뽑기를 하는 장소다. 자신이 꾼 꿈 이름은 로또 번호에 해당하며 심부름을 하는 통수는 복권을 파는 복권 상점과 같은 의미로 생각하면 된다.

채표도 지금의 복권처럼 바로 현장에서 확인을 할 수 있어서 흥미를 끌기에 충분하다.

이런 이유 때문에 누구든지 거금을 꾸는 꿈으로 하루를 살고 있다. 순간적이 짜릿함을 맛보고 싶거나 좋아하는 자들에게는 분명 신기루와 같다. 달려들어 오도록 만드는 묘한 힘은 마약과 같고 노름이나 화투, 투전과 같다.

그런 소식은 입을 통해 삽시간에 여러 마을로 퍼지고 있다. 처음에는 모험을 좋아하거나 노름을 좋아하는 사람들이 모여들었다. 거기다 여러 사람들이 보는 곳에서 펼쳐지는 타점은 속임수를 전혀 쓸 수 없다는 점이 매력을 더 느끼게 만든다. 그것은 연약한 아이들이나 여자, 힘이 없거나 가난한 자들을 끌어들이는 힘이 있다. 투전이나 골패, 화투 등은 속임수가 많고 손에서 놀아나는 일들이 있기 때문에 일반인들은 일종의 선입견을 갖고 있어 하고 싶지만 꺼리고 있는 실정이다.

그러기에 우상처럼 느껴지던 대산자를 만나고 싶은 마음은 영웅을 맞이하는 것과 같다. 매력은 관심을 만들고 관심은 행동으로 이어지기 마련이다. 누구나 간단한 꿈만으로 적은 돈을 걸어서 큰돈을 한꺼번에 만질 수 있다는 점이 가난한 이들에게는 일종의 금덩어리로 보이며 사람들의 가슴 속을 강하게 파고들고 있다. 겨우내 일할 것도 없는 조용한 시골 마을은 모이는 사람마다 채표와 꿈 그리고 돈이라는 세 가지가 이들의 입방아를 찧고 또 찧으며 소문이 꼬리를 물고 이어진다. 만나는 사람마다 채표에 대한 절차와 방법, 좋은 꿈을 꾸는 요령에 대한 일종의 스스로 만든 이상한 설까지 만들어져 이곳저곳으로 퍼지고 있다.

겁나게 활약하는 마 이장

지금까지 전래된 놀이 중에서 돈을 걸고 하는 내기 놀이란 중국에서 전래된 투전과 골패, 마작, 장기와 바둑, 윷놀이 등이 있다. 그 무렵 불과 몇 십 년 전에 일본인들이 민족적인 정신을 흩뜨려 놓기 위해서 전래된 화투는 누구나 쉽게 내기를 할 수 있는 놀이 문화이다.

주로 돈을 목적으로 하는 노름꾼들은 투전이나 마작을 하고 일반인들은 화투놀이를 한다. 하지만 이런 놀이는 주로 남자만이 하는 노름이라는 인식으로 인해 여자나 나이 어린 사람, 돈이 별로 없는 사람들은 터부시할 정도이다.

혹시 누가 어디서 무슨 노름을 하다가 그만 집을 잃고 논밭과 소를 팔아먹었다는 이야기가 돌면 마을에선 반드시 몰래 집을 떠나 객지로 피하거나 이사를 하는 일이 많이 있다. 이는 패가망신을 당하고 나중에는 길에서 만나도 사람 취급조차 해주지 않고 있다.

투전은 일찍이 임진왜란 당시에 명나라 군대가 조선의 구원 요청으로 진주할 적에 마골패가 들어와 이것이 변형되어 만들어진 놀이 기구이다. 다시 시간이 흘러 17세기 초에 명나라의 마골패를 조선 사람인 장현이란 자가 간략하게 누구나 할 수 있도록 사람, 물고기, 새, 꿩, 말, 별, 노루, 토끼 등을 1에서 9까지 결합하여 만든 것이 현재 전해지고 있는 것이다.

골패는 사모패라고도 하며 송나라 시대에 만들어진 것이 고려 시대 때 유입되어 보급된 놀이 문화로서 이는 백아, 백사, 이삼, 구사, 관이, 사주, 삼사, 준이 등으로 구성되어 있다. 이것에 대한 놀이를 노래로 만든 것이 방게로구나 하는 방게타령이 있다.

마을마다 무료한 시간을 보내고 답답함을 이기고자 처음에는 재미로 시작했던 놀이가 점점 판이 커지고 기분에 의해 나중에는 노름으로 변모하게 된다. 그 결과 여러 가지 피해가 속출하게 되자 일제 강점기에는 이러한 것을 거의 하지 못하다가 해방이 되고 주변은 어수선해지자 점점 고개를 들기 시작했다. 해방이 되면 뭔가 달라지고 새로운 세상을 기대했던 그들로서는 실망밖에 얻은 것이 없다. 심지어 "해방이여? 깻묵이여?"라며 해방을 기대했던 사람들에게는 마음에 실망감만 안겨 주었다.

"허허, 그러면 해방이 되야도 말이지 나라에서 해준 게 뭐가 있는가?"라고 불평하는 이야기들이 마을마다 실망으로 바뀌고 있다. 막상 해방이 되었어도 피부에 와 닿는 새로운 세상이나 이득은 기대에 미치지 못했다. 나라라는 공동체로부터 받을 수 있는 이익은 고사하고 각종 세금이나 관공서인 지서나 면사무소에서 강압적이고 위압적인 공무원들의 자세는 일제 강점기와 조금도 다를 게 없으니. 물론 먹고 살기도 힘든 세상에 정치니, 인권이니 개나발도 귀찮고 오직 목구멍 포도청에 거미줄을 안 치는 것만도 행복으로 여기고 있으니. 무슨 쌀밥이니 고깃국과 같은 말은 사치 그대로다.

일 년에 고깃국은 서너 번 먹으면 행복한 것이고 쌀밥은 추수 후에 겨우 한두 번 맛을 보다가 매끼니 때마다 꽁보리밥을 하면서 가운데 쌀 한 줌을 놓고 밥을 푸면서 휙 하니 저어서 재수가 좋으면 쌀 몇 톨이 밥그릇에 보이면 얼마나 행복한지.

그런 세상에 채표는 말 그대로 돈이라는 복덩어리인 신기루를 찾는 것과 같다.

소일거리가 별로 없는 마을에 갑자기 광풍처럼 불어 닥친 꿈 이야기는 어느새 돈 이야기로 바뀌지고 있다. 어쩌면 어수선한 세상사를 다 잊고 싶은 마음이 많았지만 해방이 되면서 그것을 만족시켜 줄 정도로 바뀐 정치가 이들의 욕구를 채워 주지 못하고 있다. 어수선하고 불안한 마음을 달래 줄 수 있는 시원한 물을 찾고 있다.

타점에서 물주가 꾼 꿈과 일치되는 것은 반드시 채표님의 뜻이 있어야 한다고 믿는 믿음은 일종의 신비스럽고 민간 토속적인 신앙으로까지 변하고 있다. 그러기 위해서는 남다른 정성이 있어야 된다고 생각한다. 꿈에 대한 신비스런 마음은 내가 간섭하고 관여할 수 없는 세상에 대한 지배력을 넓히고자 하는 마음에서 일종의 경배하는 마음까지도 은근히 만들고 있다.

나라는 존재는 채표신이 모든 꿈을 꾸도록 도와주어야만 뜻대로 될 수 있고 사람들은 그저 주는 꿈을 받는 것뿐이라는 생각이 들고 있다. 가난이라는 커다란 벽을 뛰어 넘거나 부숴 버릴 수 있다는 희망이 이들을 사로잡고 있다. 또한 지치고 아픈 마음을 달래줄 수 있는 놀이로 여기고 있다. 역시 자신의 능력으로는 어쩔 수 없다는 생각에서 꿈이 주는 신비함을 믿고 있다.

미신은 자연에 대한 경외심과 인간 스스로의 무력함을 인정하는 겸손의 상징이다. 마을에 도착하자 커다란 나무 옆에는 마을을 지키며 액운을 막아 준다는 성황당이 있다. 나무를 깎아 남자와 여자 모양을 만든 대장군이라고 쓰여 진 상이 우뚝 서 있다. 그 옆에는 여러 가지 색깔을 한 천으로 둘러싼 나무가 으스스한 분위기를 풍겨 낸다. 그곳을 지나다니는 사람마다 안녕을 기원하고 무사한 귀가와 복을 비는 마음에서 작은 돌을 쌓아서 만든 아기자기한 탑들이 여기저기에 갯벌에 있는 게집처럼 보인다. 어쩌면 작은 소망을 심어두고 신이라는 대상을 만들어 그곳에서 불가능한 일을 체념으로 받아들이다가 때로는 희망과 망각을 얻어가는 곳이 바로 성황당이다.

여기에 중국에서 전래된 채표도 성황당을 통해 뭔가를 얻는 형태로까지 이어진다. 부뚜막에는 조왕신을 모셔 놓고 매일 아침마다 물을 갈아 놓아 부엌의 길흉을 막고 집안의 평안을 빈다는 뜻에서 모시는 일도 있다. 집에서 무슨 일이 잘 풀리지 않으면 떡시루를 해 놓고 고사를 지내거나 때로는 조상님이나 칠성님한테 두 손 모아 빌기도 한다.

성주를 모시고 집안의 길흉을 판단하기 위해 가을에는 광에 있는 그릇을 열고 담겨진 쌀의 모양을 보고 가득 채워 둔 쌀독이 줄어들거나 변질되면 이는 집안에 액운이 깃들이는 일로 여기고 고사나 굿을 하는 경우도 있다. 또한 경신 수야라고 하는 6월의 경신일에 밤새 잠을 자지 않으면 잡귀가 물러가고 머리가 좋아지고 운수가 대통한다고 믿기도 하는 일이 있다.

부영리에 살고 있는 오동환 통수는 원래 남과 어울리며 놀기를 좋아하고 이따금씩 노름이나 투전에 관심을 갖고 있는 인기가 많은 사람이다. 틈만 나면 투전판에 쫓아다니면서 밤을 새우기도 했던 그는 채표로 바꾸고 말았다. 그들이 마을로 온다는 말을 듣고 집에서 기다리고 있다. 낮과 밤을 가리지 않고 며칠씩이나 계속되는 투전판에서 그는 처음에는 투전꾼들의 농간으로 돈도 약간 따기도 했지만 얼마 전에 크게 벌인 투전판에서 그만 집 앞에 있는 논밭을 몽땅 잃고 난 뒤부터는 투전판에 거의 뛰어들지 않고 있다. 본전을 찾는다고 덤벼든다는 것은 그나마 갖고 있던 밑천까지 잃을 수 있는 것이 노름에서 항상 보는 일이다. 이런 점을 잘 알고 있는 동환은 자신의 손가락을 입으로 물어서 종이에 혈서까지 써 놓고 투전은 절대로 하지 않겠다고 맹세까지 한 처지다. 투전에 빠져서 돈과 재산을 몽땅 잃고 나중에는 하나밖에 없는 마누라까지 팔아먹는 일도 있을 정도로 마약과도 같은 것이 바로 투전판의 성격이다. 바로 자신이 갖고 있던 모든 것을 잃고 인생까지 포기하는 노름은 끊고 싶어도 쉽게 되지 않는 것은 잃었던 본전을 다시 찾고자 뛰어드는 일 때문에 생긴다.

투전은 손바닥만한 대나무나 골판지를 재료로 만들어 그 안에 숫자나 무늬를 특이하게 만들어 숫자를 배열하거나 맞추는 가운데 서로 건 돈을 따고 잃는 놀이로서 밤과 낮이 따로 구분이 없을 정도로 담배 연기가 자욱한 가운데 투전에 얽매이는 모습이 겨울이면 여기저기에서 흔하게 볼 수 있다.

동환은 작은 돈만 있으면 채표에 뛰어들 수 있고 잃어도 자신이 건 돈 외에는 손해가 없는 채표에 대한 관심을 갖고 있다. 전번에 통수를 하면서 많은 것을 배우고 느꼈지만 그래도 아직은 모르는 것이 많은 그로서는 마 이장과 강석을 통해 더 깊이 알고 싶은 심정이다.

아직도 빚까지 얻어서 잃었던 돈을 복구하는 일이 무척이나 힘이 든다. 아무리 주위를 쳐다보아도 돈이 나올 구멍은 보이지 않고 물을 주지 않아도 쑥쑥 자라나는 것이 바로 빚이다. 생각만 해도 속이 뒤집어지는 듯한 마음으로 하루하루를 한숨을 쉬며 살고 있던 그에게는 채표는 마치 자신의 모든 문제를 해결해 줄 수 있는 신기루와 같이 보인다.

동환은 안절부절못하는 마음을 달래기 위해 가마니를 짜고 있다. 강석이 열려 있는 대문 안으로 들어가 헛기침을 하자 동환은 자리에서 일어나 반갑게 맞아들인다.

"어쩐 일루 집에 계신데유."

"그야 손님들이 오신다구 허셨는데 나갈 수야 없지. 아침부터 기다리고 있었구먼."

동환은 손에 쥐고 있던 짚을 내려놓으며 씽끗 웃는다.

"요즘두 투전판에 개근허고 계신가유? 우리 땜에 못나간 것 같은데?"

강석은 동환을 묘한 웃음을 지으며 바라본다. 이렇게 집에 홀로 있을 사람이 아니라는 것을 누구보다도 잘 안다. 며칠 전에 투전을 끊겠다고 말을 했던 기억이 났다. 하지만 그

버릇을 고치기가 어디 쉬운 일인가.

"그런 말일랑 허지 말게나. 이제부턴 투전에서 발을 끊기로 허구 새끼손가락을 작두에 잘라 버렸네."

갑자기 침묵이 흐르며 강석은 놀라는 표정으로 동환의 손을 응시한다.

"정말이유?"

"혈서를 써서 마누라한테 준 사람이 다시 투전판에 뛰어들겠는가?"

하얀 천으로 둘둘 감은 손을 그들에게 보여 준다. 얼마나 자신을 다스리고 다짐하는 징표이지만 심하다는 표정이다.

"성님도 원, 이번에는 정말루 결심을 단단히 허셨구먼유. 맴이 심허게 상했서두 잘 참으시구 빚을 얼른 갚어야지유. 그런디 어째 형수님은 어디 계신지 안 보이네유. 이 동생이 왔는데도 안 보이시니."

"집사람이야 채표든 뭐든 지간에 돈을 걸고 하는 것은 워낙 싫어해서 채표 땜에 손님들이 오실 거라는 것을 듣고는 마실을 나갔구먼."

"그렇게 많은 돈과 재물을 날리구 속이 썩으셨으니 그럴 만도 허지유. 얼마나 싫었으면 그렇게 허셨겠어유. 이제부터는 통수나 부지런히 허시구 노름은 절대로 끊으세유."

"본전을 찾겠다구 이리저리 뛰어 봤자, 남는 것은 빚이구 성질만 나빠지더구먼."

동환은 입에 물고 있던 담배를 빼고 허공에 연기를 품으며 한숨을 쉰다. 그도 그럴 것이 지난번에 이번만하고 손을 딱 끊겠다고 하면서 마누라 몰래 투전판에 집 옆에 있는 텃밭 문서를 들고 갔다가 그만 몽땅 돈을 잃고 투전판에서 대판 싸웠던 그로선 다시는 투전이라는 말을 떠올리기도 싫다.

이제 남은 것이라고는 집 한 채와 소 한 마리뿐이다. 딸랑 남은 소 한 마리도 며칠 있으면 빚으로 잡혀 있어 끌려가야 할 판이다. 내년에 지을 농사일을 생각만 해도 걱정이 앞선다. 그 많은 일을 소 힘으로 했지만 올해부터는 남의 소를 빌리거나 품삯을 주고 일을 시키는 수밖에 없다.

그러던 중에 채표라는 말이 동네에 나돌자 용호를 찾아가 통수를 하겠다고 자청한 그다. 투전에 빠진 그에게는 좋지 않은 소문으로 노름꾼이라는 별명이 붙어 있다. 이런 이유로 복지에 돈을 거는 것보다는 통수로서 심부름을 해주고 1할은 물주로부터 받고 1할은 당첨된 사람으로부터 받는 것이 더 낫다고 생각한다. 지금 입장에서는 단 한 푼도 아쉬운 입장으로 매일 눈만 뜨면 빚을 받으러 오는 사람들로부터 시달리는 것이 지겹다. 지금으로서는 채표에 매달리는 것이 유일한 해결책이라고 생각하여 열심히 뛰고 있다.

지난번에 그가 담당했던 제5통인 부영리에서 권 기열이가 써 낸 복지가 아기패를 맞았다. 그 덕분에 10원을 써내서 기열은 받은 돈 300원 중에서 1할인 30원과 물주인 만석으로부터 1할인 30원을 받았던 일이 있다. 궁한 입장에서 돈 60원은 구세주와 같은 돈으로 광산에서 한 달을 일해야 벌어들일 수 있는 금액이다. 겨우 그 돈으로 쌀을 사고 집안 살림에 보태 쓰고 있다.

그저 복지를 동네를 돌아다니며 걸어서 타점장으로 돈과 함께 갖다 주는 심부름이지만 2할이라는 돈이 그렇게 큰돈일 줄이야, 그에게는 너무도 매력이 강하게 다가온다. 가끔은 사람들과 즐기면서 술과 음식을 먹는 일이 얼마나 좋은지 재미있는 일이 아닌가.

이 마을은 기열이가 타점에 찍힌 일이 있은 후로는 관심이 더욱 높다. 거기에다 동환이가 돌아다니며 늘어놓는 입심에 사람들은 너도 나도 하겠다고 한다. 앞으로 열흘 후에 타점을 찍는 날이라는 말에 동환은 기분이 새롭게 느껴진다. 실제로 현실 속에 나타난 대산자와 직접 한자리에 앉아 보는 입장이 되고 보니 자신이 마치 앞으로 저 사람과 같게 될 것이라는 착각을 해본다.

"동환 성님 말이유. 이 마을에선 지난번 채표에서 권기열이라는 사람이 1원을 써 내서 30원을 받았다는 말을 들었는데 그분 허구 마을에서 채표를 더 깊이 알구 싶거나 의심을 하여 쉽게 달려들지 못허는 사람을 불러 주시면 좋겠구먼유."

"내가 생각하기로는 그 사람이 이미 채표에 당첨되어 사람들이 다 알고 있고 수완이 누구보다 뛰어난 동환 통수가 계시니 부영리 사람들이 앞으로 채표장을 다 메우고 말겠구먼유."

마 이장이 추켜세운다.

"참, 그럴지도 모르는 일이지유. 사람들이 많이들 묻고 관심을 갖고 있지만 오늘 대산자이신 마 이장님을 직접 보구 궁금헌 것을 물어보면 사정도 좋아질 겁니다유. 그건 그렇구 우리끼리만 여기서 아무리 떠들어 봤자 들어 줄 사람이 없으면 도루아미타불이 아닌가유? 얼른 불러오지유. 조금만 기다리게나. 혹시 그 전에 사람들이 오면 설명을 잘 해주라구."

방문을 열고 나간 동환이는 마을 여기저기를 찾아다니며 채표를 알리기 위해 분주하게 돌아다닌다. 집에 남아 있던 마 이장과 강석은 같이 길에서 만났다가 채표를 듣고 싶어서 다시 뒤돌아온 사람들이 동네 사람한테 알린 탓으로 다섯 사람이 같이 찾아왔다.

"참말루 반갑구먼유. 서로 인사나 허시지유. 저희들은 이 동네에 살고 있구먼유."

하며 방안으로 들어온다.

"잘들 오셨네유. 이 마을에는 오동환이라는 멋진 통수가 있으니까 잘 될 겁니다유. 통수도 통수지만 사람들이 돈도 벌고 재미있는 꿈 풀이 놀이라고 소문이 돌구 찾아 들어야 맛이 나지유. 소문만 무성허구 사람들이 안 모인다면야 아무것도 아니지유."

강석은 많이 참석하라는 의미에서 말한다.

"이분은유. 지난번에 대산자를 하신 마 이장님이십니다유."

라며 마 이장을 소개하자 서로 반갑다는 듯이 악수를 한다.

"반갑네유. 이런 분을 우리 마을에 모시구 채표에 대해 들을 수 있다니 영광입니다유. 좋은 말씀들을 많이 해주시고 가시구려."

"그야 물론이지유. 우린 그런 일을 위해 일부러 이곳까지 왔는데 많이들 물어보세유. 있다가 사람들이 더 오시걸랑 시작들 허시지유."

이런저런 이야기를 하며 채표를 선전하던 두 사람은 마침 이웃 마을로 놀러갔다가 돌아 온 동환의 부인을 보자 반갑게 인사를 한다.

"이거 형수님 오랜만입니다유. 어디 갔다 이제 오시는 가유? 아까부터 기다리고 있었구먼유. 형님은 사람들을 모으러 잠깐 나갔는데 곧 돌아오실 겁니다유."

"그런디 무슨 일루…."

말을 멈추자 강석은 이미 들은 바가 있어 옆으로 잠깐 오라고 손짓을 한다. 그는 뒤에 채표에 대한 일로 왔다고 하자 알았다는 듯이 고개를 끄덕이며 강석에게 투전에만 제발 다시는 나가지 못하게 막아 달라는 부탁을 한다.

"알았구먼유. 지가 조용히 말씀드리지유. 채표는 그런 것은 아니니께 걱정일랑 마시구 좀 도와주세유. 사람들이 모이면 몇 시간 동안만 설명하구 보낼 테니까유."

"그래유. 제가 일부러 피했지만 뜻이 좋다면야 당연히 도와 드려야쥬."

"아까 형님께서 다시는 원수 같은 투전을 하지 않겠다구 맹세를 했는데유. 다시는 노름에는 손을 대지 않을 겁니다유. 비장헌 마음으로 손가락까지 자르신 분이 쉽사리 허겠슈?"

"지야 뭐, 바깥양반이 저질러 놓은 일이라서 그저 속만 태우고 있을 뿐이구먼유. 시집을 잘못 온 건지 아니면 남편 복이 없어서 그런지는 모르지만 시간이 가면 좋은 일이 있을 거라는 마음만으로 살고 있구먼유. 아무튼 우리 집 양반이 언제 또 발병이 나서 그놈의 투전 생각이 날지 모르니께유 그런 일이 있거들랑 꼭 좀 막아 주시고 손을 떼도록 도와주시구려."

"저희들이 옆에서 막아드릴께유 채표는 별로 걱정은 안 해도 될 거구먼유. 거기다 동환 형님은 돈을 직접 걸구 허는 것이 아니라 그저 심부름이나 해주구 도와주는 일을 하는 통수니께유 크게 걱정은 안 해두 되겠구먼유."라고 말한다.

"통수야말로 꿩 먹고 알 먹는 장사이지유. 타점만 되면 물주한테 1할을 먹고 입산자한테 1할을 얻어먹지유. 아마 다른 사람은 손해봐두 통수는 괜찮지유. 손해 볼 일이 어디 있겠어유?"

"전 채표에 대해 잘 몰라유. 그저 그 양반이 착실해지구 다시는 노름 같은 것에 손대지 않았으면 하는 바람밖에는 아무것도 없구먼유. 지난번에 통수 노릇했다구 글쎄 쌀 두 말을 사가지고 온 것밖에는 채표에 대해 아는 것이 없는 저지유. 노름은 조금 벌 때가 무서운 법이지유. 그 맛을 조금 알고 나면은 더 큰 것에 손을 대다가 잃었던 본전을 찾으려구 다시 걸면 밑천까지 몽땅 잃게 되는 것이 바로 노름이지유."

"형수님은 노름에 대해 아시는 것도 많구려. 채표는 노름이 아니구 꿈을 갖고 거기에 돈을 걸어서 타점에 찍힌 사람들에게 여러 사람들이 걸은 돈을 태워 주는 계와 비슷한 것이랍니다유."

"전, 잘 몰라유. 그러니께 앞으로 우리 집 양반이나 잘 살펴 주세유."

하며 동환이 처가 문을 닫고 밖으로 나간다. 역시 노름으로 인해 집안이 시끄럽고 어수선한 분위기를 읽고 있던 이들은 더 이상 그에 대한 말을 해서는 아니 된다는 생각이 들었고 더 이상 동환 형님이 노름판인 투전장에서 당했던 말을 하지 않는 것이 좋겠다는 생각을 한다. 불난 집에 부채질하는 꼴이며 상처 난 곳에 소금을 뿌리는 꼴이기 때문에 긁어서 부스럼을 내지 않는 것이 좋겠다는 생각이 든다. 만약 형수씨가 한사코 채표를 못하게 막는다면 좋은 통수 하나를 놓치는 꼴이 된다.

사람은 어려움에 처할 때는 절대로 그가 갖고 있는 약점을 말하지 않는 것이 가장 좋은 상책이다. 물에 빠진 사람이 지푸라기 하나라도 잡으려고 하는 입장에서 동호라는 사람은 우선 먹고사는 문제까지 그의 앞에 있었기 때문에 돈에 대한 관심이 누구보다도 높다. 그런 입장에 처해 있는 그가 지금 이 마을에서 채표 통수 노릇을 하며 우선 한 푼이라도 건져서 먹고사는 문제를 해결해야만 하는 처지에 있다.

마을로 사람을 데려오기 위해 갔던 동환이는 자기 집으로 평소 채표에 대해 관심을 갖고 있었던 부영리에 살고 있는 사람들을 불러 모아서 같이 오고 있다. 갑자기 십여 명이나 되는 사람들이 한꺼번에 어디를 향해 걸어가면 사람들은 그쪽으로 관심을 갖기 마련이며 그것도 돈을 버는 방법을 설명하고 채표를 하여 큰돈을 벌었던 사람에 대한 이야기를 듣는 일이라 더욱 관심을 끌 수밖에 없는 일이다.

"동호 씨 말여, 그람, 아까 얘기했던 그 사람이 진짜 우리 마을에 왔단 말인가?"

"물론이지유, 언제 지가 거짓말을 하구 다닌 사람 마냥 의심을 헌데유? 집에 가보면 알겠지만 그분은 시간이 없으신 분인데두 일부러 우리 마을에 오셨구먼유. 동네 사람들에게 채표에 대해 설명도 하시구 자기가 겪었던 타점 얘기도 허실겁니다유."

"하긴 그 사람이야말로 족집게가 아니구 뭐겠는가? 그 많은 36문에서 어떻게 꿈을 꾸어서 물주가 꾼 꿈과 똑같은 꿈을 꿀 수 있단 말인가?"

"사실 나두 그 점이 궁금해서 이렇게 가보는 것이구먼. 어떻게 꿈을 꾸어서 쌀 서른 가마나 되는 거금을 한꺼번에 벌 수 있었는지를 알고 싶구먼."

"사람이 겪는 일이란 알 수가 없는 일인가 봐. 누가 갑자기 돈이 덩굴 채로 굴러 올지 알 수가 있겠는가? 사람 팔자는 한 치 앞도 볼 수 없는 것이구먼. 그러니까 돈 많던 사람이 하루아침에 알거지가 되질 않나 원, 똥구멍 찢어지게 가난했던 사람이 하루아침에 큰 부자가 되는 것이 바로 인생사인데 누구나 그럴 거구먼?"

"한번 가서 그 사람을 보구 직접 물어 보는 것이 제일이지. 우리끼리 모여서 이러쿵저러쿵 해 봤자 알 수 있는 일이란 공연한 추측과 억측만이 있을 거구먼."

"자, 어서들 갑시다유. 그분하고 통수분이 같이 오셨으니까 두 사람한테 자세허게 물어들 보시구려."

"그려, 그 통수 양반도 이번에 월척을 했겠구먼. 뭐, 통수는 양다리를 걸치구 있으면서 양쪽에서 돈을 다 타 먹는 것이라는데 그 통수분도 대산자 덕택에 큰돈을 만져 본 것이구먼 그려."

"그야 당연허지 안 그런가? 그 사람들이야 바늘과 실 사이가 아니겠어? 그게 바로 누이 좋고 매형 좋다는 말이지. 같이 잘 돼야만 서로 덕을 볼 수 있잖슈?"

누구나 할 것 없이 동환을 따라오는 사람들이야말로 채표에 대한 열렬한 지원자들이다. 역시 돈 한 푼을 보고 십리 길을 걷는다는 말처럼 돈에 굶주리고 목말라 했던 사람들도 있었지만 놀고먹는 것과 남의 돈을 쉽게 벌고 싶어 하는 건달들도 끼어 있다. 어떤 이익이나 재미가 있는 곳에는 건달들이 으레 끼기 마련이고 그들은 그것에 대해 방해를 놓겠다는 협박을 통해 자신들이 원하는 소기의 목적을 이루려고 하는 속성이 있다.

중국에서도 건달들과 마적 떼들 때문에 종종 채표장이 깨지고 도망까지 가는 경우가 많이 있었으며 만석도 이런 일이 있을 거라는 예상까지 하고 있다. 그렇기 때문에 채표장에는 으레 물주와 타점사, 계산사들을 보호하기 위해서 돈을 받고 보호해 준다는 명목으로 몇 명의 깡패들이 팔짱을 끼고 타점장을 지키는 경우도 있다.

건달은 건달들이 더 잘 다스리고 막아 낼 수 있기 때문에 주먹이 센 건달들은 대우 아닌 대우를 받기도 하며 이들은 또 다른 깡패들까지 데리고 오기도 한다. 두 번째 채표부터는 사람들이 그저 그렇겠지, 라는 생각을 하며 바라보고 있던 자세에서 적극적으로 참여하는 쪽으로 마음들이 변해 가고 있다.

이들은 이곳에 온 채표꾼들로부터 경험담을 듣고 자신들도 정말로 멋지게 한번 해 보고 싶은 마음이 간절했고 어쩌면 통수나 채표에 자신들이 어떤 중요한 존재로 끼고 싶어 한다. 그렇지 않아도 주먹이 근질근질 하던 차에 이런 좋은 일거리가 있을 줄이야 하며 그들은 채표에 대한 정보를 미리 입수하고 덮치는 일까지 생각해 냈다. 읍에 있는 지서에 알리는 방법도 있었고 몇 명의 깡패만을 동원해도 쉽게 그들이 노리고 있는 푼돈은 주머니에 넣을 수가 있다는 생각이 든다.

이들이 집에 도착하자 두 사람은 자리에서 일어나서 그들에게 인사를 하며 각자 소개하는 절차를 마치자 본격적으로 채표에 대한 이야기를 하기 시작한다.

"먼저 이분들을 소개허겠습니다유. 여기에 계신 두 분은 지난번 채표에서 대산질을 하셨던 마 이장님과 진골 마을의 통수이신 강석씨이구먼유."

동환이가 말하자 두 사람은 자리에서 일어나서 고개를 숙이며 인사를 한다.

"반갑구먼유, 전 이웃 마을에 살고 있는 마경재입니다유. 이렇게 부영리에 계시는 분들을 만나게 되니 반갑구먼유. 앞으로 채표장에서 자주 뵙게 될 거구먼유. 잘 부탁합니다유."

이어서 통수인 강석이가 인사를 하며 자신을 소개한다.

"저는 같은 마을에 사는 강석입니다유. 통수를 맡고 있으며 운이 좋아서 옆에 계시는 마 이장님께서 대산질을 했구먼유. 저희들은 채표를 알리기 위해서 이렇게 찾아왔구먼유."

"이왕에 저희 동네에 오셨으니까 자세허게 말씀 좀 해주시구 가셨으면 좋겠구먼유. 애기패인가 아기패인가라는 것은 우리 마을에서도 한 명이 있었지만 대산자분과 비교헌다면 아무것두 아니구먼유. 저희는 유. 마 이장님께서 어떻게 해서 그렇게 큰돈을 버셨구 꿈을 꾸셔서 물주하고 마음이 통했는지도 알구 싶구먼유. 그라구 무슨 정성을 했는지두 말씀 좀 해 주시면 좋겠네유."

"그거야, 어려운 일이 아니지유. 어차피 그런 일을 하려구 이렇게 오셨으니까 궁금헌 것이 있으면 물어 보시구려. 아는 데까지 말씀드리지유."

"말씀만 들어두 좋구먼유."

"저도 자세히는 모르지만 꿈이라는 것이 참으로 묘하더군유. 알 것 같으면 서두 모르는 것이 바로 꿈이라고 생각허지만 가끔 꿈이 없으면 맴까지 허전할 때두 있구먼유. 매일 꿈을 꾸며 사는 것도 괜찮을 거구만유."

"매일 꾸는 꿈두 다 뜻이 있는 것 같더구먼유."

"허기사 어떤 때는 묘하게두 저녁에 꾸었던 꿈이 다음 날에 그대로 맞아떨어지는 것을 보면 이상한 것은 사실이구먼. 누구든지 그런 경험은 다 했을 것이구먼."

"글쎄 말이유. 나두 그런 일이 있었지만 그저 대수롭지 않게 생각을 했지만 요즘은 채표라는 것을 알게 된 뒤부터는 그냥 지나치는 것두 이상하다는 생각이 들었구먼유. 참으로 묘한 것두 많은 게 꿈이라구 생각허지만 어떤 때는 그냥 생각만 해두 그렇게 되는 꿈을 꾸기두 허지유. 가끔은 전혀 생각지도 안했던 일까지 꿈에서 그대로 나타나는 것을 보면 그게 바로 꿈이 아니겠슈?"

"대산질을 하셨던 분께 한 말씀 물어봅시다유. 도대체 어떻게 하셨으면 물주님과 똑같은 꿈을 꾸셨는지 좀 자세허게 알려주셨으면 헙니다유. 분명히 뭔가 통했던지 아니면 꿈에서 어떤 것을 알려 주셨을 겁니다유."

"제가 대산질을 했다구 사람들이 관심을 갖고 부러워들 하시는 것을 저두 잘 알고 있습니다만 세상을 살다 보면 생각지도 안했던 것들이 주변에서 일어나는 것을 누구나 느끼실 거유. 뭐, 저라고 해서 어떤 비법을 갖고 있는 것은 아니구유. 단지 채표신께 정성을 다했다는 것이 좀 다르구먼유."

"그람 그렇지. 분명 남보다는 어떤 특별한 것이 있었으니까 그런 일이 일어났지."

"대산질이란 누구나 할 수 있는 것이 아니구먼. 그것두 쌀 서른 가마를 한꺼번에 탈 수 있다는 것이 어디 쉬운 일인가?"

"아니어유. 제가 정성을 들였기 때문에 그런 좋은 결과가 왔다는 것은 우연하게 생길 수도 있어유. 꿈에 신선이 나타나서 너는 그것을 이렇게 쓰라구 한 것도 없구유, 단지 전날 저녁에 목욕을 하구 베개 밑에다 36문과 소원을 쓴 종이를 넣구 채표님에게 빌었구먼유."

"그러니까 베개 밑에다 통표를 넣구 잤다는 것부터가 우리하곤 다르구먼."

"아 그랬더니만 꿈에 느티나무 밑에서 신선 세 분이 장기를 두고 있는 것을 보았지유. 옆에서 기웃거리는 것을 눈치를 챈 한 신선이 지팡이로 제 머리를 치는 바람에 그만 놀래서 깨었구먼유. 그래서 통표에 맞추어 보니까 그게 바로 삼괴에 해당되는 것을 알구

서 있는 돈을 몽땅 걸었더니만 그게 대산질을 하게 되었슈."

"그란디 으떻게 빌었으면 채표님이 직접 나타나셔서서 그렇게 확실허게 보여주신 거유?"

"우리가 알고 싶은 것은유, 어떻게 채표님에게 빌었는지에 대해 알고 싶구먼유."

"그건유. 특별한 것이 있는 게 아니구유. 통수께서 가르쳐 준대로 정성을 다 하면 채표님께서 도와주신다는 말을 믿구 했구먼유."

"그람, 통수께서 그런 말을 가르쳐 주었는가유?"

"알려 주려면 다 같이 알려 줄 것이지 누구한테만 살짝 알려주는 것이 원…."

그 옆에서 이야기를 듣고 있던 강석은 자신이 관련된 것임을 알아차리고 뭔가 오해가 있다면 그것을 풀고 자신을 방어해야 할 필요가 있다는 것을 알아차린다. 만약 여기서 그대로 말도 하지 않고 있게 된다면 그것은 자신이 그것을 숨기고 몇 사람에게만 알려주었다는 사실을 인정하게 되기 때문에 즉각적인 변명을 하기 시작한다.

"무슨 말씀을 그렇게 허신데유. 누가 들으면 마 이장님과 내가 서로 짜구 알려준 것처럼 생각허겠네유. 말두 안 되는 것일랑 애초부터 허지를 마세유. 소문을 알구 싶으면 당사자인 나에게 묻질 않구 돌고 있는지 모르겠구먼."

"아까 그 말 한 사람이 누구신가유? 어디서 그런 이상야릇한 말을 들은 건지 원?"

"다른 뜻은 없구유. 지 혼자 추측한 말인디, 마음이 상허셨다면 미안해유."

별명이 개똥이라는 용식이는 괜한 말을 해서 여러 사람들에게 불편한 마음을 주고 강석과 마 이장까지 쓸데없는 신경을 쓰게 큼 했던 것에 대해 미안해하는 눈치이다. 괜스레 쓸데없는 말을 해 가지고 남에게 부담을 줬던 것이 못내 미안한 마음을 감출 수가 없다.

하지만 이미 뱉어 버린 말은 다시 주워 담을 수도 없는 일이고 하지 못한 것만 못하다. 이미 손을 떠난 화살은 다시 잡을 수 없는 것처럼 말이란 조심하는 것이 첫째이고 근거 없는 말이란 절대로 하지 않는 것이 자신을 지킬 수 있는 길이다.

상대방이 어떻게 나오는지를 알고 싶은 마음에서 그냥 한번 찔러 본 말이 자신에게 화살로 다시 날아오는 것을 알면서까지 그렇게 했던 용식은 내심 속이 시원하다. 상대방에 대한 강한 의구심을 이렇게 해서라도 풀어보고 싶어 한다. 확실히 자신이 알고 있었던 말이 단지 추측에 불과하다는 것이 오히려 더 잘된 일이다.

갑자기 분위기가 이상한 방향으로 돌아가자 사람들은 모두가 서로 바라만 보고 있다. 마 이장은 이런 분위기를 얼른 알아차리고 자신이 그런 일에는 전혀 하나도 문제가 없다는 것을 더 자세히 설명하느라 그때 당시에 있었던 것을 설명한다.

"전 말이유, 꿈에 관한 이야기를 통수한테 들어 본 것이 전혀 없구먼유. 단지 좋은 꿈을 꿀 수 있는 그 방법에 대한 것은 전혀 들어 본 것이 없었구 통수이신 강석씨가 알려 준 것은 아무것도 없었지유. 단지 꿈에 관한 해몽하는 용어만을 알려 주었을 뿐이지 미리 알려 준 것은 없구먼유."

"다 알았으니까 더 이상 그런 이야기를 하지 말도록 헙시다유. 그런 얘기를 해 봤자 분위기만 이상해지구 서먹서먹해지니깐 긁어서 부스럼을 만드는 일은 하지 맙시다유. 괜히 말 같지도 않은 얘기를 꺼내 가지구 분위기만 이상하게 만드는 건가?"

"없던 일로 생각허구. 지금부터 마 이장님의 얘기를 듣도록 헙시다유. 아까 어디까지 말씀을 하셨더라. 참, 거기까지 했구먼. 채표님에게 빌었던 얘기를 하다가 그만 고춧가루 같은 말이 뿌려져서 중단되었구먼."

동환이가 말을 중단시키며 분위기를 바꾸려고 애를 쓰고 있다. 그야 물론 자기가 모시고 온 동네 사람들이 어렵게 이곳에 오신 분들과 어떤 마찰이 생기게 되면 서로 입장이 곤란하기 때문에 빨리 분위기를 수습해야만 된다는 생각이 들었고 쓸데없는 것은 중도에서 잘라 버리는 것이 필요하다.

"아까 말씀하셨던 채표신께 빌었던 내용을 여기에 모이신 분들한테 한번 들려주시면 좋겠구먼유."라며 마 이장을 향해 눈짓을 보내자 마 이장은 알았다는 듯이 고개를 끄덕인다.

"그럼, 지금부터 제가 좋은 꿈을 꿀 적에 외웠던 채표님한테 빌었던 내용을 읊조려 보겠습니다유. 이것은 저 혼자서 만든 것이니까 틀리는 것두 있겠구 이상한 말이 있어두 양해들 하시구려."

마 이장은 목을 한 번 가다듬는 헛기침을 하며 먼 산을 바라본다.

"목욕을 하구 마음을 가다듬은 다음에 절을 세 번 하면서 이렇게 주문을 읊었구먼유. '채표님! 채표님! 우리에게 꿈을 주시는 채표님! 내일 있을 타점 장에서 물주이신 만석

씨와 같은 꿈을 꿀 수 있도록 저에게 한 번만 보여주소서. 채표님, 채표님, 부디 좋은 꿈을 주시고 멋진 내일이 되게 해 주소서, 라는 식으로 외우면 되는구먼유."

"뭐 그리 어려운 것이 아니구먼. 우리도 금방 외워서 할 수가 있을 것 같네유."

"우리도 집에 가서 그런 주문을 외우면서 좋은 꿈을 꾸게 해 달라구 주문을 외워보자구. 뭐 우리라고 안 될 법이 없잖은가?"

"참으로 이상헌 것이 꿈인가봐. 그러니까 채표님만이 꿈을 다스리고 주고 안 준다는 것이 이상한 일이잖어? 허기사 정성이 높으면 하늘두 통하는 법인디."

"누구든지 꿈을 꾸지만 채표에서는 여러 가지를 한꺼번에 쓰이는 것두 이상도 허구 거기다가 그 꿈을 가지구 통표나 등짝, 배짝이라는 곳에다 맞춰서 고르는 것두 영 이해가 가질 않는구먼."

꿈은 정성이 최고여!

누구나 채표에 대해 깊은 관심과 호기심을 갖고 있지만 채표신에 대한 존재를 알거나 본 사람은 없다. 꿈과 함께 신비스런 마음을 주는 것 외에는 직접 뭐라고 나타나서 지시한다는 내용이 우스운 일이었지만 미신이 너무도 뿌리 깊게 퍼져 있던 당시로서는 그것이 어쩌면 당연한 일로 받아들일 수밖에 없는 일이다. 온전히 꿈이란 채표라는 신에 의해 나타나고 지배한다고 믿고 있다.

자신이 좋은 꿈을 꾸는 것도 온전히 채표신이 지시하는 것으로 생각하고 있었기 때문에 모인 사람들은 채표신을 절대적인 존재로 여기고 있다. 꿈을 꾼대로 어떤 일이 이루어지거나 그렇지 않은 것은 전적으로 채표신에 달려 있다고 굳게 믿고 있다.

그런 까닭에 채표신이라는 말은 절대적인 존재로 인식하고 있고 때로는 무섭거나 고마운 존재로 생각하고 있다. 그런 까닭에 주문을 외우는 일조차 이들에게는 꿈에 있어서는 절대적으로 조화를 만들고 타점에 직접적인 영향을 미친다고 생각하여 채표라는 말만 나와도 정신이 번쩍 들 정도로 돈과 꿈에 미칠 정도였다.

꿈에다 돈을 걸면서 갖고 있던 적은 돈을 보태는 가운데 채표에서 가장 중요한 역할을 하는 물주에 의해 타점자가 결정되는 채표 놀이는 참으로 신비한 놀이이다. 그런 이유로 사람들이 많이 몰리면서 또한 누구나 쉽게 접할 수 있는 꿈이라는 것이 크게 작용한다는 사실이 알려지면서 돈을 벌고 싶은 욕망을 불태우는 동기로 작용하고 있다.

큰 노력을 하지 않아도 되고 꿈이라는 단순한 것을 가지고 채표라는 신에 의해 직접 인간의 마음 가운데 작용한다는 생각이 들면서 더욱 신비스러운 놀이라고 생각한다. 가난이라는 것은 사람 마음까지 구차하게 만들고 밤에 기와집만 하루에도 열두 채씩을 짓는다 해도 그것은 아침에 일어나 봐야 밥이 되고 떡이 될 리가 없는 것이 아닌가?

가난하기에 매일 집안에 웃는 기색이 보이질 않고 싸움이 떠날 날이 없는 경우가 있는 것을 보면 역시 돈이 있어야 마음까지 부자로 만드는 그 위력을 느끼게 된다. 가난은 병보다도 무섭지만 죄는 아니다. 어떤 때는 마음에 도둑까지 들어와 사람을 구차하고 만드는 것을 보면 역시 가난이라는 놈은 성이나 이름도 없지만 슬그머니 찾아와 고통과 어려움을 준다. 반갑지도 않은 손님과 함께 매일 정답게 살아가는 친구가 된다는 것이 서럽고 원망스럽게 생각될 수밖에 없다.

누구든지 그런 가난을 벗어나고 싶은 마음이 있지만 소도 언덕이 있어야 비빌 수 있는데 아무런 가진 것도 없이 덜렁 불알만 차고 가장이랍시고 앉아 있으면 위세도 서질 않고 나오는 것이래야 한숨뿐이다. 가난 구제는 나라님도 할 수 없고 팔자에 타고 난 것도 아니련만 어찌 그놈의 찢어지게 가난한 것이 유독 나에게만 닥쳐오는지를 생각해 봤자 죽은 자식 불알 만지는 꼴이 아니고 그 무엇인가?

하긴 가난도 스승이라는 말처럼 가난하기에 그 가난을 벗어나고 싶은 강한 의지가 있으면서 나름대로 발버둥을 치는 것은 가난이 주는 선물일지도 모른다. 그놈의 돈이라는 것은 있으면 적막강산도 금방 눈앞에서 금수강산이 될 수도 있지만 돈이 없으면 금수강산이 적막강산으로 보일 수도 있는 것은 돈이라는 도깨비는 사람의 마음눈까지 뒤집어 씌우는 것이다.

돈이 있으면 친분이 없던 사람도 찾아와서 아는 척을 하고 모든 것을 말하지 않아도 위세를 부릴 수가 있으며 살아가는 힘의 상징이다. 하지만 뜻대로 되지 않는 것이 세상일인지라 가난이라는 터널을 어떻게 지나갈 것인지. 돈은 주인도 없고 임자가 따로 없다지만 어떤 사람은 매일 귀한 돈을 갈퀴로 긁어모으느라 바쁘고 어떤 사람은 목에 풀칠하기도 어려운 상황인 것을 보면 세상이 우습기도 하고 앞을 알 수 없다.

돈이라는 것은 원래 사람 손에서 손으로 돈다고 그 이름이 돈이라고 했지만 그 많은 손 중에서 유독 내 손에만 잡히질 않으니 돈이 아니고 돌이 되었단 말인가라고 생각하는 사람들이 당시 모든 사람들이 갖고 있는 돈과 가난, 부자에 대한 생각이다.

돈에 환장하면 돈밖에는 아무것도 보이질 않고 돈에 울고 돈에 웃는 사람이 되고 싶다는 작은 마음들이 이들 가운데는 공통으로 있었고 어쩌면 마음에 있는 응어리를 채표라는 것을 통해 풀어 보고 싶은 가운데 마음의 영웅처럼 여기고 있다.

천천히 겪었던 일을 자세하게 말해 주는 것이 너무도 기쁘고 반가운 일로 생각한다. 돈만 있으면 귀신과 도깨비도 부릴 수 있고 염라대왕 문서도 고쳐서 죽음도 피할 수 있다는데 하필이면 일도 없어 심심하던 차에 채표라는 낯선 것을 통해 이렇게 찾아올 줄이야.

누구든지 없다없다 해도 있는 것은 빚이요, 있다있다 해도 없는 것은 돈인데 없는 것이 죄이고 늘어만 가는 빚은 갚을 방도는 보이질 않는다. 그저 집에서 누구나 할 수 있고 돈 들지 않고 남에게 간섭을 받질 않으며 혼자서 상상의 날개를 끝없이 펼 수 있으니 자신만이 가질 수 있는 꿈을 꾸는 것만으로도 만족한다.

"마 이장님유. 채표님한테 주문을 어떻게 만들어서 그렇게 사용허셨데유? 저라면 그것을 만들기가 매우 어려울 것 같은데, 누구한테 전수를 받은 것인지 아니면 혼자 만드셨나유?"

"그거야 아까 말씀을 드렸지만, 그리 어려운 일은 아니구유, 그냥 한번 만들어 본 것뿐이지 누구한테 전수를 받았거나 들어 본 적은 전혀 없구먼유. 혼자 생각나는 대루 만들어 하면 될 겁니다유."

"모여 있는 우리 모두가 다 채표님헌티 좋은 꿈을 주십사허구 빌면 과연 그게 다 이루어질까? 아마도 오늘부터 채표님도 바쁘실 거구먼. 여기저기서 꿈을 달라구 허면 밤마다 나타나던지 아니면 어떤 암시를 주어야 허지 않겠는가? 집에 가서 다들 빌면 될 텐데 말이여."

"없는 놈 사정은 없는 놈이 더 잘 아는데 같은 처지에 있으면서 모르는 것은 서로 알리면 발전허고 돈 버는 일도 많아지지 않겠는가? 그러니까 알고 있던지 들은 것이 있거들랑 혼자만 갖구 있지 말구 사람들헌티 알려 주면 좋겠구먼."

"그렇구먼, 우리 마을에두 다들 알고 있으니까 다음번 채표에는 다들 참여하는 게 좋을 성 싶구먼유."

서로가 공통으로 갖고 있는 돈에 관한 집착이 이들을 더욱 한곳으로 모여지도록 했다. 돈에 관한 집착이 누구보다도 강했던 사람들이 모여서 하는 행동이란 겉으로는 알려 주자고 하면서도 속으로는 내심 다른 마음을 갖기 마련이다. 가능한 남한테는 갖고 있는 정보나 특별한 비법을 알려 주지 않으려고 한다. 오직 나만이 돈을 벌고 싶은 마음은 한 이들은 겉으로 보기에는 하나처럼 보이고 있다. 이들에게는 채표라는 공통분모가 있어서 서로를 감싸고 있는 것처럼 보이지만 돈 문제가 실제로 다가오면 과연 어떻게 될 것인지 알 수 없는 일이다.

시간이 흐를수록 속에 품고 있는 마음은 서로 숨길 수밖에 없고 동냥은 안 주고 쪽박만 깨는 그런 일은 없으리라는 보장도 없다. 동냥자루가 커야 많은 동냥을 얻을 수 있다는 생각에서 이들은 그들이 갖고 있는 채표에 대한 지식과 간접이든 직접이든 지간에 많은 경험을 하고 싶은 마음뿐이다.

그런 연유에서 채표에 대한 정보를 얻고 싶지만 그것도 쉽지 않다. 경험이 별로 없는 관계로 자세한 정보를 얻기란 더욱 힘든 일이다. 이런 곳에서 겨우 얻어 낸 것이 경험담을 듣고 그것으로 만족을 해야만 한다. 같이는 있지만 사실은 속으로는 똥구멍으로 호박씨나 수박씨를 까는 사람들도 있다. 속에 있는 것을 누구든지 쉽게 노출시키기를 싫어하는 것이 사람이 갖고 있는 보편적인 것이지만 노름판이나 수를 부려서 돈을 쉽게 벌 수 있는 곳에서는 그것이 더욱 더 심해지기 마련이다.

가재와 여자는 전혀 가는 방향을 알 수가 없다는 말처럼 채표꾼들이 벌이는 그 속성이란 전혀 예측이 불가능한 일이며 그것을 서로 견제하며 방해를 놓기도 한다. 각인각색이고 저만 살 궁리를 하는 것이 잘 통하지 않는 것이 돈에 관한 일이고 사람과 산은 멀리서 보는 것이 낫지만 그래도 그러그러한 사람들이 모여야만 재미도 있고 돈도 벌며 시끄러운 장터 같은 채표장이 될 수 있다.

사람에게는 아침과 저녁으로 재앙과 복이 있다는 말이 있듯이 제각기 잘하는 일도 있고 못 하는 일도 있는 것이 바로 인간사가 아닌가. 그것은 결국 돈을 벌고 잘 살고 못 사는 문제로까지 연결된다는 사실이 의아해진다. 사람이 같은 처지이면 다 같은 행실을 하게 되고 다들 같이 궁할 때에 그 사람을 겪어 보면 그 사람에 대해서 더욱 깊은 곳을 알 수 있다. 특히 돈 거래를 해보면 알고 쇠는 불에 달궈 봐야 알 수 있고 잡기를 해보면 그 속성이 금방 돈과 이익을 통해 알아질 수가 있는 것이다.

사람이 많아짐에 따라 이러저런 이야기가 나올 수밖에 없는 일이다. 채표에서 처음으로 대산을 했다는 사실이 이들에게는 너무도 신비하게 여겨졌고 졸지에 마 이장은 주변

마을에서 하루아침에 유명 인사가 되고 말았다. 이곳에서 있었던 채표에 대한 소개와 자신이 겪었던 경험담은 나름대로 설명을 통해 이번 일은 그런대로 스스로 성공적이라고 여기고 있다.

　대략적인 설명이 끝나고 서로 자신이 갖고 있던 채표에 대한 이야기와 세상 돌아가는 이야기를 하며 앞으로 어떻게 역할을 할 것인지를 두고 떠들고 있다. 눈으로 직접 볼 수 없는 것을 가지고 당사자인 마 이장에게 계속 물어봐야 별 수가 없다는 것을 잘 알고 있지만 그런 마음조차 문제가 될 수가 없을 정도로 열기가 뜨겁다.

　"대충 이야기가 끝났구먼유. 지금부터는 알고 싶은 것은 직접 물어보두록 허시지유. 오늘은 여기서 마무리를 하는 게 좋겠구먼유. 뭐든지 직접 당해 보는 것이 제일 좋은 것이라는 말을 믿구 다음번 채표에 다들 참여허시구려. 돈이란 걸고 해봐서 잃고 따보면 그것이 최고로 좋은 경험이 아니겠슈?"

　"누구나 공짜라면 양잿물도 마실 정도이구 자던 놈두 벌떡 일어나구, 공꺼라면 눈을 까구 덤벼드는 판국에 돈이 눈앞에 보이는 데 누가 덤비지 않겠는 가유."

　"허기사 큰 힘도 들지 않구 남 돈을 먹겠다구 덤벼드는 사람이 어디 한둘이겠슈? 쩐을 싫어하는 사람이 어디 있겠슈? 공짜로 생긴 재물은 공으로 나간다는 말이 있지만 돈이야 최고지유. 돈만 있다면 처녀 불알두 사구 귀신두 부릴 수 있다는데, 그것두 큰 노력도 들이지 않구 꿈이나 팔아서 만드는 채표야말로 누워서 떡 먹는 식이치 안 그런가?"

　"잘 알지두 못 허면서 함부로 덤벼드는 것이야 하늘에 방망이를 다는 것과 같은 이치구먼."

　"우선 채표에 대한 것을 알아본 다음에 본격적으로 덤벼드는 것이 중요허지. 아무것두 모르면서 돈을 걸었다가는 큰코다치지. 우선 많은 이야기를 듣는 것이 필요허구먼."

　"뭐든지 미리 알구 시작 하는 것이 제일이제. 돈을 갖구 하는 일이란 원래 돌다리두 두들기며 가는 자세가 필요한 거지. 그러니까 너무 급허게 맘먹지를 말구 천천히 해보자구. 어차피 돈두 벌구 재미있게 겨울을 보내기 위해 하는 일인데 뭐가 그리두 급한 겨?"

　"성님이 말씀허신 내용이 참으로 맞는 이야기구먼유. 저두 채표를 해서 누가 돈을 벌었다는 얘기를 듣고선유. 그것 참 재미두 있구 돈까지 쉽게 벌 수 있구나, 라고 생각했지만 막상 이곳에 와서 보니까 그렇게 쉬운 것만은 아니라는 것을 알게 되었슈. 다들 천천히 생각허라구, 아직두 보름이나 남었으니께 그 간에 아는 것을 몽땅 써서라두 좋은 꿈을 꾸게 해 달라구 정성을 들여보자구. 안 되면 애기패라두 생각해 보자구."

"이 사람아! 애기패라는 것이 누구 애 이름인 줄 알어? 그것두 다 채표님이 꿈을 주셔야만 돈이 굴러 들어오는 것이여."

"허긴 그려. 급허게 걷는 걸음이 제 발꿈치를 친다구들 허지 않던가유? 뭐든지 급허면 빨리 없어지구 마는 것이지. 역시 노름에는 끗발이 중요헌 것이니께 처음만 번쩍 허면 그거야 아무것도 아니여. 마지막으루 자리를 털구 일어날 때 돈을 쥔 자가 진짜여. 꿈으루 허는 채표두 타점장에서 일어날 때 아는 것이지. 아무리 애를 써두 돈이 자기 주머니에 들어와야만 진짜구먼. 내일 생길 돈 100원보다야 당장 쓸 돈 1원이 더 낫제."

"아무렴, 뚝배기보다는 장맛이라는 말처럼 뭐든지 형식과 절차보다는 그 내용이 더 좋은 것이 아니겠는가? 그것도 여러 사람들이 모인 가운데 물주가 직접 펴 보이는 주머니 속에 모든 것이 있는디, 대체 어떤 사람이 꾼 꿈이 채표님이 주신 것인지를 알게 된다는 점이 재미가 있구먼 그려. 그렇게 어려운 것이 아니라 아이들도 자고 나서 꿈만 정확허게 기억만 한다면야 다음날 아침에 부모가 아이헌테 물어서 써넣으면 될 거구먼."

"마 이장님께 한 말씀 물어봅시다유. 채표님과 서로 통할 수 있는 주문이나 방법은 없나유? 혹시라두 있다면 그것 좀 알려 주시면 좋겠네유. 사실 꿈이야 채표님한테 직접 받는 것이 제일로 확실허지만."

"그건유. 저보다는 강석 통수께서 저보다는 더 잘 알고 계시니까 그분한테 들어보도록 허시지유."

강석은 자신이 말을 잘못하게 되면 괜히 채표에 대한 이상한 소문이 퍼질 수 있다는 생각이 들자 쓸데없는 말은 하지 않는 것이 낫다고 생각한다. 구설수에 오르거나 근거도 없는 낭설을 만들면 다른 사람들이 이상하게 생각할 것이다. 그것은 나쁜 영향을 줄 수도 있다는 생각이 들어 슬슬 빼고 있다.

"지는유, 물주이신 만석이와 용호분들이 통수들한테 그런 말은 한 적은 없지만 그분 말씀이 꿈은 자신의 노력에다 채표님의 도움을 받으면 된다는 말씀만 기억이 나유."

강석은 잘못 대답을 하면 나중에 오히려 해가 될 수 있다는 생각에서 더욱 힘주어 이야기를 한다. 첫 단추를 잘 끼우는 것은 매우 중요한 일이며 누구든지 그런 일이 앞에 나타난다면 자신으로부터 나올 수 있는 문제와 책임을 생각하지 않을 수가 없는 것이다.

소위 마을에서 내로라하는 사람들과 말썽을 일으키고 시끄럽게 구는 그런 사람들이 채표라는 공통의 관심사에 서로 모여서 돈 버는 이야기를 하면서 뭔가 진지한 모습을 애초부터 바래지는 않지만 그런대로 알려고 하고 묻는 일이 많은 것은 어쩌면 나중에 만석에게 자랑을 할 수도 있다. 누구나 이익이 있고 눈에 보이는 뭔가 있을 경우에는 더욱 열과 성의를 다하게 된다.

"강석 통수님께 한 말씀 묻고 싶은데유. 꿈을 꾸게 되면 여러 가지를 같이 꾸게 되는 경우도 있는데유, 그중에서 어떤 것을 갖고 통표나 등, 배짝에다 맞추는 것인지를 알려 주시면 좋겠네유."

"그건유, 통표나 등, 배짝에 맞추어 보다가 그중에서 마음에 확신이 서고 바로 이것이다 싶으면 거기에다 꿈을 맞추어 36문을 세우면 되구유. 어차피 꿈을 갖구 허는 놀이이기 때문에 바로 이거라구 딱 허니 떨어지는 일은 별로 없구먼유."

"그러면 여러 가지 중에서 고르는 기술도 필요허구 해몽에 따라 달라지겠구먼유. 여태껏 그게 헷갈렸슈. 이제 통수님의 설명을 들으니까 이해가 되네유. 참으루 꿈을 사구팔면서 돈도 벌구 재밌게 놀 수 있는 것이 을마나 좋은 일인가유? 난 이 채표를 갖구 올겨울을 걸어 보구 싶네유."

사람들의 표정과 반응이 점점 채표라는 곳으로 빠져들어만 가는 것을 느낄 수 있고 이들은 속으로는 어쩌면 모두가 다 바라는 일인지도 모른다. 그만큼 별다른 일도 없고 누구 하나 풍족하게 가진 것도 없는 처지에 갑자기 신기루처럼 찾아온 채표는 황금 맥으로 느껴지는 것은 당연한 일이다. 거기에 평소 돈에 강한 집착을 보이던 꾼들에게는 모종의 행동이 나타나기 마련이다. 때로는 동네 아낙네들도 쉽게 할 수 있다는 이야기가 퍼지면서 채표는 모든 사람들이 관심을 갖고 있는 첫 번째이다.

하고 싶은 마음을 참고 눈치를 보지만 앞에 나서는 여자들은 아직까지는 없다. 투기나 투자도 아닌 채표에 이토록 강한 집착을 보이는 까닭은 그들이 품고 있는 내적인 문제가 서서히 앞으로 보이기 시작한다는 표시이다. 자손 대대로 물려받은 가난과 억눌림이 이런 채표라는 공동체가 참여하여 몇 사람에게 돈과 웃음, 기쁨을 줄 수 있다는 데 누구나 속으로는 바라는 마음이 곧 참여하게 되는 쪽으로 작용하고 있다.

　나라가 어수선하고 뭔가 보일 것만 같던 해방의 빛이 시간이 지남에 따라 빛은 노을로 바뀌면서 체념으로 나타나고 있다. 해방만 되면 모든 문제가 다 풀릴 것으로 생각했던 그들로서는 어쩌면 당연한 일이다. 민족 역량이 채 갖추어지기도 전에 분열이 여기저기에서 나타나고 있었다. 이것은 결국 모든 민중에게 희망의 모습으로 보이지 않고 역시 그럼 그렇지 라는 식으로 민족성까지 들먹이는 자들도 있다.

　해방에 대한 기쁨을 만끽하고 서로 좋아하는 가운데 정치적이고 국가적인 바람이나 영향이 오지인 시골까지 파급되고 눈에 확 보일 정도의 변화는 거의 없다. 그저 자유롭게 일본 놈들 눈치를 안 보며 살 수 있다는 점이 가장 다른 점이다.

　갑자기 권력과 정치적인 공백기에 흔히 나타날 수 있는 치안 부재나 사회적인 분위기가 현실을 떠나고 싶고 누구를 믿는 풍조가 아닌 자신만을 위하는 방향으로 변화되며 어쩌면 국가에 대한 강한 반항이라는 것을 노름이나 놓고 술이나 먹는 쪽으로 가닥을 잡는 것은 당연한 일인지도 모른다. 서민인 이들에게까지 신경을 써주고 관심을 기울인다는 것은 어려운 일이다.

　이들은 이런 공백을 메워 줄 대상으로 새로운 놀이인 채표로 해결하고 싶다. 이런 분위기를 한 쪽으로 몰 수 있는 절호의 찬스이다. 이들 두 사람은 그들에게는 구세주와도 같이 너무도 바라고 기다렸던 사람인지도 모른다. 그만큼 이들에게는 돈이 절실하게 필요한 실정이다.

　더욱이 채표는 단순히 꿈이라는 것만으로도 할 수 있는 아주 쉽고 간단하여 더 많은 관심을 끌고 있다. 여기에 남녀노소 누구나 저녁에 큰 힘들이지 않고 꾸는 꿈은 이들에겐 더 없이 귀중한 재산이었고 가끔만 이라도 타점에 자신이 써낸 복지가 된다면 얼마나 좋을까 하는 마음도 가져 본다.

　누구든지 쉽게 가고 쉽게 버는 돈에 대해서는 너무도 이상하리만큼 남김이 없이 모두 쓰려고 하기 때문에 뇌물이나 촌지로 받는 돈은 물론이고 노름으로 남의 주머니에서 자신의 주머니로 옮겨 온 돈이면 그 돈은 마치 있어서는 아니 되는 돈 마냥 너무도 쉽게 쓰는 습성이 있다. 자신이 스스로 피땀을 흘리고 눈치와 코치를 다 보면서 벌어들인 돈은 막상 쓰려고 생각하면 아깝고 아쉬운 생각이 들어서 함부로 못 쓰게 된다.

비록 서로 약속을 바탕으로 국가에서 만들어 유통시키는 돈이라는 종이는 너무도 사람들을 웃기기도 하고 어떤 때는 울리기도 하는 도깨비와 같은 존재다. 이런 돈을 서로 많이 갖기 위하여 있는 수단과 방법을 전부 동원하여 차지하려는 그들의 속성을 만석과 용호는 잘 알고 있었고 그것을 처음에는 낚싯밥과 같이 손해를 보면서까지 던졌다가 시간이 지나면 이자까지 합해서 받아 내고야 말겠다는 심보를 갖고 채표를 시작했지만 시간이 지나면서 채표에 대한 사람들의 반응이 좋아지는 것이 눈에 보일 정도이다.

각 마을마다 이번 채표에서 돈을 번 사람들에 대한 얘기가 쉴 사이도 없이 오고 갔고 채표에 대한 관심이 점점 더 높아만 가고 있다. 이런 가운데 마 이장과 강석 통수가 서로 자신의 일처럼 도와주고 동네마다 돌면서 선전을 하고 있는 모습에서 그들 두 사람은 큰 힘을 얻고 있다. 어쩌면 이런 모든 일들이 생각하던 방향으로 가고 있다고 생각하며 속으로는 만족하고 있다. 다른 사람들이 자신들이 생각하고 의도한 방향으로 생각이 바뀌고 관심을 끈다는 것은 기분이 좋고 누구나 한번쯤 해봤으면 한다. 어쩌면 정치인들이 갖고 있는 군중과 인기를 대신하는 곳에서 느끼는 희열과 같은 것이다.

이것이 비록 돈을 갖고 잃고 따는 것이지만 만석과 용호에게는 이름도 알리고 돈도 벌 수 있는 좋은 기회이고 거기다 생각했던 것 이상으로 몰려드는 사람들이 많다는 데에 힘이 저절로 날 정도로 기분이 좋다. 그런 가운데 마을마다 채표를 좀 더 알고 싶었지만 누가 시원하게 설명해 주고 꿈을 딱 부러지게 풀이해 주는 누구도 없다.

꿈을 꿀 때마다 각 마을에 있는 통수들은 풀이를 위해 찾아오는 사람들로 바쁘게 설명을 해주지만 그래도 시원한 마음으로 돌아가는 사람들은 그리 많지 않다. 그만큼 꿈이란 풀이가 어렵고 각양각색으로 나올 수 있는 것이 꿈 풀이의 매력이다. 무엇이든지 어떤 대상이 신비스런 뭔가를 갖고 있고 그것으로 인해 매력을 끌고 더 많은 다른 신비함을 지속적으로 준다면 그것은 신비함을 지나 환상과 꿈을 가슴에 던져 주고 아울러 고독과 좌절감까지 가져다주는 수도 있다.

쉽게 접할 수 있고 자기만이 간직할 수 있다는 점에서 꿈은 누구에게나 다른 신비함과 가능성에 대해 실제 생활에 그대로 전개될 일에 대해 많은 기대를 갖고 있으면서 그 꿈을 갖고 돈을 벌 수 있는 곳으로 관심을 쏟게 만든다는 점이 이곳에 있는 모두에게 공통적으로 잡아 두는 끈과 같은 존재이다.

누구에게나 공평하게 곧 잡힐듯하면서도 쉽게 내 것이라고 여기기에는 가깝고도 먼 곳에 있는 친구와도 같은 것이 바로 채표에서 꿈을 이용한 타점에서 종종 볼 수 있는 장면이며 신기루를 쫓아 막막하기만 한 사막을 헤매는 자와 같다.

채표라는 것은 무려 삼십육 분의 일이라는 확률을 갖고 달려드는 그들에게는 일이라는 분자에만 관심이 있을 뿐 분모에 해당하는 삼십육이라는 숫자가 너무도 멀고 큰 숫자라는 데는 별로 어렵게 생각하지 않고 달려드는 것 같다.

돈 놓고 돈 따먹는 노름이 아니라 그래도 기본적인 양심과 절차를 중시한다는 말이 어쩌면 나름대로 채표에 임하는 사람들의 겉모습이었지만 속에 갖고 있는 마음은 모두가 돈이라는 자석에 이끌려 한곳으로 빨려 들어가는 것을 숨기려하는 마음들이 역력하다. 사람들이 남에게는 선하고 아무런 속이는 마음이 없는 것처럼 생색을 내고는 있지만 그래도 살아가는데 가장 있으면 좋고 편리하기만 한 돈을 그 누가 싫어하겠는가?

거기다 자신이 꾼 꿈이 그대로 맞아떨어지고 남을 돕고 있다는 자위적인 생각마저 돌고 있으니 말이다. 이 세상에 돈이 싫고 여자가 싫다는 남정네가 그 어디에 있으며 여자도 사실은 마찬가지지만 그놈의 체면 때문에 아니면 도덕이라는 굴레를 벗어나지 못하는 사람만이 갖고 있는 양심이라는 곳을 통과하면 그것들은 나와는 전혀 거리가 있어 관계가 전혀 없는 것같이 느껴지기도 한다.

하지만 삶 속에서 꿈틀대며 자신에게만 몰려오는 것 같은 그런 것들이 참으로 묘하기만 하다. 먹고산다는 것도 중요하지만 그래도 참고 지내는 것이 미덕으로 생각까지 하게 된 가난이라는 원수 같은 놈은 이제나 저제나 매일 쏟아 내는 똥처럼 냄새를 풍기며 속박까지 하고 있으니 벗고 싶어도 벗을 수도 없으니 환장할 노릇이다.

위턱을 갖고 아래턱을 막다 보면 항시 남는 것은 세금과 소작료만 내며 그 사람을 위해 평생 뼈가 빠지도록 일만 하다가 흙 속으로 들어가야만 되니 그 어찌 이 세상에 태어나

한을 남기고 가야만 하는지 생각하면 원통하기 그지없는 일이다.

　겨울이래야 놀고먹는 일이 주업이고 이웃 마을이나 사소하게 비춰지는 사람들이 갖고 있는 소문이나 입에 담다가 밥이나 축내러 집에 오면 하루 종일 근질근질하던 몸에 낀 스트레스를 풀기 위해 죄 없는 마누라만 밤새도록 들볶는 일이 자기들에게 주어진 운명 같은 유일한 낙이며 하루 종일 하는 일이다. 시간이 나야만 산에 가는 것이 아니라 할 일 없이 놀고먹기가 민망스러워 지게를 지고 산으로 향하는 그들의 심정이 딱하기까지 하다.

　이런 가운데 소일거리도 풀 수 있고 돈도 손에 거머쥘 수 있는 채표라는 도깨비 같은 놀이인지 노름인지 꿈 풀이인지는 모르지만 요즈음 각 마을마다 화젯거리로 등장했고 그 일에 온 신경을 쓰며 남보다 빨리 대산질을 해서 맘을 놓고 돈을 써 보고 싶었고 온 마을은 갑자기 채표라는 용광로 속으로 빨려들어만 가고 있다.

　모든 절차야 어떻게 되든지 간에 자신이 꾼 꿈을 버리지 않고 돈 벌고 남에게 과시까지 할 수 있으니 그거야말로 일거양득인 셈이다. 여러 사람들이 서로 약조를 맺고 몇 사람에게만 어떤 절차를 밟고 난 뒤에 삼십 배를 만들어 걷어 놓은 돈과 물주가 갖고 있던 돈을 합하여 보태 주는 식으로 운영되고 있는 채표는 협동심과 상부상조하는 마음을 엿볼 수도 있지만 시간이 지남에 따라 돈이라는 것에 얽매이게 되자, 처음 의도와는 달리 남을 돕고 나도 잘 살아보겠다는 마음은 사라지고 치열한 노름을 하는 곳으로 서서히 변하고 있다.

　이곳에 모인 사람들에게 경험과 대산을 하기까지 자신이 겪은 일에 대한 설명을 마친 마 이장과 강석 통수는 어느 정도 마무리가 되었다는 판단이 서자 이곳의 모든 일을 마치고 옆 마을인 길마리로 가기로 마음을 먹는다.

　"자, 그람 말이죠. 오늘은 여기서 일어납시다유. 저희들이 길마리에 가기 위해선 서둘러야 허거든유. 어서 가서 채표에 대해 알고 싶은 사람들을 만나야 혀유."

　끈질기게 여러 가지를 묻는 이들을 뿌리치려고 안간힘을 써 보지만 돈 벌고 싶은 사람들은 그리 쉽게 일어날 줄 모른다. 시간이 흐르자 소식을 듣고 달려 온 아낙네들이 강석의 집에 몰려들기 시작하고 이들은 점심시간이 겨우 되서야 자리에서 일어날 수 있다. 여자들까지 이렇게 집으로 몰려들고 있는 것을 보면 앞으로 얼마나 뜨겁게 달아오를지 짐작이 간다. 건네주는 점심을 먹으며 얼큰한 두부김치 찌개로 안주 삼아 막걸리를 마시고 있다.

"오늘 두 분께서 욕을 많이 봤슈. 우리 마을에 채표 바람을 불게 허셨으니까 마음이 좋구먼유. 다음에 또 오시면 좋겠네유. 다들 만족하는 걸 보니 많이 몰려 올 것 같네유."

"그야, 우리가 할 일을 했을 뿐인디 무슨 놈에 고생이래유. 동환씨는 마을에서 인기가 좋은가 봐유, 사람들이 동환 통수께서 하시는 말을 다 믿는 걸 보니까 마음이 흐뭇허네유. 다음번 채표는 반드시 이 마을에서 대산질을 하는 사람이 나올 것만 같구려. 그렇게 알고 싶은 것이 많은 것을 보니까 열기가 대단허네유."

"그래유, 통수야 딱 한 번밖에 못 했지만 뭔가 다른 게 분명히 있더군유."

부럽다는 듯이 쳐다보며 말하자 동환은 기분이 좋은지 씽끗 웃는다.

확실히 돈을 만져 보고 써본 사람이 더 돈을 갖고 싶어 하고 관심이 깊은 것을 잘 알고 있는 강석은 소문이라는 것이 얼마나 힘이 있는지 새삼 느끼고 있다. 자기 마을에서 대산자가 나왔지만 오히려 이웃 마을에 소문이 더 나 있고 크게 뻥튀긴 말들이 심심찮게 돌아다니는 것을 직접 보았기 때문이다.

무엇이든지 바람을 타고 가야만 위력을 발휘할 수 있고 더 멀리 넓게 퍼지게 된다. 아무리 큰 것도 입방아를 찧고 나와야만 그 진가를 알 수 있는 것이 시골만이 갖고 있는 특이한 일이고 그것을 잘 이용하고자 만석은 이런 자리를 마련한 것이다.

"자, 일어들 나시죠. 갈 데는 많지만 해는 짧으니 서두르는 것이 좋은 듯싶소이다. 이 마을에서 시간을 많이 지체했으니 일을 서둘러서 빨리 끝내도록 헙시다유."

"그렇게 해야만 다섯 개 마을을 모레까지 마칠 수 있을 것 같네유. 내일은 두 개 마을을 돌구 마지막 날에는 장호원과 음성에 가 보도록 허지유."

"그럽시다. 역시 사람은 갖고 싶거나 하고 싶은 것을 내색허지 않는 것은 남을 의식허구 함부로 행동허면 좋지 않은 인상을 남기기 때문이 아니겠슈? 허지만 채표라는 것을 알구 맛을 들이면 굉장헌 일이 벌어질 것 같네유."

"허기사, 사람들이 채표가 돈두 벌구 재미있는 놀이라는 걸 알게 된다면 동네마다 시끌벅적 허겠어유. 벌써부터 꿈을 어떻게 꾸어야 물주가 꾼 꿈을 미리 알아맞힐 수 있는

99

지 묻기까지 허는 것 보면유. 떡잎부터 알아본다는 말처럼 채표 떡잎은 푸르고 성성허네유."

"그렇구먼. 이렇게 채표에 대해 소문이 빨리 퍼진 것을 보니까 다음번에는 전번보다 몇 배나 많은 사람들이 몰려 올 것 같구먼."

"이렇게 어차피 남보다는 채표에 대한 것을 조금은 더 알구 있는 우리지만, 그래두 더 공부를 혀서 언제든지 누가 묻더라두 대답헐 수 있도록 철저한 준비를 혀야지유. 물어서 대답을 못 허면 을마나 당황허구 창피허겠슈? 전, 열심히 배워서 자통도 해보고 싶어유."

"허긴, 다른 사람보다는 우리 같은 통수들이 더 많은 혜택과 돈을 만질 수 있지. 그게 바로 자통이라는 것인데 지난번에는 잘 몰랐구 쓰는 것을 알구 있는 사람도 없었제. 누가 감히 그런 것을 처음부터 할 줄 알겠어. 일이 다 끝나구 계산할 때 보니까 용호가 살짝 얘기를 해 줘서 알게 되었구먼. 그 사람은 그런 것이 있다는 것을 많이 알리지 않아서 그렇다고 혔지만 자통이 운이 좋으면 되는 경우가 더러 있다는 얘기를 허더구먼. 잘 보구 있다가 눈치가 이상 허다하면 바로 자통을 써 내면 될 거구먼. 혹시 자통이 물주가 써낸 것과 똑같으면 야 뻐꾸기는 나한테로 오는 것이지 안 그런가."

"그려. 운이라는 것은 항상 누구한테만 붙어 있는 것이 아니구, 바람 따라 흘러가듯이 사람과 보이지 않는 것에 의해서 돌아다닌다구 허지 않았던가? 그게 뭔가 집안에 구렁이가 나타나면 말여. 그게 뭐 업보라고 하던가 하여튼 간에 그것이 나타나면 그 업보를 극진하게 모셔야만 집안에 우환이 없고 재물이 모인다고 했잖은가. 그래서 밥을 해 놓고 그 업보가 실컷 배부르게 먹인 다음에 그 집주인은 먹다 남긴 밥을 먹어야만 그 집에 재물이 붙어 다니고 쌓인다고 하는 말들을 가끔 들어보지. 만약 그 밥을 안 먹거나 소홀하게 대접허면 그날 부로 구렁이는 집을 떠나 다른 사람한테 옮겨 가면 그 길로 그 집은 재산이 줄게 되구 우환이 들끓는다는 전설 같은 얘기도 있지. 돈을 벌구 못 버는 거야, 노력허면 되는 것두 있지만 운이 7이구 노력이 3이여. 소부야 스스로 절약허구 열심히 노력하면 된다지만 거부는 하늘이 준다구 허질 않던가?"

"저두 봤는데유. 지난 가을에 지붕을 갈 때 보니까, 웬 구렁이가 서까래를 타고 밑으로 내려오는 것을 봤었지유. 그래서 작업을 중단허고 기다리니깐 구렁이가 다시 다른 길을 따라 다른 지붕으로 들어가는 것을 본 적이 있구먼유. 그때 사람들은 그 구렁이가 바로 이 집을 지켜 주고 재물을 모아 주는 업보라고 하더구먼요. 참으로 이상했구먼요."

"참으루 우리가 알 수 없는 일들이 주변에서 흔히 볼 수 있어유. 어느 날 갑자기 그렇게 큰소리치고 돈을 긁어모으던 사람들이 불이 나거나 누가 죽고 우환이 들끓으면 그 재물은 검불같이 날아가고 말더라구유."

"에이, 사람이 이상한 것에 집착하는 건 별로 좋은 것이 아니여. 무슨 놈의 뱀이 재산을 모아 주구 지켜 준다는 거여? 괜스레 그렇게 생각허면 마음이 연약해져서 그런 쪽으로 생각헐 수 있는 거여. 안 그런가?"

"자, 쓸잘떼기 없는 야기는 그만허구 우리가 해야 할 일이나 생각허자구. 그런 얘기를 들으면 마치 뱀이 사람을 다스리는 신과 같은 생각을 할 수 있는데. 그건 좀 억지를 부리는 것이 아니구 뭐겠는가? 열심히 일허구 절약허면야 그 만큼 효과가 있는 게 아니겠어. 그러니까 이런 일도 열심히 해보자구. 채표야말로 꿈도 중요하지만 관심을 얼마나 갖고 있느냐가 제일 중요한 일이구먼."

마을을 떠날 때 그들은 같이 있던 사람들이 아쉬워하며 그들을 배웅해 준다. 다음에는 저녁을 먹으면서 채표를 직접 배우고 싶다는 의사 표시를 하는 것을 보면 그 열정과 관심을 알 수 있어 마음이 흡족하다. 여러 사람들이 별다른 대가 없이 자진해서 해줬다는 사실이 한편으로는 기분이 매우 좋고 남에게 뭔가를 베풀었다는 것이 흥까지 나게 한다. 자신의 작은 일 하나가 다른 사람을 즐겁게 해고 궁금증을 풀어 주었다는 것이 얼마나 흐뭇한지 모른다.

오늘은 오후 2시까지 채표를 설명하느라 시간을 보내고 다음은 장호원과 음성을 가기로 되어 있어 바쁘게 움직여야 한다. 이번 일에서 채표를 알리고 대산자를 소개하는 일이 처음에 걱정했던 것보다는 그리 힘들지 않다는 것을 알게 되었다. 단지, 얼마나 사람들이 모이고 자세하게 설명을 하느냐가 중요하다는 점과 누구나 쉽게 돈을 벌 수 있다는 생각을 심어 주는 일이 채표를 보급하고 관심을 높이는 길이다.

벌판에 불이 난 곳에 갑자기 쌩하고 강한 바람이 불어 닥친 모습처럼 채표는 점점 두 사람의 활약과 소문이라는 작은 불씨가 점점 타오르게 하고 있다. 기회만 있으면 동네 사람들이 모여 수군대는 소리는 영락없이 채표 얘기이고 그렇게 쉽게 돈을 벌 수 있는 채표에 누구나 접해 보고 싶어 한다.

우물을 길러 오는 아낙네들도 우물가에 물통을 내려놓고 일부러 시간을 끌면서 누구 집에서 일어나는 일에 대해 이야기를 하다가도 결국은 채표 얘기로 끝을 맺게 되고 개울가에 모여 빨래를 하는 여자들이나 사랑방에 모여 있는 남정네들도 역시 꿈을 팔아 돈도 벌고 즐겁게 노는 채표 얘기로 꽃을 피우고 있다.

두 사람은 가는 곳마다 통표를 간단하게 그려 주고 아울러 등짝과 배짝도 보급하는 일에 신경을 쓰고 있다. 꿈은 꾸어도 이런 도표가 없으면 복지에 어떤 말을 써낼지를 모르기 때문에 그 일도 매우 소중하고 글씨를 모르는 사람들이 의외로 많아서 아는 사람을 통해 보급시켜야만 한다.

여러 사람들이 관심을 갖고 있는 일이란 곧 바로 입을 통해 보이지 않게 널리 퍼지게 되며 그것이 자신의 이익과 연결되는 것일 때는 더 빠른 속도로 널리 알려지기 마련이며 여자의 입을 통하는 것이 제일 손쉬운 방법이며 그 효과가 크다.

일꾼이 필요혀

"추운 날씨에두 불구허구 이렇게 먼 길을 다니시느라 고생들 많이 허셨구먼유. 이거 뭐라고 감사를 드릴지 모르겠네유."

용호는 장호원에서 만난 마 이장과 강석을 보며 인사를 한다.

"원 별 말씀을 다 하십니다유. 우리가 좋아서 하는 일인데 무슨 고생이겠슈. 그건 그렇구 우리가 나흘 동안 마을을 돌면서 선전을 했는데 효과가 얼마나 날지가 걱정이구먼유."

"그거야 대단헐겁니다유. 여기저기에서 꿈틀거리는 모습들이 보이기 시작했거든유. 각 마을에서 지헌테두 찾아와서 통표랑 등, 배짝을 그려 달라고 허는 사람들이 많구유. 통수 분들이 전하는 바에 따르면 채표를 기다리는 사람들이 점점 늘어나고 있다구 했슈."

"그렇다면 다행이구먼유. 우리가 고생한 보람이 잘 나와야 헐 텐디 그게 걱정이네유. 허기사, 큰돈이 들어가는 것이 아니니까 많이들 올 거구먼유."

"우리가 돌아봐두 호기심이 대단허네유. 그런디 통표 같은 해몽에 필요한 그림과 글씨가 써진 것을 만들어야 허지 않겠슈."

강석은 용호에게 그동안 느꼈던 것을 자세하게 설명한다. 용호는 누군가 통표를 그려서 파는 일을 맡아야 한다고 생각했던 중에 각 마을마다 통표를 구하는 일이 급하다는 것을 알게 되자 그 일을 맡을 사람을 구하기로 하고 자신이 갖고 있던 통표와 등, 배짝을 건네준다.

"그럼은유, 지가 잘 알구 있는 사람이 음성 읍내에 살고 있는데유, 표구집을 허는 박윤호인디 그림을 잘 그려유."

"그거야 좋지유. 그 사람을 빨리 만나서 모시구 왔으면 좋겠네유."

뭔가를 생각하던 마 이장은 자신이 겪었던 일을 말한다. 선술집에 막걸리가 나오고 안주가 곁들여지는 가운데 세 사람은 채표에 대한 여러 가지 이야기를 나누면서 시간가는 줄도 모르고 있다.

　사실 채표라는 놀이가 중국에서 흘러나온 것으로서 한문 용어를 이해하기 어렵고 읽기도 어렵다는 점이 커다란 문제점이다. 그런 문제를 해결하기 위해서 한문 밑에 한글로 토를 달은 통표를 만들어 보급시키는 일이 무엇보다도 급한 일이다. 타점을 앞둔 요즈음 각 마을마다 꿈을 갖고 통수나 글을 아는 사람에게 묻는 일이 자주 있자 사람들마다 자기가 꾼 꿈을 스스로 풀어 보고 싶어 한다.

　거기다 좋은 꿈을 남에게 말하면 소용이 없다는 점을 걱정하고 비밀 유지에도 문제가 있기 때문에 스스로 해몽하는 일이 가장 시급한 일이다. 물론 좋은 꿈은 돈을 받고 팔기도 하지만 대개는 스스로 복지를 써서 돈을 벌고 싶은 것이 사람의 마음이고 꾼 꿈은 저녁까지 비밀로 하는 것이 꿈에 불문율로 생각하고 있다.

　신비스러움을 지닌 꿈에다 돈이라는 가장 예민하고 관심거리가 결합된 채표야말로 사람의 마음은 아주 빨리 빨아들이고 있다. 마 이장과 강석이가 지나간 마을마다 채표 바람이 불기 시작하고 너도나도 다음번 채표 타점을 대비하여 좋은 꿈을 꾸려는 이상한 행동들이 나타나고 있다.

　"오늘은 장호원을 다 돌았으니까 내일은 음성으로 가자구. 장날이면 사람들두 많이 모이니깐 좋을 거여."

　사람들이 가장 많이 모이는 것은 바로 장날이다. 시골에서 할 일이 없어도 구경을 하면서 여러 가지 알고 싶은 것을 충족시키면서 맛있는 것을 먹기도 하는 장날은 축제이다.

　"지 생각으로두, 거기루 발길을 돌리는 것이 좋겠네뉴. 아는 사람을 만나서 채표두 알리면서 노름을 좋아하는 건달들을 이용허면 의외로 좋은 결과를 얻을 수도 있슈."

　"허긴, 장호원보다야 음성이 낫제. 더 크구 사람들이 많잖어. 음성에 집중적으로 알리면 효과가 더 확실헐 거구먼. 아, 참. 금왕까지 연결시키믄 더 좋지. 거기는 금광에서 일을 허는 광부들이 많으니께 현찰두 많이 돌구 돈이 돌믄 당연히 술집과 음식점은 만원이니까. 그러면 몰려오는 사람들루 큰 판이 되것제. 그라문 큰 원을 그리는 모양세가 될 것이구."

　"자, 그람, 오늘은 조금만 더 돌아다니구 내일 음성에서 뵙도록 허시지유. 그라구 통표를 그릴 사람두 우리 집으로 오게 허지 말구 내일 음성에서 만나자구 말씀을 드리지유."

"좋아유, 내일 점심때 원앙 병풍집이라고 쓴 집에서 만나기로 허시지유."

세 사람은 국밥과 술을 다 먹고 일어난다. 용호는 장호원에 있는 친구 집에 들러서 채표에 대한 이야기를 전하러 간다. 그리고 지난번 타점장에 온 예비 통수를 찾아갈 참이다.

장날인지라 장터뿐 아니라 길가에는 사람들이 붐비고 상점과 길가에는 물건들로 복잡하다. 장날이면 간단하게 먹을 수 있는 자판이 열리고 여러 가지 죽을 만들어 팔거나 찹쌀이나 팥, 콩, 조 등을 갖고 와 팔기도 한다.

평소에는 사람 구경도 힘든 장터에는 장날이면 근처에서 찾아온 구경꾼과 전국에서 몰려든 장사꾼들로 붐비며 사람 구경을 하거나 막걸리나 선짓국, 해장국으로 속을 풀고 영양 보충을 한다. 때로는 물건끼리 바꾸거나 필요한 것을 사고파는 시골 경제의 밑바탕이다. 또한 장날은 누구나 좋아하고 시골이 돌아가는 모습을 한눈에 볼 수 있는 곳이기도 하다. 거창한 정치적인 이야기에서 사소한 마을에서 일어난 일까지 입을 통해 전해지고 퍼지는 소문의 근원지이며 정보를 얻는 유일한 곳이다.

용호는 사람 몸에다 36개를 점을 찍어 놓고 각 부위에는 한문으로 글씨를 써넣은 통표를 그려 서 커다란 나무에 매달아 놓는다. 무엇보다도 호기심을 느끼게 하는 것이 가장 중요하다고 생각하여 찾아오는 모든 사람들에게 자세하게 설명을 해주고 있다.

단지 꿈만으로 큰돈을 벌 수 있다는 말에 고개를 갸우뚱하는 사람도 있다. 처음으로 소개하는 채표 이야기는 놀이 방법이 새롭고 한문으로 된 통표를 빨리 이해하는 사람들이 별로 많지 않다. 말 그대로 무에서 유를 만드는 일이란 얼마나 힘이 들고 어려운지를 깨달으며 역시 고기도 먹어 본 사람이 더 잘 먹는다는 말처럼 노름을 해 보고 돈을 따고 잃어 본 사람이 맨 처음 이런 돈을 걸고 하는 놀이에 접근하기 마련이다.

"자, 날이면 날마다 오지 않어유. 여기 꿈을 갖구 단돈 1원으로 30원을 벌 수 있는 방법이 있구먼유. 다들 오셔서 구경들 허시구 돈두 벌구 즐겁게 지내세유. 채표를 허시면 큰돈을 벌 수 있지유. 공짜로 어제 저녁에 꾼 꿈두 해몽해 드리구 있구먼유. 이상헌 꿈을 꾸신 분은 여기에 오셔서 해몽을 한 번 허세유."

용호는 지나가는 사람을 모으려고 애를 쓰고 있다. 이상한 사람이 그려져 있고 그곳을 가리키며 꿈을 갖고 설명하는 모습을 구경하는 사람들이 점차 늘어나자 용호의 목소리는 점점 커지고 있다.

"저것이 채푠지 채팬지 꿈에 돈을 걸어서 돈 따먹는 거구먼."
"일가친척이 저것으루 3원을 걸어서 90원이나 되는 큰돈을 만졌다는구먼."
"괴상하게 생겼네 그려. 몸에다 웬 한문을 써놨디야? 저게 침 자리여 아니믄 뭐당가?"
모인 사람들이 이런저런 이야기를 나누며 손가락으로 통표를 가리키거나 신기하다는 듯이 만지면서 묻기도 한다.

"저는유, 지난번에 친정에 갔다가 동네 사람이 돈 10원을 넣고 삼괴라는 해몽을 써넣어서 돈 300원을 벌었다는 말을 들었는디 고게 정말이구먼. 건 돈의 서른 배를 태워 준다는 말을 듣구 설마 했는데 여기서 보니까 정말이네."

아기를 업고 머리에 보따리를 이고 있는 아주머니가 말을 한다. 이 말을 들은 사람들은 고개를 끄덕이거나 신기하다는 표정이다. 놀이가 어떻게 진행되는지에 대한 관심이 높지만 역시 가장 큰 관심은 과연 당첨자에게 서른 배나 되는 큰돈을 주느냐이다.

세상 놀이 중에서 돈을 걸어서 맞추면 서른 배나 되는 돈을 태워 주는 내기는 오직 채표 밖에 없다. 어쩌면 호기심과 동시에 의구심을 강하게 끌고 있는 것은 당연하다. 믿어지지 않는다는 표정은 바로 하고 싶다는 마음을 말하는지도 모른다.

용호는 계속해서 채표에 대한 설명을 하면서 지난번에 큰돈을 벌었던 마 이장과 다른 애기패가 되어 돈을 얼마나 벌었는지에 대한 경험담을 입심이 센 사람답게 재미있게 설명한다. 마침 어떤 노인은 진지하게 이야기를 듣다가 채표에 대한 질문을 하기 시작한다.

"한 가지 좀 물읍시다. 꿈을 팔아서 큰돈을 벌었다는 것이 채패란 말인가유?"
"야, 맞구먼유. 그것을 채표라고 해유."
고개를 끄덕이던 노인의 눈이 갑자기 반짝인다.
"그라믄 누구나 할 수 있슈?"
"물론이지유. 애기두 할 수 있구 용돈만 있어두 뻐꾹만 했다 하문 서른 배를 받지유."
"고거 참 재밌구먼. 꿈을 팔아서 서른 배를 탄다면야 한 번 해 볼만 허네."
용호는 노인이 채표에 그토록 관심을 갖는다는 점이 반가우면서도 여러 사람들이 모여드는 것에 흥분과 놀라움을 감출수가 없다.

"물주에 대한 이야기인데 이 세상에 누가 돈이 쓸데가 없어서 다른 사람이 꾼 꿈에다 자그만치 서른 배나 태워 준단 말인가유? 전 그 점이 이해되질 않기두 허구, 채표라는 것이 모든 꿈과 놀이를 다스린다구 허셨는디 그것두 영 이상하네유. 아시면 자세허게 이야기를 해주시구려."

주변에 있던 사람들은 그저 듣고만 있을 뿐이다. 그도 그럴 것이 나이가 드신 분이 그런 질문을 했기 때문이다. 마치 채표를 어느 정도 아는 것 같은 질문에 모두가 그 노인을 바라보고 있다. 지금까지 그렇게 구체적으로 질문을 받아본 적이 없던 그로선 아주 민감하고 어려운 물주 역할에 대한 질문은 이번이 처음이다. 대게는 어떻게 꿈을 꾸고 돈을 버는 데만 신경을 쓸 뿐 다른 것에는 거의 관심이 없지만 처음으로 듣는 노인의 질문에 이상하게 생각이 들 수밖에 없다.

겉으로는 당황하는 눈치지만 한편으로는 반갑고 흥분이 된다. 많은 사람이 몰려드는 것도 중요하지만 물주가 많아야만 채표 발전에 도움이 될 수 있다. 그러나 아직까지는 물주를 모으는 일에 신경을 쓰지 않고 있다. 자본이 있고 놀기를 좋아하며 영웅심이 있는 사람들만이 물주를 할 수 있는 자격이 있으며 그런 사람을 모으기가 그리 쉽지도 않고 투기를 하는 것과 같다.

투기란 원래 돈을 벌면 크게 벌고 잃으면 크게 잃을 수밖에 없는 자리이지만 그래도 남자라면 한 번쯤 해 볼 수 있는 내기가 아닌가.

"잠시만 기다려 주시면 지가 그것에 대해 별도로 말씀드릴게유."

어느 정도 호기심을 채워 주고 적당한 선에서 슬그머니 뒤로 물러나는 것이 더 유리하다고 생각한다. 너무 많은 것을 노출시켜 버리면 그 부작용이 분명히 클 것이다. 별다른 도움이 되지 않을 것이라는 생각에 나중으로 미루고 있다. 만약 물주에 대한 것을 다른 사람들이 자세하게 알게 된다면 물주를 통해 돈을 크게 벌려고 기회를 노리고 있는 만석과 자신에게 좋지 않은 일이 생길 수도 있다. 채표에서 가장 중요한 위치에 있는 물주의 역할에 대한 부분은 가능한 모르게 하는 것은 나중에 생길 문제점을 미리 막을 수 있기 때문이다.

다른 날보다 일찍 마치고 노인과 함께 주막으로 간다.

"지는유. 이웃 마을에 사는 김 용호인데유 이렇게 만나게 되어서 반갑구먼유. 날씨가 추운데두 불구허시구 이렇게 채표를 아시구 싶어서 오셔서 밥갑네유. 혹시 물주라도 생각을 하구 계신가유?"

노인을 따뜻한 아랫목으로 모시며 말한다.

"장호원 읍내에 사는 방 지용이구만유. 길을 가다가 언뜻 들으니까 채표라는 얘기를 하길래 하두 신기하구 낯선 것인지라 귀가 솔깃했구먼유. 그래서 듣다 보니깐 물주에 대한 말을 하기에 저것이 더 좋겠다는 생각이 떠올라서 자세하게 알아보려구 물어본 거유."

"잘 물으셨습니다유. 어르신네께서 이렇게 채표에 대해 물어보시는 것이 저로서는 너무도 반가운 일이구먼유. 제가 아는 데까지 말씀을 드리지유."

"채표라는 것을 언제부터 사람들이 알게 되었나유? 난 지금까지 들어 본 적이 없는 놀이라서 그런지 그게 영 이상허구먼 그려."

"채표는 며칠 전에 처음으로 시작을 했었거든유. 처음으로 꿈을 꾼 것을 복지에 돈을 걸고 서른 배를 태워 준 적이 있구먼유. 이곳은 지가 중국에서 도망칠 때 갖고 온 채표를 갖구서 퍼트린 것이 처음이구먼유."

"그래유, 근디 어느 분이 물주를 했나유? 그건 아무나 할 수 있는 것이 아닌 것 같은디"

"맞구먼유. 위험두 허구 돈이 없으면 할 수 없는 것이 물주 노릇이지유. 그래두 큰돈두 만지구 이름두 날리구 싶으면 물주가 좋아유. 채표를 처음으로 이곳에 전파시킨 만석이라는 분이구유. 밑천이야 빌린 돈허구 중국에서 갖고 나온 돈으로 했구먼유."

"대산질을 한 사람이 있다는디 정말루 서른 배를 태워 줬나유?"

뭔가 모든 것을 아는 것처럼 말하는 모습이 약간은 서늘한 분위기다. 다소는 의아하다는 표정을 지으며 용호를 바라보고 있다.

"물론 줬지유. 마 이장이라는 분이 30원을 복지에 써 내서 대산질을 했구 애기패는 네 명이나 찍었지유."

"아, 그래유. 채표란 이상두 허구 재미있네유. 그렇다믄 물주도 꽤나 손해를 봤겠슈?"

이런 질문은 채표를 어느 정도 알아야만 할 수 있지 않은가. 참으로 깊고도 예상하지 못한 질문에 당황이 되기도 하고 약간 두려운 마음도 든다.

"물주 하신 만석 씨는 별루 손해를 본 것은 없어유. 처음이라 돈을 번다는 것보다는 그저 채표랑 얼굴을 알리는데 목적이 있었슈. 으디 첫술에 배가 부를 수가 있나유?"

"아무리 그래두 이상허네유. 분명 알리는 것두 좋지만 뭔가 남는 장사라야."

"맞어유. 나중에 더 많이 이자를 쳐서 받을 거유. 투자를 허는 셈치구."

"세상에 손해 보는 장사가 으디 있겠슈."

"근디, 으떻게 그리 채표를 잘 아신데유?"

"우리 동네에서 꿈을 팔아서 돈을 번 사람헌티 들었는디 재미있다구 허데유."

"너무 많이 알구 계셔서 깜짝 놀랬구먼유."

노인은 계속 궁금한 것을 묻는다.

"그람, 만약 물주를 한다면 얼마나 이득이나 손해가 있나유?"

사실 이 점은 절대로 다른 사람이 알면 곤란한 부분이다. 두부와 김치 안주로 몇 잔을 주고받으며 채표에 대해 많은 이야기를 한다.

"역시 술이라는 것이 사람 사는 데는 최고여. 술을 먹어야만 모든 것이 잘 풀리구 일이 잘되는 게 아니겠슈? 난 술이라는 것이 없다면 이 세상에 무슨 재미로 살 수 있는지 원."

"그건 그래유. 술이 있어야 사는 맛이 있지유. 누구든지 술만 들어가면 기분이 좋아지고 뭔가 풀리지 않는 것두 술술 풀리는 게 이상도 허지유."

"방 진사님께서는 채표 물주를 하구 싶은 생각이 혹시라도 있으신지."

말을 흐리자 방 영감은 자신이 갖고 있는 의사를 분명하게 말한다.

"당장이래두 허구 싶소만, 물주에 대해 확신이 아직은 안서서 망설이구 있어유. 기회만 주어지면야 허지유. 뭔가 허구 싶은 일을 멋지게 허는 것두 괜찮은 게 아니겠슈?"

"물론이지유. 진사님처럼 멋진 분은 처음 봤슈. 저희가 채표를 위해서 동분서주허구 다니지만 직접 물주를 허시겠다구 나선 분은 처음이거든유."

"이왕에 맘을 먹었으면 확실허게 해야지. 돈두 많이 벌구 재미두 있다면야."

"처음으로 해봤지만유, 다음 채표일에는 많이 올 겁니다유. 마을마다 저희들이 이렇게 돌아다니면서 선전두 많이 했거든유. 다들 마음들은 있는 것 같은데 돈을 걸구 하는 것이 어디 쉬운 일인 가유? 남이 먼저 하는 것을 보구서 나중에 해보겠다는 눈치더구먼유."

"그럴 거유, 돈이 달린 것인디 함부로 덤비겠슈."

"지들이 댕겨 보면유, 돈 벌구 노는데 관심들이 많아유. 아무두 나흘 후에 있을 채표는 멋지게 될 거구먼유."

"으디 물주나 허면서 올 겨울을 보내볼 꺼나. 직접 만석 씨를 좀 만났으면 좋겠는 디 그러케 해주시겠슈?"

"알겠구먼유. 우선은 지한테 말씀을 허시면 말씀을 드려서 바로 연락헐께유."

"그람, 기다릴 테니께 바루 연락을 주시구려."

"방 진사님, 지가 알구 있는 물주에 대해서 말씀을 드리지유."

길게 끄는 것보다는 여기서 확실하게 잡아 놓는 것이 좋겠다는 생각이 든다. 물주나 통수도 많이 필요하고 자고로 돈 버는 일이란 가능한 많은 사람들이 미칠 정도로 몰려들어야만 징조가 좋은 것이다.

"지금 들으신 것은유, 아무한테두 말씀허시면 곤란해유. 사실 물주를 하는 이유는 몇 가지 있는데유, 한 가지는 이름두 날리구 인심도 얻자는 것이 있구유. 사실 진짜 이유야 무엇보다두 돈 버는 일이지유. 물주가 망하는 법은 별로 없어유. 물주가 망허면 큰일이지유."

노인은 그 말이 끝나자마자 고개를 끄덕이며 입맛이 당기는 듯하다.

"정말루 물주는 손해를 안 본단 말인가유? 그런디 만석씨는 으째서……."

"일부러 그랬슈. 많은 분들이 꿈을 팔어서 돈을 벌어야만 채표가 더 알려지구 몰려들게 아니겠어유. 다음번에는 안 그럴 거구먼유."

"허긴 멋진 생각이구려. 뭔가 잔뜩 배가 부를 수 있다는 것을 보여줘야만 먹을려구 대들 거구먼. 안 그런가유?"

"맞아유. 허지만 물주두 손해를 볼 때두 있어유."

"그게 언제 그런가유?"

"때로는 복지에 쓴 통표 이름을 미리 잘 모르거나 분위기를 읽지 못 허면 영락없이 당허구 맙니다유."

"아니, 남들이 몰래 쓴 꿈을 으떠케 알 수 있단 말이유?"

"그러니께 물주는 눈치두 빠르구 머리가 잘 돌아가야 되거든유. 잘못허면 크게 손해도 볼 수 있구먼유. 요령과 배짱이 꼭 필요허지유. 머리만 잘 쓴다면야 돈이 저절로 들어오는 일이 물주 노릇이지유."

"난, 물주라면 뭔가 있으니까 하는 것이라구 처음부터 짐작을 했지만 막상 들으니까 납득이 가네유. 투전과 같은 노름 마냥 큰돈만 걸지 않는다면 집안까지는 망헐 일두 없구 꿈을 가지구 식구들끼리 얼굴두 자주 볼 것 같구려."

"중국에서 보니까유, 채표로 집안이 흔들리구 망하는 사람은 본 적이 없지만 시끄러운 일도 가끔 있었슈."

용호는 방 진사를 안심시키기 위해 일부러 거짓말로 얼버무리고 있다. 중국에서 본 것은 채표에 대한 일부로서 채표로 인하여 집안이 흔들거리고 삶의 모습들까지 엉망으로 된 것을 가끔 보았다. 물론 이곳도 같은 현상들이 나타날 것이지만 채표를 전파하고 그것을 이용해서 돈도 벌고 인심도 얻어 보겠다는 마음으로 일하고 있으니 그런 어두운 면을 미리 알릴 필요는 없다. 모든 일은 음과 양이라는 영면성이 있어서 한쪽이 나쁘면 다른 쪽은 좋은 면도 있다. 채표를 통해 돈이 빨리 돌면서 경제적인 이득이 생길 것이고 동시에 좌절감을 느끼는 분들에게는 희망을 줄 수 있으며 때로는 살아가는 재미도 느끼게 해주는 채표는 구세주와 같다. 설사 어떤 나쁜 일이 있을지라도 몇 마리의 토끼를 잡을 수 있는 일이다.

시골에서 느껴지는 무료하고 침묵의 시간인 겨울을 최대한 이용하는 것이 더 낫다는 생각에서 농사를 시작하는 봄은 잠시 쉬다가 다음 겨울에 다시 시작해 볼 계획이다. 벌떼처럼 몰려오는 사람들을 일부러 오지 말라고 할 필요도 없다. 어쩌면 타오르는 불길처럼 계속 번지기를 바라고 있다. 시대적인 격변기에 뭔가를 기대하기도 힘들고 일본이 물러가면 정말로 놀라운 새로운 세상이 올 것이라는 희망이 점점 절망과 낙담으로 바뀌고 있는 현실이 싫다.

만주에서 이곳까지 도망쳐 얻은 것은 자유지만 잃은 것은 청춘이라는 시간이다. 막상 바깥세상을 맛본 이들에게는 고향 땅은 어느 정도 안정은 되었지만 여전히 타성과 관습에 젖은 모습은 달라지지 않고 있다.

　나라 없는 서러움을 누구보다도 뼈저리게 겪으면서 누구의 간섭을 받지 않아도 되고 자유롭게 다니거나 무슨 말이든지 할 수 있다는 것이 얼마나 중요한지도 알게 되었다. 어떤 나름대로의 기대를 하고 기다리지만 시간이 흐를수록 실망이라는 그림자가 그들을 덮고 있다는 것을 깨닫자 가능한 빨리 채표를 통해 돈을 벌겠다는 방향으로 바뀌고 있다. 나중을 생각해서 인심을 얻고 돈을 쉽게 벌 수 있기 때문에 온 힘을 쏟고 있다.

　중국에서 보고 들었던 걱정거리가 드디어 그들에게 다가올 줄이야. 그것은 돈 냄새를 맡고 다가오는 똥파리와 같은 존재들인 건달과 깡패 그리고 순사들이다. 돈 냄새는 어떻게 그렇게도 빨리 맡고 나타나는지 돈과 여자 그리고 건달과 술이라는 방정식이 여전히 만들어지는 것을 알고 있지만 이곳에도 같은 일이 기다리고 있다. 건달들에 관한 문제뿐 아니라 물주에 대해 자신이 추측한 이야기를 들으며 놀라고 있다.

　"용호씨, 그란디 물주가 돈을 잃어두 복구할 방법이 없나유?"

　"물주가 하는 일이란 돈을 대주는 은행과도 같구먼유."

　"허긴, 은행이 있어야만 목돈이 도는 것이 사실이제. 돈이 모이고 나가는 일이야 큰돈을 안 갖구 있으면 곤란헌 일일거구먼."

　이런 사실을 이해하고 안다는 것은 커다란 소득이다. 그만큼 머리가 돌아가고 물주로서 자격이 있다는 것을 입증하는 것이다.

　"물론 숫자가 많은 입산자들과 머리싸움에서 지지 않아야 허거든유. 만약에 써 낸 복지하구 물주가 가지고 온 복지가 똑같으면 망허고 말지유."

　"그게 문제일거구먼. 으떠케 그걸 막는담."

　"지두 그 문제 땜에 매일 고민을 하고 있구먼유. 복지를 갖구 물주랑 입산자들과 벌이는 싸움이 채푠데."

　"물주가 팍팍 돌아가야만 이기제."

　"그것을 미리 막을 수만 있다면야 최고루 뛰어난 물주죠. 그럴려면 통수들을 잘 다스리구 사람들이 어떤 36문을 써낼지를 미리 알아보구 써내는 것이 중요허지유."

　"아, 그람 배짱두 있구 머리가 잘 돌아가야만 물주가 될 수 있겠구먼."

"맞아유. 바로 그 점이 물주가 신경을 써야 허는 점이지유. 아직은 물주를 하시라구 했거나 내가 하겠다구 말한 분은 없었슈."

"허긴 듣고 보니께 그렇구먼. 복지는 일정한데 물주가 많으면 물주들끼리 경쟁이 붙어서 손해 볼 일도 있겠구먼 그려. 하여튼 만석 씨헌티 잘 말씀드려서 연락해 주시구려."

"알았구먼유. 그람, 모레쯤 연락허지유."

하며 두 사람은 자리에서 일어난다. 서로 인사를 하고 헤어진 뒤 용호는 장호원에 있는 고모 댁을 찾아간다. 마침 집에 있던 고모는 용호를 반갑게 맞이한다.

"너 참 오랜만다. 으쩐 일루 장호원까지 왔냐?"

고모는 방문을 열고 밖으로 나왔다.

"그냥 볼 일이 있어서 잠깐 나왔구먼유. 바람두 좀 쐴 겸해서유."

"대낮부터 낮술을 묵었나 왜 얼굴이 붉은 거여? 혹시 너 그 건달들 하구 다시 만나냐?"

걱정스런 표정으로 바라보며 말한다.

"원, 고모님두 별 걱정을 다 허세유? 전 그냥 뒤만 졸졸 따라만 다니는구먼유."

"널 걱정해서 허는 말이여. 절대루 나쁜 짓을 하는 곳엔 얼씬두 말거라. 넌 원래 착하고 순진했는디 그놈에 친구 때문에 그랬잖니."

"절 믿으세유. 장호원에 온 것은 채표를 선전하려구 사람들을 만나려구 일부러 장날을 잡은 거구먼유."

"뭐 채표라구 했냐?"

고모는 놀라는 표정으로 용호를 쳐다본다.

"맞구먼유. 그건유, 꿈을 팔아서 돈두 벌구 재미있게 노는 놀이인데유, 지가 중국에서 몰래 갖구 왔슈. 고모님두 한 번 해보시면 좋을 성 싶은디."

"그람, 니가 요즘에 그걸 퍼뜨리구 다니는 거여?"

"야. 저랑 만석 성님허구 같이 나서구 있구먼유."

"닌, 그런 걸 순사한티 알려야지 괜찮건냐? 니가 걱정이 되는구먼."

"걱정마세유. 채표가 사기를 치거나 나쁜 일을 하는 것은 아니거든유. 그냥 사람들을 모으구 거기서 계돈처럼 돈을 모아서 당첨된 몇 사람헌티 태워주는구먼유."

"난 잘 모르겠다만 어쩐지 마음에 걸리는구먼. 아직은 잘은 모르지만 순사들이 알믄 그냥 놔둘 것 같냐? 그것두 돈을 갖구 따먹는 노름인디."

"물 좀 주세유. 술이 깨는지 목이 타네유. 참 성님들허구 애들은 어디 갔는지 보이질 않네유."

"계를 헌다구 나갔단다. 저녁이나 먹구 내일 가거라."

"알았어유. 수복이 성님을 만나구 싶어유. 뭐 좀 상의도 드릴까 해서유."

"그래라, 아마 수복이도 널 보면 반가워 할 게다."

가능한 많은 사람을 만나는 것이 필요하니 오늘은 이곳에서 머물 작정이다. 선전을 할 수 있는 시간이 별로 없지 않은가. 친구 집에 도착하여 오랜만에 친구 부모님께 인사를 올린다. 성만이는 집에서 가마니를 짜고 아내는 부엌에서 밥을 짓고 있다.

"야, 넌 이렇게 좋은 날 장에도 안 가구 집에서 가마니만 짜고 있는 겨? 오다 보니까 서커스단이 왔던데. 사람들이 와글와글해서 구경 좀 하구 왔구먼. 입에서 불도 품더구먼."

시장에서 보았던 구경거리를 자랑삼아 말한다.

"쓸데없이 돌아다닌단 말이냐. 재미있는 것두 가끔 봐야지. 만날 보면 그게 그거여. 그 사람들 저번 달에두 사흘이나 허구 갔지"

"시장 가까이에 사시간 좋은 점도 많겠구먼. 사고 싶은 것두 금방 살수 있구."

"그것두 좋지만 장날만 되면 으떠케나 시끄러운지. 장보러 왔다가 점심때만 되면 찾아오는 통에 그것두 곤혹스럽구나야. 식량이 넉넉허면야 문제가 없지만 그러네."

"그렇겠구먼. 손님두 으쩌다 한 번씩 와야 반갑고 좋지."

그들은 시장 통에서 일하고 있는 친척 집을 찾아간다.

"오랜만이네유. 별일 없으시지유?"

"안녕허세유."

"어이, 어서들 들어와."

"잘 되세유?"

"장사야 그렇지. 잘 되는 날두 있구 안 되는 날두 있잖니."

"오랜만에 오니간 좋네유."

"그란디 닌, 무슨 일루 장에 왔는가? 널 보구 싶다구 얼마 전에 말했는데. 친척두 자주 봐야 정이 더 드는 거여. 자주 들려."

"알았구먼유. 오늘은 이모 댁에서 머물면서 몇 사람을 만나고 싶구먼유. 채표를 갖고 왔는디 이것을 좀 알리고 참여할 사람을 찾아보려구 왔구먼유."

싸가지고 온 통표와 등, 배짝을 이모에게 보여 준다. 함께 온 친구인 성만은 사람을 그려 놓고 각 부위별로 한문으로 써놓은 통표와 등, 배짝을 보며 고개를 갸우뚱한다.

"으이, 그게 뭔겨? 부적이여? 아니믄 절에 걸어 놓는 탱환겨? 으째 그런 것을 갖고 다녀?"

처음으로 접해 보는 이상한 그림을 설명하기가 쉽지 않다. 채표라는 말조차 듣지 못했던 사람들에게 어떻게 복지를 쓰고 어떻게 꿈으로 돈을 버는 방식을 설명하기가 힘들다. 그것도 한문으로 쓴 글씨에 거기에 쓰이는 이상한 말은 생전 처음으로 들어보는 말이다.

"그거는 부적두 아니구 탱화두 아니구만. 채표에서 사용허는 통표와 등, 배짝이여."

"채표가 뭔디? 으떠케 그런 것을 구해서 갖고 다닌데?"

"사연이 쪼끔은 있구면. 중국에서 도망칠 때 몰래 숨겨 갖구 온 것이구면. 이건 꿈을 팔아서 돈을 걸어서 잃기두 허구 따기두 허는 것인디 고것이 채표구면."

"그걸 정말루 니가 중국에서 몰래 갖구 온 거여? 그람 그건 수상헌 게 아닌가?"

"만날 나쁜 쪽으로만 생각허는 거여? 이건 말이여 나쁜 것이 아니구면. 중국에선 오래 전부터 많이들 했던 놀이여."

"정말이여? 참으루 신기헌 그림이구먼."

이리저리 그림을 살펴보며 이해가 가지 않는 표정이다.

"글쎄 말이여. 채표는 만리장성을 쌓을 적에 사람들이 심심도 허구 돈두 필요허니까 만든 거라는구먼. 아마두 진시황의 딸이 노역자들이 자꾸 향수병에 걸리니깐 그걸 없애구 고향으로 돌아가는 꿈을 꾸지 못하도록 일부러 만든 놀이라는 거여. 이건 재밌구 돈 버는 좋은 것이라구."

"그렇담 여기서두 벌써 했단 말인가?"

하며 호기심 어린 눈으로 용호를 바라본다. 처음으로 들어보는 채표라는 말과 또한 통표니 등·배짝이라는 그림도 너무도 생소하다. 순진하고 착한 그가 건달들과 어울려서 한때는 말썽을 부리기도 했다. 중국에서 이런 것을 갖고 들어왔다면 분명 뭔가 있다고 생각한다. 돈도 벌고 이름도 알린다는 의외의 이야기에 의구심과 동시에 다른 사람으로 보인다.

"야, 그라믄 말여. 이렇게 좋은 것을 일찍 좀 알려 주지. 친구한테는 좋은 것을 일찍 알려 주는 거여. 아, 그래야, 친구 덕에 돈두 벌게 아닌가?"

"말도 말게나. 그것을 알리느라 며칠을 네 곳을 다니느라구 힘들어 죽겠구먼. 얼마나 바빴으면말여 자네까지 잊어버렸겠는가. 하두 바쁘게 돌아다녀 뭐 만질 시간두 없구먼. 지난 타점장에 장호원에서 오셨던 한 분이 계셨구먼. 오늘 저녁에 좀 찾아뵙구 부탁을 할 생각이구먼."

"무슨 부탁을?"

"지금 모자라는 것이 많어. 특히 통수루 일할 책임자가 필요허구만. 그분이야, 장호원만 맡으시면 되제. 그래야만 여기서 바람이 불어야만 다른 곳에서두 대들게 아니겠어."

"잘 보았구먼. 역시 사람이 많으면 덩달아 돈두 많이 굴러다니제."

"허기사, 이렇게 좁은 곳에서 발버둥을 쳐봤자 별 수가 없잖여. 큰 데서 뭔가 있어야 있는 것 같지. 지난번은 겨우 몇 개 마을만 돌아다녔지만 별루 얻은 게 없구먼."

"자넨 지금 채표에 홀딱 빠져 있구먼 그려. 무슨 일이든 열심히 허는 자네 성미는 알아줘야 혀. 안 그런가?"

"참, 채표에 대한 이야기 좀 해보게나. 나두 별로 할 일도 없는디 올겨울에 친구 따라 강남이나 가볼 거나. 돈두 벌구 재미두 보구 일석이조구만."

"좋지. 자네두 우선 꿈을 꾸게나. 꿈을 가지구 이 통표와 등, 배짝하구 맞춰 봐. 그리구서 복지에 써서 오늘 만나는 통수분헌티 주면 되는구먼. 그 다음은 알아서 하는구먼."

"으떠케 돈을 타는 건가? 궁금허구먼."

"그럴 거구먼. 나두 처음에는 무척 궁금했지. 통수는 입산자인 일반 사람들이 꾼 꿈으로 창호지에 쓴 복지랑 돈을 갖구 타점장에 갖고 오는구먼."

"그리구선?"

"다음은 물주가 36문중에서 하나를 고르지. 그것을 가장 많이 걸어 온 통수가 대표루 퍼서 공개를 하면 그것이 뻐꾹 하구 운다구 허네."

"만약에 같은 이름을 적어 놓은 입산자는 으떠케 되는 겨?"

"물론 다 서른 배를 주지."

"정말인가? 그러케 많은 돈을 말여?"

"그렇다니께. 복지에 건 돈 곱하기 서른 배란 말여?"

"그래서, 채표가 끝내준다구 소문이 났구먼."

"자네 말이여. 꼭 다음 채표에 나두 좀 끼워 주게나. 믿을 수 없는 일이구먼."

"알았구먼. 잘해 봐. 돈을 벌면 좋지."

"자네가 좀 도와주게나."

"그야 물론이제. 생각을 잘 했네 그려. 처음부터 큰돈을 걸지 말구 적은 돈으로 하게나. 처음에는 경험 삼아 해보는 게 좋지. 나중에 당첨만 된다면야 서른 배를 타 먹으니께 땅 짚구 헤엄치기가 아니겠는가?"

"땡 잡는 일이구만. 이런 일이 정말루 있다니."

"처음에는 그러케 생각허지. 공짜루 꿈을 갖구 서른 배를 보태주니까 요즘 세상에 사기꾼이 아닌가 하구 의심을 많이들 했구먼."

"진짜루 그런 일이 있다면야, 그보다 좋은 일이 어디 있겠어. 난 지금두 믿어지질 않는구먼. 다른 사람두 아니라 자네가 그러구 다니는 것을 보면 안 믿을 수두 없구 말이여."

"믿어봐. 믿는 도끼에 발등은 절대루 안 찍힐 거구먼."

"그렇게 좋은 놀이를 으째서 이제야 알았는지 답답하구먼 그려."

"조금은 좋지 않는 일이 있었구먼. 그 때문에 전국적으로 퍼지지 못 허고 쉬쉬허며 아는 사람만 하게 되었다는 썰이 중국에서 들었제."

"그렇다믄. 대체 중국에선 어느 정도나 하고 있는가? 여기까지 오랫동안 전파되지 않은 것을 보면 이상허다는 생각이 드는구먼. 안 그런가?"

사실 진시황제 시절에 정치적인 이유에서 만들어진 채표 놀이가 지금까지 전해지지 않은 것은 분명 특별한 이유가 있을 것이다. 물론 현재의 복권의 시초이기도 한 채표는 중국 사람들에게는 무척이나 인기가 있다.

"중국에서는 돈이 오구 가는 일로 인해서 돈을 딴 사람들은 별 말을 허질 않는 게 당연하지만, 잃은 사람들야 당연히 이러쿵저러쿵 말들이 많지. 그러다 보면 입에서 입으루 퍼져 나간 소문은 삽시간에 더 커지구 살이 붙어서 당국이 알게 되더구먼. 그러다 보니까 관에서는 자연히 막게 되었구먼. 그러면 채표는 지하루 숨어들 수밖에 없잖은가. 그래서 보이지 않는 곳에서 숨어서 하는 놀이루 변헌 거여."

오늘같이 중국에서 보았던 어두운 점을 자세하게 말하기는 처음이다.

그런 말을 해서는 아니 된다는 점을 잘 알지만 친구 입장을 생각한 것이다.

"무엇보다두 먼저 허는 게 좋을 거구먼. 매두 먼저 맞아야 편허잖어. 처음에는 관에서두 뭐가 뭔지도 모르겠지. 무슨 문제가 생겨야만 단속을 했잖은가. 자네두 뜸 들이지 말구 얼른 혀봐."

"뭐가 뭔지는 모르지만 친구가 권하니깐 한번 해볼까. 내 생각으로는 건 돈 밖에는 손해를 볼 것이 없겠구먼."

"물론이제. 처음에는 경험 삼아 다 잃는다는 마음으루 적은 돈을 걸어봐."

"그래두, 혹시…."

"자네두 참. 일은 말일세. 언제나 때가 있는 법이구만. 시작할 때가 따로 있구 끝맺을 때두 따로 있는 뱁이여. 뜸은 그만 들이구 오늘부턴 나를 따라 다니며 채표나 익히게나. 타점이 사흘 밖에 안 남았으니까 잘 생각해 보라구."

"아, 갖구 있는 돈이 얼마 밖에 없어서."

라며 말을 흐리자 큰 소리로 말한다.

"처음부턴 돈을 적게 걸어야 허는구먼. 그래야 채표두 익히구 재미도 있을 게 아닌가? 그때 가서 자신이 있으면 야 더 걸면 되는구먼. 처음부터 욕심을 부리면 큰 일이구만. 돈 놓구 돈 먹는 채표지만 어쩌면 손해를 볼 수도 있구먼. 처음부터 욕심은 내지 말어."

"알았구먼."

"자, 밥상이 들어오네 그려."

"이따가 시간을 내서 채표 얘기나 많이 해주게나."

그들은 밥을 먹으면서도 계속 채표에 대한 이야기를 한다. 갑자기 생각지도 않은 꿈과 돈 버는 일이 그의 온몸을 꽉 채우고 있는 듯하다. 또한 재미가 있을 것 같은 예감과 신기하다는 매력이 호기심을 발동하게 만든다. 누구든지 어떤 특별하거나 접해 보지 않았던 낯선 것이 나타나면 그것을 이용하여 자신이 처한 문제를 돌파하려는 욕구가 있기 마련이고 깊숙이 빠져들 수밖에 없다.

건달두 필요허구먼

　두 사람은 저녁을 먹고 난 후에 다른 집으로 가고 있다. 식구들과 반갑게 인사를 마치고 성만이와 함께 장례 업을 하는 사람을 찾아 나선 것이다. 두 집을 순서대로 들려서 물어보기로 하고 가까운 집부터 찾는다. 밤하늘 달빛은 산산이 부서지며 논길에 내린 서릿발을 금맥처럼 비추고 있다. 너무도 조용한 가운데 이따금 개 짖는 소리만이 고요함을 깨고 있다. 특별한 일이 없어서인지 시골 마을은 적막강산 그대로이다.
　겨울이라는 침묵의 시간에도 마을에는 채표라는 뜨거운 감자가 서서히 익어가고 있다. 비록 불은 없지만 가슴 속에 타오르는 그 열기는 집집마다 꿈에 관한 이야기로 호롱불이 희미하게 켜 있는 집이 많다. 평소에는 초저녁부터 잠자리를 준비하는 것이 일상생활이지만 요즘은 온 동네가 채표 이야기로 활기가 있어 보인다. 장호원은 읍 소재지라서 그런지 불이 켜진 집이 많이 보인다.
　"계세유? 계세유?" 하며 문을 두드리자 안에서 아주머니가 등을 들고 문을 열고 나온다.
　"뉘신데 그러세유? 혹시 상이라도 당하셔서."
　대답을 듣자 기분이 묘하다. 보나마나 밤늦은 시간에 이곳을 찾는다면 분명 장례일 때문일 것이다. 약간은 달빛에 으스스한 분위기를 풍기는 집 앞에 있다는 것이 이상하다.
　"전, 이웃 마을에서 일부러 찾아 온 김 용호인데유. 계시면 만나 뵈었으면 해서유."
　"그래유, 안으로 들어 오시지유."라며 문을 열어 주었다.
　"요기서 쪼깨만 기다려유. 주인장을 모시구 올게유."
　창고에서 짚으로 멍석을 만들던 석기영은 인기척이 들리자 문을 열고 밖을 쳐다본다. 얼굴에 미소를 머금고 들어오는 마누라 표정이 밝아 보인다. 아마도 돈을 들고 들어온 것으로 생각할 것이다. 마지막을 보내는 상주들은 돈을 아까워하지 않는다. 어쩌면 죽는 이들이 많을수록 많은 돈이 굴러들어 오는 것이다.

누가 온겨? 누가 돌아가셨대?"

장례를 치르는 것을 업으로 하는 상점 안에서 기다리는 기분이 이상하다. 길을 가다가 상엿집이나 장사를 지내는 모습만 보아도 기분이 으스스한데 막상 장사를 지내기 위해 대기하고 있는 이런 집에 와 보니 온 신경이 곤두서고 머리가 서는 듯하다.

수의를 비롯한 장사 용품들을 쌓아 놓고 그 주인을 기다리는 곳이다. 죽은 사람이 저승길을 가는 데 도와주는 장의 업은 항상 돈을 벌면서도 불평이 없다. 오히려 고맙다는 인사를 자주 듣는 직업이다. 그들은 그저 무서움을 느끼게 하는 물건들을 바라보며 말이 없다. 역시 죽음은 모든 사람들을 숙연하고 두렵게 만드는 힘이 있다.

이윽고 주인인 석 기영이 문을 열고 인사를 한다. 마치 저승사자처럼 우뚝 서서 자신을 바라보는 모습이 무섭다는 느낌이 든다. 수염이 온통 얼굴을 뒤덮고 있는 것 같고 하얀 이빨을 보이며 웃는 모습이 마치 산적 얼굴이다.

"혹시, 저….'

라는 소리가 끝나기 전에 용호와 기영은 서로를 알아본다.

"어참, 지난 번 타점을 헐 적에 회계를 보시던 양반이 아녀유?"

"맞구먼유. 금방 알아보시다니 기억력이 좋네유."

"두 번을 만난 구면인디 어디 모르면 쓰것슈?"

"하루 저녁을 지내두 만리장성을 쌓는다는 말처럼 두 번을 쌓았네유."

그들은 허허 웃으며 서로를 소개하며 거실로 들어간다. 본격적으로 서로의 관심사를 풀 모양이다. 타점장에서 본 얼굴은 뭔가 진지한 표정이었으나 지금 느껴지는 상은 뭔가 강한 인상이다.

"일부러 아저씰 만나러 장호원까지 왔슈."

"잘하셨슈. 이왕에 이곳까지 왔으니까 오늘은 채표 이야기만 허자구."

"좋아유. 그것 때문에 왔구먼유."

"속이 시원허게 말해주면 좋겠슈."

"아직두 모르는 게 있나유?"

"물론이제. 채표라는 것이 쉬우면서두 어렵잖어?"

"허긴, 꿈을 판다는 것은 쉽지만 통표와 배짝을 보구 해석허는 일은 어렵네유."

"전번 타점장에서 어찌나 재미있게 지냈던지 잊을 수가 없더구먼. 그렇게 재밋구 이상스런 것은 생전 처음이었구먼. 사람들이 그래서 몰려드나 봐유."

"그라믄유. 돈이 없다면 그렇게 많은 사람들이 찾아오지두 않구 재미있지두 않았을 거구만유. 꿈이랑 돈이 합쳐지니께 거기다 누구나 맨땅에서 헤엄칠 정도루 쉬우니께 그랬을 거구유?"

"물론입죠. 서른 배나 되는 돈을 타간다는 것이 쉬운 일이겠슈?"

"지금두 믿기지 않어. 별 볼일 없던 꿈이 돈을 물구 오다니."

성만은 두 사람이 이야기하는 소리가 너무도 이상하고 다른 나라 사람들이 하는 것같이 느껴졌고 어쩌면 당연히 자기가 채표에 대해 모르기 때문에 들어야 할 것으로 여기고 있다. 대충 알고는 있지만 타점이라는 말부터 막히기 시작하여 그 나머지는 거의 생소한 말이다. 이 세상에 이런 요상한 말이 과연 있었는지 궁금하다. 누가 처음에 이런 어려운 한문을 만들어 썼는지 존경심마저 든다.

지금 듣고 있는 말들은 마치 다른 나라에서 듣고 있는 것 같다. 자신이나 남이 꾼 꿈에다 돈을 걸어서 거부가 되었다는 말은 지금껏 들어 본 적이 없다. 어쩌면 머나먼 이상한 나라에 있는 이야기로만 들릴 뿐이다. 꿈을 꾸는 데 돈이 드는 것도 아니고 아프거나 그 어떤 제약도 받지 않고 꿀 수 있다. 눈먼 사람도 꾸고 아무 때나 가질 수 있는 것이다. 하지만 채표 놀이에서는 채표신에 의해 만들어지고 있다는 풍문이 돌고 있다.

만석과 용호 덕분에 마을에는 채표신이라는 이상한 말들이 돌기 시작한다. 성만이는 할아버지가 한약방을 했던 덕택에 한약에 대해서는 어느 정도 알고 있다. 질병이 나타나거나 나쁜 기인 사기가 몸 안으로 들어오면 나타나는 것이 바로 꿈이다. 할아버지로부터 한의학을 공부할 때 들은 이야기가 생각난다. 꿈이란 육체의 정기가 밖으로 나가 돌아다니다가 어떤 물체에 부딪치면 생기는 것이다. 감기가 걸릴 때는 꿈속에서 뭔가를 맛있게 먹거나 물에 빠지는 꿈을 꾼다는 것이다.

잠을 잘 때에 몸에서 흘러 나와 돌아다니는 것이 제때에 들어가지 못하면 어떻게 될까? 참으로 꿈의 세계란 알 수 없는 것이 너무도 많이 있다. 언젠가 『장자』라는 책에서 '꿈이란 양기의 정이며, 정기는 마음의 기쁨과 노여움에 따른다.' 라고 읽었던 기억이 떠오른다. 또한 꿈을 쓴 책인 『몽서』에는 '꿈은 현실이며 정기의 작용이다' 라고 쓰여 있다.

할아버지께서 그에게 얘기해 주신 꿈에 관한 이야기가 생각난다. 중국 고서인 『열자』라는 책에 '음기가 강하면 시내를 건너는 꿈이나 무서운 꿈을 꾸고, 양기가 강하면 불 속을 지나면서 화상을 입는 꿈을 꾸며 음양이 모두 강할 때는 목숨을 구하거나 죽는 꿈을 꾸게 된다' 고 쓰여 있다는 말을 들었다. 또 과식하면 남에게 물건을 주고 배가 고프면 남의 물건을 슬쩍 훔쳐 오고 허하면 몸이 공중에서 날아다니거나 새가 되는 꿈을 꾸며 띠를 졸라매고 자면 뱀 꿈을 꾸고 낮에 골똘히 뭔가를 생각하면 밤에 그대로 꿈으로 나타난다고 하셨다.

같은 꿈을 계속적으로 꾸게 되면 그것은 질병이 몸 안으로 들어온다는 것을 의미하므로 미리 손을 쓰면 예방도 가능하다는 것도 알고 있지만 도대체 꿈을 갖고 어떤 통표라는 것에 일률적으로 맞추어 돈을 걸고 번다는 말이 실감이 나질 않는다. 갑자기 놀래거나 답답한 일이 있어 정신이 혼란스러우면 그것도 꿈으로 나타나는 경우도 있으나 일부러 좋은 꿈을 꾸기 위해서 이상한 행동까지 한다는 말은 영 이해되지 않는다.

꿈을 풀이하여 앞으로 일어날 일을 미리 알아맞히는 일도 있다. 이런 신비한 점을 보면 어떤 보이지 않는 예감이나 영감이 꿈으로 대신 보여주거나 꿈이 곧 앞일을 가리킬 수 있다는 생각도 든다. 꿈으로 돈을 벌 수 있고 재미있게 시간을 보낸다는 말에 채표에 관심을 갖게 되었다. 또한 친한 친구는 주역을 이용하여 점을 치기도 한다. 그 친구의 도움을 받으며 복지를 쓴다면 어떤 일이 일어날 것이다. 막상 타점 이야기를 들으면서 이것이 실제로 있었던 일이라는 확신이 생기게 된다. 더욱 가슴을 설레게 하는 일은 다음 타점일이 며칠 밖에 남지 않았다는 것이다.

자신도 모르게 동네 분들이 채표에 대해 많이 알고 있다. 어쩌면 나만 모르는 것 같은 소외감까지 느껴진다. 마치 모래만이 끝없이 펼쳐지고 따가운 해가 뜨겁게 내리쬐는 망막한 사막과 같다. 그런데 마실 물조차 보이지 않던 그에게 신기루를 만난 것 같은 신선한 느낌이 든다. 평생 사람에게는 세 번의 기회가 주어진다는 말이 있지만 지금껏 기회라고 여길 정도의 일은 없다고 푸념을 했지만 이번 채표는 분명 내 것이라고 생각한다.

시골에서 꾸는 꿈이란 그저 도회지에서 직장을 얻고 농사꾼을 벗어나는 것이다. 별다른 능력도 없고 갖고 있는 것이란 고작 논밭밖에 없는 처지에서 다른 일을 꿈꾼다는 것은 상상하기 어려운 일이다.

가족끼리 얼마 되지 않은 논밭을 일구고 먹고사는 일이 너무도 힘겹다. 도시로 나가고 싶지만 내세울 만한 기술도 없고 돈도 없다. 그로선 감히 말도 못하고 그저 할아버지 밑에서 한약이나 썰고 약을 달여서 파는 일을 천직으로 여기고 있다. 다른 사회를 맛보고 싶은 마음이 굴뚝같지만 그럴 만한 기회나 여건이 주어지지 않는다. 매일 다람쥐 쳇바퀴 도는 생활이 너무도 지겹게 느껴진다. 그러던 그에게 채표는 마치 물고기가 물을 만난 것처럼 새로운 활기를 찾은 것이다.

"막걸리가 나왔으니 먹고들 얘기허시지유."

투박한 항아리 속에 들어 있는 막걸리를 흔들어 석 영감한테 한 잔 권한다. 기영 영감은 원래 술과 여자를 좋아하는 사람으로 소문이 자자하다. 마누라 몰래 바람을 피우는 것이 어쩌면 남보다 더 즐겁게 보낸다고 할 정도다. 술을 마시기만 하면 항상 부르는 자작곡 가사에는 "인생은 일장춘몽이요, 안개와 같구먼. 그라니께 재밌게 놀어유. 노새 노새 젊어서 놀아 늙어지면 못 노나니 이 내 청춘 안 기다리네" 이런 내용이 담겨 있다.

너무도 빨리 흘러가는 물 같은 세상살이가 아닌가. 먹는 건 세월이요, 남는 건 아픈 육신뿐이니 짧은 세상 즐겁고 멋지게 살아보겠다는 생각뿐이다. 돈과 노는 것을 다 좋아하지만 여자에 대한 애착이 무척이나 큰 사람이다. 혼자 살고 있는 과부에게 접근하여 재미도 보고 용돈도 타서 쓰기까지 한다. 장사를 다 지낸 다음 그 집에 일 년이 지나거나 몇 달 후에 묘를 둘러보고 할 일이 있다고 하면서 과잉 친절을 베풀며 접근한다.

따뜻한 마음과 관심이 나중에 만들어지는 것은 남녀 간의 정이다. 남자의 정을 목말라 하던 외로운 여자들은 자연적으로 가까워질 수밖에 없다. 그런 심리를 이용해서 정을 통하고 삶의 재미를 그런 방향으로 생각하고 있다. 남는 시간에 색을 찾아서 즐겁게 살아가는 그에게 채표는 다른 돌파구이다. 가능한 돈이 있어야만 술과 여자, 노름에 접근할 수 있다.

탁자에 놓인 술을 돌려 마신 그들은 얼큰하게 취하자 소리를 지르며 세상 이야기로 밤이 깊어 가는 줄도 모르고 있다. 참으로 오랜만에 맛보는 술맛은 짜릿함마저 느껴진다. 술에는 용기와 힘을 실어 주는 그 무엇이 있다.

갑자기 성만이는 장호원을 책임지는 통수 노릇을 해보겠다고 큰소리로 떠든다. 성만이가 자청하는 통수 노릇은 석 영감에게는 호재이다. 내심 겁도 났지만 그래도 같은 라이벌이 있다는 것은 현재로서는 반가운 일이다. 그만큼 채표가 널리 퍼졌다는 증거가 아니고 무엇인가. 선전이 잘 되어야만 통수들이 길복을 많이 챙길 수 있기 때문이기도 하다. 용호가 생각하는 전략을 말하자 석 영감은 일단은 안심하는 눈치이다. 이렇게 통수가 한 지역에서 두 명 이상이 나와야만 경쟁이 붙고 사람들을 더 많이 모집할 수 있으며 그것이 바로 자신의 주머니를 배부르게 해주는 것이다.

심부름을 해서 돈을 받는 것보다는 자통이라는 새로운 규칙을 알게 되자 욕심까지 생긴다. 성만은 생각을 하면 할수록 매력이 있는 것이 바로 채표라는 생각이 든다. 믿을 수 없으면 통수를 거치지 않고 타점장에 와서 본인이 맘에 드는 것을 직접 써내는 자통이라는 규칙을 알고 있는 사람은 극소수이다. 그것이 알려지면 통수들에게 돌아가는 돈이 줄어들 수도 있다. 자통으로 당첨된 사람은 통수에게 구전을 주지 않아도 된다. 통수 입장에서는 자통이 없기를 바라는 것이 당연하다.

"용호 씨 말이여, 혹시 장호원에 있는 건달들을 잘 알지. 자네도 거기에 잠깐 같이 일한 적이 있지 않은가?"

"아니 갑자기 건달은 왜?"

"그 똘마니들이야, 돈 냄새만 맡으면 구더기가 득실대는 시궁창이라두 들어갈 놈들이잖여. 돈두 만질 줄 알았다. 또 노는 덴 끝내 주는 아새끼들이 아닌가. 그러니께 건달들을 동원해서 사람들을 모으기만 허면 야, 채표가 발전헐 수 있을 거구먼."

"허긴, 자네 말도 일리는 있구먼. 아가리를 벌리구 돈을 찾는 놈들헌테 채표를 알려 주면 다 끝내 줄 거구먼. 그런디 건달들이 나타나믄 이상헌 소문이 돌 수 있잖어?"

"일리가 있네만, 건달들을 부르는 것이 쪼끔은 빠르다는 생각두 들긴 헌디. 그라믄 한두 번 정도 해보구 그 다음에 불러도 늦지는 않을 것 같은데 말이여."

"그놈들을 이용허야만 많이 모이제. 사람이 모여야 돈이 돌구 돈이 돌아야 재미가 있을 것이 아닌가? 잘 생각혀 봐. 무슨 일이든지 바람잽이가 있어야만 잘 돌아가는 것일세."

"그것두 틀린 얘긴 아니지만 처음부터 나쁜 쪽으로 보이면 낭패지. 그러니께 우선 생각해 보구 내일 아침에 친헌 건달들을 만나 보지 뭐. 혹시 알겠어? 그런 애들이야 놀구 돈 버는 일에는 빠질 리가 없지."

"일단은 자네가 만나서 계획을 말허구 참여들 허라구 해."

처음부터 무리한 수를 두는 것은 모두에게 부담이 될 수도 있다. 물론 채표를 널리 퍼트리는 것도 중요하지만 이미지를 생각해야 한다. 그런 판단이 들어서 지금까지 극단적인 방법까지는 염두에 두지 않고 있다. 그러나 어차피 노름에 가까운 성질이 있다면 건달들을 이용하는 것도 괜찮을 것 같다.

물론 활달하고 놀기 좋아하는 사람들이 모여들기 마련이다. 마을마다 성격이 활달한 바람잡이를 세워 채표에 빠져들도록 만들 생각이다. 위험하기 짝이 없는 일이라고만 여길 수도 없다. 설사 알리지 않고 있을지라도 건달들이 모를 리 없다. 나중에 알게 되면 자기들을 따돌리고 알리지도 않았다는 불평을 늘어놓으면 일은 더욱 복잡해질 수밖에 없다.

만석은 보국대로 끌려가기 전까지는 온 동네에서 말썽꾸러기였다. 지금은 그런 건달 생활이 싫고 허무하다는 생각이 들었기 때문에 고향으로 내려온 뒤부터는 가능한 그들과의 접촉은 삼가고 있다. 하지만 돈을 많이 벌수만 있다면 건달들을 적당히 이용하는 것도 괜찮을 것이다. 문제는 그리 쉬운 일이 아니라는 데 있다. 그들의 뒤에서 돈을 써서 보살펴 주고 살림 밑천을 대줘야 하는 부담도 있다.

여러 가지 방안을 깊이 생각하고 있다. 가끔 어떻게 알았는지 찾아오는 후배들을 달래 보내기도 한다. 그런 일은 자기들이 바람을 잡을 테니까 우리한테 맡겨 달라고 애걸을 하고 있다. 이런 문제를 깊이 상의했지만 용호는 결사적으로 반대를 하여 보류된 상태이다. 그러나 막상 용호가 각 마을을 돌면서 채표를 알리자 기대 이상으로 사람들이 몰려든다. 활동적인 통수들이 필요하여 건달들을 만나보고 결정하기로 한다. 나중에 있을지도 모르는 화근을 미리 막는 방책을 세울 필요가 있다. 어떤 불리한 문제를 갖고 가는 것이 아니라 채표를 알리고 노름꾼이나 돈을 벌고 싶어 하는 사람들에게 많이 참여할 수 있도록 분위기를 높여 달라는 주문이다.

순진하고 착한 그가 친구의 꼬임에 빠져서 몇 달 동안 건달들과 같이 어울려 음성 읍내까지 패싸움을 벌이면서 서로 힘자랑도 했다. 물론 깊이 빠지지는 않았어도 그 생활에 대한 것은 어느 정도 알고 있다. 건달들은 누구의 간섭도 받지 않고 살 수 있는 자유인이라는 매력을 느끼기도 한다. 같이 어울렸던 친구 중에는 서울 명동에서 주먹을 휘두르며 돈을 갈취하는 자도 있다. 건달들이 직접 채표장에 나타나거나 사람을 모으는 일은 위험이 있다고 생각하여 조용히 활동하는 것을 원한다.

보이지 않는 가운데 일을 진행시키라는 부탁을 할 예정이다. 만에 하나라도 동네에서 까불고 싸움질이나 하는 자들이 채표장에 떼거지처럼 우르르 몰려다니면 그것은 문제가 복잡해지고 채표 발전에도 좋지 않은 영향을 끼칠 수 있다. 누구나 이 세상에 태어나 항상 본의 아니게 남과 밀접한 관계를 맺으며 살아가고 있다. 어떤 이익이나 손해를 적게 보려고 어쩔 수 없이 남을 이용하기도 한다. 물론 남을 잘 이용하는 것도 기술이요 능력이지만 항상 시간과 여건이 서로 맞아떨어질 경우에 그 효과는 극대화될 수 있으며 그런 사람이 바로 능력 있는 사람이다.

놀기를 좋아하는 성격인지 아니면 돈에 대한 욕심인지는 모르지만 두 사람의 욕망은 더욱 커지고 있다. 돈에 대한 깊은 불만과 가난을 몰아내겠다는 굳은 뜻을 지닌 사람들이 서로 뭔가 통하는 가운데 이들은 채표라는 공동의 배를 타고 있다. 단지 이들을 이끌어 주는 매력은 다름 아닌 노는 짜릿한 재미와 얻어지는 돈이다.

삼십육계 줄행랑이 최고여

새침데기가 골로 빠진다는 말처럼 아무리 얌전한 자라도 한 번 노름에 빠지면 헤어날 수도 없고 어느 길이 끝인지를 알면서도 벗어나지 못하게 된다. 물론 상팔십이 내 팔자라는 식으로 있는 그대로 산다면 아무런 문제도 없지만 누가 그렇게 살 수가 있단 말인가.

돈을 만들거나 뒤집는 것이 인생사에서 얼마나 재미있는 일인지는 채표에서도 마치 우리나라 정치사를 보는 것처럼 흥미롭게 보인다. 살아가면서 주역에서 말하는 음양 법칙처럼 쥐구멍에도 볕들 날이 있을 수 있다. 검불 같은 권세를 쥐고 있으면서 하늘 높은 줄 모르고 까불다가는 하루아침에 밑바닥으로 곤두박질칠 수도 있다. 그것도 모르면서 돈이 좀 있어 배부르다고 남을 무시하며 으스대다가는 어느 날 갑자기 날개도 없이 떨어지고 마는 것이 세상사이다.

자기가 꾸었거나 아니면 남으로부터 돈을 주고 산 꿈 이름을 쓴 복지를 들고 타점사와 계산사들이 외치며 붓으로 종이에 표시를 하고 있다.

"장호원 김상영 씨가 원귀에 10원이구먼유, 삼성면 오영팔 씨가 일산에 20원이구유, 소태면 이경숙 씨가 필득에 30원이요, 안성 박광렬 씨가 필득에 50원이요…"

들어 본 적이 별로 없던 복지들이 많이 들어온 것이 이상하다는 생각이 든다. 그것도 필득을 부르는 타점사의 목소리가 언덕배기를 지나 구경꾼들 사이로 크게 들린다. 언제나 가장 긴장되는 순간을 느끼지만 오늘따라 불안하고 답답한 것은 무슨 이유일까.

타점사가 부르는 소리에 따라 일일이 적어가는 계산사의 손가락에 따라 희비가 엇갈리고 돈은 날개를 달고 이리저리 옮겨 다니며 한바탕 파도처럼 지나가는 타점장의 모습은 가히 볼만하다.

마치 장날에 소싸움을 하는 그런 광경은 누구에게나 멋들어진 추억을 만들고 웃고 우는 민초들의 심정을 대변하는지 하늘은 석양에 어두운 잿빛으로 물들어 있다. 아마도 물주와 통수들이 벌이는 마지막 신경전은 일대 광풍을 몰고 오는 것을 알려주는 것인지 회오리바람이 불면서 모자가 날아가고 먼지가 자욱해진다.

통수들이 눈을 부릅뜨고 한 장씩 꼼꼼하게 점검하는 복지는 쌓이고 있다. 오늘따라 불안해 보이는 물주는 두 눈으로 뭔가를 유심히 살펴보고 있다. 지금까지 타점에서 대산이라고 발표되었던 36문을 머릿속에 한 문씩 생각하며 쌈지 속을 만지작거리고 있다.

단, 한 번도 대산질에 속하지 않았던 꿈 이름을 슬그머니 집어 든다. 아무리 살펴봐도 돌아가는 낌새가 이상해지는 것을 알아차렸다. 접수를 맡아서 일하는 계산사인 원식에게 눈을 껌벅이며 신호를 보낸다. 사전에 짜고 지시한 것으로서 '36문 줄행랑을 칠 테니까 알아서 도망쳐라'는 암시이다.

"쌈지를 열기 전에유 우선 통표에 있는 그림을 살펴보겠구먼유."

낌새가 생각하는 방향으로 돌아가지 않는다는 것을 안 그는 일부러 시간을 끌기 시작한다. 이대로 가다가는 본전은 고사하고 빚까지 짊어질 형편이 아닌가. 쌈지 속에는 일산과 필득이라는 꿈 이름을 쓴 복지가 두 장이 들어 있다. 이상하게도 꿈에서는 도둑을 맞거나 도둑질을 하는 장면이 없는지 필득을 복지에 써서 갖고 오는 통수들이 별로 없다. 오늘따라 도둑질을 당하는 꼴을 실제로 이곳에서 보기 위해 온 것인지 필득이라고 쓰인 복지가 눈에 자주 띄는 점이 이상하다.

두 장 중에서 여차하면 바꿔치기를 할 생각으로 함께 갖고 있는 것이다. 계산사가 눈으로 신호를 보내면 바꿔치기를 하거나 도망을 칠 생각이다. 언덕에 모여서 타점에 온 신경을 쓰고 있던 사람들은 타점사와 계산사가 정리하며 당첨자를 부르는 것에만 온 신경을 곤두세우고 있다.

그사이에 물주인 만석은 슬그머니 자리를 떠나 사뿐사뿐 뒷걸음질로 거시기를 잡고 볼 일을 보러가는 것이 급하다는 듯이 빠져 나간다. 물주가 도망가는 줄도 모르고 모여 있는 사람들은 통표 그림에만 신경을 쓰고 있다.

"여기는 꽃 꿈이유!"

하며 주먹을 두 번이나 오므렸다가 펴고 있다. 열 명이나 된다는 것을 의미했다. 마치 큰 물살이 밀려오듯이. 죽을힘을 다해 달리다가 언덕배기 너머로 들어서면서 사람들이 잘 보이지 않자 가랑이가 찢어지도록 도망치기 시작한다.

오늘 물주가 준비했던 돈은 고작 만 원뿐이다. 만약 그대로 필득이 쌈지에서 풀렸다면 대산자들에게 나눠주어야 할 돈은 삼 만원이나 되는 거금이다. 이만 원이 아니라 삼 만 원을 고스란히 남기기 위해서 허리춤에 차고 있던 돈을 붙잡고 줄행랑을 친 것이다.

여차하면 본전은 고사하고 알거지가 될 판국에 체면이고 나발이고 눈에 보이지 않는 다. 걸어 놓은 돈을 몽땅 그대로 놔두고 타점사와 계산원은 물주와 반대방향으로 줄행 랑을 치기 시작한다. 채표의 36문중에서 여차하면 줄행랑을 치는 것이 최고라는 말이 입증되는 순간이다.

병법에도 나오는 말이지만 전쟁에서 불리하거나 위급하면 일단 도망치는 것이 상책 이다. 그 다음 일이야 어찌 되든지 간에 순간적으로 위기를 모면하는 것보다 나은 게 있 을까.

타점장에 모여 대산을 기대하고 있던 사람들은 그저 멍하니 바라볼 뿐이다. 누군가 욕 을 하기 시작하자 여기저기서 욕설을 화살처럼 퍼붓기 시작한다.

"야이, 개새끼들아! 엿이나 처먹어라!"

하며 주먹질을 한다.

"니기미 쓰발, 이런 개 같은 경우가 어디 있어. 종말루 다 개판이구먼."

"허긴, 저 새끼가 고단수를 뒀어. 불리하면 무조건 도망치는 게 최고지."

"저 새끼들이 누구여. 밥 처먹구 허는 짓이 채편디."

"우리가 미쳤구먼. 으떠케 저랜 다냐. 자식들."

"비겁허게 물주 놈이 그라믄 으쩌란 말여? 속 터지구 환장허겄구먼."

"씨부랄 놈들, 가다가 뒤져 뿌려라. 다리몽다리나 뿌려져 부려라. 으쩐지 돈지랄을 그 러케 허더니만 무시기 꿍꿍이가 있었구먼."

"짜사, 능지처참 혀서 뼈다구를 갈아 마셔두 시원찮을 놈들 같으니라구. 니기미씨발."

"저 새끼들이 떼놈들헌테두 해쳐묵었다는디 아직까지 잘 참었지."

"우리헌텐 그럴 수가 있슈? 아랫도리가 후들후들 사시나무 매냥 떨리는구먼유."

아무리 욕을 해대도 성이 풀리지 않는지 입에 거품을 품으며 욕대포를 쏘아대고 있다.

그렇다고 어디 가서 하소연을 할 수도 없는 노릇이다. 지서에 신고하지 못할 것이라는 것을 잘 알고 있기 때문에 발만 동동 구르고 있을 뿐이다.

여전히 언덕 너머에는 작은 점 몇 개가 숨 가쁘게 움직이고 있다.

* 오걸식(五乞食).

채표에 쓰이는 인물을 그려 놓은 통표 그림의 위 부분에는 오걸식이라는 마을이 있다.

오걸식(五乞食)은 화투 그림의 끗수나 경마장의 각 말들에게 붙여지는 고유 번호와 같다. 세상을 살아가면서 주색과 돈은 어느 정도 필요하지만 너무 그곳에 빠져들면 문제가 생길 수밖에 없다. 그것은 역사의 교훈을 통해서 분명하게 알 수 있는 것으로 집안은 물론이고 자신에게도 해가 되는 결과를 가져온다. 주색잡기로 집안이 망하고 체면까지 깎이는 일을 당하면 목구멍에 풀칠도 못하고 남에게 얻어먹는 신세로 전락하고 만다.

맡겨진 일을 잘 하지도 못하면서 그저 먹고 즐기는 것만 좋아하는 오렌지족과 같은 사람들이 과거에도 있었다. 한 번 노름이나 채표에 빠지면 일은 하지 않고 그늘에서 쉬면서 노래만 부르는 베짱이 같이 놀면서 쉽게 번 돈으로 주색잡기를 하면서 패가망신을 당하고 손가락질 받기도 한다.

채표에서 오걸식에 해당하는 꿈 해몽에는 원귀, 만금, 청원, 원길, 길품 등이 있다. 이는 만리장성을 축성하면서 고달프고 괴로울 때 느끼는 마음을 나타낸 해몽이다. 처음에는 물주를 해서 짭짤하게 돈도 벌고 즐기면서 재미를 느꼈다. 시간이 갈수록 아무것도 모르던 입산자들도 약아지고 경험을 통해 익혔던 비법들이 만들어지면서 물주와의 머리싸움에서 이기는 경우가 생기기 시작한다.

타점을 할 때 마다 물주는 불안하고 자신감이 없어지면서 한숨까지 쉬는 일도 있다. 아무런 물정도 모르는 순진하고 어수룩한 사람들이 바보처럼 몰려들어서 재미를 볼 수 있었지만 채표 타점을 하면 할수록 사정이 많이 달라지고 있다.

타점장에서 물주가 써낸 해몽을 종이에 적고 지금까지 발표한 것을 통계표도 만들었다. 역시 돈에는 정확한 정보가 최고의 가치가 있는 법이다. 물주의 성격, 습성, 심지어는 무슨 밥을 어디서 먹고 누구와 술을 얼마나 마셨다는 정보가 입산자들 사이에 퍼지기까지 하는 지경에 이르렀다.

　그것은 그저 꿈으로만 대결을 하는 것보다는 모든 열쇠는 물주가 어떤 꿈을 쓰느냐에 달려 있기에 시간이 흐를수록 이상한 방향으로 흘러가고 있다. 그에 대한 모든 일거수일투족이 감시의 대상이다. 지금의 주택복권이나 로또 복권에서 각종 통계를 내고 다양한 통계 정보를 바탕으로 나름대로의 번호를 쓰고 고르는 현상과 일맥상통하는 일이다.

　타점 횟수를 거듭할수록 물주가 과연 어떤 해몽을 냈으며 어떻게 그 해몽을 작성했는지에 대한 분석과 예측을 위한 정보가 많아지면서 전보다는 더 많은 입산자가 나오기 시작한다. 이렇게 되면 물주는 돈을 잃고 적자를 보게 된다. 무슨 대책이 필요하다는 것을 뼈저리게 느끼기 시작한다. 아무리 부자라도 재산은 검불과 같고 삼대를 못 간다는 말이 있다. 물주가 머리를 쓰고 꾀를 부리면서 입산자들과의 한판 싸움에서 이겼더라도 일대 다수라는 법칙은 항상 외롭고 불리하기 마련이다.

　입산자들보다 물주가 이길 확률은 훨씬 적어질 수밖에 없는 게임에서 별의별 수단과 방법이 동원되고 유언비어가 난무하기까지 한다. 물론 예로부터 돈만 있으면 귀신도 부릴 수 있고 처녀 불알도 살 수 있다는 말이 있지만 물주가 살 수 없는 것은 통수가 마을을 돌아다니며 모아오는 복지에 쓰인 꿈 이름이다.

　통수를 매수하려는 일도 있지만 위험 부담이 크기 때문에 눈치로만 파악한다. 하루아침에 날려 버린 재산이 얼마인지 허공에 떠가는 구름같이 잡을 수도 없고 잠시 비를 내려주면 받고 수증기로 날아가면 그만인 것이 돈이다.

"자넨, 오늘은 만금을 해몽으루 써냈구먼"

"어제랑 똑같이 했구먼유. 매일 바꿔두 소용이 없더구먼유. 배짱으루 밀어볼래유."

"그람, 금가락지라도 공짜로 생긴 겨? 아니믄 사금이라도 캔 겨?"

"새벽에 강가에서 사금 캐는 꿈을 꾸었슈."

"허긴 맨날 밥만 묵으면 꿈꾸는 얘긴디 을마나 부자가 되고 싶었겠는가."

"별다른 일두 없구 꿈이라두 팔어야지유. 후딱 돈을 벌어서 쌀밥이나 실컷 묵었으면 좋겠구만유. 그리구 장가두 가야허구유."

"알았구먼. 자네 바램대루 되었으면 좋겠네. 알았어 바쁘믄 후딱 가봐."

"오걸식을 면혀야 허는디. 안녕히 계세유."

그날 당첨자를 뽑는 타점장에서 길우는 사금을 캐는 꿈인 만금을 써서 통수에게 복지와 돈을 몽땅 걸었다. 물론 빚을 내서 거금을 만지기 위해 투기를 한 것이다. 그러나 만금은 금이 아닌 그저 모래로 변해버리고 그만 빚쟁이가 되고 말았다.

일은 하지 않고 사막의 신기루만 찾아다니면 오걸식이 되고 만다는 것을 보여주었다. 요행이나 재수를 바라는 것보다는 직접 자신의 몸을 써서 얻는 노동의 기쁨과 대가는 비록 작고 보잘 것 없지만 그것이 진정으로 가치 있는 소중한 열매이다.

누구나 쉽게 공짜로 얻은 물건이나 돈은 또 쉽게 쓰기 마련이다. 그러므로 피와 땀으로 얻는 돈이래야 가슴에 품고 아껴 쓸 것이다. 어쩌면 채표에 그려진 오걸식은 현대인에게도 주는 교훈이 같을 것이다.

*판계(板桂): 나무를 베거나 장작을 지고 갈 때 쓰는 꿈 이름

누구나 쉽게 돈을 벌거나 적은 노력으로 큰돈을 만질 수만 있다면 그거야 세상에서 가장 멋지고 흥미 있는 관심거리일 것이다. 바로 이런 점 때문에 채표는 많은 사람들로부터 꿈을 심어 주고 찬란한 빛처럼 가슴에 설렘을 주기에 충분한 매력이 있어서 불길처럼 번져 나가기 시작한다. 돈을 벌기 위해 갖가지 좋은 꿈을 꾸고 이것으로 돈을 걸어 물주와 통하면 거금 30배를 받는 장사야말로 얼마나 높은 배당을 보장받는 도박 중 도박일 것이다.

어두운 사회적인 장벽을 하루아침에 뛰어넘을 수 있는 기회를 단 한 번이라도 잡고 싶어 모두가 안달이다. 지겹도록 양 어깨에 짊어진 가난이라는 업보를 스스로 벗어나기가 너무도 힘겨운 일이다. 조상으로부터 물려받은 땅은 별로 없고 뼈 빠지도록 농사를 지어 봤자 얻는 것은 겨우 목구멍에 풀칠이나 할 수 있고 살림을 하기에도 턱없이 모자라는 돈은 모두의 근심거리이다.

마치 모든 문제를 풀 수 있을 것만 같은 꿈을 심어주기에 충분한 채표는 모든 사람들의 관심사였고 아침이면 꿈을 묻고 돈을 걸어 파는 일이야말로 꿈같은 나날이 계속되고 있다. 다른 사람은 꿈을 팔아서 돈을 벌었다는 소문이 돌고 있지만 봉식의 꿈은 언제나 이

루어질 것인지 답답하기만 하다. 지금까지 일곱 번이나 복지에 꿈 이름을 써서 통수에게 줘봤지만 언제나 꽝이다.

힘들게 장작을 팔아 마련한 돈으로 채표에 돈을 걸었으나 단 한 번도 뻐꾹을 못했다. 아침과 저녁으로 하루에 두 번씩 타점이 열릴 때면 아무 일도 못하고 그저 대리인인 통수를 기다리는 재미로 살았건만 그것도 몇 번이지 왜 이다지도 채표신이 안 도와주는지 원망스럽다.

아침마다 잠에서 깨면 식구들끼리 나누는 꿈 이야기 때문에 서먹서먹한 사이인 시어머니와 시아버지, 올케 등과도 얼굴을 마주대하며 하루를 시작한다. 어쩌면 흉금을 털어놓고 말할 수 있게 만들어 준 채표는 또 다른 긍정적인 측면도 있다. 다름 아닌 글씨를 깨우치는데 일조를 했다는 사실이다.

오락을 넘어 돈이 오고가는 가운데 글씨를 모르면 아무것도 할 수 없다는 인식을 하면서 누구나 할 것 없이 글을 배우고 깨우쳐야 한다는 당연한 인식을 갖게 되었다. 글을 읽고 쓰는 데 전혀 무관심하던 사람들도 돈이 오고가는 이익이 눈앞에 보이자 필요는 발명의 어머니라는 말처럼 그렇게 변해가는 모습들이 진지하기만 하다.

어느 누구도 글을 배우라고 권해도 귀를 기울이지 않던 사람들이 한자를 쓰고 천자문을 읽으며 스스로 홀로서기를 준비하고 있다. 문맹까지 몰아내려는 채표의 보이지 않는 위력을 실감하게 된다. 자신의 이름 석 자도 못쓰던 까막눈이 한자를 쓰고 읽다니 과연 돈의 힘은 대단하다. 그것도 어렵다는 한자를 척척 외워서 복지에 써내려 가는 그들의 모습에서 채표의 힘이 새삼 느껴진다.

기다리는 재미도 어느 정도지 매일 아침에 넣고 점심 때 기다리고 또 넣고 저녁을 먹기 전에 집집마다 한바탕 타점 이야기로 들뜨고 또 좋은 꿈을 꾸어서 돈에 걸 일을 생각하느라 하루가 너무도 짧게 느껴지는 시골 모습이 활기차 보인다. 입산자가 못되어 실의에 빠져 한숨만 내쉬는 남편을 바라보던 충주 댁은 앞이 컴컴하다. 이래서는 아니 되겠다는 생각에서 어려운 결심을 한다. 남편이 너무 기가 죽어 있으니 괜히 오기와 배짱까지 생긴다. 남들은 꿈을 팔아서 큰돈을 벌었다지만 그것은 머나먼 강 건너 불구경이나 해야 하는 처지가 한심스럽기까지 하다.

"영희 애비유, 바같에 후딱 댕겨올 게유."
"비가 보슬보슬 내리는디 으디를 간다는 거여?"
"금방 갔다 올게유. 너무 걱정허지 마세유."
"알았구먼. 싸게 싸게 댕겨와. 조심 허구. 누구랑 가는 겨?"
"음성 댁허구 같이 가유."

충주 댁은 이번만큼은 기어이 채표신을 감동시켜서 큰돈을 만지고 싶다. 유독 채표신이 남편에게만 등을 돌리는 것 같은 생각이 들어서 갖은 정성을 다 해볼 결심을 한다. 그녀는 옆 마을에서 정성을 드려서 대산질을 했다는 소문을 듣고 그대로 해볼 작정이다.

무서움을 넘어 비장한 각오로 날이 새파란 부엌칼을 보자기에 싼다. 희미한 달빛 아래 충주 댁은 부엌칼을 들고 상엿집으로 향한다.

'무슨 수를 써서라두 채표님을 감동시키고 말거구먼.'
"내가 이기나 니가 이기나 으디 한 번 해보자구. 나두 오기가 있제. 그 년보다 더 정성을 드리면 되겠지"

만나기로 약속한 음성 댁이 상엿집 근처에서 기다리고 있다. 두 여인은 아무런 말없이 으스스한 상엿집 앞에서 촛불을 켠다. 충주 댁이 먼저 촛불을 들고 문을 열고 기분이 오싹하지만 이를 악물고 안으로 들어간다. 갑자기 등골이 오싹하고 무슨 소리가 들리는 것만 같지만 실의에 빠진 남편 얼굴을 떠올리며 들어간다. 평소 같으면 감히 생각지도 못하는 일이지만 오기를 부리는 마음, 채표신에 대한 정성을 드리려는 미신적인 믿음이 연약한 여인을 독하게 만들었다.

어찌 그런 일을 할 수가 있는지 스스로 놀라면서 무서움을 꾹 참고 서 있다. 손으로 더듬거리며 상여를 찾아 부엌칼로 상여 다리를 두드리며 주문을 외우기 시작한다.

"채표님! 오늘 저녁에 좋은 꿈 하나만 꾸게 해 주세유. 댕기방개 오방개."
백 번만 외우면 채표신이 꿈 쏙에서 물주와 똑같은 꿈을 준다는 소문을 믿는 믿음 하나로 무서움도 잊은 채 상여를 칼로 긁고 있다. 아무리 강심장이라도 컴컴한 밤에 몰래 상엿집으로 들어가 식칼로 상여 다리를 긁고 만지는 일이 그리 쉬운 일인가.

온몸이 식은땀으로 축축해지는 느낌이 들지만 꾹 참고 가르쳐 준 주문을 계속 외운다.

그날 밤 아무도 모르게 집으로 슬그머니 돌아왔다. 이튿날 아침을 먹으면서 남편에게 묻는다.

"좋은 꿈을 꾸셨슈?"

"으떠케 알았는가? 딱 맞추는구먼."

입 안으로 들어가던 수저를 그대로 멈추고 멍하니 바라본다.

과연 그녀가 정성을 기울인 덕분에 채표신이 좋은 꿈을 주신 것일까?

남편은 꿈속에서 송판으로 관을 짜는 꿈을 꾸었다는 대답을 한다. 나무로 관을 만드는 꿈은 바로 36문중에서 판계에 해당된다. 그날 타점장에서 대리인인 통수들이 모인 가운데 펼쳐든 물주의 꿈도 역시 판계였다.

마누라의 오기와 용기가 오랜만에 큰돈이 집안으로 들어오게 만든다. 오래 쓴 부엌칼로 상여 뒷다리를 치면서 외운 정성과 주문이 행운을 불러온 것일까?

아니면 정성에 채표신이 감동을 한 것인지는 모르지만 돈을 벌 수 있다는 믿음 하나로 무장한 민초들의 소망은 엉뚱한 방향으로 계속 이어지고 있다.

헐리는 지붕

아침마다 새마을 노래가 마을에 희망의 소리로 울려 퍼진다. 찌든 가난을 몰아내겠다는 의지로 활기에 찬 소리로 조상 대대로 내려온 초가지붕이 헐리고 마을길은 시멘트로 포장되고 있다. 하루아침에 달라지는 마을의 모습이 낯설기까지 했지만 마을 사람들은 국가에서 좋은 조건으로 융자를 해주는 것에 관심을 많이 가지고 있다.

한꺼번에 목돈을 마련하여 지붕을 바꿀 수 있는 형편이 못되었으나 아랫마을에 사는 복순이 집을 보면 슬레이트로 갈고 난 지붕이 깨끗해 보이고 가을이면 한바탕 홍역을 치러야만 겨울을 맞이하는 연례행사인 이엉을 엮는 일을 이제부터는 하지 않아도 된다는 기대감으로 가슴이 두근거리는 기분이다. 근대화를 이루기 위한 첫걸음은 지붕을 개량하는 것부터 시작되어 정부의 모든 역량을 새마을운동에 집중하고 있다.

덕골 마을에도 새마을운동이 활기차게 벌어지고 있다. 오늘은 지붕 개량에 대한 동의를 받기 위해 면에서 오기로 한 날이다. 이 서기는 서류 봉투를 들고 만석이 집에 도착하자 개 짖는 소리에 놀란 만석은 대문을 열고 밖으로 나간다. 막상 이 서기를 기다렸었지만 왠지 무거운 마음이 드는 것은 당연한 일인지도 모른다. 조상의 숨결이 깃 들인 초가집을 한꺼번에 슬레이트로 바꾼다는 점이 영 내키지 않는다.

나라의 도움으로 지붕을 바꾸는 일이 말처럼 쉽지만은 않다. 겨우 논 몇 마지기와 밭을 일구며 사는 입장으로서 목돈을 마련하기가 힘든 형편을 어떻게 비켜 나갈지 앞이 캄캄하지만 그래도 잘 살아보겠다는 마음을 바꿀 수는 없는 일이다. 모아 놓은 목돈도 없고 빚까지 지면서 감히 지붕과 담을 바꾸기란 벅차다는 생각이 들지만 그래도 정부에서 지원되는 지붕 개량 지원금을 놓치기는 싫다.

그러나 막상 이 서기를 보게 되자 손을 붙잡고 잘 좀 부탁한다는 말을 연달아 한다. 이 서기의 펜 하나를 어떻게 쓰느냐에 따라 사정은 많이 달라질 수 있기 때문이다.

"이 서기님이 아닌가유? 먼 길을 오시느라 힘드셨지유."
"오랜만이구먼. 지난번 일은 어떻게 결정을 하셨는가?"
이 서기는 본론부터 묻는다. 얼마 전부터 선배인 이 서기에게 지붕을 개량하라고 이야기를 듣고 있던 중이다. 지붕 개량을 할 것인지 말 것인지에 대한 결정을 오늘 알려 주겠다고 약조를 했다.
"마루에 좀 앉으시지유."
"그럴까. 집사람은 어디 가셨는가?"
"지금 밭에서 풀을 메고 있구먼유."
"더운 날씨에 고생이 많겠구먼."
"덥지유? 냉수 한 사발을 떠 올게유."
만석은 부엌으로 들어간다. 시골이야 어디 준비된 간식거리가 항상 있을 리는 없고 냉수야 최고의 음료수다.
"만석이 말여, 이런 좋은 기회가 별로 없을 거구만. 뜸들이지 말구 결정허라구?"
"전 하구 싶은디 작은아버님께서 영 반대를 허시니."
"바로 그런 생각부터 고쳐야만 잘 살 수 있는 거라구. 무조건 옛날 것이 나쁜 것은 아니지만 고치구 버릴 것은 얼른 버려야 하는 거여."
"잘살게 해준다는디 그 누가 싫어할 사람이 있겠슈? 국가에서 하는 일이면 야, 따라가는 게 도리지유. 허지만 집안 으르신께서 극구 반대를 허시니 원."
여전히 뭔가 마음에 걸리는지 머뭇거리는 표정이다. 이 집은 5대째 내려온 조상의 숨결과 정성이 담겨진 집으로 함부로 고쳤다가 무슨 해를 받지나 않을까라는 의구심과 함께 집안 어른들께 두고두고 욕이나 먹고 망신을 당하면 어떻게 처신을 할 것인지에 대한 걱정을 하고 있다.
"잘살아 보겠다는 굳은 의지 하나만 믿구 외국에서 빚까지 얻어다가 하는 일인디, 우리 면에 있는 마을은 다 동참허야제. 만날 돈을 주는 것두 아니구."
"지두 아랫마을 복순이 집을 봤거든유. 그란디 으찌나 깔끔허구 좋던지 얼른 허구 싶다는 맴이 들기는 들었구먼유. 지야 마음에 결심을 했지만 서두 그게 으디 지 맘대로 되는 일인가유?"

마을에는 벌써 한 집이 시범적으로 개량한 곳이 있어서 그 집을 보고 다른 사람들의 마음을 움직일 수 있도록 전시용으로 먼저 개량한 집이 있다. 그 전에 있던 초가지붕에 비해 훨씬 깨끗해지고 가을이면 짚으로 이엉을 엮어서 덮는 일을 하지 않아도 된다는 점을 강조하고 있다.

물론 누구나 지붕 개량을 하고 싶지만 문제는 바로 돈 때문에 망설이고 있다. 고민하는 이유 중에 하나가 지붕 개량 지원금이다. 반만 본인이 부담하고 나머지는 정부에서 무료로 지원해 주는 조건이다.

이 서기는 면사무소를 나설 때 면장으로부터 되도록 많은 개량 실적을 올리라는 엄명을 받았다. 이 동네에서 네 집을 목표로 하고 왔기 때문에 만석이가 머뭇거리는 모습에 답답하고 안타까운 생각까지 든다.

"이 사람아, 정부에서 그렇게 좋은 조건으로 지원을 해준다는 데 뭘 망설이는겨? 복을 발로 차 버리는 꼴이 아니여?"

"알았슈. 큰 맘을 먹구 부딪쳐 볼랍니다유."

이 서기는 지붕 개량한 사진을 보여주며 계속 설득을 한다.

"이것 보게나. 얼마나 멋있구 좋은가?"

"정말루 깨끗허구 좋구먼유."

이런 기회가 다시 올 거라는 보장도 없을 거라는 생각이 든다. 만석은 속으로 완성된 집 모습을 상상해 본다. 이미 마누라와 합의를 했지만 집안 어른이신 작은아버지의 허락만 있으면 되는 일이다. 장손이라지만 이렇게 작은 일에도 눈치를 볼 수밖에 없는 처지다. 별다른 일은 아니지만 반대를 무릅쓰고 결심을 하긴 했으나 선뜻 대답이 나오지 않는다.

이 서기는 계속 만석을 설득한다.

"잘 알았구먼유. 도장을 찍으면 되나유."

"그려. 잘 생각했어. 확 달라질 지붕을 상상허면서 잠을 자봐. 기분이 좋아질 거구만."

안채를 먼저 개량하고 사랑채는 내년에 하기로 약속을 하고 이 서기와 헤어지고 밭에서 일하는 아내에게 간다. 더운 날씨에 수건을 머리에 둘러쓰고 잡초를 뽑고 있다.

"임자, 금방 면에서 다녀갔구먼."

"도장은 찍었슈?"

"그려, 결정을 했지. 뜸을 들여 봐야 이익 될 게 뭐가 있겠나?"

"으떡 허실라구 도장을 찍으셨어유?"

"이젠 할 수 없지 뭐."

"그람, 작은 아버님께 말씀을 드리세유. 괜히 서운허시다구 허면 으떡해유?"

걱정스런 얼굴로 남편을 바라보는 아내가 사랑스럽게 보인다. 부부가 함께 걱정하고 상의하는 일이야 뭐가 문제가 있겠는가. 더운 날씨에 묵묵히 밭을 매는 모습이 고맙다는 생각이 든다.

"도장을 찍었는디, 별다른 말씀이야 있으시겠어?"

"지난번처럼 화를 내시면 으떡 허실라구."

전통과 관습을 한꺼번에 깬다는 것은 상당한 부담과 어려움이 뒤따르기 마련이다.

"남처럼 우리 집두 스레트로 고쳤으면 좋겠네유. 깨끗하게 사는 게 을마나 좋은디. 막상 지붕을 개량허구 나면야, 별 말씀이 있겠어유? 일이란 벌려 놓기가 어려운 것이지 일단 벌려 놓으면 더 잘되었다구 허실 거구먼유."

"별다른 일이 없으면 좋겠는 디. 으디 세상일이 다 맘대루 되어야 말이지."

"아마 스레트로 멋지게 만들어 놓으면 작은아버님은 잘 했다구 허실 거예유."

"그람, 오늘부터 준비를 허자구. 당신은 살림살이나 잘 정리허라구."

"언제부터 허실 건데유?"

"빠르면 빠를수록 좋겠지 뭐."

"알았구먼유. 준비를 할 게유."

"지금부터 일꾼을 부르구 시멘트와 모래도 준비해야겠구먼. 내일 읍내에 가서 스레트도 갖구 와야 허니까 당신은 돈허구 술을 준비해서 일꾼들이 먹을 수 있게끔 했으면 좋겠구먼."

하며 밖으로 나간다. 안채와 사랑채의 지붕을 바꾸기로 결심을 했으나 모든 것이 걱정이 앞서고 있으니 당장 급한 일은 일꾼을 모으는 일이라서 아랫마을로 급히 간다.

충주 댁은 곧 시작될 공사에 대비해서 집안 살림을 정리하기 시작한다. 갑자기 이사를 가려는 사람 마냥 짐을 챙기는 모습이 마치 전쟁터를 피해 피난을 가려는 모습과도 같다. 보따리를 꺼내 놓고 오랜만에 집안 살림을 정리하는 기분도 괜찮은 편이다. 쓸 만한 것은 따로 한쪽으로 모아 놓으며 물건 하나하나를 바라보고 있다.

집안에서 자손 대대로 사용했던 물건들이 몇 가지가 눈에 띄었다. 가보로서 조선 시대 김 홍도의 병풍도 보이고 장롱 속에는 옛날 고서들도 있다. 평소에는 보이지 않다가도 짐을 정리하다 보면 뜻밖에 귀한 물건을 찾을 수 있다.

나중에 팔수도 있다는 마음에서 시멘트 부대 종이로 깨지지 않게 잘 싸서 두지 안에 넣고 있던 물건 중에는 결혼식이나 회갑 잔치가 열리면 빌려주는 병풍도 있다. 집안에 큰일이 있으면 요긴하게 쓰는 물건으로 시집 온 뒤로 장롱 위에 있던 항아리는 고려 시대에 만들어진 상감청자로서 조상으로부터 물려받은 가보 중 하나이다.

이웃집에 살고 있는 연희 엄마가 찾아왔다.

"워매, 충주 댁은 무슨 짐을 챙기고 있어? 혹시 이사라두 가실려구? 아니면 무슨 난리라도 날 것 같아서 미리 짐을 챙기는 겨?"

물론 갑자기 짐을 마당에 꺼내 놓고 여기저기에다 흩어 놓고 있는 것을 보면 누구든지 무슨 큰일이 있는 것을 알아차릴 수 있다. 이마에 묻은 땀을 수건으로 닦으면서 충주 댁은 웃으면서 대꾸한다.

"연희 엄마두 원. 무슨 난리는 얼어 죽을 난리랑가? 우리 동네가 온통 난리인디 모르겠는가? 근디 오늘 장에 간다구 허더니만 여태껏 못간 거여?"

"몸이 불편해서 순덕 엄마헌테 부탁을 했구먼. 그런디 오는 길에 이상한 소리가 나서 이렇게 찾아왔지."

"마침 잘 왔구먼. 일손이 필요헌디 좀 도와주구려."

하며 기다렸다는 듯이 부탁을 했다.

"아침부터 야단법석인 걸 보믄 분명 일이 있기는 한 것 같은디."

"다름이 아니라 지붕을 스레트로 바꾸려구."

충주 댁은 그간의 사정 이야기를 자랑 삼아 이야기를 한다. 이야기를 듣고 있던 연희 엄마는 호기심 어린 눈을 굴리면서 듣고 있다.

"새마을운동은 좋은 일이여. 앞으로 잘 살게 끔 해 준다는 디 을마나 고마운 일이여?"

"그려. 길두 넓혀 주구 지붕까지 반값으루 바꿔 준다는 디 고게 얼마나 좋은 일이여."

"내년부턴 가을마다 하던 지붕일은 안 혀두 되겠네."

"그 일만 없어두 얼마나 편헐까?"

"우리랑 같이 연희 엄마도 이번 기회에 맘먹구 스레트로 깔끔허게 바꿔 보면 어떨까?"

"나두 허구 싶은 맴이야 굴뚝같이 높구먼. 근디 돈이 있어야 허지."

"잘 생각혀. 그런 기회가 항상 있는 건 아니잖어?"

"허기사, 무슨 일이든지 처음으루 허면 더 좋을 거여."

"마을길두 시멘트루 바꾸구 경지 정리까지 허면 얼마나 좋을까."

새마을운동에 대한 이야기를 하며 짐을 정리하고 있다. 요즈음 덕골 마을이 하루가 바쁘게 변해 가고 있는 것을 보면 새마을운동의 효과를 실감나게 느끼는 듯하다.

역사 이래 이렇게 활기가 넘치고 뭔가 바꾸고 개혁을 하겠다는 일은 없었다. 오직 전통적인 것이 최고라고 여기고 있던 이들에게도 서서히 근대화의 물결이 다가오기 시작한다. 기본적인 농사 방법과 여러 가지 생활양식들도 새마을운동에 맞춰 변해 가고 있다. 예로부터 내려 온 가난을 타파하고 후손에게는 다시 이런 나쁜 유산은 물려주지 않겠다는 굳은 결심으로 온 나라 안이 활기차게 움직이고 있다.

불도저로 흙을 밀어 바닥을 고르게 하고 논둑이 많은 논을 하나로 합치는 일까지 했다. 경지 정리 작업이 계속되고 마을길까지 시멘트로 포장했다. 가뭄에 대비하여 수로까지 시멘트로 된 관을 묻거나 반듯하게 만들고 있다. 만성적인 가뭄을 대비하여 저수지를 만든다는 소식이 전해진다.

비닐을 이용한 하우스 농법과 특용 작물을 재배해서 소득을 많이 올린 집들도 있다. 마을 한 가운데는 스레트로 바꾼 지붕이 보이자 지나가는 사람마다 상징물을 바라보며 신기하게 생각한다. 그 덕분에 지붕을 스레트로 바꾸겠다는 농가들이 점점 늘어가고 있고 그 덕분에 기술과 경험이 필요하지만 기술자나 일꾼을 구하기가 쉽지 않을 정도로 일대

붐이 일어나고 있다.

　겨우 세 명을 구한 다음에 면사무소에 근무하고 있던 봉식이를 찾아간다. 친구 덕분에 다른 사람보다는 많은 정보와 좋은 조건이 있다는 사실도 알게 된다. 다른 사람보다도 시멘트 열 부대를 더 얻어서 마당까지 깔 생각을 하고 있다. 일꾼들과 내일 집에서 만나자는 약속을 하고 철물점으로 가서 작업에 필요한 도구와 물건을 구입했다.

　한편 집에서 짐을 정리하던 충주 댁은 마루에 앉아 쉬고 있다. 시원한 냉수를 마시며 이런저런 이야기를 하고 있는 도중에 시주를 온 낯선 스님이 목탁을 두들기며 대문 앞에 서 있다. 허름한 모습을 한 스님을 보자 두 손을 합장하며 인사를 한다.

　"스님! 오늘은 시주를 돈으로 헐 게유."

　"나무아비타불, 고맙습니다. 아주머님!"

　"예! 스님"

　하며 고개를 들고 스님을 바라본다.

　"이 집에 큰 일이 생길 것 같구려."

　"아니, 스님 무슨 불길한 일이라두."

　스님은 그저 먼 산을 쳐다보더니 헛기침을 할 뿐이다.

　"무슨 일인지 안으로 들어가셔서 말씀 좀 해주세유."

　"아닙니다. 그저 지나가는 길에 문득 뭔가 떠올라서 드린 말씀이오니 너무 깊게 생각하지 마십시오."

　"그리 말씀허시믄 못 들은 것만두 못 허네유. 안 좋은 일이라두 생기는 것인지 한 말씀 해주세유."

　"그렇다면 딱 한 말씀만 드리리다. 집안에 액운이 보입니다. 아마도 지붕 때문에 시끄러운 일이 있을 것 같군요."

　"스님말이유. 스레트루 바꾸면 집안에 좋지 않은 일이 생길 수 있다는 말씀인가유?"

　갑자기 창이 엄마는 뒤통수를 맞은 기분으로 서 있다.

　"날짜를 며칠만이라도 늦추면 괜찮을 겁니다."

　"그람 말이죠. 그날짜까지 알려주시면 고맙겠네유."

몹시도 불안한 예감이 들었던지 스님의 입만을 바라보고 서 있다. 미신을 믿는 것은 아니지만 들었던 이야기가 왠지 마음에 거슬리며 귓가에 계속 맴도니. 이왕에 들은 이야기를 그냥 모른 척하고 넘어갈 수는 없는 일이다.

"시가 맞지 않아서 생기는 일이니까 시간만 좀 늦추면 됩니다요."

"자세히 좀 알려 주세유. 스님!"

"초이튿날 오시에 하면 괜찮을 겁니다."

"열흘 후에 시작하라는 말씀인가유?"

확인을 하고 싶은 마음에서 재차 묻는다.

"그럼, 시생은 이만 돌아가겠소이다. 나무아미타불!" 하며 스님은 합장을 한 후에 대문을 나선다.

"스님! 고맙구먼유. 안녕히 가세유. 나중에라두 이곳에 들리시는 일이 있으시면 또 오세유." 하며 주머니에서 시줏돈을 더 넣는다. 스님의 뒷모습을 바라보며 충주 댁은 묘한 기분을 느끼며 방안으로 들어온다. 듣지 않았다면 모르지만 막상 듣고 나니 불안하기도 하다. 미신을 절대로 부인하는 남편은 이런 것을 싫어한다.

"창이 엄마! 상의해서 하는 게 좋을 것 같은디."

"글쎄 말이여. 어렵게 결정헌 일인디 이제 와서 으떡헌당가?"

혹시 일이 잘못되면 어떻게 한단 말인가? 무슨 불길한 것이 생기지 않을까 하는 걱정이 앞선다.

"좀 기다렸다가 창이 아빠가 들어오면 그대로 말해서 결정허는 게 좋겠구먼."

"보통 스님은 아닌 것 같은디. 믿는 수밖에 다른 방도가 있겠어?"

점심을 먹고 노곤한 몸을 쉬고자 부채질을 하면서 마루에 걸터앉아 있다. 큰맘을 먹고 결정한 일을 이제야 그만둘 수도 없지만 이상한 소리를 들었으니 무시할 수도 없는 노릇이다. 대문 쪽에서 헛기침을 하며 읍내에 갔던 남편이 들어온다. 못과 망치, 톱, 낫과 미장일에 사용할 도구 등을 시멘트 부대 종이로 말아서 들고 있다. 충주 댁은 남편을 보자 얼른 부채를 마루에 놓고 남편이 들고 있던 짐을 받는다.

"더워서 오시는디 힘들었겠어유. 시원한 냉수를 드릴까유?"

"연희 엄마두 계셨구먼유."

"덥지유. 지붕을 고치게 되어서 시원허시겠어유."

"막상 시작하고 보니까 준비할 일이 많네유."

"그런디 하늘이 이상허구먼유."

"아까부터 구름이 끼기 시작하네유."

"일이 끝날 때까지만 비가 안 내렸으면 좋겠는 디 하늘의 속을 알 수가 있어야지 원."

"아까유. 어떤 스님께서 이상헌 말을 남기고 갔구먼유."

"무슨 말을 했다는 거여."

"지붕에 관한 얘긴데유."

"아니, 스님이 남의 지붕에 대해 무슨 말을 했다는 말이여."

"공양을 받으면서 이상한 이야기를 하고 갔는디 듣고 나니깐 기분이 이상허네유."

뭔가 홀리는 듯한 기분이 들었는지 만석은 놀란 표정으로 바라본다.

"진짜루 그랬단 말이여? 무슨 말을 했는지 얼른 말 좀 혀봐. 스님이란 자가 우리 집 일에 대해서 대체 무슨 이야기를 하고 간 거여?"

"지붕 고치는 것은 좋데유. 그런디 고치는 시가 맞질 않아서 문제래유."

"뭐라구! 그람, 스레트로 바꾸는 일이 잘 못됐다는 건가?"

"그건 아니구유. 고치는 날짜가 안 좋으니까 다시 택일을 허면 액운을 막을 수 있대유."

"며칠루 허라구 했는디?"

"열흘만 뒤로 미루면 된데유."

막상 이런 말을 남편에게 털어놓자 왠지 불안한 마음까지 든다. 내키지는 않았지만 차라리 잘 했다는 생각이 들지만 어렵게 결심을 했어도 막상 일이 쉽게 풀리지 않는 것까지 마음에 걸린다.

물론 만석은 이미 결심을 하고 있기 때문에 스님의 얘기에 별다른 신경은 쓰이지 않았지만 듣지 않은 것만 못하다.

"이미 결정헌 일이여. 누가 으떤 말을 해두 밀고 나가는 수밖에 없잖어."

"혹시 나쁜 일이라두 생기면."

"그런 불길한 소리는 입 밖에두 내지를 말었으면 좋겠구먼."
"이미 일꾼까지 오라구 연락을 해 놓은 마당에."
"알았어유. 그대로 준비를 헐 게유."
"지금 미루면 기술자를 어떻게 구한단 말이여."

결심한 일은 꼭 한다는 것을 잘 알고 있기 때문에 더 이상의 말을 하지 않는다. 불길한 일이 생긴다거나 불안감이 일어나면 누구든지 미래에 대한 것을 알고 싶어 한다. 어쨌든 불안한 마음을 달래보고 싶은 마음에 용한 점쟁이라도 찾아가서 묻고 싶다. 점쟁이의 점괘에 따라 액운을 미리 막을 수 있겠다는 생각이 든다.

물론 남편 몰래 부적까지도 사서 붙이고 싶지만 워낙 미신을 싫어하는 성격이라 그렇게 할 수도 없는 입장이다. 여전히 불길한 마음이 들지만 없던 일로 생각하기에는 불안하기도 하고 기다리는 수밖에 다른 도리가 없다.

"창이 아빠! 비록 지나가는 스님이 한 얘기지만, 한번 생각해 보는 것도 좋겠네유."
"무슨 일이 있을라구. 그 사람이야 어딜 가든지 이상헌 말을 허는 땡중이겠지."
"혹시 지붕을 고친 뒤루 집안에 우환이라두 생기면 으떻게 해야 해유?"

이 말을 듣고 있던 만석은 화를 내며 밖으로 나간다. 괜히 건드렸다는 생각이 들지만 그래도 얘기를 잘 꺼냈다고 생각한다. 옆에 우두커니 앉아 있던 연희 엄마는 어쩔 줄을 모르고 있다. 남의 일에 이런저런 이야기를 할 처지가 못 되었는지 옆으로 다가가 조용히 말을 꺼낸다.

"창이 엄마! 긁어서 부스럼 만드는 것은 아니니까 기다려 봐. 풀리는 길이 있을 거여. 원한다면 용하다는 서당골 박순 점쟁이헌티 가서 물어보면 으떨까?"
"글씨, 가보구 싶기두 허지만 창이 아빠가 알면 화를 낼까봐."
"지난번에 땅 사는 문제를 알아보니까 용한 면도 있더구먼."
"땅을 사서 재미를 봤다는 그 말이지?"
"박수 무당말대로 샀더니만 서울에서 어떤 사람이 와서 그 땅을 팔라고 했구먼."

귀가 번쩍 뜨였는지 연희 엄마 옆으로 다가 앉는다. 누구든지 어려운 일이 닥치면 작은 말에도 귀를 기울이게 된다.

"그 땅을 사고서 재미 좀 봤다는 게 진짜여?"
"아직 팔지는 못했어두 사려는 사람들이 오는 것을 보면 용하게 맞춘 게 아니겠어."
 요즘 서울에서 지프차를 타고 오는 손님들이 땅 때문에 들린다. 도로 가에 있는 밭을 지난달에 김 노인한테 쌀 세 가마를 주고 샀다. 결정을 못하고 있던 연희 엄마는 박수무당을 찾아가서 물은 다음에 계약을 했다. 계약을 마치자 약속이나 한 듯이 사겠다고 나서는 사람이 줄을 설 정도이니.
 서울에 사는 박 사장이 이곳에 도정 공장을 만들어 쌀을 도매로 팔 것이라는 얘기가 돌면서 더욱 박수무당의 말을 믿기 시작한다. 너무 비싼 값에 팔면 동네에서 인심을 잃을 수도 있고 토질이 좋은 탓인지 쌀도 인기가 있는 땅이다.
 이곳에 도정 공장을 세워서 도정한 쌀을 서울에 팔면 이득이 많이 날 수 있는 땅으로 간이 버스 정류장이 있는 곳이다. 거기에다 사거리 모퉁이에 있어 조건도 괜찮고 소문에 의하면 앞으로 큰 도로가 이곳 근처를 통과할 것이라고 하는 땅이다.
 이 말을 들은 창이 엄마는 귀가 솔깃해졌고 마음이 흔들리기 시작하자 바로 박수무당을 찾아가기로 결심하고 집을 나선다. 문제를 시원하게 풀어 줄 수 있다고 믿지만 눈앞에 무서운 남편의 얼굴이 아른거린다. 마을 입구에 버티고 있는 성황당이 오늘따라 왠지 무섭게 느껴진다.
 무당 집은 언덕 아래에 있고 서른 살 먹은 처녀 무당으로 대영신과 결혼을 해서 계속 혼자 살아야 한다면서 지금까지 혼자 처녀로 살고 있다. 생전 처음으로 찾아간 무당 집은 으스스했고 집 앞에는 색실과 천으로 나무에 매달아 세워 놓고 벽에는 알 수 없는 부적이 붙어 있으니 무서울 수밖에.
 집 앞에는 여자 고무 신발 몇 켤레가 나란히 놓여 있는 것을 보니 점을 치러 온 손님이 있는 듯하다. 두 여인은 헛기침을 하고서 문을 두드린다.
"계세유?"
 방 안에 있던 박수무당이 얼른 문을 열고서 고개를 쑥 내민다.
"연희 어머님 아니세유?"
 하며 먼저 아는 척을 한다. 가끔 이곳을 찾아오는 연희 엄마를 금방 알아보고 반가운 표정으로 맞이한다. 물론 오늘은 손님으로 온 탓인지 미소를 머금은 얼굴을 보자 묘한 느낌이 든다.

 방 안으로 들어 간 창이 엄마는 방안을 두리번거리며 여기저기를 살펴보다가 문득 점을 친 흔적이 보이는 밥상을 본다. 물에 빠진 딸의 영혼을 달래 줘야 한다면서 굿하는 날짜를 적고 있다.

 박수무당은 일을 마치자 연희 엄마 곁에 앉았다.

 "급히 상의할 일이 생겨서 이렇게 찾아 왔구먼유."

 "잘 오셨네유. 아침에 마을 쪽에서 손님이 오실 거라고 대영신께서 알려주셨구먼유."

 "그거참. 그런 일두 있나유. 참, 이 분은 덕골에 사시는 충주 댁인데유. 급히 상의를 헐 말씀이 있어서 찾아왔구먼유."

 "창이 엄마 인사해유. 저분이 그렇게두 용허다구 소문 난 박수 보살이래유."

 "그래유, 창이 엄만디 잘 부탁드려유."

 "잘 오셨네유. 저분은 충주에서 오셨는디 먼 길이니까 먼저 보내드리고 얘길 허시죠."

 그 여인은 창이 엄마를 바라본다. 충주에서 본 적이 있는 여자로서 바람이 나서 집을 나간 남편을 찾기 위해 온 것이다. 투전판을 다니면서 집까지 팔아먹고 술집 여자와 눈이 맞아 서울로 도망쳤다.

 점이 다 끝나고 부적을 사서 보자기에 넣는 여인의 얼굴에는 수심이 그득하다. 노름에 빠지면 으레 여자와 놀아나는 것이 순서인데 수렁 속에 빠져 헤매던 남편을 찾기 위해 몸부림을 치는 모습이 딱하다.

 향냄새가 가득한 방안에서 지붕 문제와 스님이 얘기한 것을 그대로 말한다. 박수무당은 새로운 쌀, 동전과 실타래를 가지런히 놓는다. 방 뒤편에는 조그마한 부처와 탱화가 있어 마치 작은 절처럼 느껴진다. 눈치를 챈 무당은 엷은 미소를 머금고 있다.

 "지붕 고치는 날짜가 언젠 가유?"

 "내달 초이틀이구먼유."

 "이틀 후라면 생각보다 급하게 되었네유."

 "그래서 이렇게 왔구먼유. 잘 알아봐 주세유."

"해봅시다. 신령하신 대영신께서 잘 알려 주실 겁니다."
작은 상 위에 있는 동전을 집어서 살짝 던져 보면서 이상한 주문을 계속 외우고 있다. 결과가 나왔는지 창이 엄마를 향해서 돌아앉는다.
"점괘가 별로 좋지 않아서 걱정이구먼유."
"어떻게 나왔는데유?"
"지붕 개량을 바로 하면 우환이 있을 것 같구먼."
"무슨 일인데유?"
"아들이 무슨 변고를 당할 수 있을 것 같네유."
"아니, 그람 창이가."
"그걸 피하기 위해서 여기에 온 게 아니유?"
옆에서 바라보던 여인이 걱정스런 얼굴로 창이 엄마를 바라보며 말한다.
"맞구먼유. 피할 수 있는 방법이 있나유?"
"물론 길은 다 있지유."
"그게 뭔데유? 좀 알려 주세유."
"집신께서 노여움을 사서 생기는 일이구먼유. 떡과 음식을 장만해서 위로하는 굿을 허구 부적을 붙이면 막을 수 있구먼유."
"혹시 날짜를 뒤로 미루면 괜찮나유?"
"그래두 부적은 꼭 붙여야만 되구유. 반드시 기둥과 천정에 붙여야만 액운을 막을 수 있구먼유."
"을마짜리 부적을 사야 하나유?"
"두 장이면 되는디. 한 장에 10원이니까 20원이구먼유."
"눈 딱 감구 두 장을 사가자구."
"그람, 두 장을 주세유."
사정이 어려운 처지에 있는 사람에게 이런 수법으로 부적을 자주 팔아먹는다. 사람은 물에 빠져 급할 때는 지푸라기도 잡고 싶은 심정을 이용하여 겁을 주는 수법인줄 알면서도 사는 경우가 많이 있다.

작은 상자 속에서 이상한 글씨와 무늬가 빨간 색으로 찍힌 부적을 꺼낸다. 한참 동안 주문을 외더니만 창호지에 싸서 주자 창이 엄마는 몸빼 바지 속에서 종이 돈 두 장을 꺼내 박수무당에게 준다.

이런저런 이야기를 하다가 점심때가 되서야 집으로 돌아왔다. 점심을 먹고 기둥과 천정에 부적을 붙이자 불안했던 마음이 조금은 줄어드는 것 같다.

그 시간에 창이 아버지는 지붕 일에 필요한 일꾼을 구하기 위해 아랫동네에 있다. 적어도 네 명이나 되는 품앗이 일꾼을 얻어야만 일을 할 수 있다. 읍내에서 어렵게 구했던 기술자 두 명이 오기로 되어 있기 때문에 서둘러야만 한다. 이미 도장까지 찍었기 때문에 빨리 마무리를 하고 싶다.

추수를 마친 시골은 마치 모든 것이 쉬는 것처럼 고요하고 쓸쓸해 보인다. 밤이면 별다른 일이 없는 탓에 모여서 얘기를 하거나 가마니를 짜거나 새끼를 꼬는 일이 전부이다. 무섭도록 길고 긴 조용한 밤은 적막강산 그대로다.

아직도 희미하게 산 위에 떠 있는 보름달을 바라보면서 아래 동네로 걸어간다. 가끔 짖어 대는 개소리만이 시골의 적막을 깰 뿐 너무도 고요함이 흐르는 곳이다. 품앗이 일꾼을 정하고 집으로 들어오는 기분은 뭔가 설레는 듯하다. 누가 뭐라 해도 내 집을 스레트로 바꾼다는 것이 얼마나 좋은지 모른다.

아침이 되자 작업에 필요한 준비를 마치고 일꾼들을 기다린다. 항상 멀리 있는 사람이 가장 먼저 온다는 말이 맞는지 읍내에서 부탁한 일꾼 두 명이 여러 가지 도구를 준비하여 도착한다.

"만석이 말여, 오늘 날씨가 포근하고 좋아서 일이 쉽겠구먼."
"며칠만이라두 비가 내리지 않았으면 좋겠구먼."
"날씨야 아침과 점심때가 다를 수도 있지."
"하늘이 이렇게 맑은데 비가 오겠는가?"

오늘 일에 대한 이야기를 마치고 마루에 앉아서 쉬고 있는데 개소리가 나서 밖을 쳐다보니 아래 마을에서 일꾼들이 오고 있다. 바쁜 일손이지만 마음만은 너무도 좋다. 먹성이 좋은 그들은 한 솥에 한 밥을 다 먹고서 그것도 모자라 옆집에서 밥을 갖고 와야만 할 정도로 많이들 먹는 모습이 보기에 좋다.

숭늉을 다 먹은 뒤에 담배를 한 대씩 빨면서 잡담을 하기 시작한다. 망치와 끌, 도끼, 대못, 대패 등을 덕석 위에 차례로 올려놓고 하나씩 점검을 한다. 먼저 읍내에서 온 김 씨가 사다리를 타고 지붕 위로 올라간다. 백여 년간이나 볏짚으로 가을마다 이어 온 지붕이지만 아직도 지붕은 튼튼하다.

지붕은 참새들이 집을 짓고 사는 곳으로 겨울이면 사다리를 타고 참새가 살고 있는 구멍에 손을 넣어서 참새를 잡기도 한다. 그 속에서 잠을 자다가 꼼짝없이 손에 잡힌 참새를 짚으로 감아서 아궁이 불 속에 넣어 두면 빨간 살만 남은 고기 냄새가 구수하다.

막걸리 한 잔을 들고서 지붕 위로 올라간다. 오래 묵은 것에는 신이 항상 붙어 있다고 믿기 때문에 김 씨는 신의 노여움을 사지 않기 위해서 지붕 위에 올라가 서까래가 있는 곳에서 절을 한 뒤에 막걸리를 뿌린다. 혹시 있을 지도 모르는 액운을 미리 막기 위한 방편으로서 만약 노여움을 사게 되면 지붕에서 떨어진다고 믿고 있다.

이엉을 걷어 내고서 지붕 전체를 빙 돌아가면서 뜯어낸다. 만석이는 다른 사람과 함께 사랑채에서 지붕에 있는 짚을 걷어 내고 있다. 처마 밑에서 위에서 던지는 짚더미를 받아 한쪽에다 치우는 일을 하고 있다.

김 씨의 요청으로 화장실에 있는 이엉꼬챙이를 찾으러 들어간다. 시골에 있는 변소는 다목적으로 사용하는 곳답게 여러 가지 농기구가 벽과 바닥에 놓여 있고 여기에는 쟁기와 가래, 망태기, 바작, 쇠스랑, 오줌통과 똥통까지 있다. 창고로도 쓰이기도 하며 부엌에서 나온 재를 버리기도 하는 곳이다.

한쪽 구석에 세워 놓은 이엉꼬챙이를 어깨에다 걸치고서 변소의 좁은 문으로 나오려고 했지만 입구가 좁아서 애를 먹고 있다. 겨우 이엉꼬챙이를 들고 나오려는 순간 끝 부분이 지붕에 걸치고 만다. 이엉은 아직 입구까지는 걷어치우지는 않아서 그런지 금방이라도 흘러내릴 것 같은 처마 끝은 너저분하게 지푸라기와 이엉이 밑으로 내려와 있다.

치우다 만 처마 밑에서 창호지로 싼 것을 발견하여 살펴보자 그것은 누렇게 변색된 창호지 뭉치로서 십 년 전에 감춰 놓았던 추억이 담긴 것이다. 둘둘 말아 놓은 창호지를 손에 들고 창고로 들어가자 여기저기에 어지럽게 놓여 있는 것 중에는 엊그제 잔치를 하고서 아직까지 정리를 못한 그릇과 바구니들이 널려 있다.

얼마 전에 장사꾼한테 쌀 두말을 주고 장만한 항아리 속에 넣는다. 혹시 마누라가 볼지도 모른다는 생각에서 항아리 위에 짚으로 만든 뚜껑과 바구니로 올려놓는다. 십 년 전에 마누라와 다짐을 하고서 버린 채표 뭉치다.

창호지에 들어 있던 채표 뭉치는 사연이 많은 물건으로 그 얼마나 집안을 시끄럽게 만들고 온 동네를 온통 꿈과 돈이라는 불바다로 만들고 뒤집어 놓았던 것인가.

그렇게도 둔탁하게만 보였던 지붕이 이제는 날씬한 아가씨 몸처럼 가벼워 보인다. 내년부터는 짚단으로 이엉을 엮는 불편함은 없을 것 같다. 대충 집안일을 마무리하고 창고를 정리하고 항아리에 있던 창호지 뭉치를 꺼내어 헛간에 있는 짚 속으로 다시 넣는다.

떳떳하지 못했던 과거가 담겨 있는 채표 뭉치를 보며 만감이 교차한다. 자신도 모르게 지난 과거 속으로 돌아가고 싶은 충동이 느껴진다. 아직도 눈에 선하게 떠오르는 지난 일들을 생각나게 만드는 빛바랜 창호지는 십오 년 동안 자신과 여러 사람들에게 꿈과 좌절을 주며 웃고 울리게 만들었던 물건이다. 가슴에 뭔가 찡하는 것과 함께 울컥하면서 온몸을 돌며 지나가는 것이 느껴진다.

지게에 추억을 싣고

　시골 새벽은 산 너머에서 날아오는 철새 소리와 함께 시작된다. 자기들끼리만 아는 소리를 지르며 남쪽 따뜻한 이국땅에 보금자리를 찾으러 날아간다. 철새들이 새벽 찬 공기를 가르며 남쪽을 향해 날아오는 소리는 고요한 시골 마을을 일깨워 주기도 한다.
　일정한 대형을 만들며 정해 놓은 목적지를 향해 이동을 하다가 중간에 좋은 곳이 나타나면 잠깐씩 쉬어 가는 그들의 대형은 참으로 자연만이 갖는 신비스런 모습이다. 산을 넘고 강을 건너 새로운 삶을 위해 잠시 동안 대피하는 지혜는 살아가는 동안 스스로 터득한 지혜이며 생존 전략이다.
　너무도 평화스런 하늘을 쳐다보며 입에 물고 있는 담배 연기를 들이마신다. 밤새 참았던 오줌을 논둑에 누며 자연의 신비감을 새삼 느낀다. 얼마 되지 않은 시간이지만 싸늘한 새벽바람은 역시 볼이 추울 정도로 차갑다. 눈썹같이 생긴 그믐달은 서쪽에 있는 산 뒤로 서서히 넘어가고 있고 구름도 없는 날씨는 포근하여 나무를 하기로 마음먹는다. 심심하고 답답한 마음도 풀면서 지난 시절에 대한 감회를 다시 한 번 생각해 보고 싶다. 그토록 깊이 빠지게 했던 채표에 대한 애착과 상념이 그를 사로잡고 있다.
　지게에 김치와 밥을 담고 찐 고구마를 냄비에 넣는다. 부차산에서 나무를 하며 땀을 흘리면 기분이 좋아질 수 있다. 부자가 되기 위하여 산에 오르다가 그만 아차 하는 바람에 부차산이라고 부르는 산이다. 어제 광에서 꺼낸 창호지 뭉치를 마누라 몰래 없애려고 생각한다. 어쩌면 자신에 대한 인생의 한 단면을 정리하고 싶기도 하고 쓰디쓴 지난 시절에 얽힌 사연과 무거웠던 모든 것을 다 버리고 싶은 기분인지도 모른다. 만약 채표 뭉치가 발견된다면 이것은 기름을 들고 불 속으로 뛰어드는 격이다. 아무도 모르게 산에서 태워 버리는 것이 상책이라고 생각하여 버리기로 작정한 것이다.
　주변을 둘러보다가 아무도 보이지 않자 발걸음을 헛간으로 향하여 들어가자 황소가 주인이 오는 소리를 듣고 숨을 크게 몰아쉰다. 코에서 나오는 김은 마치 기관차에서 내뿜는 것 같고 헛간에는 농기구와 허드레 물건들이 놓여 있었고 또 벽에 걸려 있다. 소쿠리 속에는 며칠 전에 넣어 둔 창호지 뭉치가 보인다. 자주 들르지 않는 헛간은 가장 안전한 곳으로 이곳에다 투전에 쓰이는 기구를 감추었다가 어머니한테 들켜서 혼이 난 적이 있다. 소등을 쓰다듬어 주자 소는 고개를 좌우로 흔들며 주인에게 인사를 한다. 밤새 추위를 견뎌 낸 소의 코털에는 하얀 물방울이 맺혀 있다.

아직은 동이 트지 않았는지 밖은 희미했어도 물체는 희미하게 볼 수 있을 정도로 손으로 더듬거려 벽에 걸려 있는 소쿠리 중에서 세 번째 것을 잡는다. 그 순간 속에 들어 있던 창호지 뭉치가 재위로 떨어지자 발등에 재가 날리면서 신발을 덮으며 뿌연 먼지를 일으킨다. 만석은 채표를 싼 창호지 뭉치를 집어서 재를 털고 하늘을 바라보며 긴 한숨을 내쉰다. 한숨은 하늘 위로 사라지며 미련과 사연을 담은 연기처럼 피어오르는 김으로 변한다. 아직도 샛별이 달빛과 어우러져 서산에 기울어져 있고 채표 뭉치를 처마 밑에 있는 덕석 속으로 집어넣는다.

왠지 오늘은 아침을 먹고 나무도 하고 바람도 쐬고 싶다. 지붕 일은 거의 마무리가 되었고 이제부터는 다른 일을 할 수 있는 여유가 좀 생겨서 마른 나뭇가지를 미리 해 놓아야만 명절 때 쓸 수 있다. 명절 때마다 전을 붙일 때 요긴하게 쓰이는 땔감으로 연기도 잘 나지 않고 화력도 고정적으로 조절할 수 있다. 마른 가지 나무를 한 시간이면 한 짐 정도는 할 수 있고 칡도 캐서 삶아 먹으면 감기와 숙취에도 좋은 약재이다.

여러 가지를 한꺼번에 하기로 하고 지게에 톱과 괭이까지 싣는다. 간식은 별로 없고 고구마나 항아리에 넣어 둔 홍시나 고염나무 열매가 고작일 뿐이다. 방 안에는 수수대로 엮은 곳에 고구마를 넣어 놓고 삶아 먹는 것이 최고의 간식이다. 고구마를 솥에 쪄서 동치미나 김치와 같이 먹으면 최고의 별미이지만 점심거리는 고구마로 때우는 경우가 많은 실정이다. 그것도 여의치 않으면 조밥이나 수수밥을 먹을 때도 있고 허기를 면하는 것이 지상 최대의 소망이고 행복 조건인 시절에 뭐고 가릴 것 없이 배나 부르면 잘 사는 집에 속하니.

다른 집보다는 사정이 좀 나은 편으로 아직도 장독 속에는 쌀이 몇 동이나 있다. 많은 식구들이 겨울 동안 오직 식량만 축내는 처지여서 겨우내 먹고 나면 봄에는 쌀독이 거의 비어 있는 형편은 언제나 벗어날지 앞이 캄캄할 뿐이다. 다행히도 새마을운동의 목적이 배고픈 허기를 면하게 만들자는 취지로 군사혁명 이후에 만들어진 공약이 마음에 들기는 하지만. 먹고사는 문제는 전국 어디서나 자손 대대로 내려오는 난제로 감히 누구도 해결하지 못한 아니 임금님도 가난은 해결 못한다는 이야기가 전해질 정도니 정치지도자들이 이런 문제를 본격적으로 들고 나온 것만 봐도 희망의 빛이 보이는 듯하다.

팔에는 소대를 끼고 수건으로 머리를 감싼 마누라가 부엌문을 슬그머니 열고 안으로 들어간다. 날씨가 아침이면 매우 춥고 움직이기가 싫은 탓에 새벽잠을 자다가 시린 손끝에 찬물을 만지며 아침을 준비하는 아낙네들의 어려움은 바로 여기에서 시작된다. 아직도 잠이 덜 깨었는지 눈을 비비며 하품을 하고 있다.

"왜 이리도 추운겨. 동장군이 다시 찾아온 건가."

"글쎄, 어제 아침보다 훨씬 더 춥구먼유."

부엌 아궁이에 짚단에 불을 피우려는 마누라를 쳐다보며 말한다.

"오늘은 산에 가서 장작 좀 해 오면 좋겠네유."

마누라가 눈치를 챈 건지 아니면 서로 눈빛만 보아도 아는 부부여서 그런 요구를 하는 것인지는 모르지만 듣던 중 반가운 소리다.

"그럴까? 이럴 때는 젖은 소나무루 불을 때면 구들장이 뜨끈뜨끈 헐 텐디."

"마른나무를 해 올 테니까 점심이나 맛있게 싸 주라구."

"명절이 며칠 안 남아서 마른나무가 더 급허겠네유. 혼자 가실 거유?"

아마도 지난번에 있었던 일 때문에 마누라가 의심을 하는 것 같다. 아랫마을에 사는 영식이와 나무하러 갔다가 오는 길에 지게를 숨겨 놓고 읍내로 가서 하루 종일 화투 놀이 하다가 저녁 늦게 집에 돌아온 적이 있다.

"지금도 그 일 땜에 나를 의심하고 있는겨? 그때 일은 참말로 미안허구먼."

"오늘은 다른 맘일랑 먹지 말구 후딱 나무나 해서 오세유."

"알았구먼. 이거 원 아침부터 바가지니. 점심이나 잘 챙겨 놓아야 혀."

"계란 두 개 허구 김치찌개를 싸면 되겠슈?"

"지붕 고칠 때 남은 자반고등어를 쪄서 같이 싸면 좋겠지."

아침을 먹고 낫을 숫돌에 열심히 갈고서 동대문 시장에서 사 온 군화와 지게를 살펴본다. 산에서는 워커보다 더 좋은 신발은 없어서 자주 신는 편으로 그루터기에 걸려서 넘어져도 찢겨지지 않고 발이 편하다.

해가 떠오르자 서리는 녹고 있었고 기온이 온화해진다. 채표에 쓰이는 통표와 등. 배짝을 신문 종이로 다시 둘둘 말아서 지게에 올려놓는다. 모자를 걸치고 지게 한쪽 다리에는 토끼 덫을 놓을 가느다란 철사도 함께 싣는다. 올가미로 재수 좋은 날이면 토끼를 잡는 경우도 있는데 작년에는 청림골에서 올가미로 노루도 잡은 일이 있다. 몸부림을 치던 노루를 칼로 목을 따서 대롱으로 피를 빨아먹는 것을 본 적이 있다. 마을을 빠져나가 산길로 들어서는 순간 뒤에서 부르는 소리가 들린다. 홍식이가 장에 가는 도중에 본 것이다.

"만석이 아니여? 나무 하러 가는 사람이 지게에 뭘 그리 많이 갖고 가는겨?"
"근디, 어딜 그렇게 가는가?"
"장에 가는 길이구먼?"
"오늘이 음성 장날이라서 고추 좀 팔아서 서울 갈 차비를 마련허려구 가는 길이구먼."
"무슨 일이 있는가? 갑자기 서울은 왜 간대여?"

홍식이 궁금한 표정으로 묻는다.

"작은 아버님께서 남대문에서 옷 장사를 하시는디 나더러 올라오라고 허셨구먼."
"가서 살기 괜찮으면 눌러 살 모양인가 봐?"
"그럴 맘도 없는 건 아니구먼."
"잘 됐으면 좋겠네. 농촌에 살아 봤자 입에 풀칠이나 허겠는가?"
"고향이 좋은 것이여. 객지에 있으면 고향 생각이 저절로 나지."
"서울 가서 좋은 일이 있걸랑 연락 좀 혀. 시골을 떠나고 싶은 생각도 많지만 사정이 떠날 사정이라야 말이지. 그냥 망설일 뿐이구먼."

긴 한숨을 내 쉬는 만석은 속이 답답할 뿐이다. 가난을 이기고 남들처럼 먹는 걱정을 하지 않고 살아봤으면 얼마나 좋을까.

"그람, 잘 다녀와. 몸조심허구. 나중에 연락이나 혀."

"잘 갔다 옴세. 나무 많이 하구."

"집에 오면 나한테 한번 들려야 혀."

"알았구먼. 도착허면 바로 들를게."

언젠가 자신도 서울로 갈 거라는 다짐을 한다.

어느덧 산 중턱까지 오르자 며칠 전에 내렸던 눈이 여기저기에 남아 있다. 햇빛은 벌써 온기를 느낄 정도로 따뜻해지고 부차산은 언제 와 봐도 포근한 어머니 같은 산이다. 이곳에 오르면 마음이 평안하고 모든 것을 다 잊게 해주는 산으로 비록 높은 산은 아니지만 큰 바위와 나무들이 잘 조화된 아름다운 곳이다.

산 위에 오르면 밑에 보이는 것은 집과 논밭이 바둑판처럼 질서 있게 보이고 소나무와 참나무들이 중턱부터 울창했고 아래에는 잡목으로 둘러싸인 곳이다. 봄이 되면 진달래꽃이 마치 수놓은 듯이 피고 여름에는 울창한 녹음으로 뒤덮이며 가을이면 단풍과 겨울이면 하얀 눈으로 옷을 입는 아름다운 산이다.

산 중턱에는 바위로 둘러싸인 진골이라는 요새 같은 곳이 있어서 아무리 밖에서 살펴봐도 안에 있는 사람을 찾을 수도 없고 소리를 치면 메아리가 마치 다른 쪽에서 나며 양지바른 남쪽에는 작은 폭포가 있어 여름이면 이곳에서 목욕도 하고 밥도 해먹고 놀기에 아주 좋은 곳으로 가끔 연애하는 젊은 남녀 청춘들이 이곳으로 와서 정을 나누기도 하는 곳이다. 몇 년 전까지만 해도 이곳은 채표로 붐비던 곳이었으나 지금은 그저 한적한 산일뿐이다. 사람들은 아침부터 이곳으로 모여서 밤새 꾼 꿈 이야기로 가득했고 돈과 꿈이 서로 얽히고 누구든지 이곳에서 울고 웃기도 했던 추억이 서려 있는 곳이다.

만석이는 지게를 땅위에 세워 놓고 진골을 바라보며 허공에 담배 연기를 내뿜는다. 담배 연기는 도넛처럼 원을 그리면서 하늘로 올라간다. 매 한 마리가 공중에서 지상에 있는 쥐를 잡으려는 듯 계속 날갯짓을 한다. 발 앞에 있던 돌멩이를 집어 던지자 꿩 한 마리가 놀란 듯이 소리를 지르며 날아간다. 동시에 매는 꿩을 향해 쏜살 같이 날아가 날카로운 두 발로 찍어 누르고 있다.

바닥에 놓았던 지게를 메고서 진골로 다시 발걸음을 옮긴다. 갑자기 노랫가락이 생각난 듯 만석이는 지겟다리를 두드리며 노래를 부른다. 들어주는 관객도 없지만 마음속에 응어리처럼 남아 있는 뜨거움을 허공에 뿌리고 싶다. 오른손에 쥔 작대기로 지겟다리를 두드리며 스스로 작사 작곡한 노래를 부른다.

"그 누군가 바람을 잡으려는지, 알 수 없는 처음과 끝도 보이지도 않구 잡을 수도 없지만 언제나 날아다니는 바람을 잡고 싶네. 가슴을 스쳐 지나가는 바람을 그 누가 안단 말이여! 저 하늘에 있는 구름인가? 저 산에 있는 나문가? 오늘도 바람처럼 흐르는 세월 속에 이내 청춘을 담는다. 아! 아! 아! 내 사랑은 어데로 갔나?"

지겟다리 장단에 맞춰 나오는 그 소리는 부차산 여기저기에 메아리치고 있다.

이윽고 진골에 다다르자 지게 다리를 땅에 대고 작대기로 세워 놓는다. 질빵으로 묶은 짐을 내려놓고 지겟가지에 매달아 놓은 올가미를 빼낸다. 철사로 만든 올가미를 다시 적당하게 조절해서 쓸 수 있도록 지게 옆에다 놓는다. 밀삐가 벗겨져 있어서 손으로 다시 푼 다음 튼튼하게 묶어 놓은 것이다. 땅에 앉아 쌈지에서 담배를 꺼내어 신문 종이로 둘둘 말아 엄지손가락으로 말아 놓은 담배를 누른 뒤에 혀끝으로 침을 살짝 바른다. 들이마신 긴 한숨과 함께 담배 연기는 마음까지 싣고 공중으로 사라지는 듯하다.

오늘따라 산은 더 조용하고 깊다는 생각이 든다. 나무하러 온 사람도 보이지 않고 동네도 산 너머에 있으니 이곳에서 무슨 일이 벌어져도 아무도 알 수 없는 곳이다. 산은 너무도 고요해서 작은 바람소리에 나뭇잎이 흔들리는 소리도 귓가에는 크게 들린다. 밑에 내려다보이는 논과 밭이 마치 바둑판 같이 보이고 그늘진 곳엔 아직도 녹지 않은 눈이 보이고 응달진 산 여기저기에는 눈까지 있다. 담배 불을 땅에 비벼 끄고서 자신도 모르게 작은 물소리가 들리는 폭포로 향한다. 여름 같으면 시원한 물줄기 소리를 들을 수 있지만 오늘은 얼어붙은 폭포 밑으로 흐르는 작은 물줄기 소리만이 들릴 뿐이다.

부차 산에서 가장 멋있는 곳인 진골은 작은 폭포가 있었기에 그 매력이 더 있으며 언제와 봐도 마음이 평안하고 시원한 곳이다. 여름에는 시원해서 퇴비를 만들기 위해 풀을 베던 사람들이 목욕하던 곳이고 겨울이면 폭포에 흐르는 물이 얼어 그 경치는 장관이다. 하얀 물줄기는 추운 날씨에 얼어붙어 커다란 고드름 막대기로 변해 버리면 폭포 위로부터 아래까지 연결된 고드름은 하얀 지팡이처럼 하늘과 땅을 연결해 주는 듯하다.

진골 폭포는 아주 친숙하고 여러 가지 사연을 많이 담고 있는 곳이기도 하다. 폭포 주변에는 돌로 둥그렇게 성을 쌓아 놓은 곳이 보이고 정성을 들인 흔적들이 보인다.

　갑자기 어떤 생각이 떠오른 것인지 종이로 말아 놓은 채표가 있는 지게로 간다. 시멘트 포대로 말아 놓은 채표를 들고 폭포 쪽으로 향한다. 여기저기를 둘러보던 그는 마른 나뭇가지를 주워서 올려놓기 시작한다. 돌로 둘러싼 불 놓을 곳에 큰 가지로 대충 올려놓고 그 위에다 작은 가지를 놓는다. 머리에 쓴 모자를 벗고 시멘트 포대에 싸여 있던 채표를 풀자 통표와 등. 배짝, 일일 일진도, 복지들이 보인다.

　자리 옆에 놓고 호주머니에 있던 성냥갑을 꺼내어 긁어 댔지만 불이 잘 붙지 않아 다시 성냥개비가 부러질 정도로 문지르자 유황 덩어리만 떨어져 나갈 뿐이다. 원래 성냥이란 마찰열을 이용해 불이 붙게 만들어진 것으로서 재료로는 백양나무나 미루나무, 소나무를 잘게 썰어서 나뭇개비 끝에 적린이나 염소산 가리, 유황 등을 바르고 성냥갑 겉에다 유리 가루나 규사, 규조토를 붙여 손으로 문질러 마찰을 시키면 그 열에 의해 불이 붙여지게 만든 것이다.

　다행히도 확 하는 소리와 함께 불이 붙어 마른 검불에 갖다 대자 연기를 내뿜으며 타오르기 시작한다. 어느새 마른 나뭇가지에도 불이 옮겨 붙자 돌멩이로 쌓아 놓은 곳 안으로만 불을 옮긴다. 차디찬 손을 장작더미 가까이 대어 보자 따뜻한 불기운이 온몸으로 스며든다. 옆에 있던 나뭇가지를 꺾어서 부지깽이로 사용하여 나무를 뒤적이자 화력이 높아진다. 그는 타오르는 불 속으로 채표에 사용되던 종이를 한 장씩 던진다. 여러 가지 생각들이 머리를 스치며 지나간다. 만석과 동네 사람들의 추억과 꿈이 담긴 귀한 종이들이 아닌가. 여러 사람들을 웃거나 울게 만들며 가슴을 설레게 했던 바로 그 창호지들이 이제는 불길 속에서 하얀 연기로 사라지고 있다.

　아침이면 일손을 놓고 꿈을 팔고 사는 일로 야단법석을 떨기까지 했던 지난 몇 년간의 시간은 참으로 재미있었다. 설렘과 기대감을 가지고 하루하루를 보내며 사는 맛을 느끼게 해주었던 시간이지만 이제 와서 생각해 보면 역시 꿈은 꿈속에서만 그 가치가 있다는 것을 깨닫는다. 인생은 돈이라는 헛된 꿈을 찾기 위해 정신없이 뛰어다니다가 이제 남는 것은 무엇인가.

손때가 묻어 있는 이 종이들은 한때는 누구나 갖고 싶었던 귀중한 물건이지만 그 사연들이 배어 있던 등짝과 배짝을 불 속으로 던진다. 통표와 등짝, 배짝 그리고 꿈 해몽용 36문, 36문 구성표, 나이표, 암기표, 일진 상충도와 사람 모양이 그려진 그림까지도 차례로 던져 넣는다. 중국에서 보국대로 있다가 도망치면서 훔쳐 온 원본 채표 뭉치까지도 불 속으로 던진다. 순간적으로 허공 속으로 뿌려지면서 불길이 위로 솟구치기 시작하자 맨 마지막으로 남은 복지 주머니를 바라보다가 호주머니 속에 있던 담배쌈지를 꺼낸다. 썰어 놓은 담배를 손가락으로 집어 손바닥에 조금씩 올려놓는다. 비단 천으로 만든 쌈지 주머니에서 글씨가 쓰인 복지 한 장을 꺼낸다.

'자, 이제 이것만 태우면 우리 집과 나의 머릿속에서 영원히 사라질 것이다.'

떨리는 손으로 종이를 펴 보니 합동(合同)이라는 글씨가 쓰여 있다. 글씨를 한참 읽다가 종이 끝에 혀끝으로 침을 살짝 바르고 입에 물고 벌겋게 숯불로 변한 부지깽이를 들고 담배 끝에 갖다 대고 힘껏 빤다. 담배를 몇 모금 빨다가 자신도 모르게 양손을 무릎에 올려놓고 한 손에는 부지깽이를 다른 손에는 담배를 잡고 있다. 고개를 숙인 채로 앉아 있다가 활활 타오르는 불길을 타고 과거라는 깊은 상념 속으로 빨려 들어가면서 채표에서 느꼈던 뜨거운 열기가 금방이라도 자신을 감싸는 것 같이 느껴진다.

보국대에 끌려가다

그토록 추웠던 겨울은 가고 따뜻한 봄기운이 어김없이 진골에도 느껴지는 계절이다. 붉은 진달래꽃이 앞산과 뒷산에 아름답게 피어 있고 종달새는 하늘 위에서 노래를 부르며 봄이 왔음을 알려 주는 한적한 곳이다. 포근한 날씨는 만물이 소생하는 힘을 주는 듯 밭에는 추운 겨울을 이겨내고 땅을 뚫고 돋아난 새싹들이 보인다. 아낙네들과 계집아이들이 바구니와 호미를 들고 밭고랑을 찾아다니며 냉이와 국수뎅이, 씀바귀, 돌나물, 벌금자리, 황새 냉이, 보리뱅이, 쑥 등을 캐고 있다.

소들은 들판에서 한가롭게 푸른 새싹을 뜯고 겨우내 헛간에서 콩 껍질을 먹던 염소들도 화창한 봄날을 즐기고 있다. 이따금 매서운 북풍이 불어오면 아직도 완전한 봄이 아니라는 느낌이 들지만 마을 분위기는 여전히 북서풍이 불고 있다.

완장을 차고 돌아다니는 순사 아키노는 이 마을 저 마을을 돌아다니며 할당된 보국대 숫자를 채우기 위해 정신없이 돌아다니고 있다. 대동아 전쟁에 필요한 많은 물자와 사람을 동원시키는 임무를 맡은 그로서는 수단과 방법을 총동원하여 만주나 태평양으로 보내야만 전쟁에서 이길 수 있다는 믿음에서 조선을 병참기지로 활용하고 있으니 조선 팔도 어느 곳이라도 일제의 총칼이 보이지 않는 곳이 없다.

포탄과 총알을 만드는 쇠붙이와 군수물자는 부족한 실정이라 요강이나 놋쇠 밥그릇, 수저, 냄비 같은 유기 제품은 모조리 공출이라는 명목으로 빼앗아 가고 있으니 쓸 만한 것은 모조리 쓸어 가고 있다. 여전히 턱없이 모자라는 군수 물자를 조달하기 위해 별의별 방법을 다 동원하고 있다.

마을마다 흐느끼는 소리가 들리면서 불안감은 누구나 느끼고 있다. 태평양 전쟁에 동원된 아들이 죽었다는 사망 통지서를 받고 우는 어머니나 남편이 사할린으로 강제 동원되어 막장에서 일하다가 갱도가 무너져 죽었다는 소식을 듣고 우는 여인들의 통곡 소리가 들린다. 핏줄을 잃었다는 절망감은 하늘이 무너지는 슬픔을 남겨 주며 졸지에 과부가 된 여인들과 아들과 딸을 잃은 부모들의 긴 한숨 소리는 진골에도 들리기 시작했다.

전쟁이란 남자들끼리 벌이는 한판이지만 그 피해는 여자들이 몽땅 뒤집어쓴다. 성이 다르다는 이유 하나만으로 이렇게 불공평한 일이 이 세상에 존재한다. 눈물과 한숨으로 긴 밤을 새워야 하는 여인네들의 고통을 그 누가 알아준단 말인가. 또한 귀하게 키운 아들을 남의 나라를 위해서 왜 싸워야 하며 그것도 머나먼 열대 지방인 태평양에서 더위와 이국의 서러움을 참으면서 싸우다가 끝내는 죽었다는 사망 통지서를 손에 쥐면서 울고 통곡을 해야 하는가.

아들의 위세와 귀함에 묻혀 어릴 때부터 갖은 천대와 서러움을 받으면서 키워 온 귀한 딸을 그놈의 돈을 벌게 해준다는 속임수에 넘어가 남양 군도와 중국 땅에서 일본 놈 밑에 깔려 성의 노리개가 되어야 한단 말인가. 아무리 생각해도 세상이 뒤집어 져야만 억울하고 분통한 심정을 누가 알아준단 말인가.

잡초같이 강인하고 밟히고 넘어져도 다시 일어서는 민초들의 모습은 처량해 보인다. 눈물과 한숨으로 보내야 하는 현실이 너무도 원망스럽다. 나라님은 있어도 일본의 속국이 되어 허수아비가 되어 있고 세상 천지에 조선 군대는 이미 해산된 지 몇 십 년이나 되었으니 그 어느 누구를 의지하며 믿고 살아갈 수 있단 말인가.

삼십 여 년 동안 왜경 놈들 마음대로 주무르고 빼앗아 가고 때리고 부수고 죽이는 일들이 이제는 그저 매일 일어나는 일로 받아들일 수밖에 없다. 나라를 송두리째 도둑놈 같은 일본 놈한테 약탈당한 처지라서 시키는 대로 해야만 질기고도 질긴 목숨을 연명할 수밖에 다른 방법이 없지 않은가. 무지한 농촌 사람들은 왜경의 속임수를 의심하면서 혹시나 하는 한 가닥 희망을 갖고 그대로 믿고 따르거나 어쩔 수 없이 체념하는 마음으로 지내기도 한다.

만석은 처음에는 몸이 아프다는 핑계를 대고 위기를 모면하려고 했지만 이제는 다급한 일본 놈한테는 씨알이 먹히지 않는다. 동네에 성목이라는 놈이 왜경한테 돈을 받고 첩자 노릇을 하고 있기에 거짓말이 탄로 나서 지서에 끌려가 매를 맞고 군화 발로 차이는 수모를 겪은 일이 있다. 산에서 나무하다 떨어져 다리를 다쳤기 때문에 몸이 낫게 되면 보국대로 간다고 약속을 거짓으로 했으나 저녁에 몰래 산에서 마른나무를 지고 오다가 하필이면 성목이라는 놈에게 발견이 되어 다음 날 지서에서 순사가 수갑을 채워 끌고 간 적이 있다.

같은 동포끼리 돈 몇 푼에 양심과 의리, 인정까지도 팔아서 호식하는 놈인데 그 무슨 짓이라도 하지 못할까마는 아키노 순사는 만석에게 노골적으로 협박을 하기 시작했다.

"만석이, 오늘 자네가 서약서에 도장을 찍지 않는다면 당신 아버지를 대신 사할린으로 차출시켜 탄광에 보내는 수밖에 없다는 것을 알아야 허겠네. 자네 같은 젊은 사람이 못 간다면야, 어쩔 수 없이 늙으신 아비가 대신 천황폐하께 충성을 바쳐야 되지 않겠는가?"

옆에 있던 어머니가 들으라는 듯이 큰소리로 떠든다. 벌써 이런 식으로 몇 사람으로부터 서약서에 도장을 받아 냈다. 가장 친한 용호도 어제 지장을 찍었다는 말을 들었고 이제 남은 세 명중에서 한 사람은 반드시 가야만 되는 운명이다. 징용으로 끌려가고 싶지 않아서 일찍 결혼한 남정네들이지만 가장 어린 사람이 세 명중에서 가장 어리고 핏줄을 이어갈 아들이 둘이 있었기 때문에 딸만 있거나 아들이 없는 자들로부터 말없는 압력을 받고 있는 처지이다.

여러 사람들의 생각은 만석이가 가는 것이 가장 좋겠다는 의견이 있지만 다행히도 친구인 용호가 가겠다고 지장을 찍어서 그래도 나은 편이라고 생각했다. 자식이 없다 해도 아버님이 계시기 때문에 농사와 집안을 돌보는 일은 걱정이 덜하고 보국대에서 일하는 기간이 불과 일 년이다. 그동안 차라리 객지 바람도 쐬면서 돈도 번다는 생각으로 간다면 괜찮을 것이라고 생각했다.

함경도라는 낯선 곳에서 부딪쳐 보고 싶은 마음도 생기고 주로 다리를 놓는 일이라는 소문이라면 그곳에서 기술을 배운다면 언젠가 큰 도움이 될 수도 있다. 시골에서 배울 수 있는 일이란 고작 농사를 짓는 것뿐이지만 이국땅에서 다른 기술을 배운다는 일종의 기대감이 있기도 하다.

어차피 가는 길이라면 뭔가를 얻고 돌아온다는 것은 바람직한 일이다. 가끔 집을 지어주는 오식이를 만나면 대우도 받고 돈도 잘 번다는 얘기를 자주 듣는다. 함경도로 강제로 끌려가지만 세상을 넓고 깊게 볼 수 있는 절호의 기회이다. 위기를 기회로 삼아 자신에게 유리한 방향으로 만들고 싶다.

보국대 문제로 집에 있었지만 일이 손에 잡히지 않자 주막에서 막걸리를 마시며 남몰래 배워 놓은 투전 놀이까지 했다. 어떤 때는 장호원이나 음성 읍내까지 원정을 하기도 했다. 잡기에도 남 못지않게 능했던 그로선 어디 가든지 인기와 부러움까지 살 정도였다. 하지만 갑자기 고향을 떠날 생각을 하니 마음이 울적해지고 모든 사람들이 자신을 버렸다는 생각이 드는 것은 무엇 때문일까?

가슴이 텅 비어 있는 듯하고 앞으로 닥칠 미래에 대한 강한 불안감이 머리를 뒤덮고 있다. 무슨 일을 하든지 일이 손에 잡히지 않자 바람이나 쐬면서 기분을 바꾸고 싶음 마음에서 읍내를 향해 발걸음을 옮기고 있다. 읍내에 살고 있는 친구 영식이와 영순이를 마지막으로 보고 싶다.

마음이 울적할 때마다 친구들을 만나 막걸리 한 잔을 두부 두루치기 안주와 같이 먹는 것이 유일한 즐거움으로 읍내 친구들과 술을 마시면 만사가 다 잊어지고 기분이 좋다. 여기에다 친구 동생인 영순이와 몰래 숨어 다니며 연애하는 짜릿함을 맛보는 것도 하나의 기쁨이다. 작은 아버지가 만주에 갔다가 사주신 양복을 입었다. 이 옷만 입으면 어깨에 힘이 들어가고 자신이 대단한 사람으로까지 느껴진다.

"오늘 어디를 가려구 양복을 입는겨?"

"바람도 쐬구 친구 좀 만나려구유."

"허기사 마음이 심난헐겨."

"읍내를 한 바퀴 돌고 오면 기분이 좀 나아질 것 같구먼유."

"너무 많이 마시지 말구 와라."

"오늘 친구들과 만나서 이별주나 한잔하고 올랍니다유. 좀 늦더라두 기다리지 마세유."

"알았다. 니 맘대루 허거라."

"으쩌면 내일이나 모레쯤 올지도 모르겠구먼유."

"넌, 멀리 가야 할 몸인디 몸조심혀."

"걱정 마세유. 지가 알아서 잘 헐게유."

자식을 어쩔 수 없이 다리 놓는 보국대로 보낸다는 것이 서럽기까지 하다. 얼마나 많은 처녀와 젊은 남정네들이 만주와 남양 군도에서 서러움과 배고픔을 견디면서 탄광과 밀림에서 죽어 가며 죽음의 공포와 신음 속에서 나날을 보내고 있는지.

돈 번다는 거짓말에 속아 넘어간 처녀들이 쪽발이의 배 밑에서 성의 노리개가 되어 매일 토해 내는 진액을 닦느라고 고통의 나날을 보내고 있는 현실을 인정하기도 싫다. 그들이야 몸은 망가지고 체념을 하며 자신의 운명만을 한탄하고 있으니 나라 잃은 백성의 슬픔과 고통을 그 누가 알아주며 누가 책임을 진단 말인가.

백성들은 희망과 용기를 잃고 조국을 등지고 만주와 해외로 빠져나가고 있다. 누구나 기회만 있으면 조선을 떠나 다른 나라로 떠나고 싶은 마음이 있다. 조국으로부터 받지 못한 한을 이국에서나 달래보고 싶다. 다행히 이국땅이 아닌 국경선 부근인 함경도에서 일본 놈을 위해 놓는 다리 공사에 자원하는 형식으로 노동을 해야 하는 자신이지만 동네에 오랫동안 무겁게 짓누르던 문제를 스스로 해결했다는 자긍심까지 든다.

그녀는 어쩌면 만석에 대한 이야기를 간절히 기다리고 있는지도 모른다. 이번에 보국대로 함경도로 간다는 이야기를 들은 적이 있다. 갑종이를 만나서 쪽지를 전달을 하고 밖에서 기다리고 있다. 부엌에서 점심을 준비하고 있던 그녀에게 갑종이는 장작을 들고 부엌 안으로 들어간다. 받은 쪽지를 보자 직감적으로 누가 쓴 편지인지를 알 수 있다.

문 앞에 서서 기다리던 그는 동그라미를 만들어 웃는 갑종이를 보고 약속 장소인 동막골 원두막으로 향해 걸어가고 있다. 먼저 도착한 만석은 원두막이 보이는 곳에서 밑을 바라보며 영순을 기다린다. 갈 길을 거부할 수 없는 현실에 대한 좌절감과 사랑하는 사람을 그대로 잃을지도 모른다는 안타까움과 슬픔을 지닌 채 만나는 순간을 기다리는 심정은 무겁기만 하다.

이곳은 여름이면 참외와 수박을 팔고 먹는 사람들로 붐비던 곳으로 가끔 둘만의 진한 사랑을 나누었던 곳이기도 하다. 멀리서 보자기에 뭔가를 싸 들고 걸어오는 그녀를 내려다본다. 조용하기만 한 외딴 원두막 위에서 모든 시선이 그녀에게로 향한다. 사랑하는 그녀에 대한 강한 감정이 온몸을 감싸고 있다.

걸어오는 영순을 보며 강한 성적인 충동을 느끼기 시작하자 뭔가 온몸을 흔들며 강한 전기가 흐르는 느낌이다. 순간 마치 알몸으로 걸어오고 있는 모습을 상상하며 강한 충동은 흔들거리는 젖가슴으로 시선이 집중되며 짜릿한 느낌을 느끼며 지난 추억을 생각한다. 출렁이는 양 가슴에 얼굴을 파묻고 실컷 잠이나 자고 싶고 휘날리는 머리카락 냄새를 기억하며 얼마 전에 나눴던 짜릿한 그 순간을 생각한다. 치마가 바람에 밀리면서 양다리 사이로 자국 난 깊은 계곡까지 유심히 바라보자 꿈틀거리는 느낌이 들자 격정적인 감정이 일어난다.

남자는 여자의 육체적인 외관에 대한 강한 성적인 욕구를 느끼는 경향이 많다. 하지만 마음과 분위기를 가장 중요하게 생각하는 여자는 다르다. 전쟁이나 극한 상황에 처할 경우에 남자는 가장 먼저 성적인 본능을 추구하기 마련이다. 불같은 남자의 즉흥적이고 충동적인 특성이 있으나 반면 여성은 자신이 좋아하는 남자에게만 문을 열고 받아들인다.

서로의 사랑을 확인하고 하나가 되고 싶은 것이 가장 원초적이고 본능적인 행위가 바로 성으로서 신이 주신 최고의 귀한 선물이다. 성적인 행위야말로 이 세상에서 가장 순수하고 자연적이며 아름다운 관계이다. 타오르는 젊음의 정열은 원두막을 뜨겁게 달아오르며 목구멍까지 확하고 올라오는 욕망이 온몸을 용광로처럼 뜨겁게 만든다. 뜨겁고 강렬한 키스는 둘이 하나라는 신호탄을 쏘아 올리는 듯하다. 이 세상에서 가장 달콤하고 부드러운 입술은 마치 샘솟는 달콤한 샘물 같고 한없이 마시고 마셔도 목마름은 사라지지 않는다. 부드러운 혀를 빨며 뜨거워진 입술을 문지르며 사랑을 나누다가 입술을 지나 타액이 가득한 입 안을 한 바퀴 돌면서 꿀을 빨아먹는 어린아이같이 마냥 앞으로만 달려간다.

목적지가 어딘지는 알 수 없지만 마치 약속된 곳을 아는 듯이 손을 잡고 원두막으로 올라가 둘만의 시간은 하늘이 무너져도 조금도 물러서지 않을 자세로 두 사람은 고지를 향해 달려간다. 한참 동안 확인한 뒤에 얼굴을 쳐다보며 빛나는 두 눈은 따스한 정을 주고받으며 상대에게 줄 수 있는 최고로 아름다운 얼굴을 하고 바라보고 있다.

한 손으로 끌어안고 옆으로 누우며 옷을 열고 가슴속으로 들어간다. 팽팽한 유방은 금방이라도 터질 것만 같고 뜨거운 열기는 연신 가쁜 숨을 쉬고 있다. 참았던 갈증을 달래고 싶은 마음에서 두 연인은 깊고도 달콤한 세계를 향해 두 손을 잡고 가다가 어느새 더욱 강하고 은밀하게 비밀의 문을 열고 안으로 들어가기 시작한다. 깊은 신음 소리는 행복이라는 사랑의 문을 계속 열어가고 있다. 뜨거운 소나기는 계곡을 타고 흐르며 둘만의 문은 모든 것을 받아들이고 주고받는다. 태초의 알몸으로 두 사람은 마음껏 사랑을 하며 젊음을 발산한다. 신이 주신 최고의 오락 기구를 만끽하며 헤어짐도 잊은 채 아쉬운 사랑을 하고 있다. 언제 만날지 모르는 기약 없는 이별을 앞두고 상대를 위해 육체를 베풀고 확인했다. 육체의 욕망을 불태우며 이별이라는 절벽을 뛰어넘으려는 듯이 몸부림을 친다.

"이제 헤어지면 언제 보는 거지?"

영순은 어린아이처럼 더욱 깊게 파고들 뿐 아무런 말이 없다.

"어쩔 수 없이 가야 되지만 몸 조심하구 기다려줘야 혀."

눈에 흐르는 눈물을 닦아주며 그녀의 얼굴을 바라보고 있다.

"아무런 말을 안 해두 잘 알지. 절대루 변허면 안 되여."

"가신다는 소식을 듣구 얼마나 애간장이 탔는지 몰랐어유. 왜 하필이면 만석 씨가 가셔야 되는지 하늘이 원망스러워유."

"내가 가야 되는 길이구만. 마음이 괴롭고 답답혔지만 막상 떠난다는 생각을 하니깐 오히려 빨리 갔으면 하는 마음두 생기더구만. 내가 안가면 누군가는 그 일을 해야 되잖어?"

"만석 씨! 절 사랑하다구 해주세유."

"꼭 말로 해야만 사랑인가, 말은 없어두 우린 서로 통하잖어?"

"그래두, 날 사랑한다는 말을 들었으면 좋겠어유. 마음이 불안허구 미칠 것만 같아유."

만석은 빙그레 웃으며 대답했다.

"사랑해. 무지무지허게."

더욱 가슴을 조이며 온몸을 끌어안고 깊은 입맞춤을 한다. 서로 멀리 있어야 한다는 생각에 마음이 너무도 괴롭다. 내일이면 조치원역에서 기차를 타고 함경도로 가야만 되는 운명이 한스럽기까지 하다. 이것이 마지막이 될지 모른다는 생각이 들자 너무도 서글픈 마음을 가눌 길이 없다. 이런 만남도 언제 다시 이루어질 수 있을까라고 생각하자 불안하고 초조한 생각이 든다.

"영순이! 어쩔 수 없이 함경도로 떠나야 하는 신세지만 언제까지나 변치 말자구."

"그래유, 만석 씨만을 기다리며 열심히 살게유. 걱정마시구 건강하게 꼭 돌아오세유."

"허기사 다른 사람처럼 남양 군도에는 안 가니까 그래두 다행이지."

"맞아유. 멀리 남양군도까지 끌려간 사람들이야 소식도 모르고 그저 기다리고 있을 뿐이지만 불행 중 다행히도 우리나라 맨 끝에 가신다는 것이 낫기는 허네유."

사랑하는 사람을 어쩔 수 없이 머나먼 함경도로 보내야 하고 마지막 모습을 이렇게 보내는 심정은 이루 말할 수 없이 착잡하다. 보내야 하는 자신이 한스럽고 안타까울 뿐이지만 만나자 이별이라는 말이 실감이 난다. 이제는 어쩔 수 없는 운명을 받아들여야 한다지만 사랑하는 이에게 마지막으로 해 줄 수 있는 말이란 그저 사랑한다는 말과 영원히 기다린다는 확신과 믿음을 주는 것뿐이다. 어쩌면 공사 중에 갑자기 남양 군도 전선으로 투입이 될 수도 있고 아니면 북해도 광산이나 중국 땅으로 일본 놈을 위해 싸울 수밖에 없다는 생각이 들자 불안하다는 생각이 든다. 정성스럽게 뭔가를 싼 보자기를 풀자 몇 달 동안이나 털실로 짠 조끼를 펴서 건네준다.

"함경도는 무지하게 춥구 살기두 어렵데유. 그곳에서 일하면서 이것이라두 입고 있으면 조금은 나을 거예유. 입고 있으면서 저두 생각허시구 참으세유."

아무런 말없이 바라보던 만석은 그녀를 꼭 끌어안는다. 숨이 막힐 정도로 끌어안자 품속에 있는 금이라도 캐려는 듯이 가슴에 더욱 파고든다. 다시 뜨거운 입맞춤을 하고 서로는 말없이 바라보다가 그만 눈에는 눈물로 가득하다.

"입은 모습을 보고 싶어유."

만석은 정성이 담긴 조끼를 입어보며 뜨거운 사랑을 느낀다.

"부디 몸 건강허시구 꼭 돌아오세유. 저는 만석씨만을 기다릴게유."

"좋은 경험을 헌다구 생각허면서 많은 것을 배우고 싶어. 기다리면 좋은 수가 있겠지."

아쉬운 이별의 순간을 조금이라도 늦추고 싶은 마음에서 손을 잡고 걷는다. 운명이라는 이정표는 삼거리에서 이들을 갈라놓자 손을 흔들며 헤어진다. 찢어지는 이별의 아픔을 뒤로 한 채 작은 점이 되어 보이지 않을 때까지 손을 흔든다.

만석은 원두막을 떠나 작은아버지 댁을 향해 발걸음을 바쁘게 옮기기 시작한다. 어린 시절 추억이 담겨져 있는 벌판을 지나오면서 추억을 더듬으며 걷는다. 영원한 마음의 고향이고 소중한 곳으로 그에게 환경이 만들어 준 선물인 순수한 마음이 남아 있는 것은 이 땅이 심어 준 열매이다.

이제 육신의 고향을 떠나 머나먼 함경도로 가야만 한다. 조끼를 만지며 따스함이 자신의 피부 안으로 들어오는 것 같고 마치 뜨거운 사랑의 피가 온몸을 돌고 있는 듯하다. 내일이면 북으로 가는 기차를 타야 한다는 생각을 하자 가슴이 뭉클해진다. 어떻게 보면 좋은 구경거리와 경험이 될 수 있다는 생각도 들지만 죽음의 사지로 가는지도 모른다. 물론 어느 국가나 시대를 막론하고 전쟁이나 위급한 시기에는 누구나 생명에 대한 애착을 갖게 만드는 것은 당연한 일이다.

보국대라는 이름으로 대 일본제국에 봉사한다는 명목으로 가지만 만석은 모든 것을 그저 운명이라는 공식 속에 집어넣는 것이 차라리 낫겠다는 생각뿐이다. 체념은 오히려 다가올 힘든 일을 견디게 만드는 보이지 않는 힘을 실어 준다.

북으로 가는 기차

벌써 조치원역은 중국과 함경도를 가는 보국 대원들로 북적인다. 어깨에 옷과 음식을 넣은 보따리를 들고 서성이거나, 삼삼오오 모여 앉아 있거나 앞으로 다가 올 일에 대한 불안한 마음을 달래며 알고 있는 정보를 나누는 모습도 보인다. 마치 역은 장날처럼 사람들로 붐볐고 어린아이가 아버지 곁으로 다가와 울며 가지 말라는 모습을 보자 코끝이 찡하는 기분이 든다.

그런 여유도 잠시 만석은 여전히 알 수 없는 죄책감에 사로 잡혀 있다. 동네에서 아이가 있는 아버지를 보냈다면 두고두고 비웃음을 받을 것이다. 보국대를 통해 얻고자 하는 바도 있지만 고난의 역사에서 벗어나고 싶은 마음도 있다.

일본 순사들이 호루라기를 불며 광장에 집합하라는 소리가 들린다.

"이 깐나 새끼들! 무슨 야유회를 가려고 온 줄 아나? 일본제국을 위해 충성을 바치러 왔으면 똑바로 해야 될게 아냐?"

벌써부터 식민지의 아픔과 시집살이가 시작되었다는 생각이 든다. 용호와 만석은 한쪽 구석에서 보자기를 풀고 어머니께서 싸주신 인절미와 계란을 꺼낸다. 찐 계란에 소금을 찍어 먹다가 그만 목이 꽉 막히는 것 같아 물을 먹기 위해 화장실로 뛰어 가다가 순사의 호통 소리에 그만 놀라서 돌아오고 만다.

처음으로 들어보는 호루라기 소리는 무섭기만 하다. 벌써 기차는 달려갈 기세로 수증기를 내 품으면서 기적 소리를 내고 있다. 보국 대원들은 면 이름을 적어 놓은 팻말 앞에 서자 고함을 치며 이름을 묻는다. 마치 도살장으로 끌려가는 소처럼 삭막하고 처절한 모습에서 희망을 찾을 수는 없다. 컴컴한 동굴로 들어가는 것 같은 두려움으로 가득한 얼굴이다. 조치원 부근에 살고 있는 사람들은 가족까지 마중 나와서 손을 흔들거나 남편이나 아들의 모습을 바라보며 아쉬운 이별을 하며 울고 있는 여자들도 있다.

시끄럽던 역전은 언제 그랬느냐는 듯이 조용해지며 줄이 만들어지기 시작하고 일본 순사들은 뒷짐을 지거나 팔을 꼬면서 제국주의 파수꾼처럼 목에 힘을 주며 서 있다. 역사는 힘에 의한 논리가 맞아떨어질 때 그 민족이나 국가는 과거를 후회하고 미래에 대한 강한 집착을 보이기 마련이다. 몇 사람의 위정자들이 역사의 주인공 마냥 생각하고 정치라는 가장 기본이 되는 백성을 평안하게 해주고 간지러운 곳을 긁어 주는 것인데도 식민지라는 틀 속으로 갇힌 주제에 무슨 인간적인 대접이나 권리가 있을 수 있겠는가? 겨우 목숨만이라도 붙여서 그럭저럭 살다가 기회가 나면 해외로 떠나고 해방을 기다리는 체념과 포기라는 두 바퀴를 축으로 살아갈 뿐이다.

슬픈 한숨 소리는 집집마다 들렸고 나라 잃은 슬픔에 멍하니 먼 산만을 바라보고 있다. 십 년이면 강산이 변한다고 했지만 벌써 세 번하고도 삼 년이 흘렀고 아직도 해방된다는 기미는 보이지 않고 어둠의 세월만 흘러가고 있다. 갖은 구실과 명목을 앞세워서 이것저것 가리지 않고 닥치는 대로 빼앗아 가는 그들이 이번에는 사람의 목숨과 노동력까지 강제로 착취하는 실정이다.

식민지 민족이 무슨 자선을 바랄 수 있고 희망이 있겠는가? 조선인들로부터 물건을 수탈하여 전쟁에 이용하고 있었고 그것도 모자랐는지 심지어 여자와 요강, 밥그릇, 냄비나 심지어는 놋대야까지 공출로 빼앗아 가고 있으니. 그러나 어느 누구도 감히 내 물건을 내놓지 않거나 그 부당함을 감히 말하지 못하고 있다.

고향에 꼭 돌아오겠다는 작은 희망을 가슴에 품고 이국땅으로 떠나야 했던 식민지 남정네들은 천황에 대한 충성이라는 명목 하에 병들고 죽은 자들의 원성이 들리는 듯하다. 이 기차를 타고 갔던 수많은 영혼들의 신음 소리가 수증기 기적 소리에 실려 귓가에 맴도는 듯하다. 처음으로 타 보는 기차였지만 신기하고 호기심 어린 눈으로 바라보기보다는 죽음까지도 생각하며 타야 하는 사람의 심정은 이루 헤아릴 수 없는 착잡함과 불안 공포로 가득하다.

충북 지역에서 차출된 사람들은 네 번째 칸에 배당되어 있으나 기차 안은 많은 사람들로 발을 디딜 틈도 없다. 아무런 정보도 없이 타인들에 의해 끌려가는 굳어진 표정에서 무엇을 느낄 수 있는가. 가슴이 무너져 내리는 압박감과 공포, 미래에 대한 불안감만이 그들을 삼킬 듯이 기다리는 현실을 그저 운명이라는 편한 쪽으로 생각하고 싶을 뿐이다.

갑자기 고향에 대한 향수와 앞으로 닥칠 미래에 대한 두려움까지 엄습해 온다. 어떤 모습으로 다가올지 모르는 온갖 시련과 죽음에 대한 공포심이 가득한 표정들이다. 생전 처음 타 본다는 기쁨보다는 가슴이 답답해지고 숨이 막힐 지경이다.

다행히 만석과 용호는 먼저 탄 덕분에 겨우 자리에 앉을 수 있었다. 옆에 앉은 사람과 이야기를 하다 보니 옆 마을인 태봉골에 사는 수환이다. 그 마을에서는 두 사람이 보국대로 차출되었다는 말과 오늘 저녁 무렵에 함경도 청진에 도착하여 일부는 그곳에서 내리고 나머지 사람들은 트럭에 나눠 타고 목적지인 무산에 도착한다는 얘기를 듣는다. 아무런 정보도 없이 앞으로 다가올 미래에 대한 공포와 두려움이 마음을 짓누를 때 어떤 신빙성 없는 말이나 엉터리 유언비어를 만들어 낸다 해도 이것은 신선한 소식이며 희망과 호기심을 채워 주는 한줄기 단비와도 같다.

주변에 있던 사람들도 그 말에 솔깃했는지 분위기가 갑자기 달라지며 호기심어린 얼굴로 바라본다.

"그라믄, 우린 같이 가는 것이 아니구 역마다 개짐 마냥 풀어 놓구 간다는 거여?"

말이 끝나자마자 젊은 청년 앞으로 총칼을 든 일본 순사가 갑자기 나타난다. 일본 순사는 그 청년을 향해 총 개머리판으로 머리를 친다. 청년의 머리에서 선혈이 흐르면서 고꾸라지고 말았다. 겨우 몇 마디 말에도 그렇게 험하게 다루는 일경을 보자 섬뜩한 기분이 든다.

"이 새끼들, 누구든지 쓸데없는 말을 하면 다 죽여 버릴 거야."

순사는 험악한 표정을 지으며 소리를 지르고 있다. 갑작스럽게 벌어진 일에 당황한 나머지 사람들은 겁에 질려 아무런 말도 못하고 서로의 얼굴만을 바라보고 있을 뿐이다. 항상 시범으로 먼저 걸린 사람은 여러 사람을 다스리기 위한 방편으로 이용하는 벌은 심하기 마련이다. 개머리판으로 맞은 머리에서 계속 피가 흐르자 옆에 있던 사내가 속옷을 찢어서 피를 닦아 주고 있다.

겁을 먹은 보국대원들이 줄을 서며 차례를 기다리자 인원 점검을 하기 시작한다. 이름과 주소를 확인하고서 몇 가지 주의 사항을 전달한다. 갑자기 조선인으로 보이는 반장이 일장 연설을 하기 시작한다.

　일본인에게 정보를 알려 주고 같은 민족을 더욱 못살게 굴거나 팔아먹는 자이다. 같은 민족의 피를 빨아먹고 이용하는 모습이 불쌍하다는 생각이 든다. 반 일본인 행세를 하는 이들은 신분이 좋지 않거나 말을 잘하는 사람 중에서 선발된다. 힘이 없고 못살던 사람이 어느 날 갑자기 권력을 가지게 되면 자신보다 위에 있던 사람을 억누르고 날 뛰며 못살게 굴기 마련이다. 마치 그간의 못했던 것을 한꺼번에 차지하고 한풀이를 하려는 듯이 행동하곤 한다.

　"아, 여기에 모인 분들은 각 마을에서 대 일본제국과 천황폐하를 위하여 특별히 뽑힌 사람으로서 무엇보다도 여기에 있다는 사실을 영광으로 생각하시기 바라겠소. 이제부터 호송 반장인 내가 여기 있는 모든 사람들을 위해 일하겠소. 불편한 점이 있거나 어려운 점이 있으면 서슴지 말고 나한테 이야기해 주시오. 난 여러분들을 무사하게 호송할 책임이 있는 사람으로서 내 말에 명심해 줘야겠소. 지금 이 시간부터 옆 사람과 쓸데없는 이야기를 해서는 아니 되겠소. 아까 머리에 피가 낭자하도록 맞은 사람은 어디서 쓸데없는 이야기를 듣고 와서 유언비어를 유포하고 불안을 조성한 죄로 맞은 것이오. 여기에 있는 여러분 중에는 이런 못난 사람이 없도록 각별한 주의를 주겠소."

　마치 저승사자가 온 것처럼 모두들 두려움에 떨고 있다. 이처럼 조선 사람이 무섭게 느껴진 적은 없다. 가장 많이 알고 있거나 가까운 사람이 가장 무섭다는 말이 생각난다.

　"첫째로 절대 옆 칸으로 이동하거나 돌아다니지 말 것이며, 둘째는 주위 사람과 쓸데없는 말을 나누거나 유언비어를 퍼트리지 말 것이며, 셋째는 밥을 먹든 몸이 아프든 지간에 목적지에 도착하여 내리라는 연락이 있을 때까지는 절대로 기차에서 내리지 말 것, 넷째로는 창문은 반드시 열지 말 것이며 화장실에 갈 사람은 나한테 허락받고 갈 것. 만약에 네 가지 주의 사항을 지키지 않을 시는 대 일본제국의 이름으로 엄한 벌이 내려질 것이오. 이상!"

　모두들 기가 죽어 있었는지 숨소리 하나 들리지 않을 정도로 조용하기만 하다.

　"참 한 가지 빠진 게 있소. 앞으로 말을 듣지 않는 자에게는 총살을 시켜도 좋다는 오무라 제독님의 지시를 받았소. 이 권총으로 목적지에 도착하기도 전에 저승으로 가는 사람이 없도록 하시오. 알겠소?"

옆구리에 차고 있던 권총을 높이 들어 보여준다. 옆에는 순사 두 명이 지키고 양쪽 문 앞에서 총에 칼을 끼운 채 한 명씩 지키고 있다. 긴장감이 돌면서 기차는 길고도 힘찬 기적 소리를 내며 조치원역을 벗어나고 있다. 눈물을 흘리며 손을 흔드는 노인들도 있고 그저 모든 것을 체념한 듯이 그저 먼 곳을 바라보는 사람들도 있다.

여기에 있는 기차나 보국대원들은 중국 땅에 전쟁 물자를 수송하기 위해 만들어진 것으로서 전쟁에 동원되는 사람과 도로나 다리를 놓고 건설 공사에 투입되는 물자인 셈이다. 창문은 쇠창살로 막아 있어서 감히 탈출할 생각은 꿈도 꾸지 말라는 듯이 밖에서 열쇠로 잠그게 되어 있다. 만석은 무슨 일이 있어도 잘 참고 견디는 수밖에 없다고 생각하며 입고 있던 조끼를 만지며 고향에 있을 영순을 생각하기 시작한다.

갑자기 지난 추억이 떠오르며 힘든 앞일을 잊고 싶다. 창밖을 내다보자 강한 아침 햇살이 눈이 부시니 마치 그녀의 따스한 손길만 같다. 지금쯤 무엇을 하고 있을까? 기약 없는 이별은 두 사람에게 사랑의 시련을 동시에 안겨 주었다.

멍하니 창밖을 내다보던 사람들이 시간이 흐르자 졸거나 잠에 빠진 사람들도 있다. 만석도 모든 것을 체념한 듯 고개를 숙이고 잠을 청했다. 갑자기 호루라기 소리와 마이크에서 울려 나오는 소리에 잠을 깼다.

눈을 뜨고 창밖을 보니 남쪽으로 내려가는 기차에는 전쟁터로 자원입대한 조선 청년들로 가득한 기차가 눈에 보인다. 아마도 환영식을 거행하는 역에 도착한 것을 보며 보국대원들이 저런 모습을 보고 일본에 대한 충성심을 느끼라는 목적으로 세워 놓은 것이다.

기차 창문을 열라는 반장의 지시가 있자 일제히 창문이 열리면서 누구나 조용히 앉아서 보라는 지시가 떨어졌다. 이마에는 일장기가 그려진 하얀 띠를 두르고 가슴엔 '천황폐하 만세! 대 일본제국에게 나의 한 목숨을!' 이라고 적힌 띠를 두르고 있다.

자원입대라는 말에 속으로는 웃을 수밖에 없었지만 그런 표정을 감히 내보일 수 없다. 그저 오랜만에 마음 놓고 바깥을 구경한다는 기쁨만을 생각한다. 명목상으로는 다 같이 일본을 위해 자원을 했지만 가는 방향은 정반대이다. 육체적인 힘을 요구하는 보국대와 생명까지 요구하는 군인이라는 차이밖에 없다.

죽으러 가는 사람들에게 마지막으로 꽃다발을 선물로 주는 모습이 차라리 끔찍할 뿐이다. 저들이 어떻게 이곳에 왔던지 간에 좋은 구경거리임에 틀림이 없다. 식의 마지막 부분에 대표가 나와서 꽃다발을 받자 아침부터 동원된 학생들이 박수를 친다.

저 중에서 살아 돌아올 자가 과연 몇 명이나 있을는지 알 수 없다. 그들에 비하면 조금은 안전하고 그래도 조선 땅에서 일한다는 것이 약간은 위로가 되지만 불안한 마음은 다 같고 단지 살 수 있다는 희망만이라도 작은 위안이 된다. 목숨을 담보로 돈을 받는 용병이 아니라 나라를 잃은 식민지 국민이 겪는 아픔과 슬픔이 서럽고 비참하다는 생각으로 다가온다.

기다리며 참을 수밖에 그 어떤 대책도 없으니 무겁고 답답한 마음이 들자 가슴속은 칼로 베이는 듯하다. 무엇 때문에 저토록 많은 젊은이들이 장가도 가지 못하고 아무런 대가 없이 세상에서 가장 귀중하고 천하와도 바꿀 수 없는 목숨을 버리기 위해 남양 군도로 가야만 되는지.

한참 후에 의식이 끝나고 기차는 서서히 움직이기 시작한다. 터널을 지날 때마다 석탄이 타면서 내뿜는 가스와 연기로 고생을 했다.

서울을 지나 원산 역에 도착하자 맨 앞 칸에 탔던 사람들이 먼저 내린다. 항구에 포대를 설치하는 일에 동원되는 보국대원들이 다 내리고 기차는 바로 출발한다. 여전히 사람들은 침묵 속에 줄거나 잠을 자고 있다.

하루 종일 기차는 목적지를 향해 천천히 기적을 울리며 해안가를 달리고 있다. 도살장으로 끌려가는 소와 같은 신세라는 생각에 마음은 착잡하지만 그래도 처음으로 만석은 창밖의 아름다운 경치를 바라본다. 동해의 넓은 바다와 푸른 파도, 그리고 확 트인 바다는 어머니 품과 같다. 불확실한 미래와 알 수 없는 불안과 위험을 가지고 떠난다는 것은 비극이다.

저녁 늦게 기차는 목적지인 청진역에 도착하여 인원 점검을 하자 여기까지 도착한 대원은 겨우 삼백 명 정도이고 충청도와 경상도 사람이 대부분으로 하루에도 몇 번씩 인원 점검을 한다. 발급해 준 증명서를 받아 한 장씩 들여다보며 얼굴을 확인한다.

역에는 트럭이 대기하고 있다가 숙소인 군대 막사로 사람들을 실어 나르고 있다. 입구에 있던 막사에서 간단한 인원 점검과 신체검사를 받는다. 허술하게 만든 숙소에 들어가자 하루 종일 공포와 피곤함에 지친 육체는 녹초로 변한다.

주어진 번호에 따라 방이 결정되고 이어서 간단한 저녁 식사가 나온다. 내일 아침이면 최종 목적지인 무산으로 가서 중국으로 통하는 두만강에 다리를 놓는 일에 투입된다. 전략적인 목적으로 설치하는 다리 공사로서 군수물자를 운반하는 다리이다.

처음으로 시멘트로 된 큰 다리를 놓는 공사에 투입되는 만석은 이것이 좋은 경험이라는 생각을 하며 이것이 어쩌면 미래를 위한 좋은 경험이 될 수도 있다는 생각을 한다.

다리 공사

　만주 지역에서 생산되는 콩이나 잡곡을 조선인에게 주고 대신 쌀을 공출해 가는 전략의 하나로 압록강과 두만강에 다리를 놓는 일이 필요하다. 조선의 질 좋은 쌀에 대한 욕심을 갖고 있고 거기에다 중일 전쟁에 필요한 군량미를 비축해야만 중일전쟁에서 승리할 수 있다는 계산에서 건설하는 다리이다. 만약 일어날 수도 있는 소련과의 전쟁을 대비하여 조선 북부 지역에 있는 곡식을 신속하게 이동시키고 후퇴를 위해서도 필요한 전략적인 요충지이다.

　남태평양에서 들리는 소식으로는 미군은 섬을 정복하면 불도저 같은 중장비를 이용하여 곧바로 비행장 활주로를 만들어 비행기를 이용하기 때문에 조선인과 주변 식민지 나라에서 차출된 노무자를 이용하여 활주로를 만드는 데서 커다란 전략적인 차이가 난다는 이야기를 들었다. 불도저 한 대는 사람 400명과 같은 일을 할 수 있으니 비행장을 만들 때 비행기의 공습으로 대피를 하다가 공사가 중단되는 일이 많이 있다.

　같은 조건에서 치르는 전쟁에서는 가장 중요한 것이 바로 보급이다. 오직 사람과 말을 이용하여 시간을 많이 필요로 하는 일본이 미국한테 질 수밖에 없다. 그 많은 식민지 장정들을 전쟁터에 내몰고 노무자로 끌어내어 공사판에 아무런 대가 없이 마구 부려먹는 일본의 작태는 전쟁 말기에 극에 달하고 있다.

　각 마을마다 공출을 선동하고 여성들은 군대 위안부와 군복과 장비를 만드는 공장에 차출되어 갖은 고생과 희생을 강요당해야만 한다. 입이 있어도 말을 못했고 눈이 있어도 본 것을 함부로 말할 수 없던 시기에 어서 일본 놈들이 하늘의 저주를 받아 패망하라는 염원만이 누구나 갖는 소망이다.

　다행히도 남양 군도와 중국 땅에서 일본군이 계속 참패를 하고 있고 얼마 있으면 미국을 포함한 연합군이 승리할 것이라는 소문이 꼬리를 물고 입에서 입으로 전해진다. 최

후의 발악을 하던 일본은 만주와 조선이라는 지역만 식민지로 남아 있었고 더욱이 본토까지 위협을 받고 있었던 참인지라 동원할 수 있는 모든 물자와 인원을 전쟁에 투입하고 있다. 매일 전사 통지서가 각 마을마다 전해지고 우는 부모들과 여인과 아이들의 곡소리가 그칠 줄 모르고 있으나 어느 곳에도 하소연을 못하는 사정이다.

아침이 되자 간단한 식사와 무슨 주사를 맞은 뒤에 목적지인 무산으로 향하는 트럭에 탔다. 군용 트럭에 짐짝처럼 가득 실은 사람들 틈에 앉기는 하늘에 있는 별 따기와 같이 어려운 일로 이런 곳에서 편하게 지낸다는 것은 불가능한 일이다.

이리 흔들리고 저리 흔들리는 가운데 트럭은 목적지인 무산에 오후 늦게 도착했다. 트럭에서 내리자마자 일본 군인들이 총을 들고 감시하고 있다. 철조망으로 쳐 놓은 막사 주변엔 감시 초소가 몇 군데 있고 앞에는 두만강이고 뒤에는 철조망이라는 장애물이 꼼짝 못하게 한다.

대략 300명이나 되는 대원들은 각자 배당된 막사로 향하자 점호가 시작된다. 처음부터 확실하게 잡아 두자는 목적인지라 선착순을 시켜서 정신을 다 빼놓고 막사 주변 청소를 몇 번이고 반복해서 시켜 정신과 육체를 괴롭히며 다른 생각을 아예 못하게 한다. 트럭을 타고 오느라 지치고 오자마자 선착순과 막사 청소와 정리로 지친 나머지 그저 시키는 대로 하는 것이 속 편하다는 생각뿐이다.

막사는 통나무집으로 되어 있고 지붕은 국방색 천으로 덮어 놓아 멀리서도 잘 보이지 않도록 철저하게 위장을 시켜 놓았다.

늦봄인데도 함경도 오지인 이곳은 날씨는 추웠고 골짜기마다 얼음과 눈이 보이는 곳이다. 이곳에 먼저 온 보국대에 차출된 사람들이 막사와 땔나무 그리고 다리 공사에 사용될 자재들까지 준비를 해놓은 상태이다. 이들은 특별히 벌목 일을 하던 인부들은 근처인 함경도에서 차출된 자들이다.

알게 된 자는 나이가 만석보다 세 살이나 아래였지만 나이에 비해 어른스런 점이 있다. 신중하고 재치 있으며 머리도 상당히 좋은 그는 의리가 있어 끝까지 지키고 믿어 주는 점이 마음에 든다. 단지 꼼꼼하고 내성적인 면이 단점이지만 이런 곳에서 사람을 친하게 사귄다는 것은 중요한 일이다.

저녁식사는 옥수수와 감자 가루를 섞어 만든 찐빵으로 반찬은 단무지에 시래깃국이 전부이다. 배급량이 적은 탓에 허기진 배를 채우기 위해 물을 많이 마셨다.

저녁이 되자 작업반장이 선출되고 맡을 일에 대한 지시와 교육이 시작된다.

"자, 지금부터 다리 공사에 대한 교육을 시작하갔소. 질문이 있거나 이해가 가지 않는 것은 나중에 나한테 찾아오도록 하이소."

감시당한다는 속박감은 행동까지 부자연스럽게 만든다. 전등을 켜놓기 위해 발전기는 계속 시끄러운 소리로 돌아간다. 이런 오지에 다리를 놓는 일이 얼마나 힘든지 같은 사정이지만 서로 간에 별로 힘이 없다. 너무 힘들면 상대방이나 어떤 일에 대한 욕심도 관심도 없어지기 마련이다. 단지 생존을 위한 간단하고 단순한 일에만 기계적으로 다가설 뿐이다.

이 일을 하기 위해서는 얼마나 많은 피와 땀을 흘려야 되는지 앞이 캄캄하기만 하다. 각자 이름을 부르면 작업반장이 있는 곳으로 가서 하루의 작업량을 할당 받는다. 대개는 작업반장이 조선 사람이었고 작업 과장과 부장은 일본인들로 구성되는데 조선 사람을 다루기에는 조선인이 훨씬 낫다고 생각한 모양이다.

어려운 기술과 핵심적인 일은 일본인들이 직접 맡아서 처리하고 있다.

"김만석! 자네는 오늘부터 제 3반에 소속되어 창고를 지키고 다리 공사에 필요헌 자재 출납을 담당하도록 하게나. 자재가 하나라도 모자라면 당신 책임이라는 점을 명심하오."

"알겠구먼유."

직접 공사판에서 새로운 작업을 하면서 신기술과 좋은 경험을 얻고 싶다. 그러나 막상 이곳 사정은 처음 생각했던 것과는 너무도 달라지면서 그저 생존을 위한 몸부림에만 신경을 쓸 뿐이다. 자재 창고를 지키고 자재에 대한 수량을 파악하는 일을 맡게 된 점이 다행이다.

"자넨 글씨를 쓰고 읽는 것을 보니깐 어느 학교를 졸업했나?"

"저유. 중학교를 다니다가 그만 퇴학 맞았구만유. 2학년 때 그만 두었슈."

만석은 중학교를 다니다가 학비가 여의지 못한 원인도 있었지만 일본 여학생을 때린 잘못으로 중도에 학교를 그만두었다. 여학생이 조센징이라고 놀렸기 때문에 때렸던 것이다. 화를 참지 못하다가 화장실에서 나오는 여학생의 머리를 주먹으로 치고 말았다. 조센징은 몸에서 이가 기어 다니고 냄새가 난다는 말에 격분을 한 것이다. 학교에서는 화장실에서 생긴 일을 마치 엉큼한 짓을 하려다 말을 듣지 않아서 때렸다는 억울한 누명을 뒤집어씌웠다.

보국대의 편성은 각 반마다 30명씩으로 되어 있고 반마다 반장 한 명과 그 밑에 두 명의 주임이 있으며 주임은 그 조에서 생기는 일과 작업을 감독하는 일을 맡아서 했다. 제3반은 충청도 사람이 열 명, 경상도 일곱 명, 전라도 넷, 경기도와 서울, 함경도 사람이 각각 셋으로 구성되어 있다.

조선인 반장은 일본에서 건설 공사에서 노가다를 했다고 자랑한다. 이런 공사에 경험이 있다는 말을 강조하여 반원들로 하여금 자신감과 일을 더 많이 부려먹고 싶었기 때문에 허풍을 치는 것이다. 입이 세면 그것이 처음에는 먹혀 들어가지만 진실이 밝혀지면 효과는 떨어지고 만다.

열 개나 되는 반장 중에서 나름대로 출세와 높은 점수를 받고 싶다. 어떻게든지 간에 반원들에게 많은 일을 시키고 아무런 사고 없이 일을 마치는 것이 과제다.

대충 공사에 관한 사정과 야 할 일을 지시 받은 다음 숙소에 돌아온다. 항상 이동을 마치면 인원 파악과 점호를 취한다. 자유시간이 되자 옆에 있던 남자가 다가오며 말을 건넨다.

"만석이, 자네는 중학교 문턱에 들어갔다고 창고나 지키고 말이야, 팔자가 풀렸구먼. 높은데 있을 때 잘 좀 봐주게나. 넌 창고 물건 없어지지 않게 잘 지키는 것이 가장 큰일임을 알아야 헐걸세."

그는 영광 시장 바닥에서 조기를 엮는 일을 했다는 칠성이라는 사람이다. 인상이 고약하고 등치가 좋은 것을 보면 시장 바닥에서 주먹질 꽤나 했을 법한 외모이다.

"무슨 말씀을 그렇게 하신 데유. 반장님께서 시키시니께 그런 것이지 제가 중핵교 다녔다고 자재 창고를 지키라고 시킨 게 아니잖아유. 너무 면박일랑 주지 마세유."

"나도 말여. 부모만 잘 만났으면 중학교 졸업해서 일본으로 유학을 갔을 텐디. 으쩌다 이런곳에 와서두 학벌 차별이니 뭐 살맛이 나것는가? 일본 유학을 갔다면야 나도 여기선 반장보다 더 높은 부장이 되었을 텐데 말여."

"부모를 잘 만나서 중학교를 다닌 것이 아니구유. 찢어지게 가난했기 때문에 부모님께서 논을 팔아서 자식에게는 가난을 물려주지 않겠다는 마음으로 다니게 된 거구먼유. 오히려 가난해서 그만 중도에 학교를 그만두었슈."

"자네 도움을 째끔만이라두 좀 받아야 하겠구먼. 혹시 알갔는가. 창고장이를 잘 알면야, 떡고물이라도 얻어먹을 수 있을지 누가 안당가?"

여전히 비꼬는 투로 말하는 것이 거슬렸지만 참는 수밖에 없다.

아침이 되자 기상나팔 소리와 호루라기 소리가 막사 주변을 감싼다. 군대나 다름없는 이곳은 외부와의 모든 연락이 두절되어 있다. 오직 먹고 자고 다리 놓는 일에 모든 것을 쏟는 일이 반복될 뿐이다. 고향을 떠나 이곳에 온 탓으로 모든 것이 낯설고 생소하여 쉽게 적응하기도 어렵고 불안한 마음을 떨쳐 버릴 수 없다.

다리 공사에 필요한 자재만 쌓아 놓고 본격적인 공사는 시작되지 않고 있다. 물자와 인부가 모자랐기 때문에 지금껏 측량과 설계만 끝난 상태였다. 일본인들은 중요한 기술과 작업 분야를 맡았고 조선 사람들은 잡일과 시키는 일만 했다.

반장들은 그런대로 작업 진행과 과정을 어느 정도는 알 수가 있다. 하지만 함부로 말을 할 수 없으니 만약 비밀이 누설이라도 되면 다리 공사 책임자의 지시로 총살해도 된다는 상부의 지시가 있어서 그런지 경고문이 높이 세워져 있다. 감히 어느 누구도 이곳에 다리를 놓는다는 말을 해서도 안 되고 이런 이유 때문에 외출이나 출장은 일절 금지되어 있다. 또한 중국이나 소련의 비행기가 날아 와 폭격을 당하기 쉽기 때문에 낮에도 옷을 녹색이나 갈색으로 갈아입고 작업을 하고 있다.

2개 소대 병력들이 밤낮으로 이곳을 지키면서 탈주자나 외부 공격에 대비하고 있었고, 근처인 무산과 회령에는 1개 대대의 병력이 주둔하고 있다. 앞에는 강이요 뒤에는 철조망과 일본군대로 완전히 둘러싸인 요새와 같은 곳으로 감히 그 어느 누구도 탈주는 생각지도 말아야 한다는 경고를 아침과 저녁마다 반복해서 방송과 작업반장을 통해 구두로 전달되고 있다.

아침 6시에 일어나 아침 운동과 막사 청소, 아침식사를 마치면 작업에 들어가기 전에 그날 해야 할 작업량을 할당받고 건강을 점검하는 일로 시작된다. 어지간한 감기나 허리, 무릎 통증은 아무런 조치 없이 진통제 두 알을 먹이고 다시 작업장에 투입시키곤 한다.

"반장님! 오늘은 나무를 공사장까지 나르는 일을 헌다구 들었는데유. 날씨가 춥구 엊저녁에 비까지 내려서 그런지 머리가 아프고 몸살이 났다고 다 아우성이구만."

조원들의 건강이 걱정되어 건의를 했지만 워낙 독종이라는 별명답게 못 들은 척하고 있는 반장의 얼굴만 쳐다보고 있다. 점수를 잘 받아서 돈이나 타 먹고 오입질이나 하면 그만이라는 최 반장의 말에 이 조장은 고개를 숙인 채 그대로 서 있다.

"이 조장 말이요, 그렇게 말귀를 못 알아듣는단 말인겨? 내 말은 빨리 가서 조원들에게 오늘할 일을 알려 주고 작업을 시작해야 지난주와 같이 일등을 할 수 있단 말이 아니갔소?"

그 말을 듣고 뒤돌아 가려 하자 최 반장은 큰소리로 호통을 친다.

"이 조장! 감기와 허리가 아픈 환자가 몇 명이나 되오?"

"예, 다섯 명입니다."

반장은 책상 서랍을 열면서 퉁명스럽게 대답하며 알약을 건네준다.

"자, 여기 진통제가 있소. 이것을 먹이구 작업을 속히 하도록 허시오."

아무런 말대꾸도 못하고 그저 약을 받아서 먹이라는 말에 어쩔 수 없이 받는다.

"이런 병신 같은 놈들허구 같이 일을 해묵겠나? 무슨 감기를 가지고 그렇게 빌빌 허구 일도 못헌다구, 그러는 긴가. 여기가 어디 자기 집인 줄 알아. 전쟁 중에 이곳에 온 것을 감지덕지할 일이지 무슨 병도 아닌 감기를 갖고 작업량을 줄여 달라는 놈들이 있나, 원 기가 막혀서."

어이가 없다는 듯이 혀를 찬다. 남양 군도 섬에서 더위와 굶주림에 죽어 가고 미얀마에서는 전쟁 중에 총칼보다는 정글과 더위를 더 무서워하고 있다. 그곳에서 죽었는지 살았는지 알 수도 없지만 이곳은 그래도 뼈는 찾을 수 있을 뿐 아니라 잘하면 고향으로 갈 수도 있다.

만약 북해도 탄광에 끌려갔다면 밤낮으로 땅강아지처럼 저 밑 지하 지옥과도 같은 속에서 얼굴은 새까맣게 되어 줄곧 땅이나 파는 신세가 아닌가. 아무리 세상이 넓다 해도 목숨을 묘하게 건져지는 자가 있기도 하고 어쩔 수 없이 죽게 되는 이치는 바로 죽고 사는 문제는 하늘에 달려 있다는 말이 실감이 난다. 같은 동네에서도 미얀마 전선으로 갔던 사람은 죽었다는 전사 통지서가 날아오지만 중국에 간 사람은 죽지 않고 살아 있는 경우가 있다.

"젠장, 이것두 사람이 사는 것인가? 밤낮 소나 말처럼 일이나 시켜 먹구 겨우 죽지 않을 정도로 먹이는 주제에 몸이 좀 아프다구 몇 시간만 작업을 늦추자구 했더니만 겨우 아스피린 몇 알만 주구 뼈 빠지게 일이나 하라니. 드러워서 못 해 묵겠다. 돈 받구 허는 일도 아닌디. 품삯두 나중에 준다구 핸 것이 벌써 언젠가, 닭 잡아 묵구 오리발 내미는 놈 같이 소식이 깜깜이니 원. 거기다가 묵는 것은 만날 옥수수 가루에 콩을 섞은 것이 고작이니, 어디 살맛이 나겠는가? 눈만 뜨면 점호다 기합이다 식민지 백성을 위한다는 명목으로 천황의 메시지나 달달 외우라고 허니 이거 살맛이 나는겨? 일을 시켜두 살살 달래는 것두 필요헌 건디, 이놈들은 영 아무것두 모르는 기라."

다혈질을 상징하는 듯이 경상도 진주 출신인 강상이가 떠들고 있다.

"이놈의 목단강인지 목이 타서 목탄강인지는 몰라도 이걸 만들기 위해서 뼈 빠지게 일했구먼. 밤낮을 안 가리고 일했지만, 만날 조장과 반장이라는 작자들은 작업량이 부족허다니 작업 태도가 좋지 않다고 닥달만 처대고 있는 게 사람 죽이는 거지. 안 그런가? 여기가 사람이 살 곳이여? 보국대에 와서 일하다가 죽은 사람이 십여 명이나 된다는데, 언제 우리가 낄지 모르잖어. 이거 원 살맛이 나야 일을 허지."

"일 년을 걸려야만 겨우 차가 다닐 수 있는 다리가 완성된다는구먼. 이제 겨우 교각 열 개 중에서 두 개를 완성하지 않았는가?"

어깨 너머로 배운 침술 덕분에 간단한 병을 고쳐 주기도 했다. 그 덕분에 일본 감독관들로부터 특혜를 가끔 받기도 했다.

저녁 시간에는 두고 온 고향 이야기나 신세타령을 하며 타향 생활을 달래곤 한다. 지친 사람들은 일찍 잠을 자거나 공상에 잠기곤 한다. 자재인 나무, 시멘트, 철근을 이동할 때면 여러 사람이 힘을 합해야 되는 관계로 각 조를 중심으로 작업이 진행되고 있다. 자갈과 모래는 많으나 송판이 귀하여 대패와 톱으로 만들어 사용하다 보니 자연 작업 속도가 느릴 수밖에 없는 노릇이다. 모든 물품이 제 때에 공급되는 일이 별로 없었고 자체적으로 해결하라는 지시만 있으니.

 자재 창고에는 연장과 못, 철근, 송판, 시멘트, 철사 등이 보관되어 있어서 물품이 수시로 드나들기 때문에 들어가고 나가는 데 신경을 써야만 하는 실정이다. 만약 하나라도 분실하거나 숫자가 맞지 않으면 반 전체가 기합으로서 잠을 재우지 않는다.

 이런 일이 있으면 누구보다도 만석의 얼굴이 붉어지고 눈치를 보기 마련이다. 부족한 자재를 채우기 위해 도둑질을 하기도 한다. 그런 까닭에 최 반장은 똑똑해 보이고 약삭빠른 만석을 지목한 것이다. 지금껏 별 문제가 없이 일을 잘 처리해 왔고 나름대로 인정을 받고 있다.

 일 년 이내에 다리를 완성하라는 상부의 지시가 매번 떨어진 탓에 그때마다 감독관은 현장 책임자를 독려했고 그것은 밑으로 내려가 그 파동은 점점 세지기 마련이다.

 관리소장은 밤, 낮으로 조를 짜서 작업을 강행하기로 결정한다. 다리는 길이가 이 백 미터로서 트럭이 다닐 수 있는 튼튼한 다리를 놓기 위해 어렵고 많은 시일이 필요하다. 이것도 평소에나 가능한 일로서 지금은 전쟁 중에 갑자기 놓아야겠다고 결정된 이상, 이유는 필요 없이 상부에서 지시하는 대로 만들어야만 한다.

 아께다 소장은 대원들을 모아 놓고 다리 공사를 빨리 서둘러야 한다는 것을 강조한다. 앞으로는 잠을 줄여서 이 일에 전력을 쏟아야 된다고 한다. 전임 소장은 작업 진행 속도가 느리다는 이유로 문책을 당하여 남양 군도로 끌려갔다. 새로 부임한 아께다 소장은 독하게 다스리는 독종으로서 첫날부터 작업량을 채우기 위해 다섯 시간만 재우기 시작하다가 그것도 많다는 이유로 네 시간으로 줄인 상태이다.

 사람이 잠을 적게 자면 머리가 혼란하고 판단력이 흐려지기 쉬워 사고가 날 수 있다. 제5조에서 교각 공사를 하다가 그만 교각이 무너지는 바람에 떨어져 죽은 사건이 있다. 여기서 죽는다는 사실은 놀라운 일이거나 관심을 끌지 못한다. 생명의 고귀함과 인권이라는 말은 사치스러운 일로서 누구나 그런 말은 고려 대상도 아니다. 오직 다리만 놓으면 그만으로서 소모품인 인부들은 죽어도 그만이라는 식이다.

 잠이 모자라는 인부들은 쉬는 시간이면 누구나 아무 곳에서나 졸고 있다. 비실비실 대는 모습은 쥐약을 먹은 쥐가 비틀거리는 모습과 흡사하다. 그래도 밤낮을 가리지 않고 작업을 한 덕택에 공사는 예정보다 빠르게 진행되고 있다. 강제적인 방법을 이용하면 그 효과는 있기 마련이다.

만석은 창고와 물건을 정리하고 있지만 여전히 마음은 고향 생각을 하고 있다. 하루라도 빨리 그리운 고향으로 가고 싶다는 생각에서 어느 누구보다도 열심히 일하고 있다. 두고 온 고향 산천과 영순에 대한 그리움을 꿈으로 달래고 있다. 창고 일을 맡으면서 철사와 철근을 묶고 운반하는 일까지 한다.

집에서 일을 많이 해보지 않았던 그로선 이런 다리 공사가 신기하게만 느껴진다. 같은 마을에서 함께 온 용호는 못을 박는 일을 맡아서 하고 있다. 높은 곳에서 못을 박는 일은 힘들고 위험해서 그런지 만날 때마다 부럽다는 말을 자주 한다.

"성님유, 무슨 복을 많이 타고났으면 이런 곳에서두 창고나 지키는 일을 헌데유?"

"중학교를 졸업한 자가 나만 있는가? 중학교를 졸업헌 것두 아니구 중퇴한 것 가지구 그려. 창고를 지키는 것은 학벌 때문이 아니라 반장님 눈에 들어서 그런 거구먼."

"그래두, 성님은 인덕이 많으신가 봐유."

용호가 말한다. 어디를 가든지 사람의 본능이란 남이 잘되는 것을 좋아하는 사람은 거의 없다. 사촌이 땅을 사면 배가 아프다는 말처럼 겨우 창고를 관리하는 일에 대한 관심인지 질투인지는 모르지만 구설수에 오르는 자신이 우습기만 하다.

시키는 작업량에 비해 작업 능률은 그리 생각처럼 올라가지 않고 있다. 잠을 제대로 자지도 못하면서 다리 공사를 무리하게 시키기 때문이다. 어쩌면 강제적인 방법의 한계가 서서히 나타나기 시작한다. 연일 다그치는 소장의 훈시와 부장의 위협, 반장의 성화, 조장의 간청이 합해져 무슨 지옥에 있는 저승사자 같이 느껴지고 있으니.

이곳에서는 잠시 틈만 있으면 모여서 얘기하는 것조차 못하게 한다. 앉아서 쉬면 눕고 싶고 누면 자고 싶은 것이 본능이다. 쉬면서 모이면 불평불만이고 그것은 곧 탈출로 연결되기 때문이다. 거기에 긴장이 풀리면 예상치 못한 사고를 낼 수도 있다.

갑자기 사이렌 소리가 들리자 모두 놀라서 밖을 내다보고 있다. 열 번째 교각이 그만 무너져 다섯 명이 교각 밑에 깔려서 죽고 말았다. 굳지도 않은 시멘트 교각을 뜯어내고 그 위로 무거운 상판 공사를 하다가 무너졌으니 반장과 조장들은 문책을 당했다. 일반 노동자로 바뀌고 가장 힘들고 위험한 교각 판에 철사를 매는 작업에 투입되고 있다.

"아무리 열심히 일을 해두 말이다. 관운이란 게 뒤따르지 않으면 출세란 게 어려운 법이구, 부하를 잘 만나믄 좋구. 주위 사람이 도와주지 않으면 말이다 출세할 수가 없는 것이제."

"운명이란 게 자신의 뜻두 얼마는 작용허지만 대부분은 하늘에 달려 있는 법이지. 죽고 사는 문제도 마찬가지여."

경기도 여주에서 온 길식이가 떠들기 시작한다.

"말이 그렇지유, 저놈들이 같은 민족인 우리의 피와 땀을 이용해서 출세를 한다면 그 놈들이 잘 될 것 같슈?"

"그람, 그렇지. 지놈들의 영화와 권세가 언제나 계속될 줄 안단 말인가."

"하늘이 노하면 했지. 그런 나쁜 놈들을 그냥 둬? 그렇게 사람을 닦달하더니 그 꼴이 뭐람. 다 좋은 일이 있으면 나쁜 일도 있는 법이고 높아지면 낮아지기도 하는 세상 이치를 알았다면 그렇게 까지 못살게 굴 리가 있갔소?"

"하기야, 일본 놈 밑에서 같은 동족 피나 팔아먹는 제 놈들 팔자가 어디 성할 성싶어?"

"글쎄 말이여, 아침 작업 중에 반장이 시켜서 교각 밑에 톱을 가지러 갔는디, 그놈의 반장 놈과 조장 놈들을 만났는데 우째 불쌍하기 그지없더구먼. 뒤에는 일본 군인들이 총을 들고 감시하고 있구, 아마도 특별대우를 해주는 가 봐."

남에게 못할 짓을 하거나 원한을 준 일이 있게 되면 나중에 벌을 받는 것은 정해진 일이요. 당연한 세상 이치이기도 하다.

이제 교각 공사는 마무리되고, 가장 힘들고 중요한 공사인 상판을 올리는 일이 남아 있다. 교각 공사를 마무리하자 소장의 지시로 닭고기가 나온다. 죽은 사람의 피와 땀 대신에 먹는다는 생각 때문에 입에 넘어 가지 않지만 허기진 배를 채울 수밖에 없다.

귀에서는 기운이 없어서 그런지 기차 소리가 들리고 어지러울 때가 한 두 번이 아니다. 밤마다 소쩍새 소리에 고향을 그리며 앞날에 대한 불안을 달래고 있다. 곤한 몸을 쉬기 위해 잠을 청하는 것이 유일한 자유로서 그때는 고향이나 추억을 생각한다. 일부러 꿈을 꾸고 싶어서 영순을 생각하곤 한다.

추억이 살아가는 데 이렇게 작으나마 힘이 될 줄은 미처 몰랐다. 어려울 때마다 그녀에 대한 생각을 하면서 견디는 만석은 마음 한쪽에는 과거에 대한 향수로 가득 차길 원하는 것은 아마도 현실이 너무 힘들고 미래가 보이질 않기 때문이다.

보국대에 와 보니 세상은 넓고 보지 못한 것이 너무 많다는 것을 느끼고 있다. 사내대장부가 어찌 태어난 곳에서만 살다가 죽는다는 사실이 서글프고 답답하게만 느껴진다. 이번 일이 끝나면 중국 땅으로 들어가 좀 더 넓고 큰 세상을 보고 싶다. 아니, 알 수 없는 미지의 세계를 접해 보고 자신의 장래를 생각하는 것이 필요하다.

여러 사람을 만나고 많은 것을 경험한 만석은 자신도 모르게 시야가 넓어지고 생각이 깊어지는 것을 느낀다. 돈을 주고도 살 수 없는 것이 경험으로서 이국땅에서 많은 경험을 얻고 싶다.

역맛살이 끼어 있어서 평생 돌아다니는 팔자를 타고났다는 말이 문득 생각이 난다. 돌아다니는 것을 무척 좋아하여 집보다는 친구를 더 좋아한다. 어릴 때부터 깡패라는 말을 들을 정도로 까불고 싸움질을 잘했고 학교 다닐 때는 선생님한테 혼나는 일이 많이 있었다.

놀기 좋아하고 남과 어울리기를 좋아하고 명랑했던 그도 이제는 현실이라는 벽 앞에 침묵과 내성적인 성격이 점점 나타나기 시작한다. 그만큼 힘들고 어려운 공사판에서 지칠 대로 지친 육신에다 희망이 보이지 않고 있다.

이곳의 다리 공사는 거의가 사람의 힘에 의존한 공사로서 목숨을 걸고 작업을 해야 하는 경우가 종종 있다. 가장 현대적인 장비래야 고작 발전기와 트럭을 이용하는 것뿐이다. 트럭으로는 쇠줄을 매달아 도르래를 이용하여 무겁고 큰 자재들을 상판 위로 올리거나 운반하는데 사용되고 개미 같은 보국 대원들이 거의 모든 일을 처리하는 실정이다.

가장 힘들었던 일이란 물살이 빠른 강안에 둑을 쌓아 물을 막고 교각을 설치했던 일이다. 물살이 빠르고 사람의 힘으로 막는 작업은 이루 말할 수 없는 어려움이 있다. 다리 공사는 서서히 그 윤곽이 드러나고 그 모습을 보는 만석은 감회가 새롭다.

하지만 지금에 와서 생각해 보면 이 모든 일들이 다 추억이라는 것밖엔 남는 것이 없다. 생각하기 싫고 잊고 싶은 추억이지만 이곳에 와서 토목 공사와 다리 만드는 방법을 예상보다도 더 많이 배우고 경험했다는 것을 속으로는 기쁘게 여기고 있다.

해방이 되고 고향으로 돌아가면 작은 집을 짓거나 다리 놓는 건설업을 하고 싶다. 사실 조선에는 집을 짓거나 다리 공사에 대한 현대적인 기술이나 노하우가 전혀 없다. 이런 기회에 배워 두면 큰 재산이 될 것이라고 생각한다. 비록 강제로 이곳에 와서 다리 공사를 하면서도 어깨 너머로 기술을 배운다는 사실이 불행 중 다행이라고 생각하고 있다.

보국대는 세상에 대한 눈을 뜨게 했고 넓고 긴 안목을 주기도 했지만 잃은 것이 너무 많다.

계속되는 어려움

"야, 임마! 창고에 꽉 차 있던 자재가 와 이리도 차이가 나나 응?"
"저는 잘 모르겠는데유. 뭐가 부족헌 게 있나유?"
"자슥, 창고를 지키는 놈이 뭐가 없어진 것두 모르나? 시멘트 세포 하구 대못 한 부대가 모자라니 이거 어떻게 된 거야?"

일본인 과장은 반장을 향해 호통을 치고 있다. 다나까 과장이 며칠 동안 창고에 대한 재고 조사를 하고 있지만 모자라면 옆에 있던 창고에서 훔치기도 하면서 위기를 잘 넘기며 별다른 일이 없이 지내고 있다. 그러나 이번에는 동시에 재고 조사를 했기 때문에 그런 재치나 요령이 통할 리 없다. 품목마다 땅위에 펼쳐 놓고 일일이 숫자를 확인하자 부족한 자재는 하나씩 밝혀지기 시작한다. 아무래도 한바탕 소동이 벌어질 모양이다.

"어떻게 했기래 이 모양인가? 지금껏 잘 하더니만 결정적인 순간에 이런 일이 생겼으니."
"백 번 잘해두 한번 잘 못허면 그만이지 뭐."
"어제 저녁까지 분명히 채워져 있는 것을 보구 문을 꽉 닫고 잤는데유."

이미 창고 문은 따 있고 자재 몇 가지가 없어졌으니 최 반장이 당연히 화가 머리까지 오를 수밖에 없다.

"야! 이 새끼야. 니더러 창고나 잘 지키라구 맡겼는디. 네놈이 일을 다 망쳐 놨구먼."

무엇보다도 지금까지 선두에서 좋은 점수를 올렸던 최 반장은 이 일로 인하여 잘 못하면 문책까지 당할 처지에 몰렸다. 몇 시간 만에 이렇게 역전 당하는 일이 벌어졌으니 어이가 없다는 표정이다. 미리 예견은 했지만 막상 닥치고 보니 앞이 캄캄할 뿐이고 능력이 있다고 맡겼지만 과정이 아무리 좋아도 결과가 나쁘거나 결정적인 순간에 실수하면 그만 아닌가.

쥐구멍이라도 있으면 들어가고 싶은 기분이고 입이 열 개라도 변명의 여지가 없다. 자신을 믿고 창고를 맡긴 최 반장에 대한 미안함이 앞서자 점점 움츠려 들고 있다. 어떻게 해야만 이번 위기를 극복할 수 있을지 난감하기만 하다.

"어떻게 할 작정이야? 영창을 가던지 아니면 모자라는 것을 채워 놓던지 하라구 알겠나!"

"잘 알겠습니다유. 채워 놓도록 할게유."

"내일 아침에 재물 조사를 한다고 하니까, 알아서 잘하라구. 만약 이 일로 인해 제3반에 누구하나 피해를 입게 되면 자넨 영창 신세야."

"어떤 일이 있더라두 채울게유."

모든 반원들이 모인 곳에서 체면이 말이 아니다. 자재는 더 들어가기도 하고 덜 쓰이기도 하지만 일본 놈들이 여기에 있는 사람들을 닦달하고 건수를 올려서 다른 마음을 먹지 못하게 혼쭐을 내려는 의도에서 이런 일을 만든 것이다. 시멘트가 부족해진 이유는 등에 시멘트를 지고 가다가 그만 난간에서 떨어지면 없어진다.

갑작스런 사고는 사람이 죽는 것으로 끝나지 않고 그가 지고 갔던 시멘트라는 것이 계속 이들을 괴롭히고 있다. 전후 사정을 모를 리 없지만 건수를 올리려는 그들의 속셈은 뻔하다. 가능한 부려먹는 데 꼼짝을 못하게 하는 것이 필요하다.

대못은 작업 지시를 착각한 반장이 다른 곳에다 대못을 잘못 박았기 때문이다. 펜치는 교각 공사를 위해 올라갔다가 미끄러지는 바람에 물속으로 빠져서 생긴 일이다. 나름대로 사정은 있지만 핑계는 금물로서 고민 끝에 저녁에 가장 믿을 수 있는 용호를 부른다. 물론 부족한 물건도 채워 넣고 특별한 계획을 설명하고 싶다.

옆 창고지기는 경상도에서 온 병주라는 아이가 담당하고 있다. 그는 여기에 오기 전에 양조장에서 술통을 배달했던 아이로서 워낙 술을 좋아해서 그런지 지금도 술 얘기만 하면 입맛을 다실 정도이다. 하지만 몇 달 동안이나 술을 입에 대본 적이 없는 점을 적당히 이용하기로 작정한다.

집에서 자주 담가 먹는 방법인 먹던 밥을 담아 놓고 단술을 만들어 먹던 것을 이용해 볼 생각으로 이곳에서도 반원 중 한 사람이 술을 얼마나 좋아했던지 밀기울을 만들어 단술을 만들어 돌려 먹기도 한다. 물론 걸리면 총살이지만 아주 적게 마신 덕분에 아직까지는 별다른 일이 없다. 누룩은 작업을 하면서 밀을 훔쳐다가 만든 것으로 일부러 부족한 밥을 남겨서 침상 밑에다 세수 대야를 놓고 단술을 만든다. 단술이지만 입에 대지 못한 그들은 조금만 마셔도 취하곤 한다.

술을 좋아하는 점을 이용해서 창고지기를 찾아가 단술을 공복에 먹이기로 계획을 세웠다. 물론 전부는 아니지만 반원들의 얼굴에는 별로 반기지는 않는 눈치다. 마루 밑에 이불로 숨겨 놓은 단술은 달콤한 냄새를 풍긴다. 원래 단술은 시골에서 먹다 남은 밥을 버리기 아까워 밀기울로 만든 누룩을 넣고 이틀만 지나면 맛있는 단술로 된다. 단술은 누구나 먹을 수 있는 술로서 밭에서 일하면서 힘들면 단술을 먹으며 이야기하는 가깝고 친숙한 음식이다.

너무 오래 동안 술을 마시지 않던 사람이 갑자기 술을 마시면 단숨에 곯아떨어진다. 바로 이때를 이용하여 창고에서 자재를 꺼내 오려는 계획이다.

오후 5시경에 만석은 창고 문을 잠그고 얼마 떨어지지 않은 기선한테로 갔다. 기선은 꾸벅꾸벅 졸고 있고 주변에는 아무런 인기척도 없이 조용하기만 하다. 도시락 통에 단술을 넣고 가까이 다가갔으나 아무것도 모른 채 졸고 있다. 어깨를 흔들며 깨우자 깜짝 놀란 표정으로 만석을 바라본다.

"내가 졸고 있었나? 으째. 햇살이 따뜻해서 그만 깜빡 했구먼."
"아니, 시도 때두 모르구 잠을 자면 큰일 나네. 옆에 와두 못 알아보구 졸구 있었구먼."
"으쩐 일루 이렇게 찾아왔는겨?"
"자네한테 줄 것을 갖구 왔구먼."
그 말을 들은 기선은 놀라는 표정으로 만석을 바라본다.
"아니, 내가 제일 좋아하는 술이라도 가져온 겐가? 술 얘기만 해두 침이 넘어가니 원."
만석은 품에 넣어 두었던 도시락 통을 꺼내 보여준다.
"이게 뭔지 알겠나? 이건 우리 반에서 먹고 남은 것을 특별히 주려구 갖구 왔구먼."
"근대 말입니더. 을마나 많이 만들었으면 지 차례까지 온단 말인겨?"
"야이 사람아! 그런 소리랑 말어. 그런 밥이며 누룩이야 우리가 다 스스로 만들었구먼."

"참으로 신기헌 일이네 그려. 이런 데서 술을 다 먹다니."
"그러니께 이렇게 귀헌 것을 갖구 왔지. 지난번에 하두 그래서 말이여."
뚜껑을 열고 기선에게 건네주자 코를 들이대고 술 냄새를 맡는다.
"으따매 을마나 좋은 냄샌겨. 이놈에 단술을 맛볼 수 있다니, 이게 꿈인가 생신가?"
"한번 묵어 보게나. 맛이 기가 막히더구먼."
"낸, 오날 일진이 좋은 날인거. 이런 귀한 술을 마시다니. 우쨌든 고맙쑵니다. 잘 묵었다구 인사나 전해 주시구려. 으떠케 이런 곳에서 술까지 담았는지 대단허십니다."
"별것두 아닌 것을 가지구 그러는가. 자, 어서 주욱 마셔 보게나. 안주까지는 준비를 못 했구먼. 손가락을 빨면 되겠지."

이 말이 끝나자마자 마치 기다렸다는 듯이 단술을 꿀꺽 꿀꺽 마신다. 가장 배가 고픈 오후 늦은 시간에 몇 달 동안이나 마셔 보지 못한 술이 들어가자 위장은 갑자기 짜릿함이 느껴지면서 머리가 핑 도는 듯 손으로 이마를 만진다.

"꿀맛이 따로 없습니더 예. 술이 좋은 줄은 알았지만서두요, 이런 곳에서 단술을 먹으니께 참으로 끝내줍니다 예. 언제나 맘 놓구 이놈의 술을 마음대로 마셔 볼거나. 원."
"기다려 봐. 고런 날이 반드시 있을 거구만."
"만날 다리 공사나 하니 허구 헌 날 좋은 세월은 다 가구 남는 것이라곤 골병뿐이니."

신세타령을 하다가 술에 취한 기선은 벽에 몸을 기댄 채 금방 잠에 빠지고 만다. 망을 보던 용호는 그때를 이용하여 창고 안으로 들어갈 계획으로 기다리고 있다. 넓은 창고 안에는 재고 정리만 해도 반나절이 걸릴 정도로 많은 공사 자재들이 수북하게 쌓여 있다.

두 사람은 숲 속에서 졸고 있는 창고지기의 일거수일투족을 감시하고 있다. 오랜만에 맛보는 술맛과 따뜻해진 봄 날씨와 야간작업을 했던 기선은 밤 2시까지 시멘트와 자갈, 모래를 섞는 작업을 마치고 겨우 몇 시간밖에 자질 못했다. 옆으로 축 처진 고개를 보면 얼마나 깊은 잠에 빠졌는가를 보여 준다.

한참 동안 기다렸던 두 사람은 완전히 움직이는 모습이 없다는 것을 확인하자 살며시 일어나 먹이를 향해 기어가는 동물처럼 살며시 주변을 두리번거리며 창고로 갔다. 창고 문은 별다른 어려움 없이 안으로 들어갈 수가 있다. 그들이 노리는 물건은 시멘트 세포와 대못이 들어 있는 부대와 펜치이다. 차곡차곡 쌓여 있는 창고를 뒤지기 시작한다. 네가 죽어야 내가 산다는 절절한 삶의 투쟁으로 어떤 수단과 방법을 써서라도 부족한 것을 채워야 하는 절박한 입장이다.

찾아낸 물건을 그들만이 알고 있는 숲 속에 숨겨 놓는다. 그 다음으로는 펜치와 철사를 끊을 때 사용하는 커다란 도구도 가지고 나와 시멘트 부대 종이로 잘 싸서 묘 근처에 묻어 두었다. 이번 일은 아무도 모르게 감쪽같이 처리했다.

"절대로 말해서는 안 되네. 땅 밑에 묻어 놓은 도구는 우리만 알아야 되는구먼."

"알았구먼유. 표시나 아무두 모르게 해둬유."

"혹시라두 일본 놈들헌티 발각이 되더라두 같이했다구 혀야 혀는겨."

이렇게 시키는 일만 하다가는 어느 세월에 중국으로 갈 수 있다는 보장이 없다.

"우리는 죽어두 같이 죽구 살아두 같이 살기루 약조를 허자구."

만석은 비장한 표정으로 용호의 두 손을 잡고 말한다.

"그러지유. 성님과 같은 이런 곳에 온 것두 큰 인연이구 거기다가 같이 일한다는 것은 뭔가 뜻하는 바가 있다구 생각해유."

"서루 비밀을 지키구 기회를 보자구. 알았제?"

"그렇게만 해준다면야, 걱정거리가 없을테구. 며칠 동안 구체적으로 생각해 보자구."

"참, 성님 말이유. 이 물건은 날이 어두워지면 성님네 창고로 옮기지유."

"그게 좋겠구먼."

그들은 저녁에 만나자는 약속을 한 후에 그곳을 떠난다. 숙소에 들어왔으나 누구도 오늘 일에 대한 어떤 질문도 하지 않는다. 눈빛만 보아도 알 수 있는 그들이다. 피보다 귀하게 여겼던 단술을 자재 때문에 훔쳤으니 누군들 술 생각이 나지 않을 수가 없을 것이다.

"일이 생각처럼 잘 되었는가? 나는 하루 종일 일하면서 그 일만 떠올랐으니께"

"이번 일이 잘 풀려야만 우리 30명이 평안히 보내는 게 아니겠어? 만약 내일 아침까지 채워 놓지 못하면 우린 골로 가는 거구먼. 만석이 자네 손에 달려 있구먼. 근디 대답 좀 해봐. 곤란허면 손짓으로 해보지."

이번 일은 개인의 문제가 아닌 제3반 모두에게 해당되는 절박한 상황이다. 분위기를 알아차리고 손가락으로 동그라미를 그려 보이자 만석도 손가락으로 답을 한다. 갑자기 고요한 침묵이 흐르면서 안도의 숨인지 크게 숨 쉬는 소리가 들린다. 일이 잘된 것에 대한 반응이기도 했고, 다가 올 앞일에 대한 안심의 표시였을 것이다. 서로의 눈을 마주치며 알았다는 의사를 주고받자 분위기가 상당히 고조된 느낌이다.

저녁 시간에 용호는 숲 속으로 간다. 아무리 규율이 엄해도 그것이 항상 반복되면 나중에는 강하거나 엄하게 느끼지 못한다.

"성님유, 저쪽에 보이네유. 얼른 조용히 옮기는 것이 좋겠는데유."

"알았구먼. 창고가 있는 숲에다 갖다 놓구 아침에 안으로 들여 놓으면 될 거구먼."

"그거야 성님이 허실 일이죠."

"자, 이제 시작해 볼까."

두 사람은 어둠을 뚫고 숲 속으로 들어간다. 갑자기 올빼미가 놀랬는지 날아가는 소리가 들린다. 숨을 죽인 채 잠시 고개를 숙이고 숨소리조차 들리지 않을 정도로 긴장을 한다. 온몸에 식은땀이 흐르고 후들후들 떨리는 다리를 들고 마치 어릴 때 잠자리를 잡는 자세로 한 발 한 발을 천천히 움직이기 시작한다. 낮에 묻어 놓았던 물건을 확인한 뒤에 시멘트는 어깨에 메고 한 손에는 다른 물건을 든 채 밖으로 나온 다음에 다시 들어가 남아 있던 시멘트와 대못 자루를 들고 나온다. 대못 자루는 무거운 탓인지 어깨는 아프고 다리는 힘이 쭉 빠진다.

두 번을 다니면서 부족한 물자를 옮겨 놓은 다음에 창고 근처에 물건을 숨겨 놓고 막사로 돌아온 그들을 향해 눈치를 챈 사람들은 손가락으로 원을 그려 보인다. 어떤 사람은 그들을 향해 살며시 미소를 짓거나 이젠 모든 것을 안심해도 된다는 듯이 미소를 짓는 대원들도 보인다. 하루 종일 사람들의 관심을 보이는 것은 자신들과 직접 관련이 있기 때문이다. 역시 사람들의 기대에 어긋나지 않게 일을 잘 처리했으니까 내일 아침에는 알 수 있다.

저녁 늦게 최 반장이 불러 나가자 심각한 얼굴로 만석을 보면서 일의 상황을 묻는다.

"자네 얼굴을 보니까 일이 잘 된 것 같은디."

"그럼유. 지가 알아서 잘했구먼유."

"내일 오후에 한다고 했네. 방금 불려 가서 호통을 맞았지. 어떤 일이 있어도 잘해야 혀."
"아직까지는 일이 잘 되었구먼유. 내일 아침에 옮기는 일만 남았지유."
"그래, 잘됐구먼. 역시 자네는 능력이 있어."

어제와는 달리 칭찬을 하는 것을 보면 역시 남을 이용하여 이익이 되면 칭찬하고 해로우면 뱉는 반장의 처세술에 놀랄 뿐이다. 어쩔 수 없다는 생각도 들자 마음이 착잡해지고 나로 인해 기선이가 다치면 어떻게 할까를 생각하자 마음이 무겁기도 하다. 나를 위하여 남을 매수하고 희생시킨다는 것이 왠지 씁쓸할 뿐이다.

인간의 속성이란 자신에게 조금이라도 필요하고 이용 가치가 있으면 아는 척을 한다. 그러다가 이익도 보이지 않고 별 다른 도움이 없다고 생각되면 금방 등을 돌리고 만다. 배신과 애증이 겹치는 것이 인생이라고 생각한다. 미움과 사랑이 반복되고 만남과 헤어짐이 끊임없이 존재하기 마련이다. 눈물을 흘리고 웃고 언제나 같이 있을 것 같은 친구와 애인도 결국 남는 것은 바로 자기 자신 혼자뿐이다.

주변에 있는 사람들은 항상 뭔가를 요구하며 손을 내밀며 살아간다. 투전꾼으로서 전국을 돌며 깡패들과 어울렸던 그는 때로는 음성 장터를 온통 휩쓸며 장사하는 자릿세를 뜯어서 활동 자금으로 쓰기도 했다. 돈이 생기는 곳이라면 언제든지 달려갔고 남을 이용하거나 당하며 잔뼈가 굵은 그다. 오늘 자신을 향해 던져진 눈길과 모습을 보며 '역시 인간은 그래'라는 평소 느꼈던 것을 다시 한 번 깨닫는다. 이익이 있거나 도움이 된다면 관심을 두지만 없을 때는 매정하게 무관심하다.

오랜만에 포근한 잠을 청해 보지만 눈에 아른거리는 영순에 대한 잔상들이 아른거린다. 많은 여자와 육체적인 접촉을 했지만 그래도 가슴에 남는 여자는 영순이다. 그녀는 다른 여자와는 달리 성적인 욕구와 반응이 의외로 강한 탓인지 많지 않은 접촉에서도 성에 대한 눈을 빨리 떠서 오르가슴을 자주 느끼곤 한다. 여자는 남자에 의해 개발되고 만들어지는 조각품이지만 그녀가 속삭이던 것이 생각난다. 요렇게 좋은 것을 왜 이제야 가르쳐 주느냐고 핀잔 아닌 애교를 부릴 정도였으니 굶주릴 때 그를 사로잡았던 달콤하고 섹시한 말이 생각나기 마련이다.

지금쯤 그녀는 무엇을 하고 있을까?

나처럼 잠을 못 이루고 누군가를 생각하고 있는지 모든 것이 그립고 보고 싶다. 갑자기 고향으로 가고 싶다는 향수를 느끼며 이곳이 외로운 타향이고 이국이라는 생각이 들자 외롭고 쓸쓸하다는 생각이 든다. 역시 이 세상에서 제일의 고향은 어머니이고 제 이의 고향은 내가 태어나고 자란 곳이다. 어린아이는 제 고향을 그리워하여 엄마 품에 안기려 하고, 어른이 되면 자신이 낳은 곳인 마을을 고향으로 여기면서 정서를 기르고 모든 사고를 그곳에 맞춘다. 영원한 고향인 어머니의 품은 언제나 좋고 그리운 마음의 고향이고 명절이나 큰 일이 있을 때마다 찾아가는 땅이 있는 마을은 생활의 고향이다.

양쪽 다 같은 땅이기에 인간은 땅에서 태어나 땅으로 가야 하므로 땅은 영원한 마음과 육신이 묻히는 곳이다. 내 살의 땅은 엄마의 자궁과 젖이요, 태어나 자라면서 흙에서 나온 곡식을 나게 하고 먹여 준 고향도 잊지 못하는 것이다. 고향과 영순은 만석에게는 잊을 수 없는 추억이고 영원토록 진심으로 생각하고 그리워해야 할 대상이다.

눈이 빠지도록 기다리는 부모님과 영순의 얼굴이 눈에 선하게 나타나 잠을 이룰 수가 없다. 밖으로 살며시 나가 담배 한대를 입에 물고 앉아 있다. 담뱃불이 보였는지 순찰병이 나타나 훈시를 하고 돌아갔다. 밀려오는 그리움과 함께 몰려오는 잠은 빛나는 별을 바라보며 지난 일을 생각한다.

벌써 이곳에 온지 석 달이나 지났으나 여전히 달라지는 것은 별로 없고 반복되는 공사장 일은 언제 끝날지 앞이 안 보인다. 얼음을 깨며 작업을 하던 초봄이 지나가고 벌써 더위를 느낄 정도로 여름이 시작되고 있다.

아침에 반장의 지시로 창고 재고 조사를 다시 시작한다. 하지만 그의 관심은 숨겨 놓은 물건이 있는 곳에 있다. 어떻게든 빨리 창고로 옮겨오는 일이 제일 급한 일이다.

창고 문을 따자마자 안으로 들어가 재고 정리를 하는 척하다가 숨겨 놓은 곳으로 향한다. 숲 가까이에 도착하여 주변을 살피다가 작업을 떠나는 사람들이 삽과 연장을 들고 줄을 지어 가는 모습이 보인다.

어깨에 무거운 시멘트 부대를 메고 창고로 갔다. 긴장을 한 탓인지 이마에는 땀을 흘리며 숨겨 놓은 물건을 창고로 옮겼다. 맨 마지막으로 뻰지와 대못 자루를 창고에 갖다 놓는다.

드디어 부족했던 물건을 보충했지만 단술에 취해 골아 떨어졌던 기선이가 생각난다. 아마 지금쯤 어제 감쪽같이 없어진 물건 때문에 이리 뛰고 저리 뛰고 있을 것이다. 반의 실수로 생긴 일에 창고지기한테 해결하라는 것을 이해할 수 없지만 어쩔 수 없다. 차곡차곡 채워서 부족했던 물건을 마무리한다. 일부러 과장이 오는 것도 모르는 척하며 일을 한다.

"창고장! 부족했던 자재를 모두 채워 놓았나?"

"글쎄유. 어제는 지가 그만 실수를 했구먼유."

"무슨 실수를 했다는 말이야?"

"물건이 한쪽에 있는 것두 몰랐구유. 세는 것두 그만 깜박했구먼유."

"부족한 것은 다 있나?"

"야! 뺀지를 빼구는 다 있구먼유."

"아니, 지금 다 없는데 무슨 수로 해결이 된다는 건가? 수단을 가리지 말고 채워 놓으라구."

"알았구먼유."

"점심을 먹고 올 테니까 알아서 잘 해놓으라구."

"지가 다 알아서 채워 놓을 거구먼유."

"창고를 잘 정리해 놓고 점심식사 후에 반장과 함께 이 앞에서 기다리도록!"

부족했던 물건이 갑자기 몇 시간 만에 채워진다면 의심을 받을 수밖에 없다. 의심을 스스로 살 수 있다는 생각에서 펜치는 못 채웠다고 했던 것이다. 종이에 싸 놓은 펜치를 풀어 없어진 자리에 갖다 놓자 한결 마음이 가볍고 개운한 것을 느끼며 나머지 정리 정돈과 청소를 시작한다.

점심을 먹고 최 반장이 부른다는 연락을 받고 반장실로 달려가자 벌써 각 조장들이 와 있다.

"오늘 오후 2시에 재물 조사가 있는데 준비는 다 끝났나?"

"부족했던 물건은 다 찾았구먼유."

"청소는 어떻게 끝내 놨나?"

한꺼번에 묻자 옆에 앉아 있던 조장들도 긴장된 표정으로 앉아 있다.

"예, 반장님! 준비가 끝났구먼유. 시멘트 부대 색깔이 다른 것만 빼면은."

"알았어. 필요한 건 없나?"

"사람이 좀 필요허구만유."

말꼬리를 흐리자 최 반장은 이름을 부르며 작업을 돕도록 조치를 취해 준다. 시멘트는 만든 공장이 달라서 조사를 하다가 들키는 날이면 모든 노력이 허사로 돌아간다. 일단 보이지 않는 곳에 숨겨 두는 것이 낫겠다는 생각이 든다. 오늘 과장이 와서 있었던 이야기를 대충한다. 지금까지 이렇게 철저히 재물 조사를 실시했던 적이 없다. 그러나 이번에는 여러 가지가 다르다.

시멘트를 속에다 넣고 감쪽같이 채우고 나니 겉으로 보기에는 아무런 차이가 없어 보인다. 보관 중인 시멘트는 조선 단양에서 만든 것이고 어제 훔쳐 온 것은 일본에서 만들어 조선으로 보낸 것이기 때문에 누구든지 금방 알아 볼 수 있다.

다행히 재물 조사는 무사히 마치고 오랜만에 맛보는 깊은 잠을 청하며 초여름 오후를 보낸다. 그러다 갑자기 반장으로부터 호출이 있어 잠을 자다가 급히 뛰어간다. 반장의 얼굴이 붉게 변해 있는 것을 보자 뭔가 불길함이 머리를 스치고 지나간다. 어제 밤에 제1반 사람이 뺀지로 철조망을 끊고 탈출을 시도하다가 그만 들키고 만다. 그것도 군견에 의해 잡혀 영창으로 보내졌고 다께오 중위가 고문까지 하면서 심문을 한다. 심문 과정에서 탈주자는 제3반 창고에서 펜를 훔쳤다는 말을 한다.

그것 때문에 불통이 튄 것이다. 얼마나 고문이 심했던지 처음에는 완강히 버티다가 고문에 못 이겨 털어놓고 만다. 뾰족한 대나무로 손톱 사이를 후비며 찌르기도 했고 고춧가루를 물에 풀어서 거꾸로 매단 채 입과 코에 집어넣었다는 소문이 돈다. 이는 자백 아니라 일본 놈들이 꾸민 서류에 지장을 찍고 만 것으로 훔친 것은 아니라 수영을 하다가 몰래 숨겨 놓은 것이다. 그것을 탈출하는데 사용하려고 준비한 것으로 나중에 일련번호를 조사하다가 제3반에서 사용하던 것과 같다는 결론이 나온다.

그 일로 반장까지 불러서 혼쭐이 나고 펜치는 지난번 교각 공사를 하면서 물속에 떨어뜨린 것으로 판명이 났으나 이상하게도 재물 조사에서는 채워져 있다.

이상하게 생각한 끝에 기선이와 반원들이 기합을 받는다. 모든 사실을 다 알고 있는 만석과 제3반원들은 속으로만 웃고 있다. 어려운 일을 시켜 놓고 그것이 문제로 발전되면 전혀 모른다고 발뺌하는 것은 보통 있는 일로 최 반장은 자기는 모르는 일이라고 한다. 일을 저지른 만석에게 모든 책임을 뒤집어쓰고 견디라는 기약 없는 약속을 한다. 그저 나중에 다 알아서 잘 해주겠다는 말로만 위로를 한다.

제3반에 보관 중인 펜치를 일련번호와 일일이 대조하는 작업이 시작된다. 펜치 만들 때 신용을 상징하고 끝까지 책임을 진다는 의미에서 일련번호를 매긴다. 그러나 이곳에서는 그런 목적이 아니라 일본 놈들이 조선 사람을 이용하고 통제하는 방법으로 새긴 것이다.

부려먹는 방법도 얼마나 철저한지 상상을 초월할 때가 많이 있다. 하루에 일할 목표량을 주고 이를 달성하면 쉬게 하고 달성 못한 자는 남들이 일을 다 마쳤어도 그 일이 감독관에 의해 됐어!라는 말이 나와야 하루가 지나갈 정도이니.

장부에는 개인의 건강상태와 신상조사 내용이 빈틈없이 기록되어 있다. 그런 자료를 토대로 하루에 소화해 낼 수 있는 일을 주곤 한다. 언제나 능력보다 약간 높여서 일을 할당하여 노동력을 착취하기도 한다. 때로는 같은 조선인끼리 첩자를 심어서 이들을 이용하여 정보를 캐거나 감시하는 방법도 쓴다. 이런 식으로 사람을 철저하게 묶어 놓고 이용한다.

그러던 어느 날 재수가 없으면 뒤로 넘어져도 코가 깨지고 접시 물에도 빠져 죽는다는 말처럼 며칠을 잘 넘어 간다고 생각하다가 그만 그놈의 펜치가 말썽을 일으키고 만 것이다.

그 일로 기선은 다른 데로 쫓겨 가게 되고 만다. 기선이가 일했던 곳을 지나 갈 때마다 착하고 순진한 그를 생각하며 미안한 마음이 든다. 어차피 세상은 강자가 지배하고 약자는 강자를 위해 있다고 생각하기로 마음을 먹자 차라리 속이 편해진다.

펜치에 대한 조사가 의외로 철저하게 진행되자 만석과 용호는 탈출이라는 새로운 단어를 생각하기 시작한다. 각 창고마다 대대적인 재물 조사를 하자 그만 훔쳐 온 것이 들통이 나고 만다. 그러나 책임감이 강하다는 것으로 기합을 받고 끝난다.

오늘은 곡괭이를 갖고 나무를 캐서 다른 곳으로 옮기는 작업을 한다. 다리 주변에 나무가 없어서 비행기에서 내려다보면 훤히 보이기 때문에 큰 나무를 옮겨 심으라는 지시가 상부에서 있어서 교각이 굳을 때까지 나무 작업에 치중하고 있다.

나무가 워낙 굵고 키가 커서 한 반에서 이틀을 파야 뿌리를 완전히 자를 수 있다. 트럭을 이용하여 쇠사슬로 묶은 다음 가마니로 뿌리를 감고 옮긴다. 커다란 가문비나무와 소나무를 가마니와 철사, 쇠사슬로 묶어서 옮겨 다른 곳에 심는다. 모든 일이 손으로 하는 작업이라 위험 부담도 있고 무척 힘이 든다.

만석은 곡괭이를 가지고 오랜만에 작업을 한다. 오늘따라 곡괭이는 왜 이리도 무겁고 힘에 부치는지 커다란 나무뿌리는 깊게 박혀 있어 뜻대로 뽑히질 않는다. 뿌리를 톱으로 자르고 곡괭이로 찍었으나 여전히 끝이 보이지 않아 근처 있던 몇 사람이 힘을 합하여 겨우 뿌리를 들어올린다. 뿌리 밑에서는 톱질을 하고 밧줄로 나무를 묶는다. 옆에서 잡아당기면 뿌리는 뽑히고 일은 끝나게 된다.

만석은 곡괭이로 흙을 파는 일을 하는 도중에 갑자기 윽! 하는 소리가 들리며 어떤 사람이 그 자리에서 쓰러지고 만다. 뒤에서 쳐다보고 있던 사람이 그만 곡괭이에 머리를 찍히고 만 것이다. 뒤에 있게 되면 큰 사고가 날 수 있는 연장으로 너무 순간적으로 일어난다.

어떻게 해야 할 줄을 모르고 멍하니 쳐다보고만 있던 중에 사고 소식을 들은 최 반장이 황급히 사고 현장으로 달려온다. 우선 속옷으로 흐르는 피를 막고 반장의 지시에 따라 의무대로 급히 옮긴다.

보국 대원에 대한 목숨을 귀하게 생각하지 않는 곳이라서 그런지 누가 죽거나 다쳤다 해도 대수롭게 생각하지 않는다. 식민지 속국으로서 죽으면 전사 통지서 한 장과 뼈를 태운 재가 들어 있는 보자기 하나를 보내면 그만이다.

다친 사람은 사경을 헤맬 정도로 뇌에 손상을 입어 피는 계속 흘러나온다. 그의 머리는 깨지고 겨우 목숨만을 부지하고 있는 식물인간이다.

그 일로 인해 만석은 이런저런 고민과 죄책감에 빠지고 더욱 힘든 작업에 투입된다. 물론 창고는 다른 사람에게 넘어갔고 힘든 일이 계속 이어지고 있다. 한 사람을 죽일 수도 있고 창고 물건을 훔쳐내서 기선이를 어렵게 만들었던 일, 그리고 숨겨 놓은 펜치에 대해 끝까지 발뺌을 했던 일까지. 또한 주방장한테 누룽지를 주지 않는다고 주먹으로 때려 코뼈를 부러뜨리기도 한다.

하지만 죽는 법은 없는 것인지 기적 같은 일이 가끔 일어나기도 한다. 며칠이 지난 뒤에 곡괭이로 머리를 다쳐 의식을 잃고 헤매다가 눈을 뜨고 말까지 하고 있다. 하지만 여전히 속이 미어지고 답답할 뿐이다. 하필이면 왜 이렇게 재수가 없는지 알 수가 없다. 계속되는 시련과 마음속에 쏟아지는 피눈물을 어떻게 대처해야 할지 앞이 캄캄할 뿐이다. 너무도 힘든 보국대를 생각하고 싶지도 않다. 자신이 서글프고 불쌍하다는 생각이 들면서 뭔가를 깊이 고민하기 시작한다.

 탈출

교각 양생이 거의 끝나고 상판을 씌울 준비를 하느라 갑자기 바쁘게 움직이기 시작한다. 모든 장비와 자재를 점검하고 상판 공사에 투입할 준비가 거의 끝나고 있다. 교각 양생이 끝나면 상판을 올리는 것이 순서이다. 하지만 이번만은 어쩔 수 없이 양생이 끝나기도 전에 공사를 강행할 수밖에 없다. 만약 무거운 상판을 올려놓게 되면 교각은 무게에 못 이겨 무너질 수 있기 때문이다.

워낙 상부의 독촉이 심한 것도 있지만 전쟁 중이라는 특수한 사정으로 인해 양생이 다 될 때까지 기다릴 수 없는 사정이다. 상판을 만드는데 시멘트를 붓는 일이 가장 힘든 일로서 모래와 자갈, 시멘트, 물 등을 어깨에 지고 개미처럼 올라가서 마무리를 지어야 한다.

등이 벗겨질 정도로 일을 심하게 했으나 정해진 휴식 시간외에는 잠시 쉴 틈을 주지 않는다. 각 반별로 돌아가면서 물과 시멘트, 자갈과 모래 등을 지고 옮기는 모습이 마치 개미들이 모여서 일하는 모습과 같다. 어디나 개미 부대가 남기는 노동력은 생각 이상으로 대단한 결과를 만든다. 작은 힘만으로도 그렇게 커다란 공사를 마무리 지을 수 있다는 사실에 놀라울 뿐이다.

교각 공사는 강물을 막고 그 속에서 작업을 하는 것이 가장 힘든 일로서 상판에 시멘트를 섞어 빈 공간에 채우는 일이 가장 난제다. 연일 부장과 과장들은 각 반에서 맡은 일을 점검하고 독촉하느라 목이 쉴 정도이니. 목공들이 송판을 대고 못을 박는 일을 끝내면 옆에서 대기하고 있던 개미 부대는 약속이나 한 듯이 배합 재료를 하나씩 상판 위로 올려 보낸다. 삽을 든 사람들이 시멘트를 채워 넣는 일을 밤낮을 가리지 않고 작업을 계속했기 때문에 예상보다 진행 속도가 매우 빨랐다.

날씨는 비교적 작업을 하는데 좋았다. 만석은 지금까지 자신을 짓누르고 있었던 죄책감이나 후회되는 마음을 잠시 잊고 공사에 열중했다. 나름대로 적응을 잘 하고 있다고 생각했다. 반장이 막사에 들어와 반원들을 모아 놓고 멱을 잘 감는 사람을 찾고 있다. 물가에 살면서 고기를 잡아 본 경험이 있는지를 묻고 있다.

"여기 오기 전에 강이나 바다에서 고기를 많이 잡아 본 사람 있나?"

"뭣 때문에 그래유?"

"물고기를 잡는데 필요해서 그러네."

"수영을 잘 하고 거기에다 쏘가리나 메기를 잘 잡을 수 있으면 더욱 좋고."

"고향이 해변이나 강가라면 있을 것 같은데."

반장이 반원들을 쳐다보며 말하자 만석은 손을 높이 들고 앞으로 나간다.

"지는유, 워낙 민물고기를 좋아해서 메기랑 쏘가리를 많이 잡아 봤구먼유."

"그거 잘 되었구먼. 고향이 어딘가?"

"충청도 충주구먼유."

"강이나 시냇가가 있나?"

"남한강이 있구먼유."

"그래, 고기는 많이 잡아 봤나?"

"많이 잡었지유. 쏘가리나 메기는 동네에 가면 많어유."

"어떻게 잡았는가? 설명을 좀 혀봐."

"입에다 칼을 물구 들어가서유. 바위 밑에서 잠자고 있는 쏘가리를 잡는구먼유."

"투망도 해봤나?"

"그람유. 고기야 쏘가리를 잡을 때가 제일 재미가 있지유. 고기맛두 최고구유."

소장은 특별 지시를 내려 메기와 쏘가리를 가능한 많이 잡아오라고 했다. 전라도 섬에서 자랐다는 다른 반원과 옆 반에 있는 용호가 선발된다. 물론 용호는 만석이가 건의해서 이루어진 것이다.

"우선 물고기가 많은 곳을 찾아보게나. 내일 오전 작업을 마치면 강 속으로 들어가 메기와 쏘가리를 많이 잡아오도록 알겠나!"

반장은 근엄한 얼굴로 명령을 전달하며 어깨를 두들겨 준다. 그 덕분에 오후 작업 명단에서 빠지게 되고 오랜만에 수영도 하면서 고기를 잡을 수 있다는 생각을 하자 기분이 한결 나아진 듯하다. 한 가지 재주를 가지고 있으면 언젠가는 그것을 잘 사용할 수 있다. 할일 없이 배워 둔 쏘가리 잡는 기술도 위력을 발휘할 때가 있으니 어느 누구도 사람 앞 길은 모르는 법으로 사람 팔자는 시간이 해결해 준다.

"바다에서는 무슨 고기를 잡어 봤슈?"

"그야 여러 가지 고기를 잡았지라우."

"배도 자주 탔나유?"

"나가 이리 보아두 배타고 남지나해까지 가서 돔을 잡던 사람이랑께."

"이 사람아! 여기는 비린내 나는 바다가 아니구먼. 여긴 민물이구 강이여."

"뱃사람이 민물과 바닷물이 따로 있당가유? 다 같은 뱃놈이지라우."

"당신이야, 배타구 고기를 잡았어두 우리 같은 사람은 입에 칼을 물거나 작살로 잡았지."

"그려, 쏘가리는 깊은 물 속 바위 밑에서 꼼짝두 않구 있지."

"고기야 다 같은 고기지 민물과 바닷고기가 따로 있당가유?"

"하여튼 민물에서 놀던 사람과 바다에서 잡던 우리 셋이 모여서 멋지게 한 번 해보자구."

"각자 겪은 것이 다르지만 그런 경험두 재산이제. 서로 협조허면 물고기야 많이 잡을 걸세."

"보조를 서루 맞추면서 허면 잘될 거유."

"작살이 없으니께 다른 묘안을 생각혀야겠구먼."

"내 생각으로는 쇠막대를 뾰족하게 갈아 끼우면 간단헌 작살루 쓸 것 같은디유. 우선 물가를 살펴보구 고기가 많은 곳이랑 물살두 자세허게 살펴보구서 허는 게 낫겠슈."

"그 말이 맞제. 그라구서 오후에 작살을 만들면 되겠소."

"작살은 끝이 중요혀. 그란디 으떻게 끝 부분을 뾰족허게 헌디야. 도구두 없는디."

"그거야 이빨이 없으면 잇몸으로 씹으라는 말 모르는가?"

"허긴, 일이란 일단 벌려 놓으면 다 된당께."

"지 생각으로는 줄로 갈믄 날카로운 낚시를 만들 수 있구먼유."

"맞구먼. 잇몸까지 없으면 그냥 우물우물 혀서 삼키면 되지. 으떠케든 만들면 되는 법이지. 다들 고걸 찾지 못혀서 그런 거제. 안 그런가?"

"언제 우리가 연장이랑 도구루 다리를 놓았는가? 그저 몸으로 때우고 부딪히면 다 되었는디 무슨 도구 타령이랑가. 시일이 급하니께 이렇게 허도록 합시다."

"으떠케 허자는 말씀인 겨?"

"일단 시작을 허지유. 그리구서 문제가 보이면 그때 가서 생각허구유."

"그람, 자네는 작살에 쓰는 쇠막대를 구해서 이리로 가지구 오게나. 삼식이는 작살에 넣을 용수철을 준비허면 좋겠구먼. 나는 방아쇠와 잠수에 쓰이는 물안경을 찾아볼 테니깐."

"듣고 보니께 자네 말이 맞는구먼. 역시 머리 하나는 잘 돌아가는 창고장이여."

세 사람은 작살을 만드는 재료를 구하기 위해 급히 밖으로 나간다. 안 되는 일이란 아무것도 없다는 신념 아닌 환경이 만들어낸 강한 의지가 불타는 듯한 모습으로 물고기를 잡기 위해 맨 손으로 대든다.

쉽게 구할 수 있는 것이란 쇠막대뿐이고 나머지 재료는 그리 쉽게 찾을 수 없는 형편이다. 용접을 하기 위해 용접공한테 갔으나 바쁘다는 핑계로 늦장을 부려서 먹을 것을 주고서 겨우 할 수가 있고 하루 종일 이리저리 돌아다니며 필요한 물품을 구할 수 있었다.

오후가 되자 물고기를 잡기 위해 준비해 놓은 물건을 가지고 목적지인 두만강으로 나간다. 이런 기회가 아니면 절대로 갈 수 없는 두만강을 보자 가슴이 확 트이고 기분이 좋다. 다리 공사를 하는 곳에서 수 백 미터밖에 떨어지지 않은 곳이지만 앞이 트이고 전망이 좋은 곳은 처음으로 와 보는 곳으로 주변에는 민가도 몇 채가 보인다.

이렇게 마음을 놓고 바라보는 두만강 전경은 다리 공사를 하면서 바라보던 것과는 너무 다르고 백두산에서 발원되어 동해 바다로 향하는 두만강은 소련과 중국을 국경을 경계선으로 삼아 굽이굽이 흐르는 강이다.

사람들의 발길이 닿지 않은 관계로 물속에는 고기가 많이 있어서 고기를 잡기가 쉽다. 원래 물고기나 짐승이란 사람으로부터 놀래거나 잡히면 약아지고 경계하는 습성이 있다. 낚시를 할 때도 미끼를 잘못 물어서 겨우 살아나면 계속적으로 긴장과 경계를 하여 잘 잡히지 않는 것이 물고기의 생리이다.

비록 일본군인 네 명이 감시하며 탈출을 막고 있지만 숙소를 오랜만에 벗어나 느끼는 자유는 누가 뭐라 해도 날아가는 것 같은 기분이다. 저 멀리 보이는 다리 공사장은 개미처럼 열심히 물건을 나르고 싶은 모습에서 개미인 자신이 이곳에서 그들을 다시 바라본다는 것이 이상하게 느껴진다.

바위가 있는 곳을 찾아 옷을 올려놓고 셋은 물속으로 뛰어 들어간다. 더위 속에 물속을 헤엄치며 돌아다니는 것은 참으로 좋은 일로서 이번에 고기를 많이 잡아서 모처럼 주어진 기회를 잘 이용하고 싶다는 충동을 느낀다.

밖에는 군인들이 총을 들고 물속을 감시하고 있고 한 사람은 앉아서 담배를 피우고 있다. 여차하면 총알이 살을 뚫을 것만 같고 경계병의 눈초리는 무척이나 무섭게 느껴진다. 고기가 없어지는 것을 막기 위해 한 군인이 바구니를 들고 있고 그들의 동작 하나 하나를 감시하는 가운데 드디어 물속으로 들어간다.

두만강 밑바닥까지 잠수를 하면서 그렇게 물고기가 많을 줄은 미처 몰랐다. 생각했던 그대로 온갖 종류의 물고기가 자유롭게 움직이며 춤을 추는 듯했고 그중에서도 쏘가리와 메기가 많이 보인다.

두 가지 고기만을 잡아오라는 지시가 있었으므로 다른 고기는 쳐다보지도 않는다. 쏘가리라는 놈은 사람을 보면 도망가다가 위험에 처할 경우 등에 붙은 독침을 갖고 공격하는 고기로서 바위 밑에서 낮에는 잠을 자다가 밤이 되면 먹이를 찾아다니는 습성을 이용해 바위 밑에서 조용히 잠을 자는 틈을 타서 낮에 작살로 잡는다. 메기는 낙엽이 썩거나 지저분한 곳에서 땅 바닥에 조용히 엎드려 지내다가 밤이면 먹이를 찾아 나서는 습성으로 밤에 잡아야 된다.

낚시꾼들은 밤이면 번데기나 지렁이 같은 동물성 미끼를 이용하여 쉽게 잡는다. 식성이 워낙 좋고 힘이 센 메기는 누구나 좋아하는 물고기다. 새로 부임한 소장은 물고기를 좋아하여 일본에 있는 집으로 이것을 말려서 갖고 갈 목적으로 쏘가리와 메기를 원하고 있다.

겨우 만든 작살 하나로 쏘가리를 많이 잡는다는 것은 불가능한 일이다. 한 마리를 잡을 때마다 물 밖으로 나와 기다리고 있던 일본군이 갖고 있는 바구니에 담아 주고 다시 들어가서 잡아온다. 쏘가리는 매운탕 중에서 최고로 치는 음식이며 풍을 없애고 몸의 기혈 순환을 원활하게 만드는 고기로 정평이 나 있다.

아침 열 시부터 시작하여 저녁 해 질 무렵까지 쏘가리를 서른 마리 정도 잡았다. 그 이튿날도 같은 작업을 계속하여 소장이 원하는 대로 쏘가리를 말려서 걸어 놓는다. 고기는 잡은 즉시 배를 따서 내장을 버리고 양지 바른 바위 위에다 널어놓는다. 원래 쏘가리는 물속에 있는 고기를 먹고사는 육식 고기로서 힘이 대단하고 식성이 왕성하며 성질이 급한 고기이다.

쏘가리를 잡고 보니 저 쪽에 큰 빠가사리가 바위 밑에 웅크리고 자고 있다. 어차피 쏘가리만 원하는데 빠가사리를 잡아다 소장에게 바치면 상당히 기분이 좋을 거라는 생각이 들어 작살을 쏘자 온몸을 비튼다. 등과 옆에는 커다란 공격용 무기인 독침이 있어 상당히 무섭고 위력적인 물고기로서 작살에 꼬인 빠가사리를 밖으로 옮기자 일본 군인들이 신기하다는 듯이 고기를 바라본다. 큰 수염이 보이고 윤기가 흐르는 것으로 보아 군침이 도는 물고기라는 것을 알 수 있다.

어제보다 더 많은 고기를 잡았고 거기다 빠가사리를 잡았으니 소장은 매우 좋아할 것이다. 아마도 저녁 식탁에 올라갈 거라고 생각하여 어제와 마찬가지로 고기를 잡아 그물망에 넣어 공사장 안으로 들어가자 일하던 사람들이 신기하다는 듯이 쳐다보며 수군거린다.

부장이라는 사람이 지나가다 이 광경을 보자 욕심이 생긴 모양이다.

"어이, 병사! 이 사람들이 잡은 고기가 뭔가?"

병사는 일본말로 말하자 귀에 대고 뭐라고 이야기를 한다. 이런 고기를 원한다는 말을 한 모양이다. 소장은 직접 고기를 어떻게 하라는 지시를 하면서 그물망 속에서 살아 있는 커다란 빠가사리를 보자 저녁식사에 구워서 올려놓으라는 지시를 했다.

배를 따고 갖은 양념을 한 뒤에 석쇠에 구울 준비를 하자 오찌끼 부장이라는 사람이 오더니 만석을 살며시 한쪽으로 부른다.

"자넨 집에서 고기만 잡았나? 작살 솜씨가 대단하구먼. 어떻게 그렇게 많은 고기를 물속에서 잡을 수 있지? 고기 잡는 솜씨는 기가 대단하구만. 하루 더 고기를 잡으라고 하셨네."

빠가사리 덕택에 소장은 내일도 고기를 잡아오라는 지시를 한다.
"오늘만 하는 일이 아닌가유?"
"그야 물론이지. 내일은 말야, 내 것까지 잡아 주게나. 민물고기가 맛있구먼."
"물속에서 고기를 잡는 게 좀 어려운 점이 있구먼유."
"걱정말구 무슨 고기라도 좋아. 많이 잡아서 과장하고 식사를 하고 싶네."
마음이 내키지는 않지만 시키는 대로 해야만 한다.
"알것구먼유. 내일 오후에 갖고 갈게유."
"많으면 많을수록 좋지."
일본인들은 굽거나 쪄서 간장에 찍어 먹는 것을 좋아하는 편이고 조선 사람들은 찌개를 해 먹는 것을 최고로 여긴다.
"어이, 만석이! 자네 덕분에 우리 제3반이 일이 잘 풀릴 수가 있을 것 같네. 소장님이 그렇게 조선 사람을 통해 뭘 시키시는 법이 없었거든. 그런데 이번만은 지금까지와는 다르게 자네를 통해 쏘가리와 빠가사리에 홀딱 반하신 모양이야. 아무쪼록 좋은 고기를 많이 잡아 주라구."
빠가사리를 잡던 이야기를 하며 저녁 시간을 보내고 있다.
"내두 그렇게 큰 빠가사리는 못 봤지라우. 잡구 보니께 겁이 날 정도였으니께."
"만약 침에 쏘였다면 어떻게 되었겠는가? 지금 생각만 해두 소름이 끼치는구먼."
"고기 중에선 쏘가리와 빠가사리가 제일 맛있지. 이런 곳에는 그런 고기가 많이 있을 거여"
"내두 그럴 줄 알았으면 빠가사리를 잡으러 다닐 걸 말여."
"남보다는 씨름 하나는 끝내주는디 이런 곳에서는 아무런 쓸모가 없구먼 그려."
"나는 이런 데선 써먹을 수 있는 필요한 기술과 재능을 갖고 있지도 못 허고 기껏해야 뭐 돼지 불알을 까는 그런 일을 잘하면 무슨 소용이 있것어. 소장님이 돼지 키우면서 불알 까 달라고 할 일은 없을 것이구, 고기는 다 같은 고긴디 돼지나 소고기는 쳐다두 안 보니 원."
"그런 일이야 써먹지 못허지."

"아무렴, 때가 있구 말구. 소두 언덕이 있어야 비비지."

"다른 것은 써먹을 수도 없는 일이니 답답하기만 하네. 그려."

저마다 신세타령으로 달래지만 만석은 운이 좋은 편이다. 소장의 특별한 배려라고 생색내는 반장의 말투가 귀에 거슬렸으나 그래도 기분이 좋다.

다음 날이 되자 그들은 군인 세 명과 함께 작살과 연장을 어깨에 메고 두만강으로 향한다. 낚시를 잘 하는 용호는 붕어와 잡고기를 잡는 일을 맡고 삼식이와 만석은 물속에서 쏘가리와 메기를 주로 잡는 일을 담당하기로 했다.

잠수하여 쏘가리를 잡는 일이 매우 어려운 일로서 불과 몇 분 사이에 마쳐야만 한다. 숨을 쉬지도 않으며 물안경을 쓰고 강바닥을 뒤지며 바위틈에 숨어 있는 쏘가리를 찾는 것도 어렵지만 독침이 더욱 무섭다.

작살을 들고 물속으로 들어가 바위 밑에 숨어서 달콤하게 잠을 자는 쏘가리를 찾아낸다. 이곳의 고기들은 사람을 자주 못 본 탓인지 잘 도망을 가지 않아 다시 물 밖으로 나와 휴식을 취하고 물속으로 다시 들어간다. 몇 번을 실패하다가 겨우 한 마리를 발견하고 살며시 그곳으로 접근한다. 벌써 눈치를 챈 쏘가리는 도망갈 준비를 하고 뒤에서 도망가는 쏘가리를 향해 작살을 당기자 옆에서 고기를 쫓던 삼식이가 피할 틈도 없이 작살에 맞았다.

갑자기 발생한 사건으로 무척이나 당황하며 물 밖으로 끌어낸다. 물에는 피가 붉게 보였고 다리에서 계속 피가 흐른다. 작살이란 원래 들어가기는 쉽지만 빼기 어렵게 만든 것으로 속옷을 찢어서 다리를 묶는다. 주변을 지키던 일본 군인들에게 손짓을 하여 나무를 자르고 칡덩굴로 들것을 만들었다. 우선 작살을 빼는 일이 급한 일이다.

삼식이는 고통스런 표정을 지으며 들것에 실려서 막사로 향한다. 잘 보이겠다는 마음이 오히려 잘못 보이게 되었으니 낭패를 당하고 만다. 이번에 일이 잘 되면 다시 창고지기로 가겠다는 꿈은 완전히 빗나가고 만다. 이미 엎질러진 물이나 마찬가지이고 일단 일을 수습하면서 다른 길을 찾아야 한다.

그렇게 생각하니 오히려 마음이 편해진다. 어떤 위기가 몰아닥치면 그 위기를 정면에서 뚫고 지나가는 사람과 생각에 생각을 하다가 그것이 병을 유발시키고 역효과를 내는 경우도 있다. 운명적으로 찾아온 불길한 일을 그대로 수긍하기로 한다. 믿는 마음으로 대처한다면 그 일은 별로 어렵지 않게 느껴지고 같은 일도 크고 깊게 생각하면 끝이 없는 법이다.

"물속에서 쏘가리를 잡아 오랬더니 누가 사람을 잡으라고 했나?"

평소 잘해도 단 한 번의 실수로 일을 망칠 수도 있다.

"우째서 엉뚱허게두 사람을 작살로 찌른 건가?"

"아따, 그 정도라면야 다행이제."

하며 동정해 주는 목소리도 있지만 마음이 영 불편하다. 만석은 의무실로 불려가 후지에 군의관실을 만나 살을 째서 빼놓은 작살을 본다. 침대에 누워 있는 삼식에게 미안한 마음이 든다.

"삼식이 미안혀. 내 맘은 그게 아니였는디 그만 그렇게 되 버렸구먼, 그놈의 쏘가리가 도망가는 바람에 그만 작살이 옷에 걸렸지. 그 바람에 작살이 옆으로 나가구 말았구먼."

이 말을 듣던 삼식은 아무런 말을 않고 천장만 쳐다보고 있다.

"입이 열 개래두 할 말이 없구먼."

만석은 고개를 숙인다.

"됐네. 일부러 헌게 아닌데 뭘 그렇게 생각허나? 다 살다 보면 실수가 있기 마련이제."

"할 말이 없구먼. 빨리 낫기만을 바랄 뿐이여."

작별 인사를 마치고 군의관실로 들어가 몇 가지 질문에 대한 대답을 한다. 고의인지 사고인지를 묻는 것이 핵심으로 그림까지 그려가면서 설명한다. 다른 연락이 있을 때까지 대기실 의자에 앉아서 기다리는 심정은 구멍이라도 있으면 숨고 싶은 마음뿐이다.

몸이 불편한 사람이 양쪽에서 부축을 받으며 안으로 들어오고 있는 모습으로 봐서는 무릎이 깨진 모양이다. 위생병이 들어와 퉁명스런 말투로 만석을 노려보며 말한다.

"당신같이 말썽 피우는 조선 사람은 며칠 후면 사할린 탄광으로 갈 것이요."

"위생병님유, 그 말씀이 정말인가유?"

"곡괭이로 머리를 찍거나 작살로 병신 만드는 것은 대 일본제국에 반역하는 것과 같지. 북해도에 가서 그 추운 날씨를 견디며 컴컴한 갱도에서 새까만 탄가루나 마셔보라구."

"저건 진짜일 거유. 네두 어제 들었슈."

옆에 있던 사람이 걱정스런 표정으로 말한다.

"아이구 영락없는 북해도 행이구먼."

지난번에 있었던 불길한 사고 때부터 예상했던 일이지만 막상 닥치고 보니 앞이 캄캄하다. 쏘가리를 많이 잡아서 복구하려는 과욕이 만든 일로서 이제는 다 틀린 이야기일 뿐이다. 부장과 소장에게 오늘은 갑작스런 사고로 고기를 잡지 못했다는 보고가 올라가자 대단히 화가 난 모양이다.

무거운 발걸음을 이끌고 막사로 돌아오는 도중에 지나가는 용호를 발견한다. 용호도 손을 들고 알았다는 표시를 하자 만석은 소나무가 있는 막사 뒤를 가리킨다. 그곳으로 오라는 신호이다. 점심을 먹고 삼삼오오 모여 앉아 잡담을 하고 있어서 의심할 사람이 없다.

"용호 말이여, 의무대에서 돌아오는 길인디 이상헌 소리를 들었구먼."

"무슨 일인데 그래유?"

"지난번에 말했던 것 알지? 일단 일찍 일을 시작허는 것이 좋겠구먼. 이번에 도망가지 못허면 끝장일세."

"며칠 전에 들은 얘긴데유. 공사가 다 끝나두 고향으로 안 보낼 생각이래유."

"그람, 어디루 보낸단 말인가?"

"지가 듣기로는 미얀마에 있는 살원강 다리 공사에 다시 보낸다는 이야기를 들었슈."

"그라면 어차피 아무것두 보장이 안 되니까 시작허자구."

"글쎄유. 과연 가능헐까유?"

"그런 말은 말게나. 내일 저녁에 하지. 자네만 좋다면야."

"무슨 구멍이래두."

"고기 잡으러 갔다가 본 곳이 있구먼. 경비가 허술한 곳이 있는디 땅 속에 감춰 놓은 펜치를 쓰면 될 거여. 한 번 부딪쳐 보자구."

용호는 갑작스런 만석의 탈출 계획에 멍하니 쳐다만 보고 있다. 마음에 준비는 되지 않았어도 막상 이런 말을 듣자 반가우면서 두려운 생각이 든다. 걱정이 앞섰지만 결단이 필요한 대답으로 여기 있으면 보나마나 죽음이거나 신세를 망치는 것이 뻔한 일이어서 이대로 당할 수는 없는 일이다. 이런 곳에서 가장 믿을 수 있는 사람은 용호뿐이다. 그러나 탈출을 같이 한다는 것은 목숨을 건 도박이다.
"같이 가구 싶지만 내일 아침 점호 시간에 알려 드릴게유."
"이 사람아! 무슨 뜸을 들이는 건가? 목숨이 달린 문젠디."
"고향에 가고는 싶지만 으째 좀."
부모 형제와 친구들을 죽지 않고 만난다면 소원이 없겠다고 생각한다.
"그야, 성님 말씀이 다 맞아유."
"용호, 내 말을 잘 들어보게나. 우리도 모르는 곳으로 끌려갔다가 죽는 것보다야 도망가는 것이 더 나을 것 같은디. 생각혀 봐. 실컷 부려먹구선 전쟁터에 탄약을 싣는 노무자로 끌려가거나 춥구 바람 많은 북해도로 가서 탄광에서 탄만 캐는 것이야 뻔허잖어."
"저두 도망치고 싶지유."
"같이 안 가면 혼자라두 가겠네. 잘 알아서 하게나."
"알았어유, 성님이 저를 그렇게까지 생각해 주셔서 고맙구먼유. 내일 아침에 식당에서 알려드릴게유. 주먹을 쥐면 간다는 표시이구 손을 펴면 못 간다는 뜻으로 알고 계세유."
두 사람은 다른 일을 하는 것처럼 한 뒤에 헤어진다.
막사로 돌아 온 만석은 단단히 결심을 하고 준비를 생각한다. 먼저 비밀을 유지하는 일이 가장 중요한 일이고 탈출을 위한 도구를 준비하는 일이다. 그런 가운데 만석은 나름대로 준비를 하기 시작한다. 며칠 동안이나 남 몰래 돌에 비벼서 만든 뾰족한 숟가락과 공사장에서 훔친 대못 몇 개와 부러진 톱을 침상 밑에 숨겨 놓는다. 언젠가 이런 날이 올 것으로 생각했지만 막상 눈앞에 닥치자 겁이 난다. 특히 밤이 되면 일본 군인들의 경계가 매우 심하여 탈출하기가 매우 어렵다.
일본 군견인 영리한 독일산 세퍼드들이 순찰병과 함께 철통같은 경비를 하고 있다. 초소마다 벨을 누르면 사이렌 소리가 들리도록 장치가 되어 있고 언제든지 무장한 군인들이 출동할 준비를 하고 있다. 아직까지 탈출에 성공한 사람은 딱 두 사람뿐이고 실패했던 여섯 사람은 싸늘한 시체로 다시 돌아온 적이 있다. 탈출 사건이 있은 뒤로는 경비가 더욱 심해지기 마련이다.

　잠이 오지 않는 밤마다 나름대로 탈출에 대한 공상을 하고 있다. 죽음이냐 아니면 질기고 고귀한 새 생명을 지니고 사느냐가 달린 문제로서 인생이란 어찌 보면 도박이며 행운을 기다리는 나약한 존재라는 생각이 든다.

　용호는 식당으로 향해 무거운 발걸음을 옮기면서 불안한 마음을 달랠 길이 없다. 어쩌면 다가올 미래에 대한 기대감도 있고 환하게 펼쳐질 자신의 탈출을 기대하는 속마음도 있다. 생사에 대한 희비가 교차하는 마당에 그 어떤 관심도 없다. 지난밤 꿈이 얼마나 길고 험했던지 다시는 악몽을 생각하고 싶지 않다. 새로운 일을 시작하면서 겪는 두려움은 당연하다.

　용호는 식당 앞에서 이리저리 서성이며 만석을 기다리다 저쪽에서 만석이가 나타나자 슬그머니 그쪽으로 가 줄을 선다. 눈짓으로 인사를 하고 남들이 눈치를 채지 못하도록 두 손을 모아 허공에 흔든다. 약정된 신호로서 이제부터 생과 사를 같이하는 순간이라는 의미도 된다.

　옆에 선 용호는 작은 목소리로 물고기에 대한 이야기를 한다. 남이 전혀 눈치를 못 채도록 조용히 말을 하며 주변 눈치를 본다.

　"성님, 이제부터 준비나 잘해서 물고기나 많이 잡도록 허세유."

　"알았구먼. 쏘가리를 많이 잡는 것이 중요허지."

　갑자기 옆에 있던 사람이 그 말에 끼어들며 대꾸를 한다.

　"아니, 그람. 당신들이 그 유명한 쏘가리를 잡던 사람들이 아니요? 다음번에 가게 되면 같이 가게 해주구려. 내두 왕년에 강가에서 민물고기를 많이 잡던 놈인디."

　생사가 달린 일에 옆에서 끼어드는 그 사람이 두려워 말조심을 한다.

　"잘 알았슈. 혹시 기회가 있으면 한번 해볼게유. 기대는 마세유. 모든 결정이야 높은 분들이 내리니 원. 으디 맘대루 할 수 있는 게 뭐가 있당가."

　나라를 잃었다는 단 하나의 이유만으로 그토록 많은 시련과 고통을 이겨야만 한다. 얼마나 자유를 그리며 해방의 그날을 기다렸을까? 희망은 고사하고 그저 주는 밥이나 먹고 잠자는 것만을 생각해야하는 처지이다. 그 이상 무엇을 바랠 수도 없고 다른 일은 상상도 못하도록 통제와 감시가 삼엄하다.

밥을 먹고 화장실로 가는 척하다가 숲 속으로 몸을 피한다. 아주 작은 목소리로 탈출에 필요한 비상식량에 대한 이야기를 나눈다. 밥이라고 주는 것은 옥수수와 콩, 감자 가루를 섞어 만든 것으로 겨우 죽지 않고 일을 시켜 먹을 양만 주는 상황에서 비상식량을 따로 구한다는 것은 불가능한 일이다.

여러 가지 생각을 하다가 문득 물고기를 잡으면서 몰래 숨겨 놓은 것이 생각난다. 말린 뱀 고기와 붕어를 이용하면 될 수 있다는 생각이 든다. 말린 고기를 주방장에게 주고 칼과 누룽지를 얻으면 식량 문제는 해결이 가능하다. 지난번에 말린 뱀을 주고 주방장한테 누룽지를 얻어먹은 적이 있다.

물가에서 고기를 잡을 때 약에 쓴다고 까치 독사 세 마리를 잡아서 말린다. 워낙 고기가 귀하고 몸이 허한 사람이 많은 탓에 보이는 것은 다 잡아먹곤 한다. 시멘트 종이에 싸서 땅에 묻어 놓는다.

"용호는 며칠간 먹을 수 있는 양식을 준비허게나."

"펜치나 칼을 마련해야겠구먼."

"혹시 물살이 셀지 모르니까 긴 밧줄이 있으면 좋겠네."

"알았어유, 잘 찾아볼 테니까 성님 일이나 알아서 하시구려."

"어디서 만나면 좋을까? 내 생각으로는 세 시에 북쪽 망루 밑에서 만나는 게 좋겠구먼."

"작업하다가 보았는디, 다른 곳보다는 경비가 허술하구 군견두 한 마리밖에 없더라구유."

"그람 그렇게 허지 뭐. 군견이 한 마리라면 다행이지."

"참, 군견을 어떻게 허면 따돌릴 수 있는지 아세유?"

"들은 얘기네 만 냄새나는 고기를 이용허면 된다구 들었네만."

"맞구먼유. 근디 고걸 으떠케 허는지 아나유?"

"잘은 모르겠네만 다른 곳에 던져 놓으면 그 냄새 때문에 사람 냄새를 잊어버린다는 거야."

"성님 말씀은 그 사이에 도망치면 된다는 말씀이구먼유."

"만약 군견이 따라 온다면 다른 수가 있겠나. 그 방법밖에 없으니께 께끗헌 것을 입고 있어야만 냄새를 못 맡을 거구만. 참 바람을 잘 이용허면 개를 피할 수 있다구 들었네."

"사냥꾼들 허구 몇 년간 같이 다니더만 개에 대해선 훤하네유."

"지가 알아서 준비를 잘 할게유."

"어두워졌으니까 얼른 준비를 허자구. 누가 눈치를 채지 않도록 해야 되는구먼."

그들은 탈출에 대한 여러 가지 이야기를 마치고 숙소로 향한다.

이곳에는 경비 망대가 여섯 곳이 있는데 각 망대 초소에는 두 명씩 지키고 있고 기관총까지 설치 되어 경비가 무척이나 삼엄한 곳이다. 하루 종일 외곽 경비와 내부에 있는 한 초소는 언제 일어날지도 모르는 사고에 대비한다. 초소 중에서 가장 북쪽에 있는 곳을 선택하고 새벽 세시에 만나기로 약속한다. 우선 비상식량을 위해 감춰 두었던 말린 뱀을 가지고 주방장한테 찾아간다.

"주방장님! 오랜만에 뵙겠구먼유."

"고기 잘 잡는 만석이가 아닌가? 으째 이런 야밤에 왔단가?"

"밤중에 하두 배가 출출해서 찾아왔슈."

"먹는 것이야 뻔헌디 시키는 일이 을마나 많은지 다들 배가 고플 수밖에 없지."

"성님유. 혹시 남은 누룽지 좀 있으면 주시구려."

"그려. 누룽지야 출출헐 때 먹으면 최고지. 찾아볼게."

"그때 먹었던 누룽지가 어찌나 맛이 있던지 꿀맛이었슈."

"누룽지가 있기는 허지만 많이는 못줄 것 같네."

"조금이래두 좋구먼유. 배고픈 놈이 따질 수가 있나유. 참 뱀고기를 갖구 왔슈."

"정말인가? 나야 뱀고기가 최고지."

"말린 뱀을 네 마리나 가지구 왔구먼유."

"정말루 정력제인 배암을 갖구 왔다는 말인가?"

갑자기 눈이 커지며 시멘트 부대를 받아들고 풀자 말린 까치살모사가 보인다. 얼마 전부터 뱀에 대한 이야기를 하자 말린 것을 갖고 오면 누룽지를 주겠다고 했다.

"정력이 있으면 뭣 한당가? 어디 써먹을 디가 있어야제. 내사 여자를 안아 본 게 언젠지 내 몸두 많이 썩었을 거여. 겨우 푼다는 것이 고작해야 허공에 딸딸이나 치는 게 전부이니 말여. 마누라 생각이야 밤마다 나지만 서두 어쩔 수 없제."

주방장이 긴 한숨을 내쉰다. 인간으로서 느끼는 가장 원초적인 성적인 해결책이 없는 이곳이야말로 지옥이나 다름이 없는 곳으로 원초적인 본능까지 차단시켜 놓고 있는 그들에는 단지 상상으로만 가능한 일이다.

"하긴 그래유, 여기선 겨우 밥이나 먹구 똥이나 싸고 잠자는 게 전부가 아니유?"
"여자 생각이 나믄 뭐하겠소."
"그래두, 여기 계시면서 몸보신을 잘 했다가 나중에 고향에 가서 잘 써먹으면 되겠구면유."
"일단 몸에 좋은 거야 먹어 봐야제."
"달라고 할 때는 언제구 막상 갖고 오니깐 딴 소리를 하신데유."
"막상 이렇게 좋은 걸 보니께 밤마다 혼자 천장만 쳐다보고 있을 마누라 생각만 나네."
"속이 상하실 거유."
"어디 정력제인 뱀님이나 볼까?"

외모는 꼭 뱀장어와 비슷하고 노란 색에 기름기가 보인다. 시멘트 종이에도 기름이 묻어 있어 영양이 풍부하다는 것을 알 수 있다. 폐병에는 뱀고기가 최고라는 소문에다 정력에 끝내준다는 이야기도 있다.

주방장은 말린 뱀고기를 보자 눈빛을 반짝이며 흐뭇한 표정으로 만석을 바라본다.
"내사 이런 괴기를 보면 말여. 군침이 도는구먼 그려."
"생각보다 크지유."
"누룽지를 줄 테니까 들키지 말구 잘 먹으라구."

누룽지야 많으면 많을수록 좋기에 사정을 하다시피 해서 작은 봉지를 가득 채운다. 탈출에 쓸 끈과 도구들과 비상식량으로 말린 물고기도 준비한다. 이 정도면 이삼일은 굶지 않고 먹을 수 있는 양이다.

밤은 점점 깊어 가는 가운데 모든 것은 아무런 일도 없다는 듯이 어제처럼 흘러가고 있다. 여전히 초소에서 비추는 불빛만 가끔 창가를 비취고 컴컴한 밤은 고요하기만 하다.

두 사람은 뜬눈으로 있다가 자리에서 일어나 시계를 보자 두 시 반을 가리킨다. 짐을 들고 아무도 모르게 슬그머니 나와 살펴보니 보초들이 총을 들고 경계를 서고 있다. 순찰 중인 군인들의 신발 소리가 크게 들리자 화장실로 재빨리 들어가 대변을 보기 위해 힘주는 흉내를 낸다.

주변을 두리번거리던 순찰병들이 어둠 속으로 사라지자 막사에서 본 시간을 기억하고 북쪽에 있는 경비 초소로 향한다. 하늘은 별 하나 보이지 않고 금방이라도 비가 올 것 같이 구름이 잔뜩 끼어 있다. 이렇게 어두운 것이 차라리 좋을는지도 모른다는 생각이 떠오른다.

어둠을 헤치고 숲을 지나 북쪽 망대를 향해 바쁜 걸음을 옮기고 있다. 금방이라도 뒤에서 따라 오거나 총을 들이 대며 꼼짝 말라는 소리가 들리는 듯하다. 혹시나 있을지 모르는 상황을 예견하여 십 분이면 도착할 수 있는 거리를 삼십 분을 미리 앞당겨 약속을 했던 것이다.

밤하늘에 자신이 살아 있다는 것을 강조하려는 듯이 소쩍새 소리는 고요한 밤하늘을 더욱 애처롭게 울어대고 있다. 피를 토할 정도로 울어댄다는 저 새는 고요한 밤에 듣노라면 슬프고 뭔가를 생각하게 해준다.

낮이라면 불과 몇 분이면 다다를 거리를 한참을 걸은 후에 약속했던 북쪽 초소 근처에 도착할 수 있는 곳이지만 밤이라 매우 조심해서 걷고 있다. 약속한 신호인 고양이 소리를 두 번 내면 알아들은 쪽에서 한번 하기로 되어 있다.

만석이 야옹! 하며 소리를 내자 가까이 있던 용호도 같은 소리를 낸다. 용호는 엎드린 자세로 만석이를 기다리고 있다. 그들은 초소와 초소 사이가 가장 허술하다는 사실을 알고 있다. 우선 안전하다는 것을 확인한 뒤에 초소 사이를 자르기로 하고 그쪽으로 이동한다. 북쪽 초소에서 밑을 비춰고 있는 조명등을 피하여 약간 서쪽으로 이동한다. 철조망이 보이자 어깨에 메고 있던 짐을 내려놓고 철조망을 만져 본다.

이놈의 철조망이 그토록 우리를 구속했단 말인가?

철사지만 그 의미와 구속력은 너무도 큰 철조망으로서 절망만을 주던 차가운 줄이다.

혈육을 갈라놓고 정을 끊게 만드는 철조망을 드디어 내 손으로 끊다니.

이제는 억압과 분노의 시간을 마감하고 자유와 가족을 찾아 남쪽으로 갈 수 있다는 생각을 하자 저절로 힘이 생긴다. 수건에 물을 묻혀서 절단하면 소리가 나지 않을 것이다. 끊을 때 소리가 나지 않도록 물물은 수건으로 감싸고 줄이 하나씩 끊어지면서 모든 것을 얽매이게 만들 것으로부터 벗어나는 듯하다. 힘겹고 외로운 삶이었고 타의적인 인생이란 얼마나 힘겨운 것인지를 알 것 같다. 무척 가슴이 아프고 감정이 폭발하는 듯 하고 가슴속에 있던 작은 응어리와 한이 이제야 녹는 것 같다.

스스로 찾는다는 자유에 대한 열망을 가지고 미래에 대한 작은 소망을 버리지 않는 것을 다행으로 생각하며 더욱 조심해서 한 줄씩 끊어 가고 있다. 끊어지는 소리는 아주 작게 들리지만 그들에게는 해방으로 인도해 주는 굉음으로 들린다. 한 발만 다른 곳으로 내디디면 자유가 있는 곳이다. 물론 철조망을 끊고 나간다 해도 여전히 도망 다니는 신세를 면할 수는 없지만 그래도 일단 이곳을 벗어난다는 환희를 맛본다.

해방이 되기 전까지는 여전히 타인에 의해 살아갈 수밖에 없는 처지다.

"성님유, 다섯 개 철사 중에서 이제 두개만 자르면 다 될 것 같은디 싸게 나갈 준비나 허유"

"살짝 연결해 놓아야만 놈들이 찾을 수 없을 거니께 붙여 놓으라구."

"알았구먼유. 우선 나갈 수 있는 통로를 만들어 놓구 반대편에서 연결할게유."

"사정을 보면서 해보자구."

초소 주위를 순찰하던 순찰병들이 비친 전등 불빛이 번쩍이자 동작을 멈추고 그대로 서 있다.

점점 가까이 오고 있는 불빛은 이들의 가슴을 뛰게 만든다. 긴장과 불안을 던져 주는 불빛이다. 혹시 일이 잘못되면 큰일이라는 생각이 들자 행동이 바빠지기 시작한다. 순찰병들이 점점 다가오자 철사를 끊던 일은 잠시 중단되고 만다.

그들은 숨을 죽인 채 숲 속으로 숨어서 점점 접근해 오던 순찰병들의 동태를 자세하게 살핀다. 한 줄만 더 끊으면 밖으로 나갈 수 있는 순간에 생긴 일인지라 안타까운 생각이 든다. 긴장을 하고 있던 용호는 손에 들고 있던 펜치를 그만 땅에 떨어뜨리고 만다. '딱' 하고 떨어지는 소리에 바로 옆을 지나던 순찰병이 발길을 멈추고 주변을 살펴본다. 여기저기를 자세히 조사하자 몸을 숨긴 채 면밀하게 살피던 두 사람의 등허리에는 식은땀이 흐르기 시작한다.

순찰병들은 앞에 총 자세를 취하면서 언제라도 사격을 하겠다는 자세로 두리번거리고 있다. 헝겊으로 감싸 놓은 펜치는 하얀 색 이끼가 낀 작은 바위 틈새에 있어서 보이지 않는다.

만약 순찰병들이 그것을 발견한다면 모든 것이 끝장이다.

더욱 불안한 생각이 들자 뭔가 조치를 취하지 않으면 들킬 수 있다는 생각이 들자 손을 더듬기 시작한다. 불과 몇 발자국만 더 가까이 오면 더러운 군화 발이 맞닿는 거리이다. 손으로 땅을 더듬자 손 밑에 있던 작은 돌멩이 하나가 잡힌다. 팔목의 힘을 이용하여 숲 저쪽으로 집어 던지자 순찰병들은 그쪽으로 급히 발길을 옮긴다.

그 순간 그들은 펜치를 집어 들고 한 줄 밖에 남지 않은 철조망을 끊는다. 돌멩이가 떨어진 숲을 이리저리 살펴보던 순찰병들은 나무에 앉아 있던 올빼미가 날아가자 다른 곳으로 이동을 한다. 마지막 남은 한 줄을 끊고 엎드린 자세로 기어 나가면서 주변을 두리번거린다.

펜치로 양쪽의 철사를 연결하려고 시도하지만 불가능하다는 것을 알게 된다. 팽팽한 철사 줄이 끊어지면 당겨지는 힘에 의해서 다시 연결하기가 불가능하다. 철사를 그대로 놓고 나갈 수밖에 없어서 철조망 밖으로 기어나가 숲 속으로 몸을 피한다. 머리를 숙이고 주변을 면밀하게 살펴보며 이동을 한다. 컴컴한 어두운 밤에 우거진 숲을 헤치고 나아간다는 것이 쉬운 일은 아니다.

잠시 한적한 곳에서 눈을 붙이고 동이 트면 강을 건너 중국 땅으로 도망치기로 결정한다. 비상식량을 싼 보자기를 머리에 베고 교대로 잠을 자기로 하고 먼저 만석이가 잠이 든다. 은하수를 바라보던 용호는 고향 생각과 이런저런 지나간 일들이 영화처럼 스쳐 지나간다. 앞으로 자신에게 다가올 일들에 대한 걱정이 앞서자 나름대로 방안을 생각한다.

무슨 일이든지 일단 빠져나오는 것보다는 부딪치며 맞서기로 마음을 먹는다. 여름밤이라지만 북쪽 지방답게 아침저녁으로는 상당히 써늘하고 이산 저산에서 울어대는 소쩍새 소리가 외로움과 두려움을 더욱 깊게 만든다.

바위에 앉아 있던 그는 세 시간이 지나자 만석을 깨우기 위해 밑으로 내려가자 갑자기 아랫배가 사르르 아프면서 대변을 보고 싶다. 찬 공기가 아랫배에 닿자 장을 자극시킨 것인지 평소 설사와 변비가 교대로 있어온 그에게는 이런 일이 자주 있다.

시원함을 느끼며 점점 밝아오는 동쪽 하늘을 바라보자 뭔가 새로운 힘이 솟는 듯하다. 동트는 아침은 모두에게 희망을 주는 시간이지만 희망과 두려움이 겹치는 것은 도망자라는 신분인지 아니면 미래에 대한 불확실한 일인지는 모르지만 무거운 침묵만이 흐르는 새벽이다.

여전히 잠에 빠진 만석은 코까지 골며 자는 모습이 부럽기만 하다. 이런 곳에서 코를 곤다는 것은 매우 위험한 일로서 만석을 살짝 건들자 조용해진다. 갑자기 숲 아래쪽에서 집에서 기르는 개 짖는 소리가 들린다. 초저녁도 아닌데 사나운 개 짖는 소리는 뭔가 불길한 예감이 든다.

졸음이 사라지면서 불길한 생각이 들자 만석을 깨운다.

만석은 벌떡 일어나 사방을 두리번거린다. 여전히 잠에서 덜 깬 모양이다.

"성님, 저 소리 들려유?"

"아니, 무슨 소리여?"

"개 짖는 소리를 못 들었슈?"

"개소리라구? 그 소리가 진짜루 개소리라면 탈출한 것을 아침 점호 시간에 알았다는 거여?"

"그렇다면 우릴 쫓고 있다는 야긴가유? 보통 일이 아닌디."

"자, 빨리 서두르자구. 우선 강을 찾아서 도망을 치자구."

사태가 좋지 않게 돌아가는 것을 알게 된 이들은 짐을 챙기고 달아날 준비를 한다. 가능한 흔적을 없애는 것이 중요하다고 생각하여 누웠던 자리를 원래의 모습대로 만든다. 그러나 밤새 그들이 잠을 자면서 몸무게로 눌려진 움푹 들어간 수풀을 원래로 만들 수는 없다.

개가 자신들을 쫓고 있다는 것을 알았다면 똥을 싼 곳과 반대쪽으로 이동하기로 한다. 예민한 코를 가진 개라면 분명 사람 똥 냄새를 맡을 수 있어서 다른 방향으로 도망가면 안전할 것으로 생각한 것이다.

　북쪽으로 잡은 그들은 빠른 걸음을 재촉하며 수풀 속을 헤치며 앞만 보고 달려간다. 어떤 위기에 닥치면 없던 힘도 나오는지 평소보다는 빠르게 달아나고 있다. 헐떡거리는 숨을 몰아쉬며 한참을 달린 후에 사방을 두리번거린다. 동태를 살피는 순간 별다른 낌새를 발견하지 못한 것을 알자 앞으로 더욱 빨리 달려간다.

　한편 추적중인 수색대는 군견들이 냄새를 맡으며 앞으로 나아가는 방향을 쫓고 있다. 예민한 코를 킁킁대며 점점 다가오는 모습은 마치 저승사자처럼 느껴진다. 바로 그때 용호는 보따리를 내려놓고 뒤져서 비상식량으로 준비해 놓은 말린 물고기를 찾아 재치를 발휘하려고 결심한다. 우선 개들을 따돌리고 도망을 치는 것이 급선무이다.

　개들은 그들이 싸 놓은 똥냄새를 발견하고 더욱 힘차게 으르렁거리고 있다. 사냥을 다니면서 겪었던 경험을 살려볼 생각으로 개가 잘 맡는 특성을 역으로 이용해 볼 생각으로 말린 물고기를 만진다.

　개란 중간에 다른 냄새와 섞어지거나 갑자기 없어지면 당황하여 길을 잃고 헤매고 다닌다. 그러면 추격하는 개를 따돌릴 수 있고 순간적으로 다른 방향으로 유도한 사이 도망칠 수 있다.

　그들은 약간 높은 구릉 중간 중간마다 똥을 싼 사이에 말린 물고기를 찢어서 놓는다. 숲 속에서 수색조가 가까이 다가오는 모습을 몰래 살펴보던 그들은 한 마리 수색견이 코를 이리저리 움직이며 냄새를 맡으며 다가온다. 다섯 명이나 되는 수색조는 개를 앞세우고 사방을 두리번거리며 찾고 있다. 개는 냄새를 맡고 산 중턱 쪽으로 가다가 등허리 부근에서 불어오는 바람 때문에 그만 방향을 잃고 말았는지 이리저리 움직이며 어쩔 줄을 모르고 있다.

　바람이 불어오는 방향을 적당히 이용한 것이 효과를 보는 것 같다. 개들은 코를 킁킁대며 냄새를 맡아 보지만 헷갈리는 모습이 역력하다. 그 광경을 숨어서 바라보던 그들은 몸을 피하여 산 밑으로 소리가 나지 않도록 내려온다. 정신없이 내려가자 산 밑에 강이 보여 강가에 도착해보니 이제는 개소리가 들리지 않는다.

　긴장된 순간이 지나가고 긴 한숨을 쉬며 짐을 내려놓는다. 강을 자세히 살펴보기 시작하며 풀 위에 주저앉는다.

"성님말이유. 물이 깊은 것 같은디 다른 쪽을 알아보는 게 좋겠네유."
"폭이 넓고 물살이 느린 곳이 딱 좋은디 한 번 찾아보자구."
"지가 생각했던 것보단 강이 매우 깊구 물살두 아주 세구만유."
"참, 밧줄이 나무에 걸려서 칼로 잘라 버렸는디 엉켰는지 모르겠네유."
"이런 땐 말여. 밧줄을 허리에 단단히 묶어서 통나무를 타고 가면 좋을 성 싶구만."
"이 근처엔 벌목이 많은 곳이라서 재수가 좋으면 끈을 찾을 수도 있을 것 같은디."

며칠 전에 비가 많이 내려서 강물은 불어 있고 물살이 힘차게 흘러가고 있다.
이런 상황에서 강을 건너기란 무척이나 위험하고 겁도 난다.
"어렵게 개헌티 쫓기면서 왔는디 또 산 넘구 산이네."

조금 더 밑으로 내려가 자세히 살펴보니 물살이 완만하고 강폭이 넓은 곳이 보인다. 헤엄을 치면 건널 수 있겠다는 생각이 들자 그들은 필사적으로 강을 건널 준비를 한다. 밧줄을 허리에 묶고 건너간 다음 그 줄을 반대편에 연결하면 위험하지 않을 것 같다. 먼저 큰 소나무에 밧줄을 동여매고 물속으로 만석이가 먼저 들어간다. 센 물살에 겁이 났으나 수영에는 일가견이 있는 그로선 자신만만하게 건너기 시작한다. 지켜보던 용호는 자신감이 생겼는지 밧줄을 묶고 같은 방식대로 건너고 있다.

거의 다 건너갈 무렵 반대편 강가에서 개 짖는 소리가 들린다. 수색대가 여기까지 쫓아온 모양이다. 용호는 다급한 나머지 짐을 숲 속으로 던지고 바위 뒤에 몸을 숨긴다. 그러자마자 총소리가 들린다. 꼼짝도 하지 않고 바위 틈새에 가만히 숨어 있고 만석은 엎드린 자세로 나무 뒤에 있다. 움직이는 이상한 물체가 보이면 무조건 쏘아대던 수색대는 움직이는 것이 보이지 않자 돌아가고 선혈이 흐르는 용호는 아픈 팔을 붙잡고 신음 소리를 낸다.

직접 총알이 관통하지는 않았지만 바위를 맞고 튕겨 나오면서 팔을 뚫고 지나간 것이다. 계속 흐르는 피를 눌러서 지혈을 시켰으나 통증은 점점 강하게 느껴진다.

그들은 한참 동안 서로의 얼굴을 바라보며 멍하니 앉아 있다. 일단 강을 건너서 이렇게 살아 있다는 사실이 중요하다. 비록 용호 팔뚝에 상처가 있지만 약간만 늦게 건넜다면 틀림없이 죽었을 것이다.

　중국 땅에 탈주범에 대한 수배령이 내려질 것이라는 불안감마저 든다. 배가 고프고 노곤한 피로감을 느끼면서 모든 것이 희미하게 보인다. 짐 보따리를 풀어서 비상식량을 꺼낸다. 강을 건너면서 보따리는 그만 강물에 젖어서 누룽지가 퉁퉁 불어 있다.

　허기진 배를 부르튼 누룽지로 대충 채우고 멍하니 강 건너편을 바라본다. 자유를 찾기 위해 목숨을 걸고 탈출한 탈주범으로 이렇게 앉아서 쉴 수 있다니. 과연 이것이 꿈인지 생시인지 서로를 꼬집어 보며 얼굴도 만져 보지만 엄연한 현실이다.

　대체 우리나라에 있는 강을 내가 건너는데 무엇 때문에 총을 맞고 도망을 쳐야 한단 말인가. 우리 강토를 빼앗고 짓밟은 마당에 지금 무엇을 하고 있는지 한심한 생각이 든다. 왜 여기서 앉아 있어야 하는지 이해되지 않지만 삶이란 도전이고 도박이다.

　이제는 탈출에 성공하여 기다리던 고향에서 좀 더 나은 삶을 시작할 기회를 잡은 것이다.

이국땅의 생활

"어따매, 을마 만에 맛보는 자유겨? 오늘이 음력으루 6월이니까 꼭 넉 달 만에 마음 놓구 잠을 잘 수 있구먼."

"단잠을 깨우는 기상나팔 소리도 없으니 중국에 있지만 일본 놈들의 손아귀에서 벗어났다는 사실만으로 기분이 좋다.

"성님 덕택에 도망칠 수 있었슈. 만약 그때 불안해서 머뭇거렸다면 으떻게 되었겠어유?"

"자네야 물론 떠난 뒤로 후회를 하구 있겠지."

"처음에는 아찔 했구먼유. 겁두 났구유."

"세상에 말이여, 죽기 아니면 까무러치기라는 마음으로 대들면 안 되는 일이 없지."

"성님 말씀이 맞구먼유. 모든 일이야 맘먹기 달려 있지유."

"앞으로두 무슨 일이 일어날지 모르는구먼. 맘을 단단히 먹어야지."

"이렇게 앉아서 그곳을 바라보니까 지난 몇 달이 너무도 길고 지루하게 느껴지네유."

"그럴 거여. 참으로 어둡고 기나긴 터널 속을 벗어난 기분일 거여."

"생각조차 하기 싫구먼유. 지금두 그곳에서 고생헐 조선 사람들이 불쌍혀서."

"어차피 인생이란 도박이고 연극이구먼. 막상 의무실에서 그 소식을 듣자 앞이 캄캄하더구먼. 거기에 계속 있었다면 사할린이나 남양 군도 아니면, 미얀마로 끌려갔을 거여."

"잘 선택허셨슈. 한 가지를 선택허면 다른 한 가지를 포기하는 것인디 우린 포기한 것이 없으니까 얼마나 잘헌 일인가유?"

"막상 성공을 하니까 잘 한 일이라구 생각허지?"

"그럼유. 이렇게 행동하는 것이 얼마나 좋은데유."

"우리가 있는 곳은 중국 땅인데 어딘지도 자세히 모르겠구먼."

"지가 듣기로는 조선 시대에 이곳으로 이주해 온 전라도와 경상도 사람들이 많다구 했슈."

"앞으로 우리가 거처해야 할 집도 장만해야 허구 닥칠 일도 준비해야 허는디."

"우리가 그것까지 미리 걱정했으면 뭐 하러 죽을 고비를 넘기면서까지 이곳에 오려고 했겠슈? 내일은 내일 걱정허시구 가까운 동네나 찾아보는 게 좋겠구먼유."

"그려. 부딪히는 수밖에 다른 방도가 없지."

"우선 가까운 마을을 찾아서 여기가 어딘지를 알아보지유."

"강을 건넜으면 분명 중국 땅인디, 동틀 무렵에 저 쪽에서 개 짖는 소리가 들렸슈. 분명 이 근처에 마을이 있을 것 같네유."

막상 탈출은 성공했다 해도 이제는 남의 나라에 살아가는 이방인으로서 불안감이 앞선다. 이들은 흐르는 개울에서 물을 마시며 갖고 온 누룽지로 허기진 배를 채운다. 비록 배는 고프고 힘들지만 마음만은 편하고 자유롭다. 높고 푸른 하늘이 이렇게 아름답게 보이는 것은 얼마만인가. 모든 것은 마음먹기에 달려 있는 법이라는 신념으로 개척하기로 결정한다. 다행히 조선말을 하는 사람들이 살고 있어서 그들의 도움을 받을 수 있다. 독립운동을 하다가 이곳으로 숨어 들어온 후손이거나 가난을 피해 이주한 주민들이다. 여름이지만 젖은 옷을 입고 풀 속에서 잠을 잔다는 것은 견디기 힘든 일이다. 몸은 춥고 축축한 기분 때문인지 아침 햇살이 그립다. 오직 살아야 된다는 단 하나의 마음으로 참을 수 있었지만 사정이 조금 나아졌다고 육체에 대한 신경을 쓰다니.

아침이 되자 이들은 햇볕에 옷을 말리고 다시 입는다. 같은 마을에서 크고 자란 사이지만 이렇게 서로 의지하고 믿어 본 적은 없다. 생과 사를 넘나들며 같이 지내는 사이라서 둘은 눈빛만 봐도 통하는 것 같다. 용호는 고향에서는 만석에게 먼저 인사를 하지 않는다고 주먹으로 얻어맞은 적도 있다.

그들은 여러 가지 궁리를 하다가 일단 중국 땅 깊숙이 들어가기로 마음을 결정한다. 마을이 나오면 그곳에 가서 옷을 갈아입고 임시 거처를 마련하기로 한다. 한참을 걷다가 보니 눈앞에 콩밭이 보이는 것으로 봐서는 근처에 인가가 있는 게 분명하다. 초췌한 모습을 본다면 마을 사람들이 어떻게 생각할 것인가? 같은 동포들이 많이 살고 있어도 혹시 중국 사람과 만나면 어떻게 말을 해야 하는지 불안하다. 말이 통해야만 원하는 것을 요구할 수 있고 길을 물어볼 수가 있다.

한참을 내려가도 집은 보이지 않고 이따금 화전민이 불을 질러서 만든 밭이 보인다. 화전민들은 정착하는 사람들이 아니고 자신이 좋다고 생각하는 곳에 불을 질러 놓고 잠시 동안 농사를 짓고 다시 다른 곳으로 이동하며 먹고 사는 사람들이다. 높은 언덕이 있어 그곳을 보니 저 멀리 있는 곳에 작은 마을이 보였고 아침을 준비하는 연기가 굴뚝에서 피어오르고 있다. 고향을 보는 듯 한 기분이고 정말로 자유롭고 평화로운 모습을 보자 눈물이 핑 돈다. 여우도 죽을 때는 머리를 고향으로 돌리고 죽는다는 말처럼 고향 땅은 영원한 안식처이다. 허기지고 피곤한 몸이지만 고향 동네를 보는 순간 힘이 솟아나는 듯하다.

상처 난 곳을 싸맨 용호는 무척이나 힘들고 고통스러운 표정으로 걷는다. 지금까지는 정신력으로 잘 버티었지만 지치고 힘이 든다. 그저 아무 곳이든지 누워서 실컷 잠이나 잤으면 좋겠다는 생각뿐이다.

"많이 아프겠네. 피는 멈춘 듯 헌디 불행 중 다행이여."

"치료도 치료지만서두 배가 고파 죽겠구먼유."

"배도 고프구 팔까지 다쳤으니 힘들 거여. 여기서 좀 쉬었다 가지."

"금방이래두 갈 것 같더니만 서두 굉장히 머네유."

바다나 평야에서 가까이 보이는 곳도 실제로는 무척이나 먼 거리이다. 계속 걷다 보니 옥수수 밭이 눈에 보이자 근처에 집이 있다는 생각이 든다. 그들은 배고픈 것을 참지 못하고 그만 옥수수 밭으로 들어가고 만다. 익지도 않은 옥수수를 따 입으로 씹자 하얀 녹말이 혀끝에 닿는다. 비록 설익은 옥수수이지만 얼마 만에 씹어 먹는 것인가. 첩자를 심어 놓고 독립군이나 의심되는 자는 무조건 신고하라는 명령이 내려진 것도 모르고 중국 땅에 들어선 것이다.

다행히 화전민을 만나 물었지만 조선말을 알아듣지 못한다. 배가 고프다는 시늉으로 입과 아랫배를 만지며 먹는 시늉을 해본다. 위아래를 훑어보더니 화전민은 따라오라는 시늉을 한다. 집까지는 꽤 먼 거리에 있지만 아무 말도 못하고 뒤만 따라간다. 도착해 보니 아내와 아이들 둘이 집에 있다. 여자는 부엌으로 들어가 옥수수밥에 찐 감자를 몇 개 들고 나와 그들에게 건네준다. 참으로 오랜만에 먹어 보는 뜨끈뜨끈한 감자다. 두 개를 먹고 다른 사람에게 줘야겠다고 손짓을 하자 감자 몇 개를 손에 쥐어준다. 다친 사람이 있다는 말을 손짓으로 표현하여 묶는 하얀 무명천을 받아 숲 속으로 돌아온다.

갖고 온 천으로 피 묻은 천을 갈아주자 비명을 지르며 찡그리는 용호는 큰 상처는 아니지만 총알이 근육만 뚫고 지나간 총상으로 생명에는 지장이 없어 보인다. 하지만 상처로 인하여 걷거나 움직일 때마다 힘이 들고 불편하다. 그들은 화전민이 건네준 감자를 먹고 고맙다는 인사를 하고 마을을 떠난다. 그들이 돌아가는 모습이 보이지 않는 곳까지 나온 화전민은 손가락으로 어딘가를 가리킨다. 그들은 화전민이 가리키는 마을을 향해 걸어간다.

열 집 정도 되는 마을로서 중국 사람이 대부분인 곳이지만 조선족도 세 명이나 살고 있다. 서로는 말이 잘 통하지 않아서 땅바닥에 나무 가지를 이용하여 한자를 써서 의사를 전달한다. 그들은 중국인이 안내해 준 조선족이 살고 있는 집에 도착한다. 그는 전라도 영광에서 이사 온 사람으로 여전히 구수한 전라도 사투리를 쓰고 있다. 동학혁명 때 이곳으로 도망친 사람의 후손이라는 설명을 듣고 같은 민족이라는 끈끈한 뭔가가 있는 듯 하다. 이국땅에서 같은 민족을 만난다는 것도 기쁜 일이지만 일제에 대한 강한 거부감이 있다는 점은 그들은 가깝게 만드는 연결 끈이 되었다. 마치 사막에서 오아시스를 만난 기분이다.

"아따매, 본께 당신네들은 조선 사람이 아닌겨? 오랜만에 조선 사람을 만나요. 어데서들 왔소? 워매 솔찬이 반갑네요."

서로는 그동안 겪었던 이야기를 하며 반갑게 맞이하는 동포가 고맙다.

"고생들 째께 했겠소. 여긴 깊은 산중이라서 함부로 다닐 수 없는 곳이요잉. 가끔 무서운 야생 동물들이 나타나기도 하는 곳이니께 함부로 돌아다니지 마시이소."

만약 일본인과 통하든지 마적대와 가깝다면 두 사람을 그냥 놔주지 않고 신고를 하거나 잡아 주면 상당한 정도의 상금이 받을 수도 있다. 이들은 진심으로 두 사람을 대하는 가운데 같은 핏줄이라는 것만으로도 하나가 되고 친해지는 알 수 없는 민족의식을 느꼈다.

아무리 가까운 사이라도 집에 오래 있는 것을 좋아하는 사람은 없지만 이들은 오갈 데 없는 두 사람을 며칠씩이나 대가없이 숙식을 제공하고 있다. 아무리 생각해도 떠나는 것이 좋을 것 같다는 생각이 든다. 같은 동포이기에 이런 편의를 봐준다는 것이 한편으로는 고맙고 행운이라고 생각하지만 자신만의 길을 찾아 떠나야 한다고 생각한다.

"아따 괜찮소만. 팔두 아픈디, 으디 갈 데라두 있간디오? 집도 없이 떠나믄 어쩐데라우."

총에 맞은 팔은 언덕에서 떨어져 나뭇가지에 찢어진 것이라고 슬그머니 속인다. 그렇게 해서 동포의 도움으로 숙식이 해결되고 상처 부위를 치료한 덕분에 조금씩 낫고 있다. 호의에 대한 고마움과 미안한 마음에서 풀도 뽑고 할 수 있는 일을 도와주고 있지만 뭔가 꺼림직하고 이상하다는 생각이 자주 들곤 한다.

"신세를 많이 졌구먼유. 여러 가지루 도와주셔서 참으로 고맙웠어유. 꼭 찾아뵐게유."

"오메, 이게 무슨 쓰잘데기 없는 소리라요. 아따 오랜만에 보는 우리 동포를 보닌께 고향 생각이 절로 나서 도운 것뿐인디. 뭣 땜시 그런디요."

동질성이라는 것은 어떤 공통분모와 같은 것이며 시간과 공간을 초월할 수 있는 원동력이다. 만석과 용호는 의지할 곳이 없는 그들에게 단지 동포라는 이유만으로 호의를 베푼 마음에 감사를 드린다.

"이 은혜는 평생 잊을 수 없을 것입니다유. 부디 몸 건강하시구 안녕히 계세유."

"그람, 어쩔 수 없구만이라우. 잘 들 가시드라고이. 아따 사람이 으디 꼭 죽으라는 법이 있단가. 지가 알려 준 곳에 가믄 조선에서 올라온 사람들이 많이 있응께 한번 가보드라고이."

며칠간 먹을 수 있는 미숫가루와 찐 감자를 보자기에 넣어 준다. 감자를 들자 따스한 마음처럼 뜨끈뜨끈하다. 고맙다는 말을 몇 번이나 하고 발길을 돌린다. 낯선 땅에서 겪는 모든 일이 신기하고 낯설기만 하여 어디를 가든지 신상에 대한 비밀은 철저히 지키기 위해 입을 무겁게 하고 있다.

처음에 그들은 허룽이라는 작은 도시로 가서 그곳에서 구걸을 하면서 며칠을 보냈다. 조선 사람들도 거의 없고 일본인들이 많이 있어서 불안하기만 했다. 청산리라고 알려져 있는 이곳은 김좌진 장군이 이끄는 복로군이 일본군을 맞아 크게 이겼던 곳으로 당시 일본군들은 이 근처에 살고 있던 조선인 마을을 습격하여 사람이라고 생긴 모든 사람들을 몰살시킨 일이 있은 후로 조선인들은 이곳이 무섭고 두려워 대개는 다른 곳으로 이사를 갔거나 숨어 살고 있다. 군인들도 많이 주둔하고 있는 곳이라서 마음이 더욱 불안하고 답답하여 이곳을 떠나 새로 만들어진 도시로 가보라는 권고를 받고 여기서 그리 멀지 않은 곳으로 가기로 결정한다. 이들이 가고자 하는 곳은 룽징이라는 새로 생긴 도시로서 용정이라고도 하는 곳으로 조선족들이 모여들어 생긴 곳이다.

허허벌판이던 이곳에 작은 마을이 생기고 많은 사람들이 모이면서 마을이 점점 커지게 되어 지금은 도시다운 도시로 성장한 곳이다. 맑고 좋은 샘물을 길어 먹던 유명한 우물이 있고, 도시가 되면서 오고 가는 사람들의 발걸음이 많아졌고 조선족들이 반 이상을 차지할 정도로 조선과 같은 분위기가 느껴진다. 꼬박 하루를 걸어서 허룽에 도착하여 여기저기를 두리번거리다가 한글로 된 간판이 보여 그곳에 들어가 무조건 인사를 하고 이곳 사정을 대충 묻는다. 조선 사람이 운영하는 식당에는 국수와 수제비를 팔고 있었고 여기서 장사를 시작한 지가 불과 넉 달밖에 되지 않는다고 말한다.

"말 좀 묻겠는데유. 혹시 일할 수 있는 곳이 없을까 해서 이렇게 찾아왔구먼유."

중국말을 쓰지 않는 것이 이상하다고 생각한 조선인이 묻는다.

"당신들은 진짜 조선에서 왔단 말이요?"

"그럼유. 무슨 일이라두 좋으니까 머슴살이를 할 수 있는 곳이 있으면 알려 주세유."

"당장은 없지만 한번 알아나 보지요. 지난번 중국 손님이 와서 자기 집에서 머슴살이를 할 수 있는 일꾼을 소개 좀 해달라고 하긴 했지만."

상인이 말을 흐리자 갑자기 만석의 눈이 빛나기 시작한다. 그 대답은 의지할 곳이 없는 이들에게는 시원한 한줄기 빛과 같다.

"도와주세유. 그분이 살고 계신 데가 아주 먼 곳에 있는가유? 무슨 일을 하는 분인데유?"

조선인 식당 주인은 잠깐 기다리라고 하며 안으로 들어간다. 지난번 왕 서방이라는 중국인이 이곳에 볼일을 보러 왔다가 만두를 먹으면서 머슴을 구한다는 말을 하고 종이쪽지에 연락처를 써놓고 간 적이 있다.

식당 주인은 종이쪽지를 찾자 이들에게 보여주며 자세하게 길을 안내해 준다. 이들의 모습이 초췌하고 메마르다는 측은한 생각이 들었던지 국수 한 그릇을 갖다 준다. 오랜만에 시골 장터나 결혼식에서나 먹어 볼 수 있는 국수를 먹는다.

하루를 걸어 엔지라는 곳에 도착하여 그곳에서 갑부로 이름난 왕 서방을 찾아 나선다. 이름이 널리 알려진 탓인지 쉽게 찾아 한 시간을 걸어서 엔지에 있는 왕 서방 집에 도착한다. 넓은 논과 밭 사이에 커다란 집이 있다. 가까운 마을에서 좀 떨어진 곳에 있고 집에 도착하여 파란색 철 대문을 지나자 돼지를 키우는 거름 냄새가 코를 진동한다. 집은 네 채나 되는 큰집인데 손으로 대문을 두드리자 안에서 일꾼이 나온다. 용무를 묻자 식당 주인이 가라고 해서 왔다는 말을 한다. 조선 사람이 일군으로 있어서 쉽게 의사가 전달될 수 있다.

커다란 집을 보면 분명 부자가 사는 집일 것이라는 생각을 하며 안으로 들어가자 입에 담뱃대를 물고 있는 왕 서방이 마루에 앉아 있다. 고개를 숙여 인사를 하자 왕 서방은 옆눈질로 만석과 용호를 물끄러미 바라본다. 담뱃대를 입에서 내려놓더니 마루에서 내려와 뒷짐을 진 채 서 있던 두 사람 주위를 한 바퀴 돌면서 여기저기를 살펴보고 있다.

아마도 농사를 짓는데 적합한 체격인지를 살펴보기 위한 나름대로의 생각이 있는 듯하다. 농촌에서 일한 경험이 있어서 별다른 걱정은 되지 않는다. 통역을 맡는 조선 사람이 왕 서방의 표정까지 비슷하게 흉내를 내며 말한다.

"당신들은 조선 사람같구만. 누구 소개로 여기까지 오시게 되었소?"
"용정에 계시는 길손 식당 주인께서 이 쪽지를 주셨구먼유."
"우리 집에서 일할 생각이 있소? 고향은 어디요?"
"충청도 음성이구먼유."
"혹시 시골에서 농사를 지어 본 적이 있소?"
"예."

거칠고 딱딱한 손을 보여주며 대답을 하자 왕 서방은 그의 손을 바라본다. 왕 서방은 마루로 올라오라고 한 뒤에 조건을 제시하며 말한다. 계산이 바르고 빈틈이 없는 중국인 특유의 모습은 이곳에서도 마찬가지이다.

"일꾼이 필요한데 잘 왔소. 처음에는 힘이 들겠지만 당신들이 떠날 때는 내가 넉넉하게 품삯을 쳐서 줄 테니까 일이나 열심히 하구려. 품삯은 한 달에 여기서 자고 먹고 쌀 반말이오."

"주인장 으르신! 참으로 고맙구먼유."

"여기서 묵고 일이나 열심히 해서 조선으로 돌아갈 때 목돈을 챙겨 가면 더 좋을 거요. 말썽 같은 골치 아픈 일은 절대로 해서는 아니 되오."

"주인장님 말씀에 복종하면서 열심히 할 거구먼유."

"무슨 일로 이렇게 먼 곳까지 오게 되었소? 혹시 독립군으로 활동하시는 분들인가요? 아니면 배나 부르게 먹고 살려고 여기까지 오셨나요?"

그들은 친척을 찾아 광산에서 일하려고 왔다고 거짓말로 적당히 얼버무리고 만다. 이들은 이 날부터 왕 서방 집에서 농사일을 도우며 탈출을 위한 준비를 시작한다. 밀렸던 일들이 많은지 창고를 치우고 허드렛일을 하며 하루를 보낸다. 고향으로 돌아 갈 노자 돈을 일 년 후에 주겠다는 왕 서방의 배려가 너무도 고맙게 느껴진다. 중국이라는 곳에서 새로운 경험과 기술을 배우고 싶다. 배부르게 따져 볼 여유도 없고 힘든 일이라도 잘 참고 열심히 하겠다는 다짐을 한다.

"성님!, 같이 일하게 되어서 참으로 좋구먼유."

"맞구먼. 열심히 일해서 은혜에 보답을 해야지."

"알았구먼유. 언제까지 있을 예정이유?"

"나갈 때 품삯까지 쳐준다구 했으니께 을마나 다행이여. 눈 딱 감구 일 년만 기다리자구."

"고향에 갈 수 있다면야 그보다 좋은 일이 어디 있겠슈."

"자넨 농사일을 많이 해봤지만 이거 원 경험이 있어야. 힘들구먼. 이럴 줄 알았더라면 좀 배우고 올걸."

"농사일이야 그렇게 어려운 일이 아니구먼유. 옆에서 하는 대로 허시면 될 거구먼유."

"이곳 일꾼들이 텃새를 부릴지도 모르니까 조심허자구, 딱 일 년만 죽어 살아구."

"알았슈. 고향에 계신 부모님께서는 잘 지내구 계신지 궁금하네유."

"이런 곳에 처박혀 있으니까 세상이 어떻게 돌아가는지조차 알 수 없구먼."

고향에 있는 부모님과 보고 싶은 영순이의 얼굴이 떠오른다. 밤마다 꿈을 꿔야만 볼 수 있는 희미한 고향의 정취와 친구들까지 잘 살고 있는지 궁금하다. 다음 날부터 그들을 돌봐 주고 숨겨 준 왕 서방을 위하여 열심히 일하기 시작한다. 아침에 일어나면 마당을 쓸고 소여물과 돼지 밥을 먹이는 일로 하루가 시작된다. 이렇게 넓고 큰 평야는 생전 처음으로 보면서 과연 만주 평야라는 것을 보며 감탄을 한다.

왕 서방은 이곳에서 부자로 소문이 난 자로서 마음씨가 좋지만 노름과 주색잡기를 좋아한다. 그는 전에 산시성 다퉁에서 이곳으로 이사하여 열심히 일한 덕택에 이런 부자가 되었다. 다퉁에서 석탄을 캐 판 돈으로 식당과 논을 사서 많은 돈을 벌어 지금은 논밭이 삼천 마지기가 넘었고 돼지 오백 마리와 소 백 마리를 키우고 있는 갑부다. 부농이지만 워낙 일본인들의 수탈이 심하고 이곳에 일본군이 진주한 뒤로부터는 왕 서방도 많은 변화가 생기고 있다. 그 나름대로 슬기롭게 처신을 잘하여 큰 피해 없이 잘 지내고 있는 중이다. 토질이 좋고 기름진 곳이지만 날씨가 춥고 비가 적게 오기 때문에 주로 콩을 심다가 작년부터는 논농사에도 신경을 쓰고 있다. 놀기 좋아하면서 할 일은 꼭 하는 그가 부럽기만 하다.

처음으로 보는 채표

    내일이 있기에 지금 산다는 것은 희망을 일구는 것과 같고 미래는 밝아질 수 있다. 오늘이 모여서 내일이 되고 내일은 소망이라는 보이지 않는 에너지가 있다. 그러기에 소망은 힘든 목표까지 도달하는 힘을 주는 등불이다.
    좀 더 라는 목표는 모든 이들에게 자신이 처한 위치를 박차고 나갈 수 있는 원동력이고 더 좋은 것을 추구하는 엄청난 힘이 될 수도 있다. 모든 사람들이 현재 갖고 있는 희망을 나타낼 수 있는 좋은 여건도 아니었으며 주권을 잃은 민족에게 그 누구도 내일을 보장해 주고 희망을 언제까지나 유지시켜 줄 수 없다.
    만석과 용호는 내일이라는 에너지로 충만해 있어서 현재 주어진 일에 만족하며 내일을 바라보며 열심히 일하고 있다. 눈물로 보낸 지난 몇 달이 그들에겐 새로운 삶을 위한 전주곡으로 내일을 위한 몸부림이다. 어려움을 이길 수 있는 의지와 나름대로의 집념을 갖고 있어서 비록 머슴살이이지만 농사를 짓는 일에만 몰두를 하면서 하루하루를 보람차게 보내고 있다.
    오늘도 논과 밭에서 주어진 일을 위해 지게를 지고 밖에서 거름 만드는 일을 하기 위해 낫과 점심을 준비해 가까운 들판으로 나간다. 풀을 베어서 한쪽에 쌓아두면 그것은 썩고 부패되어 좋은 거름으로 변한다. 비료가 없던 시대에 오직 거름은 똥과 오줌, 그리고 퇴비뿐으로 토질이 나빠지는 것을 막기 위해 돼지와 소를 키워서 농사에 밑거름으로 사용한다.
    "성님, 지내기 괜찮지유. 벌써 한 달이 지났구먼유."
    "세월은 참으로 빨리도 가네 그려."
    "논을 보니께 벌써 벼들이 많이 자랐네유. 올해는 농사가 잘 될 것 같네유."
    "지금 고향에선 논매기하느라 일손이 모자랄 텐디. 우린 이곳에 이렇게 남의 일이나 해주고 오도 가도 못하는 신세라니." 하며 남쪽을 멍하니 바라보며 긴 한숨을 쉰다.

"왜 그런데유. 이제 불과 한 달밖에 지나지 않았는데 벌써 향수병이라니유."

"이 사람아! 고향을 떠난 지가 얼만가? 사실 오늘이 아버님 환갑날이네. 자식으로서 아무런 할 일도 못 하구 할 수두 없는 이 지경이니 내가 어찌 기분이 편허겠는가?"

"그렇구먼유. 성님 속 많이 상허시겠슈. 중요헌 회갑 잔치를 해드리두 못 허시니 원."

고향으로 돌아갈 수 있다는 희망을 갖고 온갖 어려움을 참으며 일하고 있다. 만석은 하루 종일 일이 손에 잡히지도 않고 만사가 괴롭고 귀찮다. 지금까지 장남 노릇 하나 제대로 못해 보고 살아온 그에게 타국에서 그저 생신걱정만 하고 있으니 참으로 안타까운 마음뿐이다. 중학교를 다니는 도중에 말썽을 피우고 싸움질 때문에 그만 학교를 중도에서 포기하고 깡패들과 어울려 음성 장터를 설치고 다니다가 지금은 보국대에 끌려와 소식하나 전하지 못하고 있는 처지이니 한심하다는 자책감을 느끼고 있다. 죄책감도 들지만 너무 답답하고 허무하다는 생각을 떨칠 수 없고 답답하고 미칠 것만 같다.

풀을 베면서 생각은 온통 고향집을 생각하고 있다. 누구나 어떤 일이든지 집중하지 않으면 반드시 실수가 있기 마련이다. 풀을 베다가 낫에 손이 베 피가 흐르자 풀 짐을 끈으로 동여매고 지게가 있는 곳으로 걸어가다가 또 돌에 받혀 넘어지는 바람에 풀지게가 거꾸로 쏟아지고 만다. 불행은 연속해서 다가온다는 말이 실감이 나는 하루이다.

작두에 앉아 손으로 풀을 잡고 작두가 올려질 때마다 일정한 길이로 풀을 작두 속으로 넣으면 발을 딛고 있는 사람이 발을 내리면서 풀이 잘라진다. 두 사람이 호흡을 잘 맞추지 못하면 곧 바로 손가락이 잘려나가는 대형 사고로 이어질 수 있어서 모두가 조심하는 일이 작두를 쓰는 일이다.

갑자기 악! 하는 소리와 함께 만석은 뒤로 벌렁 넘어지고 만다.

"어이구 내 손이야."

하며 땅바닥에 구르며 어쩔 줄을 모른다. 풀 속에서 튀는 것이 보이자 얼른 주워서 잘려나간 손가락 위에 올려놓는다. 잘려 나간 손가락은 잠시 동안 펄떡펄떡 튀는 것을 볼 수 있다. 생명체가 갖고 있는 신비스런 모습이다.

이때 바로 잘려나간 손가락을 들고 병원으로 달려간다. 손이 작두 안으로 들어갔다 나오는 순간 풀이 베어지게 되지만 그때 다리를 올리는 사람과 넣는 사람의 호흡이 맞지 않거나 부주의하면 사고가 난다. 가끔 보면 두 번째 손가락이 없는 사람이 있는데 이는 작두로 잘린 때문이다.

왠지 손가락이 아프고 쓰렸지만 울 수도 없고 참자니 서럽고 억울하다는 생각이 들면서 왜, 그때 부주의했는지가 매우 안타까웠고 후회스럽다. 물론 아버지 회갑에 대한 깊은 생각과 안타까움을 생각하다가 생긴 사고였기 때문에 더욱 비참하고 자신이 밉기까지 했다.

"이거 원, 말이 그렇지. 을마나 아프고 안쓰러울까. 객지에 와서 손가락까지 잘렸으니."
가재는 게 편이라는 말처럼 지켜보던 여러 사람들이 보내 주는 동정의 눈길도 고맙다.
"다음부턴 말이지. 작두질을 잘하는 사람한테 시켜야 되겠구먼. 말이 작두질이지 잘하는 사람두 괜히 겁이 나고 아찔한 게 작두가 아닌가?"

다행히 잘려 나간 손가락은 봉합 수술을 받은 뒤로 잘 붙고 있다. 통통 부었던 손가락 옆에서 새살이 돋아나지만 비가 오거나 흐린 날에는 아픈 손이 가렵고 쑤시는 경우도 있다.

여전히 왕 서방은 팔자를 잘 타고났는지 오늘도 채표를 하고 있다. 혼자 뭐라고 하면서 이상한 종이를 펴 들고 유심히 살펴보지만 도무지 알 수 없는 말들만 들리니 채표가 무엇인지 궁금한 마음뿐이다.

"이게 뭔지 아나? 이건 말이야. 채표라는 것인데 꿈을 팔고 사서 돈을 버는 거야."
이런 말을 듣고 어떻게 꿈으로 돈을 따고 잃는지 이상한 노름이라는 생각뿐이다.
'대체 채표가 무엇인지는 모르지만 하루 종일 이상하게 쓴 한문으로 된 창호지를 바라보며 중얼거리는가 하면 다른 일은 하지 않고 물주 노릇을 하면서 재미있게 보내는 것이 그저 이상하구만. 저 놈에 채표가 뭐고 어떻게 노는 걸까.'
밖으로 나가면 술을 마시거나 여자들과 즐기는 일로 세월을 보내는 왕 서방이다.
'어떻게 저것을 갖구 가지? 잘 알아서 고향으로 돌아가서 한번 해보면 으떨까?'
궁금증을 풀기 위해 별의별 생각을 하다가 채표를 배워야겠다는 결심을 한다. 산시성 다퉁에서 이곳으로 이사할 때 가지고 온 채표로서 집에서 통표라는 것을 펴놓고 주위 사람들에게 자랑을 하곤 한다, 알 수도 없고 처음 보는 꿈에 대한 해몽과 한문을 쓰기도 하고 돈을 벌었던 경험을 침이 마르도록 자랑한다.

"이것 봐, 이것은 말이야. 만리장성을 쌓을 때 했던 놀이야."

"주인님유. 저는 이런 채표는 처음으로 들어보는구먼유."

"그야 이런 채표는 조선에는 없을 거야. 채표는 꿈을 가지고 서로 팔고 사는 놀이지. 돈도 벌고 즐기기도 하는 놀이야."

매일 꾸는 꿈을 통표라는 곳에 맞춰서 복지에 써넣고 돈을 거는 놀이다. 물주는 전주와 같은 말로서 채표에서 가장 상위에 있는 우두머리로서 자신이 갖고 있는 돈을 자본금으로 하여 내기를 하는 사람을 말한다. 또한 각 마을을 담당하며 꿈을 쓴 복지와 돈을 걷어서 물주에게 전달해 주며 구전을 얻어먹는 심부름꾼과 같은 자를 통수라고 하며 일종의 은행과 같은 역할을 한다. 하루에 아침과 저녁으로 두 번씩 복지를 걷어서 타점장에 갖다 주거나 당첨된 사람에게 당첨금과 소식을 전달해 주는 일도 담당한다.

복지란 전날 밤에 꾼 꿈을 가지고 통표라는 해몽 문구에 맞춰서 각자가 일정한 법칙에 따라 맞춰서 어디에 얼마를 걸 경우에 쓰는 창호지를 말하며 통수에게 돈과 함께 건네 준다. 입산자는 물주가 쓴 꿈 이름과 같은 꿈 이름을 써낸 사람으로서 이는 당첨자와 같은 말이다.

타점사는 통수들이 걷어온 복지를 계산사가 기록하고 돈을 정리하여 놓은 것을 물주와 통수, 다른 사람들이 보는 앞에서 공개적으로 읽어 가면서 흥을 돋우는 자를 말한다. 계산사는 복지를 정리하고 돈을 관리하는 일종의 경리를 맡은 자를 가리킨다.

애기패란 입산자 중에서 적은 금액이 당첨된 자를 말한다.

대산자는 입산자 중에서 거금을 걸어서 물주가 갖고 있는 돈을 거의 다 차지할 정도로 거금이 당첨된 경우를 말한다.

걷어 온 복지를 가지고 타점장에서 물주가 써낸 것과 같은 복지가 있으면 그 사람에게 물주는 서른 배나 되는 돈을 태워 주는 내기 놀이로서 당시 시대적인 여건으로 인하여 관심이 대단했다. 당첨된 입산자들은 물주로부터 삼십 배나 되는 돈을 받는다는 투기성 소문으로 인하여 많은 사람들이 일확천금을 노리기 위해 많은 관심이 있다. 이런 말을 들을 때마다 집안에 있는 사람들은 호기심을 느끼지 않을 수 없다.

  당시 일제는 만주와 중국 땅 일부를 점령하고 있었던 시기여서 이러한 사행 놀이 같이 사람들이 모이거나 돈을 벌 목적으로 행하는 모든 것은 일본 제국주의에 어긋나기 때문에 절대 금지하고 있다. 어느 곳에서나 법과 규범 중에는 예외라는 한 구역이 있을 수밖에 없다.

  그러한 분류에 속하는 사람들이 역사에 긍정적으로 작용하게 되면 영웅이 되고, 부정적으로 나타나게 되면 반역이나 반사회적인 죄인으로 취급당하기 마련이다. 채표를 소일 삼아 가끔 여기저기에서 재미 삼아 하는 사람들이 있지만 공개적으로 남들 앞에서 하는 경우는 별로 없다.

  어떤 재미있는 일을 할 때는 그것이 다른 사람들로부터 비난을 받고 손가락질을 당한다 할지라도 남 몰래 할 때에 느끼는 재미는 더욱 흥을 돋게 한다. 숨어 다니며 자신들만이 이런 놀이를 한다는 일종의 우월감이 작용하고 있다. 채표는 원래 중국을 최초로 천하 통일했던 진시 황제 시대에 생겨난 것으로 당시 북방 민족들의 끊임없는 침입을 막기 위해 만들었던 만리장성을 쌓을 때 정치적인 목적으로 생긴 것이다.

  성 쌓는 데 국가 재정은 빈약하고 일꾼들에게 노임은 줄 수 있는 여건이 못 되자 만들어 낸 스트레스 해소용 놀이 문화로서 일정한 노임밖에 없다는 사실을 숨기고 적은 돈을 이리 저리로 유통시키고 돌려 많은 사람들이 여기에 완전히 빠지도록 하여 적자재정을 오히려 일하는 사람들에겐 풍족하기만 하다는 것을 강조하기 위해서 궁여지책으로 나온 유산물이다. 엄청난 국가 재정이 소요되는 만리장성을 단기간 안에 축성을 해야만 황제의 권위가 높아지고 아울러 최초로 전국 통일이라는 업적을 길이 빛낼 수 있다는 확신에서 시작했던 것이다.

  이러한 역사적인 사건과 업적은 후세 사람들이 불가사의한 업적 중 하나로 간주하지만 당시의 국가의 재정이나 성 축조를 하는 데 필요한 과학적이고 기술적인 능력보다는 정치적인 목적을 달성하려는 시도에서 추진하던 축조는 여유가 없다.

  특히 노임을 준다고 속인 후에 이를 보완하는 방법으로서 채표를 이용하여 사람들에게 국가에서 많은 돈을 갖고 있다는 점과 반드시 노임을 주겠다는 것을 강조하기 위해 정치적인 목적으로 만들어진 국채이며 복권이다.

　성을 쌓기 위해 전국에서 가정과 고향을 등지고 몰려든 사람들이 느끼는 불만과 불평을 해소시킬 필요가 있어서 의도적으로 채표 놀이를 권장하여 돈을 벌고 쓰는 데 관심을 집중시켜 성을 쌓고 고향에 대한 향수병, 국가에 대한 불만을 적당히 한곳으로 관심을 집중시켜 해소시킬 목적도 있고 한편으로는 이미 지급된 노임을 합법적으로 국가에서 만들어 놓은 허수아비 물주를 통해 다시 회수하는 위선과 가식을 법의 허용을 동원한 교묘한 전략으로 만들어진 놀이였다.

　성을 축성하는 인부들은 채표에 일확천금을 노리고 달려들거나 처음에는 미끼로 여러 명을 대산질을 시켜 돈을 벌 수 있다는 헛소문을 내서 사람들을 끌어 모은 것이다. 많은 사람이 몰려들면 투기와 도박으로 변모하고 이를 이용하여 일정한 세금을 받고 다시 그 세금을 임금으로 나눠 주면 적은 돈으로 엄청난 재정이 있는 것처럼 가장시켜 노임을 받고 일하는 것처럼 교묘한 속임수가 바로 채표였다.

　이는 자신이 꾼 꿈이나 남이 꿨던 꿈을 돈을 주고 사서 복지에 써넣어 돈을 벌거나 잃기도 하는 가운데 그저 누구나 할 수 있는 단순한 꿈을 이용하는 놀이 이름이다. 한쪽에서는 인간의 욕망을 위해 사람들을 정치적으로 이용했고 다른 쪽에서는 돈이라는 것을 꿈과 연관시켜 이용하는 교묘한 술수가 통했던 것이다.

　어느 시대나 도박과 투기는 있기 마련이고 사회가 존재하는 한 불로소득에 대한 열망은 누구나 항상 잠재된 욕구를 적당히 합법적으로 이용하는 제도가 소위 미국의 라스베가스나 우리나라의 정선에 있는 카지노가 이에 속한다. 물론 국가는 세금을 받아 재정을 늘이고 사회적인 불만과 욕구를 해소시키는 수단도 된다.

　왕 서방은 자신의 부를 과시하고 싶은 욕망에서 물주 노릇을 하여 거금을 벌어서 쓰는 가운데 주변 사람들에게 좋은 이미지를 주려고 애를 쓰고 있다. 부모로부터 물려받은 유산 덕택에 넉넉한 재산을 가지고 있어서 얼마든지 물주 역할을 할 수도 있고 다음번 기관장에 출마를 하고 싶은 마음도 깔려 있다. 자신이 돈을 잃었거나 다른 사람이 많은 돈을 땄다는 소문을 들어도 아무런 내색을 하지 않는 것은 남다른 목적이 있기 때문이다. 그런 목적으로 이방인인 만석과 용호를 고용시켜 자신이 마치 자선 사업을 하는 것처럼 주변 사람들에게 선전을 하지만 원래 마음씨가 착하고 남을 잘 돕는 사람이다.

마을에서 인심도 좋게 나 있었지만 요즘은 채표로 인하여 많이 달라졌다. 돈만 있으면 귀신도 부릴 수 있다는 말처럼 사람의 마음을 이상하게 만들고 돈이 최고라는 마음을 갖게 되면서 이웃과의 관계보다는 오로지 돈에 집착하는 분위기다.

"오늘 채표하러 금장산에 갈 테니까, 혹시 누가 나를 찾거든 저녁때 온다고 말하게. 아마 좀 늦을 거구먼."

라는 말을 남기고 떠났던 그였다. 돌아오는 시간이면 으레 술에 취해 흥에 겨워 노래를 부르며 먹을 것을 사 갖고 오기도 한다. 채표에서 돈을 잃어도 항상 여유가 있고 내색을 하지 않는 늠름한 모습으로 인하여 주변 사람들이 오히려 그를 존경할 정도다.

"성님, 채표를 잘 아세유? 얼마나 좋으면 주인장께서는 매일 밖으로 나가시는지."

"채표라는 말은 이곳에 와서 처음으로 들어보는구먼."

"주인장께서는 가끔 방에서 통표를 펴 놓구 뭔가를 혼자 하시는 것을 봤는디유."

"내두 아무것두 모르는구먼."

"통수라는 사람들이 열댓 명씩 찾아와서 왕 주인님과 상의하고 지시를 받는 모습을 보면 제일 높은 자리에 계신가 봐."

"그러니까 집안에 사람들이 항상 북적대는 게 아니겠어."

"혹시, 자네두 채표라는 것을 보았는가?"

채표에 대해 별로 관심이 없다는 말투로 대답한다.

"여기 왔을 때만 해두유. 마을 사람들이 어찌나 채표를 심하게 했던지. 아침과 저녁으로 마을에 연기가 나지 않을 정도로 깊이 빠져 있었슈."

"마을 사람 몇 명씩 모여서 수군대는 모습이 많이 눈에 띄었지라우. 근디 지금은 일본 놈들이 하두 단속을 심허게 하는 바람에 숨어서 허지라우."

"어째서 많이 허면 좋은 것인디, 왜 막는디아?"

"그거야, 일은 허질 않구 공짜루 돈 버는 일에만 신경 쓰니께 그런 거제. 집안이 망하구 나빠지는 사람들이 많게 되었제. 그걸 보구 누가 그냥 놔두겠는가? 당연히 막지. 안 그런가?"

"처음에는 모른 척하다가 그냥 놔두면 큰일이 생길 것 같으니께 막었을 거구먼."
 궁금한 것을 다 알았다는 듯이 고개를 끄덕인다. 일종의 호기심도 있고 돈을 공짜로 벌겠다는 욕심이 합쳐진 채표판에 사람들이 여기저기에서 많이들 몰려들고 있다. 주인이 매일 빠질 정도로 재미있는 놀이라면 꼭 하고 싶다. 가진 것은 없고 마음뿐이지만 매일 아랫사람한테 자랑이나 하고 통표를 보여주면서 엊저녁에 무슨 꿈을 꾸었는지를 물어서 복지에 어떤 말을 써내면 돈을 얼마나 벌겠다는 식으로 호기심을 자극시키니 끼가 있는 만석으로서는 엉덩이가 근질근질 할 수밖에.
 물주를 어떻게 해서 얼마를 벌었다는 자랑까지 곁들이는 허풍 같은 이야기를 듣고 있다. 왕 서방의 마누라는 산시성에 있을 때부터 계속된 채표에 대해 별로 좋게 생각하지 않는다. 자주 그만 두기를 간청했으나 여자 말을 듣는 척하다가 다시 시작하곤 한다. 항구인 여자와 배인 남자가 벌이는 게임은 항상 무승부로서 배는 항구를 이리저리 다니면서 자신이 원하는 것을 내려놓거나 싣고 가기도 한다. 때로는 머나먼 바다에서 몇 달을 보내다가 다시 기다리는 항구에 오면 항구는 아무런 말없이 그냥 받아주고 재충전을 받는다.
 바로 왕 서방은 요즘 보약을 먹고 집을 나가 다른 여자한테 기운을 쓰고 들락거리는 배처럼 술이라는 바다를 끼고 이 항구 저 항구를 정박하면서 씨를 뿌리고 있다. 하지만 가정은 소중하게 여겼고 절대로 집에선 이를 내색하거나 눈치를 채지 못하게 했다. 그 마누라는 채표에 대한 부정적인 생각을 갖고 있기 때문에 머슴들이 채표에 대한 얘기를 하는 것이 발견되면 엄하게 혼쭐을 내곤 했다.
 그때마다 "너희들은 딴 맘일랑 먹지 말고 열심히 일해서 고향에서 논이나 살 돈을 갖고 가야지. 웬 놈의 채표 얘기만 하는 거야" 하는 심한 말을 해서 억지로 발을 들여 놓지 못하게 했다. 진심이 담겨진 말이지만 호기심을 결코 꺾을 수 없고 왕 서방 마누라는 이곳에 오기 전부터 채표에 매달려 많은 재산을 잃었던 것을 생생하게 기억하고 있다.
 만리장성이 가까운 그곳에는 지금도 채표를 하고 있을 정도로 중국 사람들은 돈을 모으는 일에 대한 집착이 매우 강하다. 죽을 때도 돈에 대한 애착이 강하여 모조 지폐를 같이 태우면서 죽은 자의 복을 빌기도 한다.

정월 대보름날에는 돈 모양을 한 종이를 태우면서 소원 성취를 빌기도 하며 이런 풍습이 중국인들이 세계 각지에서 갖은 어려움을 이기고 악착같이 돈을 벌게끔 해주는 원동력이다. 그래서 그런지 돈을 벌게 해 주는 채표에 매달리는 사람들이 많이 있다.

후텁지근한 날씨가 계속되다가 하늘이 어두워지기 시작하고 흙바람이 불더니 비가 내린다. 밖에서 일하던 일꾼들이 원두막 안으로 급히 들어가고 흙냄새를 풍기며 굵은 소낙비가 계속 내리고 있다.

"아니, 일도 못 허게 비가 이렇게 많이 내린담. 오늘 파도 심구 지붕두 고쳐야 허는디."

"그간 내리지 않았던 비가 한꺼번에 쏟아지는구먼."

"암만 생각해두 다들 집으로 들어가야 겠슈."

"하늘을 보니까 장마가 시작된 모양이네유."

"하루 종일 내릴 것 같구먼. 그냥 돌아갑시다유."

"주인장께서도 별로 뭐라고 하진 않을 거여. 그 양반이야, 지금쯤 어디서 거시기랑 재미있게 보내는지 알어? 혹시 채표를 하다가 비를 만나서 못 오는지도 모르제."

평소 채표에 대해 부정적으로 생각했던 중국인 일꾼이 소리를 높여 말한다.

주변을 정리하고 짐을 챙긴다. 벌써 땅은 질퍽거리고 비는 그칠 줄 모르고 계속 내리고 있다. 지게 위에는 가득 실린 짐들이 있고 모두가 비에 젖은 생쥐처럼 보이고 빗방울이 뚝뚝 떨어지는 옷을 보며 웃고 있다.

집에 도착하여 옷을 갈아입고 마루에 걸터앉자 비 때문인지 선선한 날씨이다. 만석은 안방에 볼일이 있어 들어가 보니 방 한쪽 구석에 왕 서방이 놓고 간 채표가 보인다. 그렇게 말로만 듣던 채표를 보자 가슴이 두근거린다. 왕 서방이 그토록 자랑하던 채표를 보며 한문으로 씌어진 내용이 생전 처음으로 보는 이상한 용어라는 점에 깜짝 놀라고 만다. 사람의 모습을 그려 놓고 그 안에 36개라는 꿈을 해몽하는 용어를 자세하게 적어 놓았다는 이야기를 들었지만 도무지 그 내용을 알 수가 없다. 특히 채표를 보관하는 곳을 관심 있게 보고 방을 나온다.

궁금증을 풀기 위해 방안으로 들어갔지만 오히려 궁금증이 더욱 많아지는 꼴이 되고 말았으니 과연 그 채표는 어떤 것이고 어떻게 놀이가 진행되는지 모든 것이 궁금할 뿐이다. 그 후로 눈만 감으면 채표의 모습이 눈에 선하게 나타날 때마다 채표를 하고 싶은 욕구가 더욱 심해지고 있으니 언젠가는 주인을 따라가 채표를 하고야 말겠다는 다짐을 해본다.

열흘 후에 옆 마을에서 채표를 연다는 얘기를 들은 만석은 아는 사람을 통해 도전해 보기로 결심하고 옆집에 있는 주 서방이라는 중국인을 찾아가 궁금한 것을 묻는다. 중요한 것은 어떤 꿈을 꾸고 어떻게 해몽을 잘 하느냐에 달려 있다는 말을 들었다. 좋은 꿈을 꾸기 위해 그것과 유사한 것만을 생각하기로 한다.

이 사실을 용호에게 알렸지만 단호하게 거절을 당한다. 한번 도박에 빠져들면 신세를 망치고 집안 망신이 된다는 것을 잘 알고 있던 그는 고향에서 겪었던 지난 일에 대한 일을 지금도 잊지 않고 있는 듯하다.

용호에게는 이런 곳에서 도박을 한다는 사실이 용납되지 않는다. 하지만 만석은 채표를 잘 배워서 고향으로 돌아가면 한번 써먹고 싶은 충동이 생긴다. 성격이 다른 두 사람은 채표에 대한 접근 방식도 다르게 나타난다. 만석은 먼저 도전부터 해 놓고 결과를 생각하지만 용호는 신중하게 결과를 생각을 한 뒤에 시도하는 성격이다.

옆 마을에 사는 통수를 찾아가 자세한 내용을 듣고 싶다. 통수란 사람들을 모으고 심부름을 해주는 바람잡이로서 전날 꾼 꿈을 복지라는 종이에 적으면 복지를 모아서 타점장에 가지고 가는 심부름꾼이다. 통수는 마을마다 한 명씩 두고 잔무를 맡아 물주에게 복지나 정보를 알려주는 대가로 구전을 1할 먹고 당첨된 사람에게서 고맙다는 표시로 1할을 받아먹는 중개인이다. 2할을 구전으로 받아먹는 탓에 통수가 망하는 일은 절대로 없다는 말이 있다. 통수는 자신이 스스로 복지를 써서 당첨되는 경우도 있는데 이것을 자통이라고 한다.

입산자들이 주는 심부름 값인 1할과 물주가 주는 수고비 1할을 합치면 수입이 짭짤하다. 통수들은 물주가 보따리를 펴기 전에 물주의 눈치나 말 한마디, 일거수일투족을 눈여겨보다가 어떤 낌새를 알아차리면 그 즉석에서 꿈에 해당하는 36패에서 한패를 골라 복지에 써넣는 것도 있으니 이를 불림복(자통)이라고 하며 가끔 통수가 장난치는 경우도 있다.

통수가 장난치는 것을 일본말로 야마시라고 하는데 바꿔치기나 복지를 몇 장을 갖고 있다가 몰래 써넣는 경우가 있다. 바로 이웃 마을에서 몇 년째 채표 통수를 하고 있는 주 서방은 상당한 돈을 마련하여 논과 소도 샀다. 통수들 대부분은 채표가 끝나면 술과 계집질만 하면서 쉽게 번 돈이라 쉽게 날려 버리는 경우가 보통이다. 돈은 어렵게 벌어들였을 때는 쉽게 쓰지 않으나 별다른 노력 없이 쉽게 불로 소득의 경우는 그 돈을 쉽게 쓰게 된다.

만석이를 비롯한 일꾼들 모두에게 왕 서방은 옷을 사 입으라고 각각 1원씩을 준 적이 있고 만석은 이웃집 심부름을 가끔 해 주고 모은 돈이 2원이 있다. 이 돈을 갖고 모레 있을 채표에 참가하고 싶은 마음을 갖고 있다. 어느 정도 중국말도 알고 있어 간단한 의사는 통했던 그는 물어서 루첸이라는 마을에 도착하여 기 서방을 찾아갔다.

"안녕하세유? 이웃 마을에 사는 만석이라는 사람이구먼유. 뭐 좀 물어 보구 싶어서 이렇게 찾아 왔슈."

만석은 정중하게 루첸을 향해 인사를 한다. 비가 오기 때문에 마침 밖에 나가지 않고 있던 루첸은 처음 보는 만석을 유심히 쳐다본다.

"무슨 일 때문에 오셨는가요? 비를 맞지 말고 마루로 올라오시구려."

"예, 고맙습니다유. 왕 서방 주인댁에서 머슴을 살고 있구먼유."

"그래요. 그 양반께서도 안녕하시죠?"

"오늘 아침에 안징 마을로 가신다구 허셨구먼유."

"무슨 일로 이렇게 찾아 오셨소?"

"평소 한 가지 알고 싶은 일이 있어서 이렇게 결례를 무릅쓰고 찾아 왔구먼유."

"무슨 일인가요?"

"다른 것이 아니구유. 채표에 대해서 자세헌 것을 알구 싶어서유."

"채표에 대해서 무엇을 알고 싶나요?"

"참가를 하고 싶구먼유. 전 여기서 처음으루 고걸 알았구먼유."

처음으로 대면하는 그는 진지하고 침착해 보이는 점이 마음에 든다. 인물도 잘생기고 말씨까지 유창한 것을 보면 과거를 안 봐도 짐작이 갈 정도로 잡기에 능한 사람이라는 직감이 든다. 루첸은 여기까지 찾아온 손님을 그냥 돌려보낼 수가 없다는 생각이 들었는지 궁금증을 풀어주기로 결심하고 만석에게 채표에 대한 것을 설명해준다.

"잘 오셨소. 알고 있는 것을 알려줄 테니까, 조선에 가시면 멋지게 한 번 만들어 보시구려."

"참말루 고맙구먼유."

"요즘은 놈들의 단속이 심해서 마음 놓고 할 수가 없어요. 그것도 숨어서 하고 있지요."

일제는 사람들이 많이 모이는 점도 달갑게 생각하지 않으며 거기다 일도 하지 않고 돈만 생각하는 채표를 탐탁하게 여기지 않은 탓에 심한 단속을 하고 있으며 잡히면 감옥으로 보내어진다.

"열심히 배워서 제가 조선으로 돌아가게 되면 한 번 멋지게 퍼트려 볼 생각이구먼유. 그렇게 되면 돈도 벌고 사람들하고 어울리기도 하면 얼마나 좋겠어유."

"아니, 조선에는 이렇게 재미있는 채표 놀이가 아직도 없단 말이요? 그것처럼 재미있는 놀이는 이 세상에 없지요. 돈도 벌고 꿈도 팔면서 맛있는 것까지 드시면서 사람들이 북적대는 시장 같은 타점장을 생각만 해두 가슴이 떨리네요."

"채표 놀이는 오래되었나유?"

"물론 역사가 깊고 그 유래가 재미가 있답니다. 옛날부터 전해져 온 놀이로서 진시 황제께서 만리장성을 쌓을 때 개발하여 전해 오고 있지요."

알면 알수록 신비한 36문

만석은 채표에 대한 역사부터 놀이 방법에 대한 이야기를 계속 듣고 있다. 남이 모르는 것을 알고 있으면 그것을 설명하는 것은 매우 기분이 으쓱해지기 마련이다.

"듣구 보니까, 사람들이 채표에 그렇게 빨려 드는 이유를 알겠구먼유."

"여기서도 일본 놈들이 오기 전에는 누구나 마음대로 했지만 지금은 사정이 그래서 눈치를 보며 몰래 하지요."

"그람, 노는 방법을 설명 좀 해주세유. 듣구 보니께 참말루 재미가 쏠쏠 허네유."

이런 이야기를 들을 때는 밖에 비도 내리는 분위기로 봐서는 술 한 잔을 걸치면서 나누는 것이 좋겠다고 생각하여 창호지로 만든 우산을 들고 배갈을 파는 가게로 향한다. 그들은 옥수수로 만든 배갈과 안주를 먹으며 채표에 대한 이야기를 계속한다.

"지보다는 연세가 많으시니께 말씀을 낮추세유."

"그럼, 말을 낮추겠네."

"그러니께 훨씬 맴이 놓이네유. 채표를 듣구보니께 들을수록 이상헌 놀이네유."

"채표라는 것은 사람들이 매일 꾸는 꿈으로 해몽을 해서 돈을 거는 놀이지. 여기서 꿈이란 신기가 밖으로 나갔다가 어떤 물체와 부딪히면 그것이 꿈으로 나타나는 것이지. 그렇기 때문에 꿈은 영기가 살아서 앞으로 일어날 일에 대해 미리 알 수도 있지."

"순전히 꿈으로만 하는 놀이구먼유?"

"물론 채표는 꿈으로만 팔고 사는 놀이지. 얼마나 신기한 건가?"

"꿈으루 돈을 벌 수 있다는 것이 신기허네유. 정말루 말로만 듣던 꿈을 판다는 말이 정말인가유? 전 그런 게 실제루 있었는지 믿기질 않구먼유."

"채표는 36개로 된 해몽이 있지. 나이별로 된 해몽은 꾼 꿈의 내용이나 해몽 방식에 따라 달라지고 해몽이 끝나면 복지라는 종이에 붓글씨로 써서 통수에게 전달하지."

"통수 분은 심부름만 해주고 구전을 받는 심부름꾼을 말허지유?"

"맞는 말일세. 통수는 복지를 모아서 타점장으로 가지고 가지."

"타점은 어떻게 허나유?"

"물주가 취한 연락을 받은 통수와 채표꾼들이 산이나 들로 모여들지. 물론 당첨자를 결정하는 것이 타점이야. 당첨자는 물주가 써넣은 것과 똑같은 꿈 이름을 써낸 사람이 그날 당첨자가 되는 거야."

"반드시 같은 꿈이 나와야만 되는 가유?"

"물론이지. 똑같은 꿈 이름을 썼다면 그 사람이 바로 당첨자이고 큰돈이 맞았다면 그 사람을 대산자라고 하지."

"혹시 대산자나 대작(大作)이 많으면 물주는 코피가 나겠네유?"

"그렇지, 입산자(응시자)중에서 몇 사람이 동시에 대작이 될 수도 있고 없는 경우도 있지만 너무 많이 있으면 물주는 그날 혼쭐나게 돈을 물어내고 없으면 걸었던 돈은 몽땅 물주 몫이지. 얼마를 걸어 복지에 넣느냐는 그 사람의 마음이고 물주는 당첨된 대작인에게 서른여섯 배를 반드시 줘야 하지. 그 36문중에서 6문은 오야인 물주 몫이고 30문중에서 1할인 3문은 통수에게 주고 27문만 당첨된 입산자가 차지하는 몫이지."

"물주는 6문을 먹구서 들어가니까 큰 손해를 미리 막을 수 있구먼유."

"그런 셈이지. 어떻게 보면 통수 살려 주는 통수 노름이라고 해도 과언이 아니지."

"통수는 어떻게 구전을 얼마나 얻어먹나유?"

"양쪽에서 1할씩 통 2할을 얻어먹는 통수는 당첨된 사람이 있으면 물주한테 1할을 받고 당첨된 돈을 입산자에게 전달해 줄 때 또 1할을 얻어먹지."

"아! 그러니께 통수는 당첨만 되었다 허믄 물주한테 1할을 그라구 입산자한테서 1할을 먹으면 통수라는 직책도 괜찮겠네유."

"맞는 말이지. 큰돈은 못 벌어도 짭짤한 수입이 보장되는 통수는 언제든지 손해 볼 일이 없으니까 다들 통수를 하려고 줄을 서지."

"그람, 통수는 말두 잘 허구 수완이 끝내줘야 허겠네유?"

"잘 보았네. 어디 통수 노릇하기 그리 쉬운가? 물주 눈치보고 입산자들한테 돌아다니며 복지를 받는 일이 쉬운 일이 아니지. 당첨된 대작들에게 알려 주고 돈 계산도 해주는 일을 하지."

"그런데유. 자통(自通)이라는 것두 있던데유."

옆에 있던 다른 사람들도 채표에 대한 이야기를 해준다.

"자통이란 통수를 못 믿어서 하는 사람도 있고 가끔 장난치는 통수들이 있거든."

"그것은 입산자 아무나 해도 되지."

"입산자들이 통수를 제쳐 놓고 직접 복지를 타점장까지 가지고 오는 것을 말하지. 대개 심부름 값이라도 아끼고 싶거나 적은 돈을 가진 사람이 주로 하지."

"겁이 많은 사람들이 주로 하지만 생각보다는 적지요. 가능한 막는 편이죠."

"근데 통표라는 것은 도대체 뭔가유?"

채표 놀이에 대한 다양한 경험과 재미있는 이야기를 계속해 주자 만석은 신이 난다. 신체를 그려 놓고 한문으로 써가며 설명을 들어보니 각 부위별로 서른여섯 가지나 되는 꿈 이름이 신기하게 느껴진다. 드디어 그렇게 보고 싶었던 채표에 관한 모든 것을 볼 수 있는 기회가 오다니. 장롱 속에 있던 통표의 등·배짝을 방에 펼쳐 놓고 구체적으로 설명하기 시작한다. 그것은 왕 서방 집에서 몰래 본 것과 같은 것으로 창호지에 들기름을 묻혀 잘 마모되지 않도록 만든 것과 같은 통표이다.

기 서방은 통표에 있는 글씨 한 자 한 자를 가리키며 자세하게 설명을 해준다.

"통표라는 것은 사람이 꿈을 꾸면 어느 한 가지만을 꾸는 것이 아니라 다른 여러 가지가 복합적으로 만들어지기 마련이지. 예를 들면 비가 오는 날 상여를 메고 물을 먹던 소와 범이 싸우는 것을 봤다면 그 꿈은 여러 가지가 합해진 오호장이라는 통표에 해당하는 거야. 입산자는 이런 꿈을 갖고 그날 복지에 오호장이라는 용어를 써서 통수에게 보내면 당첨될 확률이 아주 높아지는 셈이지. 꿈에서 소가 물을 먹는 것은 한운(漢雲)에 해당되고, 범하고 싸우는 것은 곤산(坤山)이고 시체를 메고 가는 것은 정순(正順)이며 물이 흐르는 모습은 월보(月寶)에 해당하며 상여를 메고 가는 모습은 지고(志高)이므로 이 다섯 가지는 오호장이라고 통표에 적혀 있지."

"그람, 어제 밤에 꾸었던 꿈을 아침마다 기억해서 사람 모습이 그려진 통표에서 같은 이름을 찾아서 쓰거나 그 용어랑 비슷한 것을 맞추면 되나유?"
"그렇게도 하지만 복지를 살펴보면 누구든지 꿈을 딱 한 가지만 꾸는 것이 아니거든. 내용이 복잡하거나 감을 잡을 수가 없을 때는 통표에 묶여 있는 것을 쓰기도 하지."
"묶어서 쓰는 것이 무언가유?"
"그것은 진나라 때부터 장수나 공을 세운 사람들의 이름을 기리기 위해 만든 거야."
"뭐가 있는데유?"
"예를 들면 사장원이나 칠생리, 사호명 등은 그런 것을 가리키지."
"안사라고 하는 것도 그런 것인가유?"
"외딴 집에 혼자 사는 것은 안사(安寺)라고 하지. 다른 일은 없고 있는 것만을 꾸어야만 안사에 해당하여 복지에 안사를 써내면 되지."
"참으루 재미가 있구먼유."
"이해하기 힘든 통표에 대해 설명하기도 어렵구먼."

글이 짧거나 읽을 수 없는 사람은 복잡한 통표로 꿈을 해몽하기가 쉽지 않다는 것을 안다. 한자를 읽거나 쓰지 못하는 사람에게는 통표를 읽거나 복지를 쓴다는 것이 채표를 알리고 참여하는데 문제가 될 수 있겠다는 생각이 든다. 꿈에도 36패가 있어 주역의 36괘와 같은 의미로 쓰이고 있으며 소위 36개 줄행랑이란 말이 여기에서 유래되었다는 흥미로운 사실도 알게 되었다. 기 서방은 채표에 대해서 여러 가지를 설명하는 모습이 마치 신명이 난 사람 같아 보인다. 이렇게 재미있는 채표 놀이가 기 서방 자신을 통해 조선에 전파된다는 것에 흐뭇해 한다.

"통표에 써 있는 해몽을 보면 성과 번호가 정해져 있지. 그것은 진 나라에서 있었던 장수 이름이나 유명했던 장수나 부인, 영웅들을 거기에다 표시해 둔 것이고, 숫자는 나이를 의미하는 거야. 예를 든다면 1은 일산(日山)이고, 성은 진씨에 해당하며, 깃발이 있는 국기대나 깃대를 보거나 동물의 모가지를 자르거나, 앞을 못 보는 봉사와 만나는 경우에는 일산이라고 하지."
"숫자에는 특별한 의미가 있나유?"
"각 숫자마다 정해진 의미가 있지. 2는 태평이고 태평(太平)은 성이 임씨이며 고기를 잡거나 바다나 강에서 낚시를 하거나 천렵을 나가는 경우는 태평이라는 해몽을 해서 복지엔 태평이나 사호장(태평, 구관, 합해, 삼괴)이라고 쓰면 당첨이 될 가능성이 있지."

"참으로 재미있는 놀이네유. 성과 숫자를 넣고 계산하는 것이 신기허네유."

"어디 한번 36문 해몽을 쭉 말해 볼까? 3은 관계(板桂)로서 성은 진씨요, 나무에 관계되는 모든 것이 여기에 해당하며 나무를 베거나 자르는 일과 제재소, 목공소, 송판, 긴 나무토막 등을 자르고 갖고 가는 일 모두가 관계에 해당하고, 4는 정리(井利)로서 성은 유씨요, 우물에서 물을 떠오는 경우, 망태기를 짜거나 갖고 가는 일을 가리키며, 5는 청운(靑云)이며 성은 소씨로서 술을 마시거나 술을 사주고 술주정을 하는 일, 또는 주막에 들르는 일이 여기에 속하지. 그리고 六은 합동(合同)으로서 성은 쌍씨이며 여자와 남자가 성적인 관계를 갖는 일, 부부간이나 남녀 간에 정사에 관계되는 모든 일이 합동이지. 이놈의 합동만 꾸었다 하면 그날 채표는 모두가 흐뭇해하면서 웃는 날이지. 합동은 꿈이든 생시이든 간에 여자와 남자가 알몸으로 정사를 벌이는 모든 일을 가리키며 세상에서 가장 자연스럽고 짜릿한 일이 아닌가?"

"듣고 부니께 참말로 재미가 있구만유. 그라믄 7은 뭔가유?"

"7은 길품(吉品)으로 성은 진씨이고 길을 걷거나 뛰어 가는 일과 길을 만드는 것이 길품에 해당하며, 8은 만금(萬金)으로 성은 장씨이고 금이나 돈, 부자, 재물, 전에 관계된 일이 만금에 속하며 예로부터 장씨가 부자가 되고 싶어 안달을 했다는 말이 있다네."

"만리장성을 쌓을 때 그 집안사람들이 그런 일들을 잘했거나 전적으로 맡아서 했기 때문에 붙여진 이름인가유?"

"물론이지. 그걸 어떻게 알았는가. 거기에는 각 성들을 대표한 사람들이 ㉤표라는 것을 만들었고 그 성에 해당하는 구역과 맡은 일이 결국 채표에서도 그대로 성에서 각자의 맡은 일과 계급이나 지위 순서에 따라 다르게 정해졌지. 만약에 진씨라는 성이 지배 세력이었다면 진시 황제와 동씨로서 황제의 영향으로 제1성은 진씨가 된 것이지."

"계속해서 36문의 해몽에 관한 얘기를 해주시지유."

"어디, 그럼 해볼까. 내가 어디까지 했던가?"

"예, 8까지 했구먼유."

"9는 강사(江祠)라고 하며 성은 용씨이고 용이 강에서 승천했다 하여 붙여진 이름이지. 강사는 용이 승천하는 장면을 보거나 타는 일과 뱀을 잡거나 보는 일이 여기에 해당하고 10은 지고(志高)이고 성은 황씨이며 사람이 죽는 것을 보거나 상여를 메고 가거나 시체를 만지며 매장하는 일을 하는 꿈을 꾸면 지고에 해당되지. 제11은 합해(合海)로서 성은 장씨가 여기에 속하며 원래 장씨가 바다에서 용감하고 고기를 잘 잡으며 해적들을 물리친다고 하여 붙여진 이름이지. 합해는 주로 바다에서 배를 타거나 고기를 잡고 풍랑을 만나 고생하는 경우가 합해에 해당되고, 그 다음으로 제12는 안사(安寺)이며 성은 진씨라는 사람이 혼자 외딴집에서 살기를 좋아하여 붙여진 성이며 외딴집을 보거나 그곳에서 사는 경우를 가리키지. 어디를 가다가 외딴집에 묵어가는 경우도 여기에 속하네. 진씨는 높기도 하지만 황궁에서 쫓겨 나가면 귀양살이를 하는 경우가 종종 있는데 바로 이런 것을 가리켜 안사라고 부르지. 제13은 천양(天良)으로서 성은 정씨이며 주로 높은 곳에서 집일을 하거나 성을 쌓을 때 망루 일을 잘했다 하여 붙여진 이름이며 높은 데서 떨어지는 꿈이나 높은 사다리나 산을 오르거나 그런 곳에서 일하는 경우가 여기에 속한다네. 제14는 점괴(占傀)로서 성씨는 오씨이고 무당이나 점쟁이를 목격하거나 점을 치며 굿을 목격하는 경우에 이에 속하지. 제15는 광명(光明)으로서 성은 주씨에 해당하며 갓을 쓰거나 갓 쓴 노인을 만나거나 보는 경우이며 벼슬관도 이에 해당하지. 주씨가 벼슬을 잘하고 갓 쓰기를 좋아하여 붙여진 이름이야."

"계속 들으니께 뭐가 뭔지 통 알 수가 없네유."

"그럴 거여. 이것을 외우기도 힘들지. 하도 많이 보고 들으니께 자동으로 외워지더구먼. 제16은 지득(只得)이며 성은 라씨이고 음식을 먹거나 입을 보고 맞추는 경우를 말하며 입병을 앓거나 입을 다친 경우도 여기에 속한다네. 제17은 정순(正順)이며 성은 송씨가 여기에 해당하고 송장이나 시체를 매장하거나 보는 경우, 돼지 새끼를 낳는 것을 보거나 돼지를 잡아먹는 것을 말하고. 제18은 필득(必得)이며 필득의 성은 중씨이며 다리를 만지거나 다치는 경우에 해당하며 제19는 곤산(坤山)이며 성은 황씨이고 범하고 싸우거나 범을 목격한 경우이며 황씨가 범을 잘 사냥하고 물리친다 하여 붙여진 이름이야. 그 다음으로 제20은 화관(火官)으로 성은 장씨가 여기에 속하며 불을 보거나 불을 지르는 것을 보거나 직접 지르는 것과 화재를 진압하는 경우이다. 장씨가 불을 잘 다스리고 해태와 같은 성이라고 생각해서 만들어진 성일세. 제21은 봉춘(逢春)이며 성이 진씨이고 꽃이나 기생을 만나 술을 먹거나 정사를 벌리는 경우나 처녀를 만나거나 유부녀와 정을 나눌 때를 가리키네. 진씨 중에 원래 바람을 잘 피우고 여자를 좋아하는 사람들이 진나라 시대에 많았다는 전설에서 나온 꿈 해몽이지 어때 재미가 있나?"

"각 해몽마다 재미가 쏠쏠한 전설이 있구먼유."

"어쩌면 그 때 당시의 모습을 알 수 있을 거야. 계속해 볼까. 제22는 영생(榮生)으로서 성은 진씨를 가리키며 죽은 사람을 보거나 만지는 경우나 시체를 만지는 경우를 말하며 제23은 상초(上招)로서 성은 마씨를 가리키며 담배를 피우거나 입으로 연기를 들이마시는 것과 코로 내뱉는 경우를 말하고 담배를 얻어먹는 경우도 있고, 제24는 복손(福孫)이며 성은 전씨를 가리키고 개나 강아지를 기르고 보는 경우를 말하며 복슬 강아지라는 말도 여기서 유래한 것이네. 제25는 구관(九官)이며 성은 장씨이고 장례를 지내거나 흙을 파서 관을 묻는 경우를 가리키지. 제26은 무림(茂林)으로서 성은 방씨이며 사람을 가르치는 것을 보거나 가르치는 선생, 훈장, 서당, 학교와 같은 배우고 공부하는 것에 관한 모든 경우를 가리킨다네. 제27은 삼괴(三槐)로서 성은 장씨이고 순경을 목격하거나 파출소에 잡혀가는 일을 가리키며 범인이 구속되는 경우도 이에 해당하지. 제28은 명주(明柱)이며 성은 이씨로서 무릎이 아프거나 절뚝거리는 경우, 병든 자를 목격하거나 그 사람을 간호하는 일을 했거나 목격하는 것을 가리킨다네. 제29는 원길(元吉)이며 성은 장씨이고 길가나 집에서 스님이나 목사, 신부, 도사 같이 도를 닦고 종교적인 의미가 있는 사람을 보거나 만나는 경우나 먼 길을 걸을 때이며, 제30은 한운(漢云)으로서 성은 이씨이고 소를 보거나 소에게 물이나 여물을 먹이고 데리고 가는 것과 깊은 물을 보고 우물이나 개울에서 먹는 물이나 쓸 물을 길어 오는 경우를 말한다네. 제31은 원귀(元貴)로서 성은 서씨이고 백정을 보거나 백정이 소나 돼지를 잡는 것을 목격하거나 이야기를 하는 경우, 남자의 성기를 보거나 만지는 꿈은 여기에 속하지. 제32는 유리(有利)로서 성은 옹씨이며 머리가 하얀 노인을 보거나 이야기를 하는 경우를 말하며 제33은 청원(青元)이며 성은 소씨이고 소나 동물을 잡거나 만지는 경우이며 제34는 월보(月寶)로서 성은 이씨이고 물을 대는 보를 막거나 흐르는 물을 가두는 것과 비가 많이 내려 홍수를 겪는 것도 여기에 속하지. 제35는 천신(天神)이며 성은 조씨이고 귀신이나 악령과 만나거나 도깨비와 왼팔 씨름을 하는 경우나 그런 이야기를 들었을 때를 가리킨다네. 제36은 간옥(艮玉)으로서 성은 임씨이고 여성의 성기를 만지거나 목격하는 경우이며 여성과 성적인 애무도 여기에 속하지. "

"참말로 헷갈리네요. 삼십육문을 으떠케 다 외운데유? 지 같이 대갈빡이 잘 돌아가지 않는 사람은 평생 외워두 다 모르겠슈."

"아니야. 다들 그렇게 말하지만 돈이 오가고 눈앞에 번쩍이는 황금덩어리를 보면 언제 그렇게 머리가 잘 돌아가고 좋았는지 스스로를 의심하게 된다네."

"고렇게 될까유? 허긴 뭐든지 해봐야 허니께 지두 꼭 끼워주세유?"

"그거야 자네 생각이 중요하지. 끼워주는 거야 누구나 할 수가 있지."

계속되는 기 서방의 이야기와 설명에 만석은 도저히 이해를 할 수가 없다. 그렇지만 기 서방의 이야기에 관심을 더욱 갖는다는 표시로 모르는 것도 고개만 끄덕이며 대답을 할 뿐이다. 이에 기 서방은 신이 났는지 더욱 열을 내면서 다른 이야기를 계속한다. 어느 것 하나라도 놓치지 않으려는 마음으로 끝까지 잘 듣고 있지만 용어 하나하나가 이상하고 처음 듣는 것인지라 그런지 이해가 되지 않는다. 그러나 그토록 궁금하게 여기던 채표에 대한 것을 기 서방을 통해 듣게 되자 속이 후련하다. 일일이 종이에 적기도 하고 그림까지 그려 가면서 설명을 듣고 나니 감이 좀 잡히는 듯하다.